Catherine Gaskin
Ein Windspiel im Nebel

Roman

Deutsch von Susanne Lepsius

Deutscher Taschenbuch Verlag

Von Catherine Gaskin
sind im Deutschen Taschenbuch Verlag erschienen:
Ein Falke für die Königin (8382)
Das große Versprechen (12179)
Das Familiengeheimnis (20005)

Ungekürzte Ausgabe
Oktober 1995
3. Auflage Mai 1997
Deutscher Taschenbuch Verlag GmbH & Co. KG,
München
© 1974 Catherine Gaskin Cornberg
Titel der englischen Originalausgabe:
›The Property of a Gentleman‹
Einzig berechtigte Übersetzung aus dem Englischen
von Susanne Lepsius
Alle deutschsprachigen Rechte beim Scherz Verlag,
Bern und München
Umschlagkonzept: Balk & Brumshagen
Umschlaggestaltung unter Verwendung eines Gemäldes
von Willard Metcalf
Gesamtherstellung: C. H. Beck'sche Buchdruckerei,
Nördlingen
Gedruckt auf säurefreiem, chlorfrei gebleichtem Papier
Printed in Germany · ISBN 3-423-12079-7

Prolog

Von den dreiundzwanzig Passagieren, die im Flugzeug von Zürich nach London saßen, überlebten ungefähr die Hälfte, als die Maschine kurz nach dem Abflug an einem Berghang abstürzte. Unter den Toten befanden sich ein jüngerer englischer Kabinettsminister, einige Mitglieder eines holländischen Fußballvereins, eine Antiquitätenhändlerin aus London namens Vanessa Roswell und ein Mann, dessen Leiche niemand beanspruchte, und von dem die Behörden zuerst annahmen, daß er ein Holländer sei, bis sich nach näherer Überprüfung herausstellte, daß sein Paß gefälscht war.

Vanessa Roswells Tochter flog wenige Stunden, nachdem sie von dem Unglück erfahren hatte, mit einem Freund der Familie, Gerald Stanton, nach Zürich, in der Hoffnung, daß ihre Mutter sich unter den Überlebenden befände. Vor seiner Abreise hatte Gerald einen Geschäftspartner in Mexico City angerufen, dem seinerseits das Kunststück gelungen war, die telefonische Verbindung mit einer einsamen Hazienda in den Bergen südlich von Taxco herzustellen, woraufhin ein anderer Mann, der Städte und Flugzeuge haßte, nach Mexico City fuhr, um die erstbeste Maschine zu besteigen. »Irgendeine Stadt in Europa, von der aus ich direkten Anschluß nach Zürich habe«, hatte er mit müder Stimme zu dem jungen Mann am Schalter gesagt. Er landete am Tag nach der Katastrophe. Es schneite, und der Schnee bedeckte die schrecklichen Trümmer. Der Mann fröstelte und sehnte sich nach der mexikanischen Sonne. Die Opfer lagen in der Schule eines kleinen Dorfes in der Nähe der Unglückstelle aufgebahrt. Die Leiche von Vanessa Roswell war schon identifiziert worden, und so ging der Mann, dem Ratschlag des Polizisten folgend, in

das fünf Kilometer entfernte Hotel. In der Hälfte vor
dem offenen Kaminfeuer saßen ein älterer Herr und eine
junge Frau, deren starrer Ausdruck Kummer und Verzweiflung verrieten.

›Aber sie ist schön‹, dachte der Mann, der sie mit den
Augen eines Malers betrachtete. Sie sah auf, ohne ihn zu
erkennen, was nicht verwunderlich war, sie hatte ihn nie
zuvor gesehen.

»Joanna«, sagte er leise, »ich bin Jonathan – dein Vater, Jonathan Roswell.«

Erstes Kapitel

I

Als ich zwei Wochen nach unserer Begegnung mit Jonathan Roswell in Zürich mit Gerald Stanton beim Mittagessen saß, drehte sich das Gespräch nicht um meinen Vater, sondern um den Mann, zu dem wir unterwegs waren.

»Ein Jahr Gefängnis verändert jeden Menschen«, sagte Gerald, »aber wenn das Urteil auf Totschlag von Frau und Sohn lautet, muß es eine besondere Hölle sein.«

Er zog gemächlich an seiner Zigarette. Der Gedanke, daß er noch eine lange Fahrt vor sich hatte, schien ihn nicht weiter zu beunruhigen. Ich vermied es, auf die Uhr zu sehen. Er hätte es bemerkt und wäre verärgert gewesen. Er hatte absichtlich dieses bekannte Restaurant weitab von der Autobahn gewählt. Die Martinis enthielten nur einen Tropfen Wermut und genug Eis, um seinen verwöhnten Gaumen zu befriedigen, und der Wein war gepflegt. Da ich fuhr, gestattete ich mir nur einen leichten Sherry. Der Morgen war, wie so oft in Auktionshäusern, enttäuschend und irgendwie deprimierend gewesen, und meine innere Spannung hatte noch nicht ganz nachgelassen. Es fiel mir schwer, mich auf unser nächstes Vorhaben zu konzentrieren.

»Robert ist, genau wie sein Vater und Großvater, ein typisch englischer Exzentriker. Die Grafen Askew lebten von jeher zurückgezogen, fast wie Autokraten in ihrem kleinen Königreich, auf Schloß Thirlbeck. Robert stritt sich mit seinem Vater, was in dieser Familie nichts Ungewöhnliches ist. Dann beging er den unverzeihlichen Fehler, auf der kommunistischen Seite im Spanischen Bürgerkrieg zu kämpfen, aber damit nicht genug, heira-

7

tete er eine spanische Aristokratin, eine Katholikin, deren Familie natürlich auf seiten Francos stand. Robert kehrte erst wieder zur Beerdigung seines Vaters nach Thirlbeck zurück, und auf dem Wege dorthin geschah das Unglück. Es war irgendwie bezeichnend für ihn, daß es gerade auf der Heimfahrt passierte. Er ging also erst auf die Beerdigung seines Vaters und dann auf die seiner Frau und seines Sohnes. Danach wurde er des Totschlags angeklagt. Es hieß, er habe zuviel getrunken und die Kontrolle über den Wagen verloren. Er wurde zu einem Jahr Gefängnis verurteilt, aber wegen guter Führung früher entlassen.«

»Und hat er sich anschließend, wie sein Vater und Großvater, von der Welt zurückgezogen?« fragte ich abwesend, in Gedanken mit der langen Fahrt beschäftigt, die vor uns lag.

Gerald drückte seine Zigarette aus und zündete sich eine andere an, was meine Ungeduld noch steigerte. Ich wußte, ich regte mich ganz unnütz auf, schließlich waren wir in einem Restaurant und nicht im Auktionshaus Hardy – dem Mittelpunkt unser beider Leben. Bei Hardy durfte in den öffentlichen Räumen nicht geraucht werden; ein Verbot, das mir schon mit achtzehn eingehämmert worden war, und das sogar Gerald einhalten mußte. Dafür rauchte er sonst überall wie ein Schlot. Er war Ende Sechzig und trotz seiner lebenslänglichen Vorliebe für gutes Essen und Trinken in all diesen Jahren nur ein wenig behäbiger und im Gesicht ein bißchen voller geworden. Er hatte noch nicht mal den typischen Raucherhusten. Hätte man mich gefragt, wer mein bester Freund sei, hätte ich wahrscheinlich ihn genannt. Ich meine Freund – dafür war der Altersunterschied zu groß. Aber es war nett, einen Beschützer zu haben, der auch nie im entferntesten daran gedacht hatte, mein Liebhaber zu werden.

»Ganz im Gegenteil«, antwortete Gerald auf meine Frage. »Er kam 1939 genau bei Kriegsausbruch aus dem Gefängnis und meldete sich sofort zum Militär als gemeiner Soldat. Er war schon antiautoritär, bevor die anderen überhaupt das Wort gehört hatten. Offizier zu werden kam für ihn nicht in Frage. Wahrscheinlich hatte er vor, den Krieg so anonym wie möglich hinter sich zu bringen. Aber so jemand wie Robert bleibt nicht leicht anonym. Zuerst bekam er in Dünkirchen das Military Cross, das eigentlich nur an Offiziere verliehen wird, und dann in Afrika das Viktoriakreuz. Letzteres wurde ihm vom König persönlich überreicht, wohl eine der wenigen Gelegenheiten, bei der ein früherer Sträfling in den Buckingham Palast eingeladen wurde.

Leute, die ihn kannten, behaupten, er wäre nicht zum Helden geboren, sondern nur aus Mangel an Phantasie zu einem geworden, abgesehen davon wäre ihm nach dem Gefängnis alles gleichgültig gewesen – so auch die Gefahr. Ich halte das für glatte Verleumdung. Ich erinnere mich noch an Robert in Eton. Er war ein furchtbar schüchterner Junge, nicht sehr gut in der Schule, aber ein ausgezeichneter Leichtathlet. Und du weißt, wer in Eton gut im Sport ist, hat eine Vorzugsstellung, ob er will oder nicht. Ich glaube, auf der Universität in Cambridge hat er sich nur ein Jahr gehalten, aber selbst in dieser kurzen Zeit hat er sich einige Trophäen geholt. Menschen ohne Phantasie bringen das nicht fertig. Zu sportlichen Siegen gehören Mut und Ausdauer. Nein, wenn Robert den Krieg als gemeiner Soldat beendet hat, dann war das kein Zufall. Er wollte einfach nicht befördert werden, was für seine Vorgesetzten recht peinlich war.

Nach Kriegsende gab er sich redlich Mühe, von der Bildfläche zu verschwinden, was ihm aber nicht gelang.«

»Wieso, was passierte?«

Gerald runzelte leicht die Stirn. »Ich weiß, daß er versucht hat, in Thirlbeck zu leben, aber ich glaube, länger

9

als sechs Monate hat er es dort nicht ausgehalten. Dann ging er fort und ist, soweit ich weiß, nie wieder zurückgekehrt. Er reiste herum, so das übliche: auf die Karibischen Inseln, nach Italien, Griechenland. Er hat viele hübsche Orte entdeckt, verschwand aber jedesmal, wenn der Touristenschwarm auftauchte. Er gehörte zum Jet-set, bevor jemand wußte, daß es ihn gibt. Er war einer seiner Begründer. Und wenn ich ihn irgendwo einmal zufällig traf – und das war immer in einem *komfortablen* Hotel –, dann kam er gerade aus so exotischen Gegenden wie Yucatan oder den Falklandinseln, oder er hatte das Kap Hoorn in der falschen Richtung umsegelt. Einige Male überredete er Archäologen, ihn auf Ausgrabungen mitzunehmen, wo er natürlich die Drecksarbeit machte, während die anderen den Ruhm einheimsten.« Gerald konnte ein Schaudern bei der Idee an all die Unbequemlichkeiten kaum unterdrücken.

»Soweit ich weiß, hat er nie einen permanenten Wohnsitz gehabt, sondern immer nur Villen gemietet und auch nie wieder geheiratet – vielleicht war ihm das auch zu permanent. Aber er hatte gut und gern ein Dutzend Mätressen, einige reich, einige berühmt, einige beides zugleich. Und alle schön, wenigstens die, die ich getroffen habe. Er wirkte immer anziehend auf Frauen, unser Robert, ohne sich eigentlich besondere Mühe zu geben. Robert hat Lebensart, und das ist etwas völlig anderes als Charme.«

Der helle Aprilmorgen war in einen dunklen, regenschweren Nachmittag übergegangen.

»Komisch, daß ich nie von ihm gehört habe. Ich mag ja ein Blaustrumpf sein, aber den Klatsch in den Zeitungen lese ich trotzdem.«

Gerald zuckte die Achseln. »Vergiß nicht, er ist jetzt wahrscheinlich – nun – so um die Sechzig und seit seinem vierzigsten Jahr nicht mehr in England gewesen; auch gehört er nicht zur goldenen Illustrierten-Jugend. Dazu kommt noch, daß er in den letzten Jahren noto-

risch ohne Geld ist. Die Zeiten, in denen er Damen
Schmuck kaufte und große Parties gab, sind lange vorbei. Vielleicht hat er sich wirklich von der Welt zurückgezogen, so wie du es dir vorstellst, aber dann nicht,
weil er will, sondern weil er muß.«

»Es sei denn, er entschließt sich, ein paar Sachen zu
verkaufen und von dem Erlös weiterhin ein elegantes
Leben zu führen.«

Gerald kniff ein wenig die Lippen zusammen, dann
winkte er den Kellner heran. »Meine liebe Joanna . . .«,
ich merkte schon am Klang seiner Stimme, daß ich ihn
verärgert hatte. »Ich bin wirklich erstaunt über deinen
Mangel an Takt. Niemand hat bislang das Wort Verkauf
auch nur in den Mund genommen. Wir wissen zwar,
daß Robert in einer finanziellen Klemme ist und in ein
Haus zurückkehrt, das er höchstwahrscheinlich seit
1945 nicht mehr betreten hat, aber das ist auch alles.«
Er machte eine ungeduldige Geste. »Weiß der Himmel,
in was für einem Zustand sich das Haus jetzt befindet.
Es stand fast dreißig Jahre leer. Es kann gut sein, daß
unsere ganze Fahrt umsonst ist. Diese alten Kästen . . .
na, man wird ja sehen . . .«

»Aber warum fährst du dann hin?«

Gerald, der im Aufstehen begriffen war, setzte sich
wieder hin. »Warum? Weil er mich eingeladen hat. Jede
Einladung hat einen bestimmten Grund. Er kam nach
Eton in dem Jahr, als ich abging. Ich habe ihm damals
einen kleinen Gefallen erwiesen – oh, nichts Besonderes,
eine kleine freundschaftliche Geste, die jeder ältere
Schüler mal macht, um einen Neuankömmling, der zum
ersten Mal mit unserem reichlich barbarischen Erzie-
hungssystem in Berührung kommt, vorm Ärgsten zu
bewahren. Ob er sich noch daran erinnert, weiß ich
nicht, keiner von uns hat natürlich je davon gesprochen.«

Seine leichte Gereiztheit war verflogen. »In unserem
Geschäft, liebe Jo, nehmen wir, wie du weißt, jede Ein-

ladung an – und halten unsere Augen offen, weil es immer eine schwache Chance gibt, daß unser Gastgeber irgendwann einmal seinen Constable oder sein Sèvres-Service verkaufen will, und dann soll ihm Hardy helfen, noch bevor er an Christie oder Sotheby denkt.

Diese Einladung ist allerdings nicht ganz wie die anderen. Vielleicht irre ich mich, aber als er mich vor zehn Tagen bat, ihn in seinem Klub zu treffen, hatte ich das Gefühl, einem sehr einsamen Mann gegenüberzustehen, der an einen Ort zurückgekehrt ist, den er haßt, und der nur noch sehr wenige Freunde in England hat. Er wirkte unsicher, so als brauche er Rat – vielleicht sogar Hilfe. Und das ist meiner Meinung nach der Grund, warum er mich eingeladen hat . . .« Endlich stand er auf und blickte zu mir herunter. »Und das ist auch der Grund, warum ich dich gebeten habe, mitzukommen.« Er lächelte mir verhalten freundlich zu. »Wir alle brauchen Freunde, liebe Jo.«

Ich blieb sitzen, während er seine Rechnung zahlte und wie immer ein etwas zu reichliches Trinkgeld gab; dann schlenderte er ohne Hast, wie es seine Art war, zur Herrentoilette. Seine Herzlichkeit hatte mir wohlgetan, aber ich schämte mich wegen meines Mangels an Zartgefühl.

Ich ging zum Parkplatz, leerte brav die Aschenbecher, putzte die Windschutzscheibe, wischte den Staub vom Armaturenbrett, studierte noch mal die Landkarte – und schalt mich einen Narren. Würde ich mein Leben lang Aschenbecher leeren, nur weil man mir das beigebracht hatte? Aber bei Hardy hatte man mir mehr als das beigebracht, unter anderem den Respekt vor Leuten wie Gerald, der so viel mehr wußte, als ich je die Chance haben würde zu wissen. Und deshalb war ich auch gerne bereit, Aschenbecher zu leeren, Koffer zu schleppen und Geralds vornehmen Daimler zu fahren, weil er selbst nicht gern chauffierte.

Es war jedesmal ein Vergnügen, mit ihm zusammen-
zusein und zu beobachten, wie er mit Kennerblick Bilder, Porzellane und Bücher begutachtete; so zum Beispiel
heute morgen, als wir Draycote Manor besichtigten. Ich
hatte wirklich Glück im Leben und wußte es. Nur eins
war mir manchmal schrecklich – die Hoffnung, die so
offenkundige Hoffnung der Besitzer, die nervös daneben-
standen und vergeblich versuchten, gleichgültig zu erscheinen. Und dabei sah ich die Schäbigkeit der einst so
eleganten Räume und das wuchernde Unkraut in den
vernachlässigten Gärten, fühlte den eisigen Hauch der
ungeheizten Häuser und wußte, obwohl Bilder nicht
mein Gebiet sind, daß der berühmte Reynolds nur ein
Schulbild war und daß unter dem gelbgewordenen Fir-
nis im besten Fall eine Rubenskopie zum Vorschein
kommen würde.

Mir hatte der Eigentümer von Draycote Manor gut
gefallen. Er war ein freundlicher, trauriger Mann, dessen
Frau vor einigen Jahren gestorben war, und der nun
ziellos durch sein Haus wanderte wie eine verlorene
Seele und sich den Kopf zerbrach, wo er das Geld für
die Reparaturen hernehmen sollte. Ich wäre froh gewesen, wenn wir seine Hoffnungen irgendwie hätten erfüllen können. Zwar waren einige seiner Sachen verkäuflich, aber sensationell waren sie nicht, und der Erlös
würde nicht reichen, um den Verfall des Hauses aufzuhalten.

Schon beim Hereinkommen war mein Blick auf die
zwei großen Deckelvasen in der Halle gefallen, die er in
seinem Brief erwähnt hatte. Er glaubte, sie seien altchinesisch. Aber sie waren es nicht. Sie waren schlechte
Kopien aus dem letzten Jahrhundert, in England herge-
stellt. Sein Großvater habe ihm erzählt, daß sie aus China kämen, sagte er ganz enttäuscht. Er tat mir entsetzlich leid. Auch ich hatte gehofft, daß sie altchinesisch
wären. Porzellan war mein Spezialgebiet. Und ich war
fast so enttäuscht wie er, was mich einen Moment lang

ärgerte. Andererseits, wenn mir alles gleichgültig wäre, hätte ich es nicht all diese Jahre bei Hardy ausgehalten, hätte nicht Geralds Aschenbecher ausgeleert und nicht von ihm gelernt, wäre nicht vorwärtsgekommen und würde nicht davon träumen, eines Tages die große Expertin für Porzellan zu werden – die Expertin, auf deren Urteil alle hörten.

Während ich wartete, drehte ich am Rückspiegel, um mir mein Haar zu kämmen. Das Gesicht, das ich sah, schien einer Fremden zu gehören. Lag es daran, daß ich zu vielen Menschen zu oft gefallen wollte und meine eigene Persönlichkeit zurückgedrängt hatte? Es war ein hübsches Gesicht, das war mir oft genug gesagt worden. Es hatte gut in die elegante Empfangshalle vom Auktionshaus Hardy gepaßt, viele Männer hatten mich angelächelt – alte und junge. Gerald benutzte mich oft als Chauffeur, aber nicht nur, weil er ungern selbst fuhr, sondern auch, weil ihm mein Aussehen gefiel – trocken und kühl wie seine Martinis.

Als ich meine Lehrzeit an Hardys Empfang hinter mich gebracht hatte, sagte irgendein Witzbold: »Nun verstaubt Jo Roswell auf Nimmerwiedersehen in den Kellergewölben der Porzellanabteilung.« Siebenundzwanzig. Nicht alt, aber auch nicht mehr sehr jung. Ich kämmte mir energisch die Haare und zog die Lippen nach. Würde ich meine ganzen Gefühle und meine ganze Jugend an alte Porzellane verschwenden? Dann sah ich Gerald, der gemächlich über den Parkplatz schritt. Ich sprang wie eine pflichteifrige Pfadfinderin aus dem Wagen und riß die Tür auf. Ich tat es ganz automatisch. Verdammt! Hatte ich denn nichts anderes als meinen Beruf im Kopf?

Ja, ich gehörte dem Auktionshaus Hardy mit Leib und Seele, ob es mir nun gefiel oder nicht. Zum Beispiel wäre ich nie auf den Gedanken gekommen, nein zu sagen, als Gerald mir beiläufig vorschlug, ihn nach Thirlbeck zu begleiten, um das Haus von Robert Birkett, dem achtzehnten Earl of Askew, zu besichtigen. »Vielleicht finden wir dort Schätze – vielleicht auch bloß einen Haufen wertloses Gerümpel.«

2

Gerald hatte mir gesagt, ich sollte in Penrith von der Autobahn hinunterfahren. Ich hatte befürchtet, daß die Straßen nach dem Seengebiet an einem Freitagnachmittag furchtbar voll sein würden, aber es war Frühling und noch ziemlich kalt, und abgesehen von einigen Lastwagen, die nach Schottland fuhren, war kaum Verkehr. Ein schräger Regen verdunkelte den Horizont, und jedesmal, wenn ich einen Lastwagen überholte, spritzte er Schmutz an meine Windschutzscheibe. Die Scheibenwischer quietschten monoton. Gerald war, wie ich erwartet hatte, eingenickt, und ich blieb meinen Gedanken überlassen.

Gerald war ein Teil meines Lebens, war es immer gewesen. Er führte mich, spornte mich an und ermunterte mich, wenn ich schwankte oder zögerte. Er war der älteste und beste Freund meiner Mutter gewesen. Sie hatten sich kurz nach meiner Geburt kennengelernt, in dem Augenblick, wo sie ihren Antiquitätenladen in London eröffnete. Er hatte sie mit anderen Händlern bekannt gemacht und ihr eine Menge über Antiquitäten beigebracht; er hatte versucht, etwas Ordnung in ihre chaotische Geschäftsführung zu bringen und sie vor allzu übereilten Schritten zurückzuhalten – letzteres nicht immer mit Erfolg. Er hatte sich nachsichtig ihre verschiedenen Liebesaffären mit angesehen und war stets zur Stelle gewesen, wenn diese sich ihrem unvermeidlichen Ende zuneigten, um sie aufzuheitern und zu trösten. Er hatte ihr nie Vorwürfe gemacht und nie versucht, sie zu ändern. Sie war eine schöne, leidenschaftliche, lebhafte Frau gewesen in einer Welt, in der es zu viele langweilige und konventionelle Menschen gab. Und Gerald hatte das zu schätzen gewußt.

Ich liebte Gerald für alles, was er für meine Mutter getan hatte, und jetzt schien es fast, als ob ich an ihren Platz gerückt wäre, obwohl ich so ganz anders war. Als ich nach Zürich flog, hatte Gerald neben mir im Flugzeug gesessen, ohne mir jedoch übertriebene Hoffnungen zu machen, daß Vanessa noch am Leben war. Als ich die Leiche identifizierte, hatte er neben mir gestanden. Er hatte nach Mexiko telefoniert, um meinen Vater zu informieren. Gerald war nicht wegzudenken aus Vanessas und meinem Leben.

Meine Arbeit bei Hardy verdankte ich natürlich auch teilweise Gerald. Ihm und meiner Mutter. Sie kam jede Woche zur Vorschau und gelegentlich zu den Auktionen, wenn irgend etwas sie besonders interessierte. Manchmal gelang es ihr, ein Stück weit unter dem Preis zu ersteigern, manchmal schnappte ein anderer Händler ihr etwas vor der Nase weg. Einige ihrer Käufe waren genial, einige geschickt, aber von Zeit zu Zeit ging das Temperament mit ihr durch, und dann kaufte sie etwas völlig Verrücktes. Diese extravagante Seite ihres Charakters war jedem bekannt und hat mir wahrscheinlich bei meinem ersten Interview mit den Direktoren von Hardy nicht sehr geholfen. Aber dafür besaß sie andere Eigenschaften, die mir zugute kamen; sie war hoch begabt und hatte ein gutes Auge. Zum Schluß stellten sie mich, glaub' ich, an, weil sie hofften, daß ich Vanessas Begabung, aber nicht ihre Sprunghaftigkeit geerbt hätte. Außerdem war ich im richtigen Alter – achtzehn. In den Augen der Direktoren war es besser, zuwenig zu wissen als zuviel aus der falschen Quelle. »Wenn du hineinpaßt«, hatte Gerald gesagt, »werden wir dir schon beibringen, was du brauchst. Du wirst verdammt viel arbeiten müssen, es sei denn, du versuchst dich zu drükken, aber dann fliegst du schon vor Ende deiner Probezeit hinaus. Wenn wir dich behalten und du Lust hast zu bleiben, versetzen wir dich nach einem Jahr vom Empfang in eine unserer Abteilungen. Ich glaube, du wirst bald verstehen, daß es sich lohnt, durchzuhalten. Übrigens, wenn wir sicher sind, daß du nicht abspringst, bekommst du natürlich auch mehr Geld.«

Die ersten Monate arbeitete ich am Empfang, wie alle, die bei Hardy vorwärtskommen wollten. Abgesehen von dem niedrigen Anfangsgehalt war es eine herrliche Zeit. Ich hatte viele Vorteile: meine amüsante, elegante Mutter, die mir lässig zuwinkte, während sie die große, breite Treppe zu den Auktionsräumen hochging und mit anderen Händlern sprach, fast immer mit Männern, wie ich bemerkte; dann Gerald, meinen Freund und Mentor, und nicht zu vergessen meinen Vater. Es war ein weiterer Pluspunkt für mich, die Tochter von Jonathan Roswell zu sein, dessen Bilder bei den Auktionen recht gute Preise erzielten. Während meiner Zeit am Empfang lächelten mir viele Männer zu, was Vanessa zufrieden zur Kenntnis nahm; sie wäre schwer enttäuscht gewesen, wenn ihre Tochter keinen Erfolg gehabt hätte.

Nach einem Jahr kam irgend jemand zu dem Schluß, daß meine Talente am besten in der Porzellanabteilung genutzt werden könnten. Danach sah ich Vanessa seltener, weil ich mir eine eigene Wohnung nahm. Ich arbeitete, wurde älter, richtete mir mein eigenes Leben ein und wartete, daß etwas geschehen sollte – vielleicht wartete ich darauf, eine zweite Vanessa zu werden – oder vielleicht mich selbst zu finden. Aber keines von beiden trat ein. Bis zum Tag des Flugzeugabsturzes stand ich ausschließlich unter Vanessas, Geralds und Hardys Einfluß.

Der Regen war einem feuchten Dunst gewichen. Die Lastwagen wurden immer seltener. Ich genoß das Gefühl, einen starken Wagen zu fahren und fast allein auf

der geraden, glatten Straße zu sein. Ich mußte nur aufpassen, die Hundertkilometergrenze nicht zu überschreiten. Gerald hatte es gerne, wenn man schnell und gleichmäßig fuhr, aber er wäre entsetzt gewesen, wenn ich einen Strafzettel für zu schnelles Fahren bekäme, er hätte
es als peinlich empfunden. Seine Liebe zu großen, starken Wagen war sehr merkwürdig, besonders, da er sich
nach Kriegsende nie wieder freiwillig ans Steuer gesetzt
hatte. Man konnte sich Gerald unmöglich in einer alten,
ratternden Karre vorstellen. Er legte großen Wert auf
Eleganz. In seiner Jugend hatte es eine Krise gegeben,
von der ich natürlich nur vom Hörensagen wußte. Ich
kannte das Porträt seiner Frau, die kinderlos gestorben
war, und dem schon recht wohlhabenden Gerald ein be-
trächtliches Vermögen hinterlassen hatte. Dieses private
Einkommen zusammen mit dem Gehalt, das er bei Hardy bekam, erlaubten ihm, einen Lebensstil aufrechtzuerhalten, den sich nur die Reichsten leisten konnten. Einige von diesen Reichen besaßen unschätzbar wertvolle
Sammlungen, und wenn der eine oder andere gelegentlich etwas verkaufen wollte, wandte er sich über Gerald
vertrauensvoll an Hardy, wo das Stück dann ohne Namensnennung diskret verauktioniert wurde.

Natürlich ist jede Auktion eine Lotterie, ein aufregen-
des Hasardspiel, bloß daß man seine Gefühle hinter
einer Maske äußerster Ruhe verbirgt. Aber in dieser
inflatorischen Zeit waren mehr und mehr Leute gewillt,
etwas zu riskieren. Sie alle hofften, daß die Kunstwerke,
die sie gekauft hatten, mehr wert waren als das Geld,
das sie dafür bezahlt hatten. Sie durchstöberten die
Dachböden wie der traurige Mann, den wir heute in
Draycote Manor besucht hatten, sobald sie in der Zeitung lasen, daß irgendein anscheinend unbedeutendes
Stück eine Riesensumme bei einer Auktion gebracht
hatte. Die Miniaturen- wie die Nippes-Sammlungen
wurden einer erneuten Prüfung unterzogen, ein Teller
aus dem großmütterlichen Service, das seit Jahren im

obersten Fach des Geschirrschrankes verstaubte, wurde vorsichtig heruntergeholt.

Manchmal brach dem Besitzer das Herz, wenn er verkaufen mußte, egal, ob es nun ein Einzelstück oder eine ganze Sammlung war. Er versteckte sich dann hinter der anonymen Beschreibung »aus Privatbesitz«. Wieviel von diesen Geheimnissen wußte wohl Gerald? – Gerald, der für mich der Inbegriff von Hardy war.

Er war auf eine teure Schule gegangen und kannte die Reichen und Mächtigen dieser Welt. Für den Ersten Weltkrieg war er zu jung gewesen, aber den Zweiten hatte er als Adjutant eines Generals mitgemacht. Er hatte keine Orden erworben, aber dafür eine Anzahl nützlicher Verbindungen angeknüpft, politische wie militärische. »Ich bin nicht aus dem Stoff, aus dem man Helden macht«, hatte er einmal zu mir gesagt, doch hatte er seine Zeit nicht ungenutzt verstreichen lassen, und Hardy hatte davon profitiert. Er sprach fließend Französisch und Italienisch, und wo immer die internationale Gesellschaft sich traf, war er mit dabei. Sein Kennerblick hatte oft ein Kunstwerk in einem Haus erspäht, das für das Publikum nicht zugänglich war. Sein privates Kriegstagebuch war nie veröffentlicht worden, aber meine Mutter hatte mir erzählt, daß es einzigartig sei. Es enthielt nicht nur einen genauen Bericht über die Vormärsche und Rückzüge der Armeen, sondern auch eine komplette Liste aller Aristokraten, die im Kriegsgebiet gelegen hatten. Diese Notizen hatte er dann nach dem Krieg dazu benützt, um in seiner Freizeit diese Leute ausfindig zu machen. Auf seine geduldige und ruhige Art und ohne eine Spur von Gönnerschaft erkundigte er sich vorsichtig bei ihnen, ob die Kunstwerke die Massenvernichtung, die Zerstörungen, die Hungerjahre überlebt hatten. Für einige dieser Familien waren die Hungerjahre noch nicht vorbei, aber die Armut hatte ihren Stolz nicht gebrochen. Nur jemand, der so taktvoll war wie Gerald, konnte andeuten, daß ihre Probleme nicht unlösbar waren. Und so gab es manch sensationelles Kunstwerk, das durch Geralds phänomenales Gedächtnis und mit Hilfe seines Kriegstagebuchs bei Hardy unter den Hammer kam.

Auch unser heutiger Besuch war das Resultat von Geralds Instinkt für den richtigen Augenblick, von seiner Geduld, seinem Takt, seinen weitreichenden Beziehungen, und ich begleitete ihn, weil er es so wollte. Ich war erst zwei Tage aus Mexiko zurück und stand noch ganz unter dem Zauber des Mannes, der mein Vater war. Ich war braungebrannt von der mexikanischen Sonne, und der Schock über den Tod meiner Mutter war noch nicht verwunden.

Es war Geralds Vorschlag gewesen, Vanessa auf dem Kirchhof des kleinen Schweizer Dorfes zu beerdigen. »Sie war nicht religiös«, bemerkte er sachlich, »und hier liegt es sich hübscher als auf dem Londoner Friedhof.«

Und als Jonathan mich nach der Beerdigung, als wir vor der traurigen Reihe der neugeschaufelten Gräber standen, fragte: »Willst du für einige Wochen mit mir nach Mexiko kommen, Jo, und ein wenig Sonne und Ruhe genießen? Mehr kann ich dir nicht bieten, aber es wird dir guttun« – war es wiederum Gerald, der mir energisch zuredete. »Fahr hin, Jo. Dir steht doch noch Urlaub zu, nicht wahr? Aber es wird sowieso niemand Schwierigkeiten machen. London ist für dich im Augenblick nicht das richtige Pflaster. Spann ein paar Wochen aus.«

»Aber . . . ich . . .«, ich blickte den Fremden an, den unbekannten Vater, der mir plötzlich vorschlug, mit ihm zu fahren, um ihn nach siebenundzwanzig Jahren kennenzulernen. »Ich habe keine Sommerkleider mit . . .«, sagte ich verlegen und etwas dümmlich.

»Wir kaufen welche in Mexico City. Du brauchst nicht viel. San José liegt völlig einsam und ist ganz unmondän.«

Und San José war genauso, wie er es beschrieben hatte – primitiv und weltentrückt. Das Leben, das die zahllosen Nachkommen der Martinez-Familie dort führten, war fast bäuerlich. Ihre Ahnen hatten von Ferdinand und Isabelle ein großes Stück Land zugeteilt bekommen mit der Erlaubnis, für die künftigen Könige von Spanien Silber zu fördern. Sie waren sehr stolz und sehr arm und hielten hartnäckig an der Fiktion fest, daß sie durch und durch spanisch seien und keinen Tropfen indianischen Blutes in den Adern hätten – eine Behauptung, die jeder Mexikaner aufstellt, und die keiner glaubt. Die weitläufige Hazienda war halb verfallen. Jonathan erzählte mir, daß er vor zwanzig Jahren ganz zufällig in die Gegend gekommen sei und die Familie gebeten habe, ihm die verwahrloste Scheune zu vermieten, um sich dort ein Atelier und eine Wohnung einzurichten. Sie hatten von ihm nur den Preis für die Reparaturen verlangt, und seitdem lebte er als Mitglied der Familie – und zwar als das wohlhabendste. Er bezahlte alles, was besonders teuer war, die Elektrizität, das Auto und die Nahrungsmittel, die sie nicht selbst anbauten. Am Anfang waren das für ihn große Summen gewesen, jetzt dagegen fiel es gar nicht ins Gewicht. Die Familie hatte noch nicht recht begriffen, daß er inzwischen ein bekannter Maler geworden war. Sie fanden, was er malte, seien keine richtigen Bilder, und hielten daher nicht viel von seiner Kunst. Aber sie hielten viel von ihm. Er war rührend besorgt um sie und ermöglichte ihnen ein Leben, das sie nach dem Verlust der Silberminen nie hätten führen können. Wo immer er hinging, folgten ihm an die fünfzig Kinder, die auf ihn einschnatterten und seine Aufmerksamkeit verlangten. Er nannte sie seine *niños*, und sie nannten ihn *El Ingles*. Dann gab es auch noch eine schöne, dunkeläugige Frau um die Dreißig, von der ich vermutete, daß sie seine Geliebte war. Sie war Witwe und hatte drei Kinder, von denen aber keines von ihm stammte. Er behandelte sie liebevoll und großzügig, was für die Familie nur ein weiterer Beweis für seine Wunderlichkeit war. In dieser Umgebung lebte und arbeitete er nun schon seit zwanzig Jahren, und ich, als seine Tochter, erweckte natürlich Neugierde, aber auch eine Art von respektvoller Liebe. Anfangs fand ich alles etwas beängstigend und unheimlich, aber schon bald erlag ich dem Charme der Landschaft, der Freundlichkeit der Menschen, der jahrhundertelang unveränderten Atmosphäre. Ich fühlte mich wie zu Hause.

Ich werde nie vergessen, wie ich eines Tages neben ihm stand und zu einem großen Steinaquädukt aufblickte, der im sechzehnten Jahrhundert gebaut worden war, aber noch heute die Hazienda mit Wasser versorgte. Ich wandte mein Gesicht der Sonne zu. »Wie klar die Luft hier ist und wie hart das Licht.«

»Das richtige Licht für einen Maler. Es hebt die Formen und Konturen hervor, es gibt mir, was ich brauche. Kräftige, lebhafte Farben und schwarze Schatten, diese Landschaft sagt alles, was ich ausdrücken will. Ich habe nie versucht zu malen, was ich sehe, sondern nur die Formen, so wie sie sind.« Ja, das war es, was ihn zu einem der bekanntesten abstrakten Maler gemacht hatte, das und sein unermüdlicher Arbeitseifer. »Ich würde nie von hier fortgehen«, sagte er, »sonst würde ich sterben. Und ich werde sterben, bevor ich hier fortgehe. Sie werden mich wie die übrigen Familienmitglieder dort neben der Kapelle beisetzen. Das verstehst du doch? So wie wir deine Mutter an den Hügelhängen begraben haben. Dies ist kein fremder Boden. Hier ist mein Zuhause.«

Trotz der kurzen Zeit hatte ich einiges verstanden. Ich wußte endlich, warum Vanessa und er sich getrennt hatten, warum sie nie hätten zusammenleben können. Es war unmöglich, sich Vanessa in dieser Umgebung vorzustellen, es sei denn als flüchtige Besucherin, und es war unmöglich, ihn sich irgendwo anders vorzustellen. Nur in dieser heiteren, sauberen Atmosphäre konnte er atmen, arbeiten, existieren. Er hatte recht gehabt, mich einzuladen; nun hatte ich einen Vater, den ich nicht nur kannte, sondern auch verstand.

Und dann kehrte ich zurück nach London. Meine Koffer waren kaum ausgepackt, als das Telefon klingelte. Gerald bat mich, zwei Häuser mit ihm zu besichtigen. Direktor Hudson hatte schon seine Erlaubnis gegeben, ich konnte so lange fortbleiben, wie Gerald mich brauchte. Ich las meine Post – meistens waren es Beileidsbriefe –, und ich hatte nicht den Mut, mich hinzusetzen und sie zu beantworten. Dann ging ich ins St.-Giles-Hospital, wo ich einmal im Monat Blut spendete, und anschließend zu Hardy. Jeder begrüßte mich freundlich und sagte mir nette Sachen über Vanessa, sogar diejenigen, die sie nicht sehr gemocht hatten. Ich besprach unsere Fahrt mit Gerald, ging durch die einzelnen Büros, die ich sonst nicht oft besuchte, betrachtete die vielen alten Kostüme, die auf einer Stange hingen, und eine Reihe von alten Stoffpuppen. (Warteten sie auf eine Versteigerung?) Ich ging in den ersten Stock und verbrachte eine Weile im großen Auktionssaal, wo englische Bilder versteigert wurden – eine recht bedeutende Sammlung. Der Saal war gerammelt voll, und die Auktion wurde durch Fernseher in einen Nebenraum übertragen. Die Gebote gingen immer höher. Die Atmosphäre war wie immer nonchalant und familiär, die verschiedenen Händler flüsterten sich kritische und hämische Bemerkungen zu, wenn ein anderer etwas kaufte. Wie weit entfernt war das alles von der heiteren Stille von San José, von den schneebedeckten Bergen in der Schweiz! Ich war wieder in meiner alten Welt. Aber irgend etwas hatte sich verändert.

Schließlich ging ich nach Hause, briet mir ein Kotelett zum Abendbrot, setzte mich hin und versuchte das Telefon zu hypnotisieren. Aber es klingelte nicht. Harry Peers rief nicht an. Er hatte drei lange, extravagant teure Telegramme nach Mexiko geschickt, aber zu Hause hatte ich keine Nachricht von ihm vorgefunden. Ich packte meinen Koffer für die Fahrt mit Gerald. Mir saß ein kleiner Kloß in der Kehle, als ich an Harry Peers dachte. Schließlich rief ich in seiner Wohnung an. Sein Diener sagte, er sei noch nicht in England, und seine Rückkehr wäre unbestimmt. Also würde ich warten. Und dann würde er eines Tages anrufen. Ich wünschte, ich könnte böse auf ihn sein, aber ich konnte es nicht. Harry lebte nach seinen eigenen Gesetzen, und alle, die ihn kannten, verstanden das. Ich mußte ihn entweder so akzeptieren, wie er war, oder ohne ihn auskommen. Und ich wollte nicht ohne ihn auskommen.

Durch das eintönige Klicken des Scheibenwischers drang plötzlich Geralds Stimme zu mir.

»Ich bin aufgeregt wie ein Schuljunge«, sagte er, »und dabei hatte ich schon geglaubt, ich wäre zu alt für dieses Geschäft.« Dann, wohl wissend, daß ich an seine Gedankensprünge gewöhnt war, fuhr er fort: »Robert war seit 1945 nicht mehr in Thirlbeck, und ich habe weder über das Haus noch über die Einrichtung irgendwelche Informationen. Ich bat einen unserer jungen Leute, die alten Nummern von ›Country Life‹ durchzusehen. Aber er hat nichts gefunden. Es muß das einzige Haus dieser Größe in England sein, das nie fotografiert oder beschrieben worden ist. Der Großvater und der Vater haben die Exzentrik wirklich auf die Spitze getrieben. Ich frage mich, ob diese Leute je etwas Wertvolles gesammelt haben, oder ob das Haus voll von viktorianischem Trödel steckt. Nun, wer weiß, vielleicht gibt es doch ein paar Sachen aus der urgroßväterlichen Zeit, obwohl es mich wundern würde, wir hätten bestimmt davon gehört.« Er richtete sich im Sitz auf und zündete sich eine Zigarette an. Seine Stimme wurde lebhafter. »Dieses Haus, das all diese Jahre leerstand, von dem niemand etwas weiß – was werden wir dort wohl finden? Aufregend, nicht wahr, Jo?«

24

Er fuhr fort. »Du wirst natürlich nicht erwartet. Aber vielleicht erinnert sich Robert noch daran, daß ich ungern selber fahre. Ich weiß noch, daß er amüsiert war, als ich auf einer Wochenendparty in Italien mit meinem englischen Chauffeur und Wagen erschien. Als ob ich so verrückt wäre, mein Leben einem italienischen Chauffeur anzuvertrauen! Aber mach dir keine Sorgen, Robert wird nett zu dir sein. Er ist zu Frauen immer reizend. Sogar wenn sie ihm lästig oder, noch schlimmer, gleichgültig sind. Weiß der Himmel, in welchem Zustand sich der alte Kasten befindet . . .«, sagte er nachdenklich und gedehnt. »Gut geheizt wird es kaum sein, aber ein paar Nächte werden wir das schon aushalten. Ich frage mich wirklich, warum er mich wohl eingeladen hat. Entweder braucht er menschliche Gesellschaft oder einen Rat, was er verkaufen soll. Auf jeden Fall werden wir schon nach kurzer Zeit wissen, ob es sich lohnt, unsere jungen Genies für eine detaillierte Schätzung hinzuschicken. Woll'n doch mal sehen, ob meine alten Augen immer noch so scharf sind, wie ich mir einbilde.«

Er sprach ohne falsche Bescheidenheit. Wegen seines vorgerückten Alters arbeitete er nur noch als Berater für Hardy und hatte daher mehr Zeit, seinem Hobby zu frönen, das heißt, unbekannten oder vergessenen Kunstwerken nachzuspüren, die dann vielleicht eines Tages in Hardys Katalog erscheinen würden. Er hatte kein Spezialgebiet, aber dafür ein umfassendes Wissen, das er sich im lebenslangen Umgang mit seltenen und schönen Dingen erworben hatte. Sobald er glaubte, etwas entdeckt zu haben, ließ er einen der Experten kommen, die dann fast immer feststellten, daß sein Instinkt ihn nicht getrogen hatte.

Auf der Autobahn erschienen die ersten Schilder, die die Abzweigung nach Penrith anzeigten. »Ich habe Robert gesagt, daß wir noch ein Haus in seiner Nähe besichtigen müssen. Er kennt Hardy gut genug, um zu wissen, daß ich den Namen des Besitzers nie nennen würde. Aber wir brauchen ihm nicht auf die Nase zu binden, daß wir den ganzen Nachmittag gebraucht haben, um nach Thirlbeck zu kommen.«

Er sprach jetzt so leise, daß man meinen konnte, er rede zu sich selbst. »Nun, man wird sehen . . . Wenn ich irgend etwas Wertvolles entdecke, könnte ich ihn zu einem Verkauf überreden, indem ich sage, daß er zumindest die Versicherungskosten dafür einspart. Eine Kostbarkeit hat er meines Wissens bestimmt, sie ist so einzigartig, daß selbst die Birketts ihr Vorhandensein nicht verheimlichen konnten. Aber wer kann sie kaufen? Das ist die Frage. Auf jeden Fall niemand, der seine fünf Sinne beisammen hat. Und doch . . . La Española auf einer Auktion . . .«

Er stieß einen langen Seufzer aus, wie ein Mann, dessen Tagesarbeit beendet ist. Ich hielt mein Neunzigkilometertempo ein und stellte keine weiteren Fragen. Gerald würde mir schon erzählen, worum es sich handelte. »O Gott«, sagte er einige Minuten später, »ich hoffe nur, das Haus ist nicht in einem allzu verwahrlosten Zustand, und vor allem hoffe ich, daß es Eis für die Getränke gibt . . .«

3

Die Landstraße nach Thirlbeck zog sich endlos hin. Sie war kurvenreich, aber sehr malerisch. Rechts und links von uns erhoben sich Berge – phantastische Formen, wie eine Tiermenagerie von einem Kind auf den Horizont gemalt –, eigentlich waren es keine richtigen Berge, sondern Hügel, Erdhaufen, große Bodenwellen, nicht hoch, aber so steil aufsteigend und abfallend, daß man das Gefühl hatte, sie wären unüberwindbar. Dann plötzlich war man über eine Kuppe und in einem anderen Tal mit einem anderen geheimnisvollen, regendunklen See.

»Sehr dramatische Landschaft«, stellte Gerald fest. Wolken ballten sich über unsichtbaren Berggipfeln, an anderen Stellen sah man den klarblauen Himmel; die Sonnenstrahlen glitzerten purpurfarben, goldgelb, opal. Die winterbraunen Farne streckten ihre ersten grünen Fühler aus; die Lärchen maßten sich ein so helles Grün an wie kein anderer Baum; die bleichen, schlanken Birkenstämme wirkten wie ein Gespensterwald; hie und da tauchte das finstere Dreieck einer Tanne auf.

»Oh, Jo, ich wünschte, wir wären endlich da«, sagte Gerald ungeduldig. »Es war ein anstrengender Tag, und ich mag das Seengebiet nicht sehr. Zu wild, zuviel Regen, man muß schon hier geboren sein, um es zu lieben.«

»Ich bin zum erstenmal hier. Komisch, außer wenn ich für eine Schätzung irgendwohin fahr'« – ich blickte liebevoll in sein abgespanntes Gesicht –, »und das tue ich eigentlich nur, wenn du mich mitnimmst, reise ich nie in England. Ich habe noch nie meinen Urlaub hier verbracht. Eigentlich eine Schande, findest du nicht? Anfangs bin ich in den Ferien sofort nach Paris, Rom oder Madrid gerast, und später habe ich mir Vanessas Wagen ausgeliehen und bin in die französische und italienische Provinz gefahren, immer auf der Suche nach Museen oder Kirchen. Ich muß der einzige Mensch auf der Welt sein, der wochenlang in Venedig war und nie am Lido.« Mir war das bislang noch nie so zu Bewußtsein gekommen, und ich schwieg einen Moment lang betroffen.

»Gerald, ich bin siebenundzwanzig. Habe ich mir zu lange die Nase an den Ausstellungskästen der Museen plattgedrückt? Ich wollte unbedingt nach New York und Washington, und weißt du, warum? Nur, um das Metropolitan Museum, die Cloisters und die National Gallery zu sehen. Wenn jemand Kalifornien sagt, denke ich nicht an Sonne, sondern an die Norton-Simon-

27

Sammlung! Siebenundzwanzig! Lach' bitte nicht, Gerald, ich weiß, für dich klingt es nicht alt. Aber manchmal denke ich plötzlich, ich habe etwas versäumt. Und weiß nicht einmal, was.«

»Warum heiratest du nicht Harry Peers? Du könntest beides haben, das Metropolitan Museum und eine elegante Wohnung. Und wenn du dir aus dem Lido nichts machst, gibt es eine Menge Privatstrände am Ägäischen Meer mit kleinen antiken Amphitheatern als Kulissen. Du könntest dir die chinesischen Porzellane kaufen, statt sie nur anzusehen. Die Antwort auf deine Frage, ob du mit siebenundzwanzig etwas versäumt hast, ist, Harry Peers zu heiraten. Er kann dir alle die Welten eröffnen, die dir bislang verschlossen waren.«

»Abgesehen von einigen anderen Dingen, darunter zum Beispiel, daß er viele schöne Mädchen kennt, hast du bei deinem Vorschlag etwas übersehen, Gerald, nämlich, daß er mich nie gebeten hat, ihn zu heiraten. Aber wenn – *wenn* – er es jemals tun sollte, dann würde er keine Zeit verlieren. Die Aktie wird schnell erworben, mit einem Minimum an Aufregung. Doch bis dahin wird er über seine Gefühle genausowenig reden wie über seine Geschäfte. Er ist im Augenblick, soviel ich weiß, in New York. Ich habe keine Ahnung, ob er hingefahren ist, um das Empire State Building zu kaufen oder um seine neueste Flamme zu treffen. Er war schon einmal dort. Aber er wird mit irgendeiner hübschen Kleinigkeit zurückkommen, die er von einem Händler erworben hat. Und er wird sie mir zeigen und sich an meinen begehrlichen Blicken weiden . . . das ist Harry. Sollte so ein Mann wie Harry heutzutage überhaupt heiraten? Sind sie nicht alle auch so zu haben – in jeder Größe und Auflage, und wenn man Harry ist, sogar mit Verstand? Und sag' mir ja nicht, ›alles ist zu haben – man muß nur den Preis zahlen‹. Das weiß ich auch. Im gewissen Sinne kann man jeden Menschen ersteigern. Aber ich bin ungerecht. Harry ist nicht so. Er ist besser als das; was er anstrebt, ist komplizierter, der Preis ist nur ein Teil des Spiels. Und ich – das ist sehr einfach, ich bin ihm zu langweilig, zu ernst. Warum kann ich nicht so sein wie Vanessa? Er vergötterte Vanessa und sie ihn. Ja – ich glaube, ich würde ihn heiraten, wenn er eines Tages zu dem Schluß käme, daß ich eine krisenfeste Anlage bin. Irgendwo ist er sehr altmodisch. Was er erwirbt, will er für immer besitzen. Seine Ideale sind die der Arbeiterklasse. Wenn eine Ehe geschieden wird, dann war sie reine Zeitvergeudung. Er hat gar nicht so unrecht. Auf dem Grundstücksmarkt mag er etwas riskieren, auf dem Heiratsmarkt nicht.«

»Nun, wenn er so denkt, scheint er mir ein rechter Narr zu sein, und ich hätte nie gedacht, daß ich das von Harry Peers je sagen würde. Die Ehe ist von allen öffentlichen Einrichtungen die unzuverlässigste. Für Spieler gerade das Richtige. Und wenn er bei dir nicht den Einsatz wagt, ist er eben ein Narr.«

Ich lächelte. »Gerald, du bist ein Schatz. Von nun an werde ich den Zeitungsklatsch etwas leichteren Herzens lesen.« Aber was ich ihm nicht verriet, war, daß ich mir von dieser Fahrt eine kleine Schockwirkung versprach. Harry hatte die Angewohnheit, mich zu jeder Tagesoder Nachtzeit aus New York, von den Bahamas oder wo immer seine Kauflust ihn hintrieb, anzurufen, und es würde ihm nur guttun, wenn ich nicht immer am anderen Ende der Strippe hing. Ich sagte mir ärgerlich, daß er unerträglich egoistisch war, mußte aber doch zugeben, daß er auf eine komische Art auch unerwartet freigebig und herzlich sein konnte. Gelegentlich war er zu extravaganten, fast protzigen Gesten fähig, die leicht ordinär wirkten, mich aber manchmal sehr an meine Mutter erinnerten. Ja, Vanessa hatte Harry sehr gern gemocht. Sie bewunderte seinen Mut zur Vulgarität und seine Lebensart.

Vielleicht hatte ich zu intensiv über Harry nachgedacht oder die Kurve war besonders unübersichtlich, auf

29

jeden Fall wäre ich fast auf einen Wagen aufgefahren, den ich nicht einmal gesehen hatte. Zum Glück fuhr ich langsam, trotzdem mußte ich scharf bremsen. »Verzeih bitte«, sagte ich zu Gerald. »Aber er schleicht nur so dahin.«

»Ja . . . wäre schade gewesen.«

»Was wäre schade gewesen?«

»Wenn du in einen . . . wenn ich nicht irre, Bentley, Baujahr 1931, hineingefahren wärst. Er ist in einem wunderbaren Zustand, nicht wahr?«

»Gerald, woher weißt du die Marke und das Baujahr?«

»Meine Liebe, als man solche Wagen noch herstellte, waren sie eine ziemliche Seltenheit. Heutzutage kann ich kein Modell vom anderen unterscheiden.«

Ich verringerte mein Tempo. Bis nach Kesmere, in dessen Nähe Thirlbeck lag, waren es noch ungefähr fünfzehn Kilometer, und mir schien es unwahrscheinlich, daß wir auf eine gerade Strecke kämen, auf der ich gefahrlos den anderen Wagen hätte überholen können. Im Moment war es auf jeden Fall ausgeschlossen, wir fuhren an einer steilen Geröllhalde entlang, und eine Kurve folgte der anderen. Ich seufzte, bald würde die Dämmerung einbrechen.

Der Wagen vor uns, ein Cabriolet mit heruntergeklapptem Verdeck, kroch jetzt nur noch vorwärts, aber als die Straße sich etwas verbreiterte, fuhr er an den Rand und hielt an, um mich mit einer etwas ungeduldigen Handbewegung vorbeizuwinken. Mein kurzer Eindruck vom Fahrer war der eines eher jungen Mannes. Er hatte strohblondes Haar und trug einen dicken Pullover, aber er sah verfroren aus auf dem hohen Sitz seiner alten Karosse. Wahrscheinlich war er auch ziemlich durchnäßt, er hatte sicher den letzten Regenguß abbekommen. Ich hob die Hand zum Dank und blickte in den Rückspiegel, aber die Kurven waren so zahlreich und scharf, daß ich ihn schon nicht mehr sehen konnte.

30

Nach einigen Kilometern waren wir fast im Tal, und ich mußte zum zweitenmal scharf bremsen. Wir wären beinahe vorbeigefahren. Das vergitterte Eisentor war in die hohe Steinmauer eingelassen, an der wir schon seit einiger Zeit entlangfuhren. Rechts und links standen zwei verwitterte Säulen, auf denen verrosteter Stacheldraht lag. Hinter der ebenfalls mit Stacheldraht versehenen Mauer stand die Ruine eines Pförtnerhäuschens mit eingefallenem Schieferdach. Am Tor hing ein verblichenes Schild, mit ungelenken Buchstaben beschriftet.

THIRLBECK
PRIVATBESITZ
BETRETEN BEI STRAFE VERBOTEN

Ich sah Gerald an. »Ist es das?« Die Zufahrt war mit Unkraut überdeckt und stieg zwischen zwei niedrigen Steinmauern und einem frühlingsgrünen Lärchenwäldchen erstaunlich steil an.

Sogar Gerald war einen Moment sprachlos. Er holte tief Luft. »Mein Gott – meinst du etwa, das ist der Haupteingang?« Er griff suchend in seine Jackentasche. »Roberts Anweisungen waren nicht sehr präzise . . . wo ist der verdammte Brief? Ich weiß genau, daß irgend etwas über Kesmere drinstand . . .«

Ich war inzwischen ausgestiegen, und Gerald drehte das Fenster herunter. »Nein«, sagte ich, »das muß der Hintereingang sein, aber leider ist er verschlossen.« Ich rüttelte an der schweren Kette und dem Vorhängeschloß und lugte durch das Gitter. An der Außenmauer des verwahrlosten Pförtnerhäuschens sah ich die rostigen Überreste eines schmiedeeisernen Tores lehnen. »Ich hoffe, der Haupteingang macht einen etwas freundlicheren Eindruck. Wir müssen weiter, Gerald, es tut mir leid . . . du siehst ganz müde aus.« Er hatte den Brief gefunden. »Ja, er schreibt, hinter Kesmere sollen wir rechts abbiegen . . . wir werden dort jemand fragen.«

3 1

Ich warf noch einen letzten Blick auf die Zufahrtsstraße und sah, daß sie mit großen, handgelegten Platten gepflastert war. Überall sproß das Unkraut zwischen den Steinen, und das edle Wappen auf dem schmiedeeisernen Tor war bis zur Unkenntlichkeit von Rost zerfressen.

Trotz seines äußerlichen Glanzes hatte der Bentley einen sehr lauten Motor. Ich hörte ihn, noch bevor er um die Kurve kam. Der Fahrer verminderte das Tempo, hielt neben uns vor dem großen Tor an und stieg aus. Aus der Nähe sah er nicht mehr ganz so jung und sportlich aus. Er mußte so um die Dreißig sein, aber durch den schmalen, dünnlippigen Mund und die Falten um die grauen Augen wirkte er älter. Seine buschigen Augenbrauen waren dunkler als sein Haar. Zu seinem dicken Pullover trug er fleckige Kordhosen.

»Kann ich Ihnen behilflich sein?« Es klang etwas schroff, so als ob er sich mit Höflichkeitsfloskeln nicht aufhalten wollte.

Gerald antwortete statt meiner. »Lord Askew erwartet uns, und wir wissen nicht . . .«

»Lord Askew erwartet Sie?« Er versuchte nicht mal, seinen Sarkasmus zu verbergen. »Lord Askew ist seit ewigen Zeiten nicht hiergewesen.«

»Dann sind Sie falsch informiert«, sagte Gerald kurz angebunden. »Lord Askew ist zurück, und er erwartet uns heute abend. In seinem Brief steht, wir sollen durch Kesmere fahren, aber wir dachten, dies wäre eine Abkürzung . . .«

Der Mann ging um den Wagen herum zum offenen Fenster. Ich bemerkte, daß der gespannte Ausdruck aus seinem Gesicht wich, als er Gerald sah. Seine Ablehnung war plötzlich verschwunden. Sie waren ein seltsamer Gegensatz, die beiden. Der Fremde hatte etwas Bäuerliches an sich, während Gerald in seinem dunklen Anzug und mit seinem blassen Teint wie ein typischer Städter wirkte. Doch aus irgendeinem Grunde verstanden sie sich sofort. Jeder wußte instinktiv vom anderen, daß er ihm vertrauen konnte.

»Sie wissen also, daß er zurück ist? Er kam vor kaum einer Woche . . .«

»Er hat mich eingeladen. Ich glaube, ich kann mit Recht sagen, daß ich ein guter Freund von ihm bin.«

Der Mann musterte ihn kurz. »Ein Freund. Ich bin erstaunt zu hören, daß er einen Freund in England hat. Aber wenn Sie es sagen, wird es wohl stimmen. Warten Sie, ich werde Ihnen gern behilflich sein.«

»Aber wie?«

Der Mann warf mir einen Blick zu. »Wenn die Dame den Mut hat . . . die Zufahrt ist in einem fürchterlichen Zustand, aber sie kürzt fünfzehn Kilometer ab. Sonst müßten Sie eine Riesenschleife über Kesmere machen, zusätzlich noch durch die ganze Stadt fahren, nur um ein paar Kilometer von hier entfernt wieder herauszukommen.«

»Aber die Gitter sind verschlossen«, sagte Gerald in seiner typischen direkten Art.

»Ich habe ein Stück Land von Askew gepachtet, zu dem ich Zugang haben muß, deshalb besitze ich einen Schlüssel.«

Geralds Gesicht hellte sich auf. »Also gut, fahren wir.«

Der Mann wandte sich zum erstenmal an mich. »Sind Sie schon mal in den Bergen gefahren?«

»Ja, öfter – keine Angst, ich paß schon auf.«

»Na gut, aber passen Sie auch wirklich auf. Ich möchte es nicht auf meinem Gewissen haben, wenn Sie im Abgrund landen.« Nach diesen Worten zog er einen Schlüsselbund heraus und schloß das Tor auf. »Sehen Sie sich vor, man kommt leicht ins Schlittern.«

Ich setzte mich wieder in den Wagen und ließ den Motor an. Mir kam ganz plötzlich zu Bewußtsein, wie erschöpft Gerald und ich waren. Wir hätten Draycote Manor und diese Reise nicht an einem Tag machen sol-

33

len. »Vielen Dank«, sagte ich, als der Mann uns das Tor öffnete und ich neben ihm anhielt. »Wie weit ist es?«

»Ungefähr fünf Kilometer. Sie müssen erst über den Berg und dann ins Tal fahren. Das Tal liegt wie von der Welt abgeschieden und ist nur über zwei enge Zufahrtsstraßen zu erreichen – und genau das gefällt den Lords.«

Ich blickte in den Rückspiegel und winkte ihm noch einmal zu, wobei ich an seine Worte dachte – ›und genau das gefällt den Lords‹. Es hatte geklungen, als ob er von vielen Generationen spräche und nicht nur von dem einen Mann, der nach so langer Zeit nach England zurückgekehrt war. Bevor ich die erste Kurve nahm, sah ich im Rückspiegel, wie er das Tor wieder zumachte und das Schloß vorlegte. Ich hatte plötzlich das seltsame Gefühl, als sei er mein letzter Kontakt mit der Außenwelt. Ich verlangsamte das Tempo, um ihn nicht so schnell aus den Augen zu verlieren.

»Fahr schon«, sagte Gerald. Das dämmrige Grün hätte auf uns, selbst wenn wir nicht so müde gewesen wären, einschläfernd gewirkt. Zwischen den Bäumen lagen moosbewachsene Felsstücke, irgendwo plätscherte ständig Wasser, so als ob uns die ganze Zeit ein Bach begleiten würde. Wir fuhren über ein paar wacklige kleine Brücken, unter denen die Gischt weiß schäumte. Das Ganze wirkte wie eine idealisierte Szene auf einem orientalischen Aquarell.

Um so stärker war der Schock, als wir den Lärchenwald hinter uns ließen und die Bergkuppe erreichten. Hier waren wir fast schon in den Wolken. Das Moor war unwirklich, wild und öde. Die Felsen fielen steil ins grüne Weideland, in die dunkle Schönheit eines langgezogenen Sees. Das abstürzende Geröll hatte durch die Jahrhunderte tiefe Löcher in die Berghänge gerissen. Und die niedrige Steinmauer, die von den Menschen zum Schutze ihres Eigentums und ihrer Tiere errichtet worden war, lief schnurgerade durch diese unwegsame Gebirgslandschaft. Wie war das nur möglich? Wie konnten

34

die Menschen vor Hunderten von Jahren so präzise bauen?

»Nun, fahr schon«, sagte Gerald wieder. Ich hatte nämlich vor lauter Begeisterung, ohne daß ich es merkte, angehalten. »Es kann nicht mehr weit sein. Großer Gott, was für eine trostlose Wildnis! Noch nicht mal eine Schäferhütte ist zu sehen.«

Die Straße verlief jetzt steil abwärts, und ich fuhr mit äußerster Vorsicht. Nach ungefähr zwei Kilometern gelangten wir in ein kleines Birkengehölz. Mir war auf einmal kalt – trotz der Autoheizung.

Plötzlich sah ich im Dämmerlicht einen großen weißen Hund. Er stand einen Augenblick lang bewegungslos unter den Birken wie eine Spukgestalt. Dann packte ihn die Angst, und er rannte quer über die Straße. Ich trat auf die Bremse und kam ins Rutschen. Ob ich nun zu stark gebremst hatte, oder ob die Räder auf den feuchten Blättern keinen Halt fanden, weiß ich nicht, auf jeden Fall schlitterten wir seitwärts mit erschreckender Geschwindigkeit auf die nächste Kurve zu. Ich nahm den Fuß von der Bremse und drehte verzweifelt am Lenkrad, um den Wagen wieder in die Gewalt zu bekommen, was mir zum Glück auch gelang. Nur der hintere Kotflügel streifte leicht die Mauer, und ich hörte ein paar Steine fallen. Dann waren wir wieder auf der Mitte der Straße. Ich bremste vorsichtig, und wir kamen zum Stehen. Gerald drehte sich, ohne ein Wort zu sagen, um und blickte zurück. Der Hund war unversehrt über die Straße gekommen und verschwand zwischen den Birkenstämmen mit langen Sprüngen wie ein flüchtendes Reh.

Es dauerte eine Weile, bis Gerald die Sprache wiederfand. »Um Gottes willen, Jo, was ist in dich gefahren? Ist mit dem Auto was nicht in Ordnung?«

Ich sah ihn an. »Hast du den Hund nicht gesehen? Er kam aus dem Wäldchen genau auf uns zugeschossen. Ich hätte ihn fast überfahren.«

35

»Einen Hund? Welchen Hund? Ich habe keinen Hund
gesehen. Was sollte ein Hund hier ganz alleine machen?
Wie sah er aus?«

Ich schüttelte den Kopf und wußte, daß ich das Zittern meiner Hände auf dem Lenkrad vor Gerald verbergen mußte. »Kein kleiner Hund, Gerald, ein großer
weißer Hund mit langen Beinen, du mußt ihn doch gesehen haben!«

Es dauerte eine ganze Weile, bis er antwortete. Er
nahm eine Zigarette aus dem Etui und zündete sie sich
an. Ich sah, daß auch seine Hände zitterten, aber aus
einem anderen Grund. Es war klar, daß er mir nicht
glaubte. Er hatte den Hund nicht gesehen.

»Ich muß eingedöst sein«, sagte er schließlich. »Nein,
ich habe den Hund nicht gesehen. Komm, fahr weiter, es
wird dunkel.« Seine Stimme klang nicht im mindesten
vorwurfsvoll. Vermutlich dachte er, der vermeintliche
Hund sei eine Einbildung von mir, aber er sagte es nicht.
Das hieße also, daß meine Augen etwas gesehen hatten,
was seine nicht sahen? Das hörte sich recht unwahrscheinlich an.

Wir fuhren weiter ins Tal hinab, und bald waren wir
auf gleicher Höhe mit dem See. Dann sahen wir das
Haus. Es war ungefähr noch einen Kilometer von uns
entfernt. Weder Gerald noch ich machten eine Bemerkung. Ich stellte wieder die Scheibenwischer an, der
Nebel hatte sich verdichtet und schlug sich als Regen
nieder. Von Zeit zu Zeit verschwand das Haus hinter
einem Dunstschleier, um aber kurz darauf wieder aufzu-
tauchen. Es war ein großer Steinbau, dessen edle Formen sich schwarz vom dunklen Abendhimmel abhoben.
Ich wünschte, Gerald würde etwas sagen. Ich fing schon
an zu glauben, daß ich mir das Haus vielleicht auch nur
einbildete.

Endlich sprach er, und seine Worte bestätigten mein
eigenes Unbehagen, aber wenigstens sah er diesmal offenbar dasselbe wie ich.

»Mir wäre besser zumute, wenn ich irgendwo ein beleuchtetes Fenster sehen könnte«, sagte er. »Ich hoffe zu Gott, sie haben elektrisches Licht.« Ich erinnerte mich, daß ich Überlandleitungen gesehen hatte, wollte es aber im Augenblick nicht sagen. Ich hatte Gerald noch nie so nervös gesehen.

»Es ist ja noch nicht ganz dunkel.«

»Dunkel genug.«

Je näher wir kamen, desto breiter wurde das Tal. Kühe grasten auf den Wiesen, die Schafe und Lämmer wurden wahrscheinlich auf die höherliegenden, spärlicheren Weiden geschickt. Das Haus lag in einer parkähnlichen Landschaft. Die Eichen und Buchen standen im ersten Frühlingsgrün. Das Gras war vom Vieh fast abgeweidet. Der See hatte sich so verschmälert, daß er wie ein langer, dunkler Finger aussah. Dichte Binsenbüschel verdeckten die Ufer. Eine Mauer zog sich an ihm entlang, hinter der ein düsterer, verwilderter Gemüsegarten lag, mit vernachlässigten Hecken und Pflanzen.

Hinter einem Parterrefenster erschien endlich ein Licht, aber es verschwand sofort wieder, als hätte jemand einen Vorhang zugezogen.

»Ich hoffe, du hast es auch gesehen«, sagte Gerald. »Und ich glaube, es war elektrisches Licht. Vielleicht haben sie doch Eis im Haus . . .« Wir fuhren an einer zweiten Mauer vorbei, die früher den Ziergarten abgegrenzt haben mußte. Aber auch er war verwildert. Große, wuchernde Rhododendronbüsche und unbeschnittene Lorbeerbäume standen unter Buchen und Eichen. Im hohen Gras schwankten Tausende von gelben Narzissen im Winde, dünne, kümmerliche kleine Dinger. Dann hörte ich plötzlich das knirschende Geräusch von Kies unter den Rädern. »So«, sagte Gerald, »hier ist die Straße zu Ende, und das wird Thirlbeck sein. Und ich muß schon sagen, die Fahrt hat sich gelohnt.«

Es war ein großartiger Profanbau aus der Tudorzeit, mit einem klobigen Turm, der einige Jahrhunderte älter sein mußte. Der größte Teil des Hauses stammte sicher aus der elisabethanischen Ära. Es hatte viele Fenster, ein Zeichen des Reichtums in jener Zeit. Das Gebäude war zwei Stockwerke hoch und, abgesehen von dem Turm, vollkommen symmetrisch, mit zwei großen Erker-fenstern rechts und links vom Eingang. Um das Dach lief ein durchbrochener, mit heraldischen Tieren geschmückter Fries. Die Größe wie die Proportionen waren ideal. Statt einer Treppe führten nur drei Stufen zur Eingangstür, um den intimen Charakter noch zu betonen. Der Architekt hatte offensichtlich den Auftrag gehabt, ein großes Landhaus, aber keinen Palast zu bauen.

»Ein architektonisches Meisterstück«, sagte ich leise, »und keiner kümmert sich darum, keiner weiß, daß es überhaupt existiert . . .«

Wir blieben im Wagen sitzen und weideten unsere Augen an dem wenigen, was wir noch in der Dunkelheit erkennen konnten. Dann öffnete sich plötzlich die Eingangstür, ein Lichtschein fiel auf die Stufen. Ein Dutzend oder mehr lautlose Schatten sprangen auf uns zu. Innerhalb von Sekunden waren wir von Hunden umringt – es waren nur acht, aber sie wirkten irgendwie zahlreicher. Sie standen, ohne einen Laut von sich zu geben, wie angewurzelt da. Ich hatte noch nie so große Hunde gesehen. Sie starrten uns an. Große Köpfe auf langen Hälsen, buschige Brauen, haarige borstige Schnauzen mit kleinen Bärten. Lange dünne Schwänze ringelten sich über kräftigen, aber schmalen Hinterteilen.

Wir wagten nicht, uns zu rühren. Die Hunde standen bewegungslos da und musterten uns mit aufmerksamen Augen. Die Stille war unheimlich. Eine Ewigkeit schien zu vergehen, bis eine Gestalt die Treppen heruntereilte. Ein großer, schlanker Mann mit etwas hängenden Schultern und lässigen Bewegungen. Er machte den Eindruck, als ob er selten in Eile sei. Als er näher kam, drehte Gerald vorsichtig das Fenster einen Spalt herunter.

»Sind sie gefährlich, Robert?«

Der Mann beugte sich vor, bis er mit Gerald auf gleicher Augenhöhe war.

»Die Hunde? Mein lieber Gerald, sie sind ganz jung und entsetzlich verspielt. Ich bin froh, daß ihr noch vor Dunkelheit angekommen seid. Ich habe eure Scheinwerfer auf dem Berg gesehen. Die Fahrt von Uskdale ist nichts für ängstliche Chauffeure. Aber dieser Chauffeur wirkt gar nicht ängstlich, und vor allem ist er sehr viel attraktiver als der letzte, den du mitbrachtest. Wo war es noch? In Italien? Wie geht es dir, Gerald? Ich freu' mich, dich zu sehen. Es war nett von dir zu kommen. Also hereinspaziert! Nein, keine Sorge, die Hunde sind ganz ungefährlich. Sie werden dir nur lästig fallen, weil sie so überfreundlich sind. Laß, ich nehme eure Koffer. Ihr bleibt natürlich beide?«

Gerald hatte ganz recht. Er war wirklich sehr charmant. Er sprach mit der Nonchalance eines Mannes, der eine große Dienerschaft und stets bereitstehende Gästezimmer hatte, was aber, nach dem Zustand seines Gartens zu urteilen, kaum möglich war. Aber er gefiel mir sofort, weil er sich so benahm, als ob ich angemeldet und hochwillkommen sei. Er stand schon vor dem Kofferraum, bevor ich aus dem Wagen gestiegen war Die Hunde wichen lautlos zurück, um mich durchzulassen. Er nahm mir den Schlüssel aus der Hand und öffnete das Schloß. Die großen Hunde umringten uns, ihre Köpfe reichten mir fast bis zur Schulter. Vier von ihnen streckten ihre Schnauzen nach vorn und beschnupperten neugierig die Koffer. Sogar in dem diffusen Licht konnte ich sehen, daß er silbriges Haar hatte, das früher einmal sehr blond gewesen sein mußte; es stand in einem seltsamen Kontrast zu seinem dunklen Teint und den Augenbrauen. Er hatte ein zerfurchtes Gesicht, voll von senkrechten Fältchen, und trotzdem sah er noch unwahrscheinlich gut aus. Die Augen waren hell, grau oder grün, das war nicht zu erkennen. »Gerald scheint

39

zu erschöpft zu sein, um uns bekannt zu machen. – Ich heiße Robert Birkett.«

»Und ich Joanna Roswell, Lord Askew«, antwortete ich. »Ich arbeite bei Hardy, und Mr. Stanton und ich haben heute morgen zusammen eine Schätzung gemacht. Ich fahre ihn oft herum. Wir dachten – unser Plan war, daß ich nach Kesmere weiterfahre. Um diese Jahreszeit kann es nicht schwer sein, dort ein Zimmer zu finden.«

»Das kommt gar nicht in Frage. Wir haben eine Menge Zimmer hier. Ich freue mich, wenn Sie bleiben. Es fiele mir nicht im Traum ein, Gerald von seinem Mädchen für alles zu trennen, wenn Sie mir den Ausdruck verzeihen.« Er lächelte so gewinnend, daß es einfach unmöglich war, ihm etwas übelzunehmen.

»Ich spiele bei Gerald diese Rolle nur zu gerne. Ich kenne ihn seit meiner Kindheit . . .«

Ich hielt inne, weil er die Koffer mitten zwischen die Hunde auf den Boden gestellt hatte und mich prüfend ansah. »Sagten Sie Roswell? . . . Sind Sie mit dem Maler Jonathan Roswell verwandt?«

»Ich bin seine Tochter. Kennen Sie ihn, Lord Askew?«

»Ja, früher einmal. Aber ich habe ihn schon . . . warten Sie, ja, ich glaube dreißig Jahre nicht mehr gesehen. In der Zwischenzeit ist er berühmt geworden. Aber er wohnt nicht in England, nicht wahr? Ich habe irgendwo gelesen . . . wo wohnt er jetzt?«

»In Mexiko«, antwortete ich erfreut. Es gab so wenig Menschen, die meinen Vater zu kennen schienen.

Er erwiderte mein Lächeln. »Und Ihre Mutter . . .«, er brach plötzlich ab. »Oh, bitte, verzeihen Sie, wie taktlos von mir. Natürlich, sie kam bei dem Flugzeugunglück um. Es hat mir einen richtigen Schock versetzt, als ich ihren Namen las. Bitte verzeihen Sie«, wiederholte er.

Er bückte sich und ergriff wieder die Koffer, und ich spürte, daß er über seine vermeintliche Taktlosigkeit noch ganz außer sich war. Dann sagte er: »Wenn Sie mir die Schlüssel geben, fahr' ich den Wagen in die Garage. Hier vorne mag es ja noch ganz manierlich aussehen, aber die Nebengebäude sind schlecht beleuchtet, und der Hof ist so matschig, daß ein Traktor schwer vorwärts kommt. Aber erst mal gibt's was zu trinken.« Auf dieses Stichwort hin stieg auch der völlig erschöpfte Gerald aus dem Wagen, von jedem Hund eingehend beschnüffelt. »Ah, willkommen in Thirlbeck«, sagte Lord Askew, dann rief er in einem scharfen Ton die Tiere: »Ulf, Eldir, Thor, Odin – benehmt euch!« Sie wichen gehorsam zurück.

Ich nahm unsere beiden Mäntel und meine Handtasche und folgte ihm und Gerald. Das Haus war jetzt hell erleuchtet, und die Eingangstür stand weit offen. Ich wußte sofort, ohne daß ich ihr Gesicht sehen konnte, daß die Frau, die auf der Schwelle stand, sehr schön war. Sie strahlte eine innere Sicherheit aus, die nur Schönheit zu verleihen vermag. Ein kurzer Windstoß erfaßte ihr Kleid, und der dünne Stoff schmiegte sich um ihre zarten Glieder. Ihr langes dunkles Haar glänzte im Lichtschein. Sie war wie ein Gemälde in Schwarz und Weiß, mit schmalen, grazilen Händen, und ich konnte meine Blicke nicht von ihr wenden.

Wir waren jetzt oben angelangt, und ihr Gesicht war halb dem Licht zugewandt. Ja, wunderschön.

»Carlotta«, sagte Lord Askew, »darf ich dir Miss Joanna Roswell vorstellen. Miss Roswell, das ist Gräfin de Avila, und dies, Carlotta, ist mein Freund Gerald Stanton.«

Sie murmelte etwas Unverständliches. Gerald starrte sie verzückt an. Sie nahm seine Bewunderung lächelnd, aber als etwas Selbstverständliches zur Kenntnis.

»Bitte . . . Sie müssen von der Reise völlig erschöpft sein. Die Fahrt über den Berg ist anstrengend.« Sie sprach fast ohne Akzent. Wir folgten ihr in die Halle. Sie trug ein champagnerfarbenes Kleid mit hochangesetzter Taille, langen Ärmeln und einem tiefen Aus-

41

schnitt, der einen Teil ihres schönen Busens freigab. Einige der Hunde umstanden sie und wirkten neben ihr wie Fabeltiere auf mittelalterlichen Tapisserien. Es war fast unheimlich, wie sie in das Haus zu gehören schien. Sie geleitete uns jetzt durch zwei Flügeltüren in eine große, durch zwei Stockwerke gehende Halle, die fast unmöbliert war, aber durch die Holztäfelung nicht leer wirkte. Von hier aus führte eine nach rechts und links ausschwingende Freitreppe mit einem kunstvoll geschnitzten Geländer auf eine hochgelegene Galerie. Der ganze Raum wurde nur von wenigen Wandleuchtern erhellt, und der größte Teil der geschnitzten Balkendecke lag im Schatten. Auf einem langen Eichentisch stand ein großer Krug mit duftenden Narzissen. Ein helles Feuer brannte in den zwei sich gegenüberliegenden Kaminen. Sonst gab es nur noch ein paar hochlehnige geschnitzte Eichenstühle, einen Seidenteppich – und eben dieses grazile Geschöpf, das jetzt lächelnd auf die Getränke wies. »Hier, Mr. Stanton, Robert hat nicht vergessen, daß Martini Dry Ihr Lieblingscocktail ist.«

Zwei Dinge beschäftigten mich, als ich neben meinen Gastgebern stand: erstens, daß Gerald gesagt hatte, Roberts Mätressen seien immer schön, und zweitens, daß der Hund, der wie ein Phantom vor mir über die Straße gelaufen war und den Gerald nicht gesehen hatte, zu der gleichen Rasse gehörte wie die Hunde hier im Haus.

Zweites Kapitel

I

Hier mischten sich Pracht und langsamer Verfall. Ich blickte besorgt auf den bedenklich großen feuchten Fleck auf dem Verputz der Decke in der einen Ecke des hohen Raumes. Wir saßen vor dem Kamin in der Bibliothek. Die Gräfin hatte mit geübter Hand Gerald einen Martini gemischt. An den Wänden standen große Mahagonischränke mit geschliffenen Glastüren, hinter denen die goldgeprägten Bucheinbände matt glänzten. Die enormen, häßlichen Heizkörper unter den hohen Fenstern strahlten nur wenig Wärme aus, die karminroten Vorhänge waren in den Falten zu einem weißlichen Rosa verblichen; die Sofa- und Stuhlbezüge waren verschlissen und ihre fünfzig Jahre alten Blumenmuster kaum noch erkennbar. Ich nahm an der Unterhaltung nicht teil; Gerald erklärte, durch welchen Zufall wir anstatt über Kesmere über den Berg gefahren waren. Ich wanderte ziellos durch den Raum mit meinem Glas in der Hand, das jetzt, nachdem ich nicht mehr fahren mußte, einen ebenso starken Martini-Cocktail wie Geralds enthielt. Auf einem der Bücherschränke stand eine große Vase, doch obwohl ich mich auf die Zehen stellte, konnte ich nicht deutlich erkennen, aus welcher Zeit sie stammte, da der Raum nur von dem Kaminfeuer, zwei Wandleuchtern und zwei billigen modernen Stehlampen erhellt wurde. Als ich quer durchs Zimmer zu meinem Stuhl zurückging, bemerkte ich voller Trauer, daß der Bücherschrank unter dem großen feuchten Fleck ebenfalls verräterische Spuren aufwies und daß auch die Pergamenteinbände nicht verschont geblieben waren. Sie machten den Eindruck, als ob sie einem in der Hand zerfallen würden. Aber es war nicht der Moment, um das zu kontrollieren. Lord Askew mußte mich beobachtet haben. »Die Schränke sind alle abgeschlossen, ich muß fragen, wo die Schlüssel sind.« Er zuckte mit den Achseln. »Falls jemand es noch weiß.«

Gerald zog die Augenbrauen hoch, um mich zur Vorsicht zu mahnen. Aber wir waren ja auch geschäftlich hier.

Der Raum enthielt nicht nur Bücher, sondern war vollgestopft mit den schönsten Sachen. Zwischen den verschlissenen Sitzgelegenheiten standen die wertvollsten Möbelstücke, die ich je gesehen hatte, Schreibtische und Tische mit Einlegearbeiten aus dem 18. Jahrhundert, zwei herrliche Kommoden, ein Nähkästchen mit einer Porzellanplatte, ein bronzebeschlagener Sekretär mit einzigartigen Intarsien. Aber sie waren so lieblos aufgestellt, daß kein Stück richtig zur Geltung kam. Eigentlich sah das Ganze wie ein phantastisches Möbellager aus – ein Traum für jeden Sammler und ein Alptraum für jeden Kustos, wenn man an die Feuchtigkeit und die vorsintflutlichen Heizkörper dachte. Der Verkauf eines einzigen Möbelstücks hätte nach meiner Meinung genügt, um das Dach zu reparieren, wo wahrscheinlich nur ein paar Ziegel fehlten, oder den Riß in der Mauer, durch den die Feuchtigkeit eindrang. Auf dem Boden lagen die schönsten Perserteppiche. Wo immer ich hinblickte, fiel mein Auge auf Kostbarkeiten.

Alle Sachen, die sich in diesem Raum befanden, hätte ich am liebsten gleich eingepackt und zur Versteigerung zu Hardy geschickt. Sie würden eine Sensation auslösen und die Händler aus aller Welt nach London locken. Ich konnte meine Neugier kaum verbergen. Was gab es noch in diesem Haus? Und warum kannte keiner diese seltenen Stücke? Große Sammlungen wurden nicht an einem Tag gemacht. Wieso wußten die Händler nichts davon? Andererseits, wenn ich bedachte, aus welch seltsamer Familie Lord Askew stammte und wie einsam Thirlbeck in diesem engen Tal lag, war es durchaus möglich, daß die Sachen vor langer Zeit unbemerkt hergekommen waren. Sogar Hardys Geschäftsbücher fingen erst im Jahre 1820 an. Vielleicht hatte der damalige Earl die Möbel von Emigranten gekauft, die zur Zeit der Französischen Revolution nach England geflohen waren? Erst jetzt wurde mir Askews Einladung in ihrer vollen Bedeutung klar. Ich bekam vor Aufregung ganz rote Wangen, und meine Müdigkeit war verflogen. Ich ging zu meinem Stuhl zurück und hörte dem Gespräch jetzt mit neuerwachtem Interesse zu.

Die zuckenden Flammen erhellten das schöne Schnitzwerk des Kaminsimses, und der warme Feuerschein schien das edle, ovale Gesicht der Gräfin zu liebkosen. Zwei der großen Hunde lagen rechts und links neben Lord Askews Stuhl, die anderen ganz in seiner Nähe, soweit die vielen Möbel es ihnen erlaubten. Sie schienen ausgesprochen zufrieden, so als befänden sie sich bei ihrem Herrn. Aber dieser war doch erst vor einer Woche zurückgekommen. Sie mußten zum Haus gehören, Askew konnte unmöglich mit ihnen gereist sein. Während ich über dieses Phänomen nachdachte, plauderten die anderen über Rapallo, Marbella, Ocho Rios, Gstaad, erinnerten sich alter Freunde und Bekannter. Ich konnte nichts zu diesem Gespräch beitragen, aber das bekümmerte mich nicht. Ich war einfach zufrieden, hier zu sein.

Die Gräfin fröstelte und beugte sich näher zum Feuer. Ihr dünnes Gewand war für dieses Haus völlig ungeeignet – aber wer will schon für die ungeheizten englischen Häuser die passenden Sachen kaufen? Askew hatte ihr Frösteln bemerkt und sprang sofort auf, um weitere Scheite aufs Feuer zu legen. Er lächelte sein leises, für ihn bezeichnendes Lächeln und sagte:

»Meine arme Carlotta – die Sonnenländer sind fern, nicht wahr?«

Das war alles, aber sie schien sich gleich geborgener zu fühlen. Sie tauschten beredte Blicke aus. Nach meiner Schätzung konnte sie ungefähr vierzig sein, aber ihre gepflegte Erscheinung machte es schwer, ihr Alter zu erraten. Sie mußte ihn lieben, dachte ich, sonst wäre sie nicht in dieses kalte Land gekommen.

Die Tür öffnete sich, und ein Mann blieb auf der Schwelle stehen.

»Mrs. Tolson läßt sagen, Mylord, daß die Gästezimmer fertig sind. Sie hat der jungen Dame das Zimmer der ›Spanierin‹ gegeben.«

Ich blickte die Gräfin an. War das etwa eine versteckte Anspielung? Wohl kaum. Keiner würde es wagen, sie in Askews Gegenwart zu beleidigen, außerdem zwang ihre eigene Vornehmheit den Menschen Zurückhaltung auf. Es erfolgte auch keine ärgerliche Reaktion. Ihr war es vermutlich völlig gleichgültig, wo ich schlief, und die Spanierin schien nichts mit ihr zu tun zu haben.

»Ach, wirklich«, sagte Askew mit gerunzelter Stirn. »Es ist nicht gerade das gemütlichste Zimmer.«

Der Mann zuckte die Achseln. Er sah nicht im entferntesten wie ein Diener aus. Er war groß und stämmig, mit dichtem, schon etwas angegrautem schwarzen Haar. Seine breiten Schultern waren leicht gekrümmt, und die Arme hingen nach vorn. Er trug graue Hosen und eine Tweedjacke; seine Brillengläser waren so dick, daß es unmöglich war, seine Augen zu sehen. Er schien Fremde nicht sehr zu lieben. Höchstwahrscheinlich war er einige Jahre älter als der Earl und wirkte ungemein zuverlässig, wie ein Fels im Meer.

»Aber wenigstens trocken, Mylord«, antwortete er, »und verhältnismäßig nah am Badezimmer, das Mr. Stanton benützt. Es hat kein warmes Wasser, aber in der Eile konnten wir keines der anderen Zimmer herrichten. Die Dame war schließlich nicht angemeldet!«

Er warf mir einen mißbilligenden Blick zu. Ich hatte den Haushalt durcheinandergebracht. Ich war nicht der

46

erwartete Chauffeur, für den sie höchstwahrscheinlich ein viel netteres Zimmer im Personaltrakt vorgesehen hatten. »Auf jeden Fall habe ich gleich die Kamine angezündet und drei Wärmflaschen ins Bett gelegt. Es sollte eigentlich ganz bequem sein. Das Zimmer ist zu allen Jahreszeiten verhältnismäßig trocken. Ich habe den Koffer der jungen Dame schon hinaufgetragen und auch den von Mr. Stanton. Brauchen Sie sonst noch etwas, Mylord?«

Er sprach mit einer komischen Mischung von Vertrautheit und Ehrerbietung. Er war fraglos derjenige, der das Haus verwaltete, aber er respektierte ganz offensichtlich den Besitzer. Er benahm sich ihm gegenüber fast wie ein Lehrer seinem Schüler, geduldig, aber nicht gewillt, Dummheiten zu dulden.

Lord Askew sagte mit einer leichten Handbewegung: »Nein, Tolson, nichts. Sie haben wie immer alles glänzend geordnet, vielen Dank.«

Der Mann ging und schloß die Tür hinter sich.

»Das war George Tolson. Sie werden sich schnell an ihn gewöhnen. Ein sehr selbständiger Mann. Ohne ihn hätte ich das Haus unmöglich halten können. Er kümmert sich um jede Kleinigkeit. Er ist Verwalter, Faktotum und Buchhalter in einer Person. Es ist lästig für ihn, daß ich zurückgekommen bin. Das heißt, er fand, ich hätte erst gar nicht fortgehen sollen. Aber meine plötzliche Rückkehr – nun, sagen wir – macht Arbeit: die vielen Kaminfeuer, das zusätzliche heiße Wasser, die alte Heizung wieder in Gang bringen und so weiter. Er war nie Butler, aber er tut alles, um einen zu ersetzen. Er ist in diesem Haus erzogen worden ...« Lord Askew hielt inne, seine Augen schweiften einen Moment lang durch den Raum, aber im Geist schien er alles vor sich zu sehen, das Haus, den See, die Felsen und Täler.

»Solange es Birketts hier gab, muß es auch die Tolsons gegeben haben. Zwei seiner Söhne haben von mir im Tal Land gepachtet, zwei andere haben Höfe in

Thirldale jenseits der Tore. Früher gehörten die Ländereien auch noch unserer Familie. Der Besitz war wesentlich größer, aber mit der Zeit ist viel verkauft worden . . . Ich hoffe, die Nachfolgeordnung erlaubt mir, an die Tolsons zu verkaufen, sie verdienen es, ihr eigenes Land zu bearbeiten.« Er nickte, als wolle er seinen Worten Nachdruck verleihen. »Die Tolsons sind ein kräftiger Schlag und dabei klug und tüchtig und ungemein zäh, aber das müssen die Bauern dieser Gegend auch sein. Ich wünschte, ich könnte von mir sagen, daß ich mich für irgendeine Sache so eingesetzt hätte wie Tolson für dieses Haus. Aber dann müßte ich lügen. Er und sein Bruder Edward sind einige Jahre älter als ich. Mein Vater erkannte, was für gute Voraussetzungen die beiden mitbrachten, und sandte sie aufs Gymnasium nach Kesmere. Edward ging auf die Universität und wurde Anwalt, mein Vater brachte ihn bei einer Londoner Firma unter, wo er sehr erfolgreich war. Er hat diesen Besitz bis zu seinem Tod vor zwei Jahren verwaltet, obwohl er wichtigere Kunden hatte. Aber George Tolson wollte Thirlbeck nie verlassen. Er ist hier zu Hause. Mit den Jahren ist er zu einem echten Patriarchen geworden, ich bin überzeugt, daß er für seine Söhne die Frauen ausgewählt hat, wobei er viel Verstand bewies. Sie haben einen ausgesprochenen Sippenstolz, die Tolsons, und halten zusammen wie Pech und Schwefel. Durch ihre gute Verwaltung meines Besitzes und die Pachtverträge haben sie erreicht, daß kein Fremder in das Tal kam – das hat mein Vater immer so gewollt, in diesem Sinne hat er Tolson erzogen. Ich habe oft gedacht, daß Tolson einen besseren Sohn für meinen Vater und einen besseren Erben für Thirlbeck abgegeben hätte als ich. Aber das Beste passiert nur selten, nicht wahr . . .?« Er lächelte etwas gequält, was dem Gespräch ein Ende bereitete.

»Carlotta, meine Liebe, würdest du uns noch einen Martini machen? Carlotta sagt immer, ich tue zuviel Wermut hinein. Woher sie das allerdings weiß, nachdem sie keine Martinis trinkt, ist mir unklar. Ich glaube, ein zweites Glas würde uns allen guttun, und dann zeige ich euch die Zimmer.«

Sie mischte die Cocktails mit graziösen, lässigen Bewegungen. Das kühle, scharfe Getränk prickelte an meinem Gaumen und erhöhte das Wohlbehagen, das ich in diesem seltsamen Raum empfand. Ich blickte ins Feuer, und die Schatten im Raum schienen sich zu vertiefen, die leisen Stimmen der anderen verschmolzen mit dem Rauschen des Windes in dem langen, engen Tal. Einer der großen Hunde leckte seine schmutzige Pfote, die anderen schienen vor sich hin zu dösen, trotzdem fühlte ich, daß sie jede unserer Bewegungen beobachteten und nur darauf warteten, daß Askew sich erheben würde. Der Feuerschein brachte die Farben des Teppichs stärker zur Geltung, ich blickte auf meine braungebrannte Hand und träumte von Mexiko und der großartigen Landschaft in der klaren, reinen Luft. Der Verlust von Vanessa kam mir wieder zu Bewußtsein, und ich wünschte, sie wäre hier.

Dann riß mich ein harter, metallischer Laut aus meinen Träumereien, und ich sah, daß auch Gerald sich im Stuhl aufgerichtet hatte. Wir sahen Askew fragend an.

Er tat das Geräusch mit einer Handbewegung ab. »Das ist wahrscheinlich Tolson, der die Fensterläden schließt. Sie sind aus Eisen, er hat sie aus Sicherheitsgründen im ganzen unteren Stockwerk anbringen lassen. Einer seiner Söhne ist nicht nur ein guter Bauer, sondern auch ein sehr geschickter Mechaniker, er versteht sich auf Traktoren und auf elektrische Apparate. Ich habe Tolson schon gesagt, daß Ted ein Vermögen verdienen könnte, nur indem er anderen Leuten ihre Sachen repariert; so was gibt es heutzutage gar nicht mehr. Aber er ist lieber Bauer, und gelegentlich hilft er seinem Vater. Auch George Tolsons Enkelkinder arbeiten auf den Höfen mit. Eine der Enkelinnen lebt hier im Haus, und die Schwiegertöchter und heranwachsenden Mädchen kommen gelegentlich her, um auszuhelfen. Ich hätte es mir nicht leisten können, während all dieser Jahre eine ständige Dienerschaft hier zu halten, und so bin ich nur zu dankbar, daß sie sich um das Haus gekümmert haben. Ich lasse Tolson selbstverständlich freie Hand, und bis jetzt ist auch noch nie etwas wirklich schiefgegangen. Carlotta findet ...«

Er wurde von dem Zuschlagen der Fensterläden unterbrochen. Das dumpfe Knallen hallte in den hohen Räumen wider. Er stand auf, und die Hunde erhoben sich gleichzeitig wie auf Kommando. Er hatte anscheinend beschlossen, uns nicht zu erzählen, was Carlotta über Tolson und seine Familie dachte.

»Wollen wir hinaufgehen? Nehmt die Martinis mit, wenn ihr wollt. Sie sind gut gegen die Kälte ...« Dann blickte er die Gräfin an. »Bleib hier, Liebe, ich bin gleich zurück.«

Sie reckte ihre schlanken Glieder im Sessel, und das schwarze Haar glänzte im Feuerschein. Ihre Bewegungen waren unglaublich sinnlich.

»Ja, ich bleibe hier. Aber kannst du mir bitte einen Whisky einschenken, bevor du gehst, Robert?«

Sie nahm ihn mit einem leisen, reizenden Lächeln entgegen, dann blickte sie gleich wieder ins Feuer.

2

Gerald und Askew gingen mir voran; sie sprachen miteinander, und ich blieb absichtlich etwas zurück. Auf der letzten Stufe, bevor die Treppe sich teilte, blieben sie stehen und warteten auf mich.

»Meistens sechzehntes Jahrhundert – abgesehen vom Turm, der aus dem zwölften Jahrhundert stammt.« Er wies auf die Halle unter uns. »Als vor ungefähr fünfzig

Jahren das Haus modernisiert wurde, ist natürlich manches zerstört worden. Die Heizung hat übrigens nie gut funktioniert, trotzdem ist sie besser als gar nichts. Aber wenn etwas kaputtgeht, ist der Teufel los. Die Leute, die die Umbauten durchführten, haben nämlich keine Pläne hinterlassen. Niemand weiß genau, wo die Rohre liegen und dergleichen; kaum versucht man eine Wand auszubessern, fällt einem schon die Decke auf den Kopf, oder man hat den Kaminabzug des nächsten Zimmers angebohrt, der sich aus unerfindlichen Gründen an dieser Stelle befand. Das ganze Haus ist reparaturbedürftig, aber ob es je einer tun wird, ist eine andere Frage, ich jedenfalls nicht.«

»Was wird mit dem Haus geschehen?« fragte ich unwillkürlich. Wir blickten in die eindrucksvolle Halle hinunter und dann zur geschnitzten Decke hinauf, die jetzt besser zu sehen war.

»Vermutlich wird es verfallen«, antwortete Lord Askew in einem beiläufigen Ton, der mir weh tat. »Es wird einstürzen, wenn die Mittel ausgehen, um es zu erhalten, oder wenn die Energie und der Einfallsreichtum der Tolsons erschöpft sind. Aber wer weiß, vielleicht übernimmt es der Staat. Ich habe noch mit niemandem darüber gesprochen; vermutlich verlangt das Ministerium, daß ich ihnen Geld zur Erhaltung stifte, und ich weiß noch gar nicht, ob ich das will. Es ist schließlich nur ein Gebäude, und es lohnt sich nicht, dafür zu große Opfer zu bringen. Offen gesagt, interessiert mich das alles nicht sehr. Gehen wir weiter.«

Ich haßte ihn für seine Gleichgültigkeit, für seinen Mangel an Verständnis. War er wirklich so degeneriert und kraftlos, so lebensmüde, daß er nicht gewillt war, die geringste Anstrengung zu machen, um sein Erbe zu erhalten? Ich unterdrückte absichtlich mein Mitleid. Ich wollte in diesem Moment nicht an die Tragödien seines Lebens denken, die sich hier abgespielt hatten, auch nicht an seine mutigen Taten während des Krieges. Er verdiente sein Erbe nicht. Es war ihm in den Schoß gefallen, und er hatte nichts getan, um es zu erhalten.

Geralds Zimmer war das erste in dem Korridor, der von der Galerie abzweigte. Es war bequem, aber nicht sehr großartig, und es roch muffig. Die Fenster und die Vorhänge waren geschlossen. Das Feuer im Kamin brannte wahrscheinlich schon seit Stunden. Ein modischer elektrischer Ofen strahlte ein wenig zusätzliche Wärme aus. Es war im viktorianischen Plüschstil eingerichtet und ohne viel Liebe. Es war ein typisch männliches Zimmer. »Mein Vater hat es benutzt«, sagte Askew, »er wohnte hier nach dem Tod meiner Mutter. Ich glaube, es ist der wärmste Raum im ganzen Haus. Dort drüben steht sein Schreibtisch. Etwas Bequemeres kann ich dir leider nicht bieten, Gerald. Und hier ist das Badezimmer. Miss Roswell, ich glaube, Tolsons Idee war, daß Sie es mitbenutzen, es hat eine andere Tür zum Korridor. Augenscheinlich gibt es kein zweites, oder wenn, dann ist es unbenützbar.«

Gerald machte eine abwehrende Handbewegung. »Hardy erzieht seine jungen Leute spartanisch«, sagte er. »Und Joanna ist sehr gut erzogen. Ich habe mich selbst darum gekümmert. Sie würde einen Rauchfang hinaufklettern, wenn sie dort ein wertvolles Porzellanstück vermutete.«

Jetzt war ich nicht nur auf Askew, sondern auch auf Gerald böse. Es war ganz unnötig, daß er mich als kleinen Blaustrumpf hinstellte. Obwohl ich wahrscheinlich oft so wirkte. Ich warf seinen Mantel aufs Bett, statt ihn aufzuhängen, wie ich es sonst getan hätte. »Im Moment würde ich es bestimmt nicht tun, Gerald . . .«

Ich war völlig erschöpft, und trotz der zwei Martinis und des relativ warmen Zimmers fröstelte mich. Meine Bemerkung hatte sicher mürrisch geklungen, was mir Geralds wegen leid tat. Es schien eine Ewigkeit her zu sein, seit wir London verlassen hatten, und wenn ich schon müde war, um wieviel mehr mußte Gerald es sein.

Ich warf ihm einen reumütigen Blick zu, aber er hatte meine unfreundliche Bemerkung geflissentlich überhört. Ich nahm den Mantel wieder vom Bett und hängte ihn auf. Die beiden Männer wechselten noch ein paar Worte, dann winkte mir Askew zu, und ich folgte ihm.

Wir gingen zur Galerie zurück und bogen dann in einen anderen Korridor ein, der näher an der Vorderfront lag. Askew blieb stehen. »Moment – ja, ich glaube, hier ist es. Seit meiner Rückkehr habe ich noch nicht genug Zeit gehabt, mir alle Räume wieder anzusehen, es sind sowieso zu viele. Ich lasse lieber die Korridortür offen, damit Sie zurückfinden.« Wir betraten jetzt einen zweiten, kurzen Korridor, von dem zwei Türen im rechten Winkel abgingen. Askew drehte am Lichtschalter, aber er funktionierte nicht; nur die Lampe im äußeren Korridor gab etwas Licht. Sogar in diesem Nebengang waren die Wände holzgetäfelt, und über jeder Tür befand sich ein schön geschnitzter Spitzbogen in derselben Art wie unten in der Halle, nur kleiner. Die Korridore waren mit verstaubten Läufern ausgelegt, aber ungeheizt. Es gab weder Spiegel noch Bilder, noch Möbel, man hatte das Gefühl, in ein anderes Jahrhundert zu schreiten, wo solche Dinge sogar für die Reichen ein Luxus waren.

Askew öffnete eine Tür, die gegenüber der Korridortür lag, und ließ mich vorangehen. Ich spürte, wie er zurückscheute, dann murmelte er wie zu sich selbst: »Mein Gott, so düster hatte ich es nicht in Erinnerung.«

Der Raum wirkte riesig – vielleicht, weil er nur von einer einzigen Lampe spärlich erhellt war, die man offensichtlich erst im letzten Moment auf einen Stuhl neben dem Bett gestellt hatte. In den beiden sich gegenüberliegenden Kaminen brannten Feuer, die die Dunkelheit noch undurchdringlicher machten.

»Meinen Sie«, sagte er leise, »daß Sie es hier aushalten können? Vielleicht sollte ich doch Tolson bitten . . .«

»Bitte nicht!« Ich ging an ihm vorbei und blickte fasziniert um mich. Der Raum war von düsterer Großar-

53

tigkeit. Ein breites Himmelbett mit blauen Samtvorhängen wirkte in keiner Weise übermächtig. Im rechteckigen Erker zwischen den Fenstern stand ein langer Eichentisch mit einem hochlehnigen Stuhl an der Schmalseite. Ein anderer Sessel mit gestickten Bezügen und ein Fußschemel standen vor dem einen Kamin. Dann gab es noch eine lange, geschnitzte Eichentruhe. Die einzigen Schmuckstücke waren ein paar blaue Delfter Keramiken. Das größte Stück, eine Schale, stand auf der Mitte des Tisches. Ich betrachtete sie mir aus der Nähe, der traurig-süße Geruch von den Rosen des letzten Sommers wehte mir entgegen. Die Schale war bis zum Rand mit getrockneten Rosenblättern gefüllt, und ich konnte dem Wunsch nicht widerstehen, sie durch meine Finger rinnen zu lassen.

Askew trat mit einer seltsamen Schüchternheit, die ich bei ihm nie vermutet hätte, in das Zimmer. Er bemerkte meinen Koffer auf der Eichentruhe und den Krug mit warmem Wasser, über dem ein Handtuch hing.

»Ein wenig primitiv«, sagte er. »Die Modernisierungen sind anscheinend nicht bis hierher vorgedrungen. Und nur eine Lampe und sogar noch provisorisch.«

Ich blickte mich wieder im Zimmer um. Es machte nicht den Eindruck, als ob es lange leergestanden hätte und in aller Eile für mich hergerichtet worden war. Der Tisch war sorgfältig gewachst, und auch die Eichenbohlen des Fußbodens glänzten. Das Delfter Gefäß war erst kürzlich abgestaubt worden.

Askew ging zu dem Kamin, vor dem der Sessel stand, und legte seine Hand auf die Ziegel. »Tolson hat recht, es ist wenigstens trocken hier. Der Kamin muß den gleichen Abzug haben wie einer der Kamine in der Halle, die jeden Abend angezündet werden, und wahrscheinlich steigt etwas Wärme bis hier herauf. Irgendwo gibt es auch Schränke – ach ja, hier.« Er öffnete zwei breite, in die Holztäfelung eingelassene Türen rechts und links vom Kamin. In der Dunkelheit hatte ich die Ritzen im

54

Paneel und die geschnitzten Holzköpfe gar nicht bemerkt. »Rechts sind Fächer, und links können Sie Ihre Sachen aufhängen.« Er zuckte die Achseln und machte eine ausladende Handbewegung. »Es tut mir leid, aber mehr Komfort können wir Ihnen nicht bieten. Hier sind ein paar Bügel, sie sehen aus, als wären sie auf der Kirmes gekauft, und dort liegt ein Lavendelduftkissen. Sehr englisch, nicht wahr? Wenn ich so was sehe, weiß ich, daß ich wieder in England bin.«

»Ja – sehr englisch.« Unverfälscht englisch wie das Wappen über dem Kamin. Dann fiel mein Blick auf die zwei stilisierten Bronzehunde, die als Feuerböcke dienten. Sie waren den lebenden, die Askew überallhin folgten, nicht unähnlich. Auch sie trugen das Wappenschild am Hals.

»Nun, ich fürchte, Sie müssen damit vorliebnehmen«, sagte er zögernd, »obwohl es wirklich kein sehr einladendes Zimmer ist.«

»Finden Sie? Mir gefällt es.«

Er blickte mich neugierig an. »Wirklich? Komisch, ich hätte nie gedacht, daß junge Menschen . . . allerdings kenne ich kaum noch junge Menschen.« Er unterbrach sich. »Zumindest hat es zu regnen aufgehört. Soll ich die Vorhänge zuziehen? Das macht es etwas gemütlicher.«

»Nein, bitte nicht. In London bin ich der Leute wegen gezwungen, die Vorhänge zuzuziehen, aber hier gibt es ja wohl niemand . . .«

»Nein, kaum anzunehmen.« Wir gingen gleichzeitig zum Fenster. Erst jetzt wurde mir klar, daß das Zimmer genau über der Bibliothek lag. Es mußte ungefähr ebenso groß sein und hatte den gleichen rechteckigen Erker mit bleigefaßten Fenstern, die auf den See und das Tal hinausgingen. Der Himmel war jetzt wolkenlos, und das kalte Mondlicht fiel ins Zimmer und tauchte den Erker in ein fahles Licht. »Sehen Sie«, sagte ich, »auf den Bergen liegt Schnee.«

»Das ist der große Birkeld, der höchste Berg der Umgebung. Manchmal verschwindet sein Gipfel tagelang in den Wolken. Das Wort ›veränderlich‹ muß für dieses Land erfunden worden sein – Nebel, Sonnenschein, Regen, klarer Mond und im Winter manchmal hoher Schnee. Tolson fährt einen Jeep, weil die Straßen so matschig sind. Weiß der Himmel, wie die Menschen so ein Klima aushalten. Ich könnte es nicht mehr. Kein Wunder, daß die arme Carlotta ganz außer sich ist.«

»Lord Askew, darf ich Sie etwas fragen? Warum nennen Sie dieses Zimmer ›das Zimmer der Spanierin‹?«

Er sah mich an und ging schweigend in die Mitte des Raumes. Die Hunde, die im Flur geblieben waren, kamen jetzt herein und legten sich vors Feuer. Trotz ihrer Größe wirkten sie nicht fehl am Platze. Askew machte sich am Schrank zu schaffen, zählte die Kleiderbügel, hielt seine Hand an den Heißwasserkrug, zündete eine Kerze an und stellte sie auf die Eichentruhe, so daß ihr Schein auf einen kleinen holzgerahmten Spiegel fiel. Nach all diesen Verzögerungsmanövern trat er wieder ans Fenster.

»Die Spanierin . . .«, er holte tief Atem. »Die Spanierin war die zweite Gräfin Askew. Es war eine Art Schmähname, den man ihr hier im Hause gegeben hatte, weil sie katholisch und spanisch war. Ihr Mann, der zweite Earl, war auch Katholik. Viele Landadelige waren damals Katholiken beziehungsweise wieder zum Glauben zurückgekehrt – das hing ganz davon ab, wer gerade auf dem Thron saß. Doch der zweite Earl lebte zu Elisabeths Zeiten und war ein Anhänger Maria Stuarts. Man beschuldigte ihn des Hochverrats, und er wurde im Tower geköpft.

Bevor er den Titel erbte, lebte er eine Weile in Italien und dann in Spanien am Hofe Philipps II. Bevor er nach England zurückkehrte, beging er den großen Fehler, Philipps Wunsch nachzugeben und eine Spanierin zu ehelichen. Vielleicht war es sogar eine Liebesheirat, aber ich nehme eher an, daß politische Gründe dahintersteckten. Sie war eine siebzehnjährige Adelige und mit Philipp entfernt verwandt, und Philipp wollte England unbedingt wieder zu einem katholischen Königreich machen. Ich habe mich oft gefragt, ob der zweite Earl seinen Entschluß gründlich genug überlegt hat. Natürlich wußte er, daß Philipp die Armada ausbaute. Wenn die geplante Invasion gelungen oder Elisabeth gestorben wäre und Mary den Thron bestiegen hätte, wäre er zu einem der mächtigsten Lords Englands geworden. Außerdem brachte die Spanierin eine ansehnliche Mitgift in die Ehe. Sachwerte und eine große Summe in Dublonen. Das Geld kam übrigens nie an. Sie reiste in Begleitung einiger Damen nach England, aber als sie in ihrer neuen Heimat landete, erfuhr sie, daß ihr Mann verhaftet war. Vielleicht hätte Philipp seine Schutzbefohlene gerne mit einem anderen katholischen Lord verheiratet, aber wenn er diesen Plan hatte, so scheiterte er an der Schwangerschaft der Spanierin. Sie erwartete trotz der kurzen Ehe ein Kind – vielleicht ein männliches Kind! Der nächste Anwärter auf den Titel war der Bruder des Earls, ein Protestant.

Die Geschichte der Spanierin wurde in den Jahrhunderten ausgeschmückt, und wo die Wahrheit aufhört und die Phantasie anfängt, weiß heute keiner mehr. Man sagt, daß ihre Dienerschaft zurückgeschickt wurde und sie völlig allein blieb; ihr einziger Freund war ein junger englischer Reitknecht, der mit seinem Herrn gereist war und ein wenig Spanisch sprach. Natürlich hing von ihrer Schwangerschaft alles ab, und sicher hat ihr Schwager entweder auf eine Fehlgeburt oder auf den Tod von Mutter und Kind bei der Geburt gehofft. Kein sehr gemütliches Leben für die arme Frau. Man kann sich vorstellen – ich habe es mir oft vorgestellt –, wie sie sich gefürchtet haben muß. Nie war sie sicher, ob nicht der nächste Bissen vergiftet war, ob Elisabeth nicht ihre Schergen schicken würde, um sie zu verhören. Die Spanierin unternahm lange Fußwanderungen, ein Pferd wagte sie nicht zu besteigen, aus Angst, das Kind zu verlieren. Die Leute aus der Gegend nannten sie ›die Wanderin‹.«

Er sah mich plötzlich an und wies mit einer Handbewegung zum Fenster. »Sehen Sie dort den See? Weiß, silbern und unschuldig, nicht wahr? Dort ertrank sie. Die Sage geht, ihr Schwager hätte sie umgebracht. Ihre Leiche wurde jedenfalls nie gefunden, auch die des Reitknechts nicht, der sie immer ruderte. Vielleicht ist sie heimlich irgendwo verscharrt worden. Arme, kleine Spanierin – armes, einsames Vögelchen.«

Zum ersten Mal war er mir wirklich sympathisch. Plötzlich sah ich ihn vor mir, so wie Gerald ihn beschrieben hatte – ein schüchterner Junge, der von einer schönen Spanierin träumte, die vor fast vierhundert Jahren starb. Ich spürte während seiner Erzählung, daß die Spanierin für ihn ein lebendiges Wesen war und kein totes Familienphantom, über das man gedankenlos plaudert. Die Wanderin, die das Kind eines Toten trug, eine politische Marionette, die sich nach dem Klang der eigenen Sprache sehnte, nach der glühenden Hitze der spanischen Ebenen; an diesem Tisch dort hatte sie ihre traurigen Briefe geschrieben und auf diesem einsamen Stuhl vor dem Kamin gesessen. Ich schüttelte den Kopf, nein, ich durfte nicht in dieselbe melancholische Stimmung verfallen wie der Earl. Es war höchst unwahrscheinlich, daß sich in all diesen Jahren hier nichts verändert hatte. Waren die Bettvorhänge immer noch die gleichen, hatte sie wirklich in diesem Stuhl gesessen mit dem Fußschemel davor, der vermuten ließ, daß sie eine kleine Frau gewesen war? Wer konnte es wissen?

Ich hörte, wie Askew neben mir tief Atem holte, als erwache er aus einem Traum. »Werden Sie sich hier auch nicht fürchten? Sind Sie sicher? Vielleicht hätte ich Ihnen die Geschichte nicht erzählen sollen . . .«

»Nein, ich bin froh, daß Sie es taten. Sie braucht ein paar Freunde, die Spanierin, nicht wahr?«

Er lächelte mich dankbar an, weil ich seinen Traum geteilt und ihn nicht ins Lächerliche gezogen hatte, weil ich mich nicht fürchtete, mit einem harmlosen kleinen

58

Gespenst vor dem Kamin zu sitzen. Sein Lächeln bezauberte mich, wie es sicher schon viele Frauen vor mir bezaubert hatte, und ich verstand, warum die andere Spanierin, die heutige Schönheit, ihm in diesen entlegenen Winkel gefolgt war, in dieses kalte und einsame, vom Regen und Wind gepeitschte Tal. Es war leicht, Robert Birkett bis ans Ende der Welt zu folgen, wenn er einen darum bat.

»Kommt, ihr Hunde.« Sie sprangen hoch und liefen ihm voraus. Bevor er die Tür schloß, lächelte er mich noch einmal an, und ich glaube, nicht nur aus Höflichkeit.

3

Tolson hatte sich so in die Rolle eines Butlers eingelebt, daß er sogar Anstalten machte, die Koffer auszupacken. Ich hängte meine Kleider in den Schrank, den Lord Askew mir gezeigt hatte. Ich war an Mode nicht uninteressiert, dazu war ich zu sehr Vanessas Tochter. Gelegentlich zog ich mich sogar recht auffallend an, was Harry Peers immer leicht amüsierte. »Also für ein Mädchen wie du, Jo, finde ich . . .«, und dann überließ er es mir, den Satz zu Ende zu denken. Aber im Gegensatz zur Gräfin kleidete ich mich dem englischen Klima entsprechend. Nach Thirlbeck hatte ich meinen langen, gesteppten, orangefarbenen Rock mitgenommen, zu dem ich einen gelben Rollkragenpullover und die schwarze Schärpe trug, die ich billig bei Hardy auf einer viktorianischen Kostümauktion erstanden hatte. Dazu steckte ich mir eine Bernsteinbrosche an. Sie hatte in Vanessas Handtasche gelegen, als man diese am Unglückstag im Schnee fand. Vanessa hatte sie auch bei Hardy ersteigert. »Für dich, Liebling«, hatte sie gesagt, aber ich brachte nie den Mut auf, sie an das Versprechen zu erinnern, weil Gold und Bernstein so gut zu ihr paßten.

Der Gong zum Abendessen erscholl. Ich kämmte noch schnell mein Haar und malte mir ein wenig die Lippen an. Das Gesicht, das mir aus dem Spiegel entgegenblickte, war nicht schön, es hatte nicht Vanessas Ebenmaß und nicht die klassischen Züge der Spanierin, die unten vor dem wärmenden Feuer saß. Vor hundert Jahren hätte man es wahrscheinlich einfach häßlich gefunden, aber heutzutage war mein Typ Mode geworden. »Du hast ein richtiges Zwanzigstes-Jahrhundert-Gesicht, Jo«, hatte Harry einmal gesagt. Die Gegensätzlichkeit von dunklen Augenbrauen und Wimpern und hellen, weder grünen noch grauen Augen mochten von meinem Vater stammen. Von Vanessa hatte ich den Mund, bloß war meiner größer und drückte jede meiner Stimmungen aus, was manchmal ein Nachteil war. Ich machte eine verrückte Grimasse vor dem Spiegel. Wie konnte ich nur soviel Zeit mit meinem Aussehen vertrödeln, an dem nun wirklich nichts zu ändern war. Dann lief ich nach unten.

Das Eßzimmer war nicht so vollgesteckt wie die Bibliothek. In der Mitte befand sich ein riesiger antiker Tisch, der nur in einem solchen Haus unterzubringen war, und um ihn herum standen ungefähr ein Dutzend dazu passender Stühle. An den Wänden hingen weitere Spiegel in schweren goldgeschnitzten Rahmen. Das Zimmer hatte die gleiche strenge, aber angenehme Atmosphäre wie die spärlich möblierte große Halle. Alle acht Hunde hatten sich um das Feuer gruppiert. Das Essen war unerwartet gut. Es gab Zwiebelsuppe mit einem heißen Knoblauchbrötchen, Huhn in einer raffinierten Sauce, gefüllte Pasteten, wie man sie sonst nur in Luxusrestaurants bekommt, und zum Abschluß einen schmackhaften einheimischen Käse. Wir holten uns die Speisen selbst von der Anrichte, wo sie auf Wärmeplatten standen. Die

Tolson-Familie blieb unsichtbar. Den sehr guten Rheinwein tranken wir aus alten grünen Römern. Ich war hungrig und aß mit Appetit. Als ich fertig war, lobte ich das Essen ohne falsche Zurückhaltung.

»Ja, Jess – Jessica, Tolsons Enkelin«, sagte Askew, »ist eine geborene Köchin und dabei noch sehr gescheit. Sie hat ein Stipendium für Cambridge bekommen. Wirklich ein hochbegabtes Mädchen. Ihre Abschlußprüfung hat sie schon mit sechzehn gemacht, und zwar als eine der Besten des Landes.«

»Und sie ist hier?« fragte ich. »Ich dachte, das Semester wäre noch nicht zu Ende.«

Askew runzelte die Stirn. »Sie hat ihr Stipendium nicht ausgenützt. Ich weiß nicht recht, warum. Vielleicht hat sie sich in der Schule überanstrengt, sie soll vor drei Jahren schwer krank gewesen sein, oder die Familie fand, sie sei zu jung oder zu zart, um auf die Universität zu gehen. Sie ist fraglos der Liebling vom alten Tolson. Er sagt, sie bliebe lieber hier. Sie ist sehr nervös – vermutlich haben sie Angst, daß ihr etwas zustoßen könnte in der großen Welt. Hübsches Mädchen übrigens, wird bald zwanzig sein.«

Die Gräfin lächelte. »Sie wird heiraten, Roberto, aber bestimmt nur jemanden, den ihr Großvater billigt und der in der Nähe wohnt. Sie hängt mehr an Thirlbeck als an ihrem eigenen Zuhause. Wo immer man hingeht, man trifft Jess . . .«

»Sie hilft im Haushalt«, unterbrach Askew sie, »und soweit ich es beurteilen kann, arbeitet sie viel. Es ist nur natürlich, daß man sie überall trifft.«

»Und was macht sie im Turm? Wischt sie dort vielleicht Staub? Oder warum habe ich sie dort gesehen?«

»Es wäre besser, sie würde nicht auf den Turm steigen, er ist baufällig. Aber laß sie, sie soll gehen, wohin sie will; sie ist ein aufgewecktes, phantasiereiches Kind und hat sicher eine Menge romantischer Vorstellungen über dieses Haus.«

»Sie ist kein Kind mehr, Roberto«, sagte die Gräfin ruhig. »Sie mag nervös, begabt und eine gute Köchin sein, aber ein Kind? Nein, das glaube ich dir nicht.«

Er zuckte die Achseln. »Vor allem wollen wir sie nicht verärgern. Regen, Nebel, Schnee – daran ist nichts zu ändern, aber wenigstens essen wir gut, nicht wahr, ihr Hunde?«

Bei diesen Worten spitzten sie erwartungsvoll die Ohren, rollten sich aber wieder zusammen, als sie sahen, daß nichts Weiteres erfolgte. Askew lachte, ihre Bewegungen waren so gleichförmig, als wären sie ihre eigenen Spiegelbilder. »Merkwürdige Bande, nicht wahr?«

»Mehr als das«, sagte Gerald. »Als sie zuerst auftauchten, wollte ich schon zu Joanna sagen, sie soll nach London zurückfahren. Ich meine . . . sie sind wirklich ungewöhnlich, so riesig und auch noch so zahlreich.«

»Ich hab' nichts mit ihnen zu tun, Gerald. Sie gehören Tolson. Aber seit ich ankam, haben sie sich unerklärlicherweise an mich gehängt. Ich habe sie noch nie gefüttert, Tolson würde das auch sehr übelnehmen. Er hat ganz strenge Regeln aufgestellt, kein Fremder darf ihnen etwas geben, und sie dürfen nichts aus der Hand nehmen, damit sie bei Tisch nicht betteln.«

»Stellt er sie manchmal aus?«

Askew sah ihn erstaunt an. »Nein – warum? Ja, aber du hast ganz recht, ich vergesse immer, wie merkwürdig sie auf Außenstehende wirken müssen. Als ich jung war, hatten wir eine noch größere Meute. Tolson hat es irgendwie fertiggebracht, mindestens ein Zuchtpaar über den Krieg zu bringen, was mit den Lebensmittelrationen sicher nicht leicht war.«

Gerald lehnte sich vor. »Sind sie besonders wertvoll?«

Askew sah verlegen aus. »Ich glaube nicht. Es ist einfach eine Tradition in Thirlbeck, sich Wolfshunde zu halten. Sie sind eine alte Rasse und in diesem Jahrhundert fast ausgestorben. Man sagt, sie seien die größten Hunde der Welt und die einzigen, die nicht nur mit der

Nase, sondern auch mit den Augen jagen. In der keltischen Literatur werden sie oft erwähnt. Tolson sagt, sie könnten riesige Hirsche ganz allein erlegen, und das klingt durchaus glaubhaft. Aber diese Meute scheint kein Hochwild zu jagen. Sie bleiben immer in der Nähe des Hauses, und seit ich hier bin, bleiben sie in meiner Nähe.«

Er schenkte mir noch etwas Rheinwein ein. »Trennen sie sich denn nie?« fragte ich. »Läuft nicht einer mal alleine in den Wald?«

»Soweit ich es beurteilen kann, nein. Jedesmal, wenn ich mir die Mühe mache, sie zu zählen, sind es acht. Sie scheinen sich im Rudel wohler zu fühlen. Auf jeden Fall folgen sie mir wie Schatten . . . ich wünschte manchmal, sie täten es nicht.«

Plötzlich wurde mir klar, daß Askew nicht verlegen, sondern bedrückt ausgesehen hatte. Er war nett und freundlich zu den Hunden und hatte keine Angst vor ihnen, aber ich hatte das Gefühl, ihm sei es lieber, sie wären nicht da, und vor allem nicht immer in seiner Nähe. Ich bekam eine Gänsehaut und hoffte, daß niemand es bemerkte. Ich hätte schwören können, daß einer dieser Hunde mir so plötzlich vor den Kühler gelaufen war und fast den Unfall verursacht hätte. Ob Gerald dasselbe dachte? Aber er hatte den Hund ja nicht gesehen, und wir wußten beide nicht, daß dieses Rudel ruppiger, freundlicher Wolfshunde seit Jahrhunderten die Birketts und Thirlbeck bewachten. Das Unbehagen des Earls hatte sich auf mich übertragen.

»Ich kann nicht verstehen, warum Tolson die eisernen Fensterläden angebracht hat«, sagte Gerald. »Bewaffnete Posten könnten euch nicht besser schützen als diese Biester.«

»Doppelt genäht hält besser, Gerald. Vermutlich denkt Tolson, wenn die elektrische Alarmanlage versagt, dann bellen wenigstens die Hunde. Aber was immer seine Gründe auch sein mögen, ich würde ihm nie in solche Dinge dreinreden.«

»Würde ich auch nicht, Robert, ein ganz ausgezeichneter Mann ... wirklich ausgezeichnet.« Gerald war bester Laune. Der Abend war seine liebste Tageszeit, besonders wenn er gut gegessen hatte. Sein freundliches rundes Gesicht strahlte Wohlwollen aus. Das einzige, was ihm jetzt noch fehlte, war ein wenig Mozart.

Der Wein hatte die Gedanken der Gräfin in eine andere Richtung gelenkt. »Ich höre, daß Ihr Vater in Mexiko lebt«, sagte sie zu mir. »Ich mache mir nicht viel aus abstrakten Bildern, aber Roberto sagt, er sei ein sehr guter und berühmter Maler.«

»Ja, er ist gut«, gab ich zu. »Aber ich glaube nicht, daß er sich selbst für berühmt hält. Er malt, weil er nicht anders kann, und dann, vor zehn Jahren, fing er auch an, sich gut zu verkaufen. Aber das ist für ihn auch der einzige Unterschied. Sein Leben hat sich deshalb nicht verändert – überhaupt nicht.«

Sie zuckte die Achseln, ihr amüsierter Blick schien zu sagen, daß man schon sehr verschroben sein mußte, wenn einem der eigene Ruhm egal war. »Er hat Glück, in Mexiko zu leben, dort scheint immer die Sonne, und die Leute in Mexico City und Acapulco sind recht unterhaltend. Erinnerst du dich noch an Acapulco, Roberto?«

»Ja, meine Liebe, sehr gut sogar. Dir war einmal nicht kalt. Du bist eine echte Spanierin, Carlotta, und nur glücklich, wenn die Sonne scheint.«

Sie zuckte wieder die Achseln. »Und du bist ein echter Engländer und liebst den Nebel und die Feuchtigkeit? Nein, da ziehe ich Spanien vor.« Dann wandte sie sich wieder mir zu. »Fährt Ihr Vater zur Saison nach Acapulco?«

Fast hätte ich laut aufgelacht, aber es wäre nicht nett gewesen, woher sollte sie schließlich wissen, was für eine Art Mensch mein Vater war? »Nein, nie. Er lebt in den Bergen südlich von Taxco, auf einer völlig entlegenen Hazienda. Er reist nur, wenn er unbedingt muß.«

Sie erschauerte bei dem Gedanken. »Er reist nicht . . .«

»Er mag keine Großstädte. Und Mexico City ist wegen des häufigen Nebels eine Tortur für ihn. Er fängt sofort an zu husten. Dann verträgt er auch keine Feuchtigkeit und kann daher nicht am Meer leben.«

»Ja, ich erinnere mich, daß er sehr wetterempfindlich war«, sagte Askew nachdenklich. »Er hat also immer noch eine schwache Lunge, ein lästiges Überbleibsel aus der Kriegsgefangenschaft. Ich weiß noch, als er hier war, regnete es fast die ganze Zeit, und er wollte malen, brachte aber nichts zustande. Es war ein besonders feuchter Herbst, und an einigen Stellen kam der Regen durchs Dach . . .«

»Er war hier?« fragte ich aufgeregt. »Hier in Thirlbeck?«

»Ja, natürlich. Wir waren damals gut befreundet«, antwortete er erstaunt. »Er und Vanessa hatten das kleine Pförtnerhäuschen gemietet, gleich hinter dem Tor, Sie sind an ihm vorbeigefahren. Das Dach war undicht, aber damals kostete das noch nicht die Welt. Ich hätte es in Ordnung bringen lassen, wenn sie geblieben wären. Aber das Haus war weder für ihn noch für Vanessa das richtige – aus ganz verschiedenen Gründen. Ich war natürlich glücklich, die beiden in der Nähe zu haben, es war mein erster und einziger Versuch, in Thirlbeck zu leben, und ohne sie wäre mein Aufenthalt ganz unerträglich gewesen. Sie verließen das Tal, als der erste Schnee fiel, und kurz darauf kehrte auch ich dem Haus für immer den Rücken.« Er sah mich voll an. »Haben sie nie erwähnt, daß sie hier gelebt haben?«

Ich schüttelte den Kopf. »Meine Mutter hat mir erzählt, daß sie in dem Sommer nach dem Kriegsende im Seengebiet ein Cottage gemietet hatten. Und mein Vater – ich habe ihn erst vor einigen Wochen kennengelernt, und wir haben über andere Dinge gesprochen.«

»Das kann ich mir vorstellen.« Er blickte sich im Zimmer um, draußen tobte der Wind, doch die schweren roten Vorhänge schützten uns vor der unwirtlichen Natur. Der Widerschein der Flammen zuckte über die Hunde, die vor dem Kamin lagen. »Wir haben in diesen wenigen Monaten viele Flaschen Wein zusammen getrunken. Wir hatten den Krieg überlebt, und das allein genügte, um uns in Hochstimmung zu versetzen. Wir gingen mit den Weinbeständen meines Vaters recht sorglos um, schon weil es keine anderen Bestände gab. Benzin und Kleidung waren rationiert und Lebensmittel ebenfalls. Obwohl wir nicht schlecht aßen; schließlich lebten wir auf einem Gut, und im Wald gab es genug Wild. Wir versuchten mit aller Gewalt, Jonathan wieder aufzupäppeln. Aber die ganze Zeit über ahnten wir, daß unser Zusammensein nur von kurzer Dauer sein würde. Wir wußten, die Trennung war unvermeidlich.«

Ich blickte unwillkürlich zu Gerald hinüber. Sein sonst so rosiges Gesicht war auffallend blaß. Ich hoffte nur, daß man mir meine Gefühle nicht so deutlich anmerkte. Gerald und ich hatten geglaubt, daß Thirlbeck völlig unbekanntes Terrain war, und daß wir hier nie gesehene Schätze entdecken würden. Und nun erfuhren wir, daß Vanessa, die wir beide so gut zu kennen glaubten, hier einen ganzen langen Sommer und Herbst verbracht hatte. Sie kannte Thirlbeck und alles, was es barg, fast oder vielleicht ebenso gut wie Tolson. Und hatte nie darüber gesprochen – nie ein Wort.

4

Den Mokka tranken wir im Salon. Er stand wie das Essen auf einer Heizplatte, und wir bedienten uns selbst. Ich glaube, Gerald und ich hatten den Anblick, der sich uns bot, fast erwartet – der Raum war nicht ganz so vollgestopft wie die Bibliothek, doch auch er enthielt viele wertvolle Möbelstücke, die aber offensichtlich nicht ihrer Schönheit wegen hier standen, sondern aus rein praktischen Gründen. Sicher ist dies eines der Zimmer, das eiserne Fensterläden hat, dachte ich, während meine Finger gedankenverloren über einen Tisch mit einer eingelegten antiken Porzellanplatte strichen. Die anderen Möbel im Raum waren nicht weniger kostbar – Kommoden, Spiegeltische, ein fein gearbeiteter Sekretär, goldgeschnitzte Stühle mit gestickten Bezügen, über die wieder Stricke gespannt waren. Ein paar Sofas und Stühle aus den dreißiger Jahren, mit dem gleichen geblümten Chintz bezogen wie die in der Bibliothek, waren zum Sitzen da. Wenn der Inhalt dieses Zimmers zu Hardy käme, könnten sie damit eine der großartigsten Möbelauktionen aller Zeiten veranstalten – ja wenn! Das komplizierte Gesellschaftsspiel, das wir miteinander spielten, brachte mich allmählich zur Raserei. Kein Wort fiel über all diese Schätze, während wir aus billigen Tassen unseren Mokka tranken. Gerald unterhielt sich mit der Gräfin und vermied es, mich anzusehen. Wenn er von der Mitteilung, daß Vanessa von all diesen Kunstwerken gewußt hatte, genauso erschüttert war wie ich, dann hatte er sich von seinem Schreck schnell erholt. Aber vielleicht hatte es zu Vanessas Zeiten hier ganz anders ausgesehen? Vielleicht hatten damals die Möbel in den einzelnen Zimmern gestanden und nicht auf einem Haufen wie der Hort eines Geizigen? Aber schließlich war sie in Thirlbeck gewesen, und selbst mit geringen Kenntnissen hätte sie die Qualität erkennen und sich an die schönsten Stücke erinnern müssen. Besonders jetzt, wo die Preise für solche Sachen ins Astronomische stiegen. War ihr diese Schatzkammer nicht eingefallen, als Mrs. Dodges Louis-seize-bureau plat 210000 Pfund gebracht hatte? Kaum denkbar! Sie hatte der Auktion beigewohnt und war wie alle anderen verblüfft gewesen über den enorm hohen Preis. Und doch, sie hatte nichts gesagt.

Ich sah mich noch einmal im Zimmer um, und plötzlich wußte ich, was ich die ganze Zeit über vermißt hatte. Es gab zwar viele Spiegel in schweren goldenen Rahmen, aber keine Bilder. Noch nicht einmal die üblichen langweiligen Familienporträts. Aber wer weiß, vielleicht existierte noch ein weiterer Raum mit eisernen Fensterläden, wo die Bilder aufgestapelt standen, und vielleicht gab es eins darunter, das an Qualität den Möbeln gleichkam. Der Gedanke jagte mir einen Schrecken ein. Ich hatte genug von unredlichen Händlern und halsabschneiderischen Methoden gehört, um mir jetzt Sorgen um Thirlbeck zu machen. Wenn es je bekannt würde, was für Schätze hier verborgen lagen, würde Lord Askew keine ruhige Minute mehr haben, und die eisernen Fensterläden, die Hunde und der Stacheldraht wären ein nur sehr ungenügender Schutz gegen jegliche Art von Eindringlingen. Und Vanessa hatte nichts gesagt.

Die Atmosphäre im Raum war gespannt, als vermiede ein jeder, über das eine Thema zu sprechen, das uns alle anging. Gerald und die Gräfin saßen auf einem der Sofas und plauderten. Ihre Weltgewandtheit überdeckte die Tatsache, daß sie sich über Dinge unterhielten, die sie beide nicht sehr interessierten. Die Gräfin hatte unerwarteterweise aus einer kleinen Reisetasche einen Stickrahmen hervorgezogen, und Gerald betrachtete voller Interesse das komplizierte Petit-point-Muster. Askew stand neben mir und wies lächelnd auf die Gräfin. »Erstaunlich, nicht wahr? Für mich gehört sie zu jenen Frauen, die man sich mit Skiern auf dem Rücken oder einer Taucherausrüstung vorstellt, und sie ist auch sehr sportlich, aber das hindert sie nicht daran, bei jeder Gelegenheit diesen Stickrahmen hervorzuziehen, und Sie können sicher sein, daß nach kurzer Zeit alle Männer fasziniert zusehen, wie die Arbeit langsam fortschreitet, und sie gebührend bewundern. Ich behaupte immer, es sei eine ihrer Geheimwaffen, aber sie sagt, daß im Haus ihrer Mutter in Sevilla vierundzwanzig Stühle neue Bezüge brauchen und daß dies eine Lebensaufgabe sei. Wie gesetzt sie wirkt, nicht wahr? Wie eine Klosterschülerin, und als solche wird sie das Sticken wohl auch gelernt haben.«

»Ja«, sagte ich etwas lahm. Und ja, dachte ich, man konnte sich gut vorstellen, daß sie fabelhaft Ski lief und tauchte und all diese anderen Dinge vorzüglich machte, mit denen die Reichen ihre Tage ausfüllen. Warum nahm ich eigentlich an, daß sie reich war? Nur weil sie sich so benahm, anzog und sprach wie die Reichen? Weil sie diese lässige Eleganz besaß, die nur Wohlstand und viel Muße hervorbringen kann?

Hatte ich meine Eifersucht zu deutlich gezeigt? Askew goß mir frischen Kaffee ein und reichte mir Sahne und Zucker, als hätte er mich vernachlässigt und wollte es wiedergutmachen. »Man lernt also viel bei Hardy?«

Was sollte das heißen? Erwartete er, daß ich, die Unerfahrenste von allen, als erste anfangen sollte, von den Möbeln zu sprechen? Wollte er das? »Sie geben sich große Mühe mit uns«, sagte ich vorsichtig. »Sie versuchen herauszufinden, wo die Begabung jedes einzelnen liegt – wenn überhaupt eine Begabung da ist –, und dann stecken sie einen in die entsprechende Abteilung, und man lernt durch Sehen, durch Zuhören, durch Erfahrung.«

»Und sind Sie begabt?«

Ich zuckte die Achseln. »Das kann man noch nicht sagen. Meine Lehrzeit am Empfang habe ich natürlich längst hinter mir. Dort lernt man hauptsächlich mit Menschen umzugehen. Es kommen so viele verschiedene Typen, und manche sind sehr empfindlich. Man muß ihnen das Gefühl geben, daß man Zeit für sie hat; selbst wenn sie einen furchtbaren Kitsch anbringen, können sie ein wertvolles Stück zu Hause haben. Manchmal kommt jemand, der glaubt, eine Kostbarkeit zu besitzen, die in

Wirklichkeit nichts wert ist, und dann muß man seinen ganzen Takt aufwenden ...«

Er nickte. »Ja, Stolz ist die Eigenschaft, mit der man am schwersten umgehen kann.« Dann fügte er hinzu: »Was ist ihr Spezialgebiet – Bilder?«

Ich wußte nicht recht, ob es nur eine höfliche Frage war, oder ob er wissen wollte, wie gut ich über ein Gebiet Bescheid wüßte, das ihn im Moment vielleicht besonders anging. »Porzellan«, sagte ich. »Es interessiert mich am meisten. Mein Vater schrieb Vanessa, daß er bereit sei, mir ein Kunststudium in Italien zu finanzieren, aber ich war schon damals von Meißen und Chelsea begeistert. Sicher habe ich ihn enttäuscht, aber er hat nie ein Wort darüber gesagt. Am liebsten hätte ich mich auf orientalisches Porzellan spezialisiert, aber es gab keinen freien Platz in der Abteilung; ich glaube, jeder, der Porzellane liebt, endet eines Tages beim chinesischen und verbringt dann sein Leben damit ... Oh, verzeihen Sie ...«

Er neigte den Kopf, als hätte ihn mein Gerede interessiert, was ich sehr bezweifelte. Wahrscheinlich hörte er mir nur aus Wohlerzogenheit zu. »Was soll ich verzeihen?«

»Daß ich vom Geschäft gesprochen habe. Wenn man sich erst mal für eine bestimmte Sache glühend interessiert, kann man über nichts anderes mehr reden und vergißt leicht, daß man die anderen Menschen damit tödlich langweilt. Gerald findet es das Letzte an schlechten Manieren. Er nennt es auf Fischfang ausgehen ... jemand aushorchen, ob er irgendeinen wertvollen Gegenstand hat, den man ihm für eine Auktion entlocken kann.«

Er lachte laut auf, es war ein spontanes, ehrliches Lachen, und Gerald und die Gräfin hoben die Köpfe. Das olivfarbene Gesicht der Gräfin war leicht gerötet. Sie kann mich nicht leiden, dachte ich und war nicht mehr so beschämt über meinen kleinen Eifersuchtsanfall.

»Gerald, dein Schützling hat mir gerade gebeichtet, daß sie auf Fischfang ausgeht, und daß du das gar nicht schätzt. Sollen wir sie für ihre Mühe belohnen und ihr La Española zeigen?«

Gerald beugte sich nach vorn. »Du hast sie also noch?«

»Natürlich, wo sollte sie sonst sein? Sie wird hier bleiben, solange dieses Haus existiert. Ich werde es ja nicht mehr erleben, aber wenn dieses Haus dem Bulldozer oder dem hiesigen Klima zum Opfer fällt, weicht vielleicht auch der Fluch von La Española.«

Gerald ließ sich nichts anmerken, aber ich kannte ihn gut genug, um zu wissen, wie aufgeregt er war. »Ich würde sie gerne sehen, Robert. Du weißt wahrscheinlich, daß das amerikanische Mineralogische Institut im Katalog schreibt: augenblicklicher Aufenthaltsort unbekannt, wahrscheinlich noch im Besitz der Familie Birkett.«

»Die Birketts besitzen sie nicht, sie sind von ihr besessen.«

Die Gräfin machte eine ungeduldige Handbewegung. »Roberto, das Ganze ist doch nur ein dummer Aberglaube. Wenn du wolltest, könntest du La Española morgen verkaufen. Viele Leute würden lieber sie anstelle von Aktien besitzen.« Sie legte ihren Stickrahmen wieder in die Tasche. »Komm, zeig' sie Mr. Stanton schon, vielleicht ist es seine letzte Chance, sie zu sehen.« Die Gräfin erhob sich, und Gerald folgte ihrem Beispiel. Sie hatte mich auf raffinierte Art ausgeschaltet, indem sie so tat, als würde La Española nur Geralds wegen gezeigt. Doch es war mein Arm, den Askew ergriff, als wir aus dem Zimmer gingen.

Er führte uns in einen Raum, der direkt von der Halle abging und gegenüber dem Eßzimmer lag. Breite dunkle Korridore führten zu den anderen Teilen des Hauses, aber man hatte nicht den Eindruck, daß sie benutzt wurden. Der Raum, den wir betraten, war in strengen geometrischen Mustern mit dunklem Holz getäfelt. Die Regale an der einen Wand waren offensichtlich später

71

angebracht worden, sie enthielten rotlederne Kästen mit goldgeprägten Daten, auf denen der Staub von Jahren lag. Wahrscheinlich Geschäftspapiere, dachte ich. Zu irgendeinem Zeitpunkt in diesem Jahrhundert hatte man angefangen, nur noch normale Aktendeckel zu benützen, so wie man sie in jedem Papierladen kaufen kann. Sie standen in den unteren Fächern. Im Raum befanden sich zwei Schreibtische, ein großer, geschnitzter stand mit der Rückseite zum Kamin und ein geschlossenes Rollpult dicht bei den roten Gardinen, das aussah, als stamme es aus einem Schulzimmer. Davor stand ein Drehstuhl. Auf dem großen Schreibtisch lag eine unbenützte Löschpapierunterlage.

»Einen Moment, bitte«, sagte Askew. Er ging in die Halle zurück und öffnete eine grüne Tür unter der Treppe, die anscheinend in den Dienstbotenteil führte. »Tolson, wo sind Sie?« Wir hörten Stimmen, und nach einigen Minuten betrat Askew wieder allein das Zimmer. Die Hunde waren uns auf den Fersen gefolgt. Einen Augenblick lang sah ich Tolson im Gang stehen, mir schien, als werfe er uns einen mißbilligenden Blick zu, dann zuckte er die Achseln und verschwand.

Eine einzige Lampe, die auf dem großen Schreibtisch stand, erhellte den Raum; im Kamin verglühte ein Kohlenfeuer. »Hier arbeitet Tolson«, sagte Askew, »es ist sein Büro.« Er wies auf das Telefon, das auf einem Eichenstuhl neben dem Rollpult stand. Während er sprach, tastete er nach einer verborgenen Vorrichtung an der Schmalseite des Kamins, dann berührte er eine andere Stelle auf der Täfelung.

»Recht primitive Vorsichtsmaßnahmen«, sagte er, »aber Tolson besteht auf ihnen. Ich mußte ihn bitten, die Alarmglocke abzustellen.« Er öffnete eine kleine Tür in der Holztäfelung, die genau die Größe eines der vertieften Felder hatte, so daß keine Ritzen zu sehen waren. »Mein Vater hat diesen kleinen Tresor einbauen lassen, als La Española zu einer traurigen Berühmtheit gelangte.« Seine Hände glitten suchend ins Innere, dann ging ein Licht an, und wir drei näherten uns erwartungsvoll.

Hinter einer Glasscheibe in einem samtbespannten Fach lag ein bläulichweißer Stein von ungefähr fünf Zentimeter Durchmesser. An vier Stellen waren einfache Klammern angebracht, durch die eine nicht sehr dicke goldene Kette lief. Der Stein schien kaum bearbeitet zu sein, nur die natürlichen Schnittflächen waren poliert. Und trotzdem war er voller Feuer. Sein Herz sprühte Funken im hereinfallenden Licht. Seine Größe war wirklich ehrfurchtgebietend, aber als Schmuckstein wirkte er zu plump, fast protzig, und doch lag er so friedlich, so unschuldig auf seinem schwarzen Samtkissen. Askew öffnete die kleine Glastür und nahm das Kissen vorsichtig heraus. Sogar bei dieser kleinen Bewegung glitzerte der Diamant wie tausend kleine Sternchen. Er hob ihn an der Kette hoch und ließ ihn sanft hin und her schaukeln.

»La Española – die Spanierin«, sagte er leise und folgte mit den Augen den pendelartigen Schwingungen. »Der Name stammt merkwürdigerweise vom Reitknecht des zweiten Earl. Er sprach nicht sehr gut Spanisch und nannte daher den Stein nach seiner Besitzerin. Die Spanierin hatte ihn als Teil ihrer Mitgift von Philipps Hof nach England gebracht. Wie barbarisch muß sie dieses Land gefunden haben.«

Gerald beugte sich vor. »Darf ich . . .« Er streckte die Hand aus, und Askew gab ihm das auf einem Kissen ruhende Schmuckstück. Gerald nahm es zum Schreibtisch und hielt es unter die Lampe.

»Ich habe kaum zu hoffen gewagt, daß ich La Española jemals wiedersehen würde«, murmelte er und drehte den großen Stein in den Fingern. »Ich erinnere mich noch, daß dein Vater sie in den dreißiger Jahren zu Hardy schickte, zur Auktion, aber es fand sich kein Käufer.«

73

»Ja, am Tag der Auktion standen Schlangen von Arbeitslosen vor der Tür und protestierten gegen Earls, die mit Diamanten spielten, während sie hungerten.«

»Du kämpftest damals in Spanien«, sagte Gerald, ohne die Augen von dem Stein zu wenden.

»Ja, aber trotzdem habe ich davon erfahren, nur nicht von meinem Vater. Ich an seiner Stelle hätte auch versucht, das Ding loszuwerden; aber ganz abgesehen von dem Ruf, der dem Stein vorausgeht, war es der falsche Zeitpunkt für einen Verkauf. Das amerikanische Institut hat leider nur zu recht, La Española befindet sich immer noch im Besitz der Familie Birkett.«

Gerald hatte, während Askew sprach, den Blick nicht von dem Stein gewandt, den er zwischen den Fingern drehte. Offenbar war er genauso fasziniert von ihm wie ich. »Warum hast du ihn nie in kleinere Steine umschleifen lassen, die wärst du doch ganz leicht losgeworden? Kein Käufer hätte erfahren, daß er einen Teil des Fluches von La Española miterwirbt.« Er blickte Askew fragend an. »Er muß ungefähr zweihundert Karat wiegen, nicht wahr?«

»Der letzte Juwelier, der ihn sah, hielt ihn für noch etwas schwerer. Er bewunderte ihn gebührend, seufzte und schüttelte den Kopf. Ein Angebot hat er mir nicht gemacht. Es war kurz nach der Terpolini-Affäre. Du weißt, man hat sich seit eh und je über La Española Geschichten erzählt, aber das waren eben nur Geschichten. Und dann kam die Terpolini-Affäre. Sie ging durch alle Zeitungen, und die Leute erinnern sich noch heute, fünfzehn Jahre später, an sie. Sogar die Unterwelt fing danach an, die Schauermärchen zu glauben. Vor einem Einbruch bin ich wahrscheinlich sicher, bis eine neue Generation von Dieben heranwächst, die über den Aberglauben der Alten lacht. Und so liegt La Española in diesem primitiven kleinen Versteck, unversichert, weil ich die Versicherung nicht zahlen kann, und wird nur von ein paar Drähten und Alarmglocken, von den Hunden und Tolson bewacht. Es wäre lächerlich einfach, sie zu stehlen, aber keiner will sie.«

»Und warum nicht?« fragte ich.

Askew sah mich an. »Ach, natürlich, vor fünfzehn Jahren waren Sie ja noch ein Kind, und was weiß ein Kind schon von Diamanten? Es heißt, daß auf dem Stein ein Fluch liegt, klingt verrückt, nicht wahr? Wer glaubt heutzutage noch daran? Und trotzdem hat seit fünfzehn Jahren niemand etwas mit dem Stein zu tun haben wollen.«

»Zweihundert Karat«, sagte Gerald nachdenklich. »Wert? . . . nun, in dieser Qualität, bläulichweiß, lupenrein . . . vier- bis fünftausend Pfund pro Karat, das macht eine Million Pfund. Und die Preise steigen täglich bei der ständigen Geldentwertung. Gut geschliffen würde er drei große und eine Menge kleinerer Steine abgeben. Wer weiß, vielleicht bringt er auch noch mehr Geld, selbst wenn man den Gewichtsverlust beim Schleifen einrechnet. Und niemand will ihn stehlen und noch viel weniger kaufen?«

»So ist es, Gerald.« Askew strich mit seinen langen Fingern fast zärtlich über den Stein. »Ja, arme vernachlässigte Kleine, statt am Hals oder am Arm einer schönen Frau zu glitzern, liegt sie hier ungesehen und ungeliebt in einem engen, dunklen Grab. La Española – die Spanierin. Sie wurde zwar zu den Birketts gebracht, aber ihre Besitzerin wollte sie für ewig behalten.«

»Und wieso das?« fragte ich, fasziniert auf das Schmuckstück starrend, das fast wie ein lebendes Wesen auf mich wirkte.

»Der Diamant gehörte zur Mitgift der Spanierin. Philipp II. stattete sie aus, weil ihre Familie zu arm war. Er gab ihr dieses wertvolle Stück als eine Art Unterpfand für ihren englischen Ehemann mit, aber sie hat ihn nie aus der Hand gegeben, die kleine Spanierin. Und man kann es ihr nicht verdenken.«

Seine Stimme klang eintönig, wie vorhin im Zimmer der Spanierin, so als wiederholte er eine Geschichte, die er sich oft in Gedanken erzählt hatte, die Teil seiner selbst war. »Bei schönem Wetter ließ sie sich gerne von dem Reitknecht ihres Mannes über den See rudern. Er muß sehr an ihr gehangen haben, obwohl sie wahrscheinlich nur wenige Worte wechseln konnten. Man sagt, daß sie den Stein stets getragen hat, als eine Art Talisman, weil er ein Geschenk von Philipp war, den sie wie einen Heiligen verehrte. Sicher hat sie gehofft, daß Philipp sie nach Spanien zurückholen würde, aber sie hätte auch widerspruchslos einen anderen englischen Lord geheiratet, wenn er es von ihr verlangt hätte. Soweit man weiß, hat Philipp ihr nie eine Nachricht geschickt. Und so wartete sie.

Man sagt, daß der Schwager – übrigens auch ein Robert Birkett – einen windstillen, aber nebligen Oktobertag abwartete. An solchen Tagen ist der See minutenlang sichtbar und gleich darauf wieder in Dunst gehüllt. Als sie in der Mitte des Sees war, ruderte er ihr mit seinem jüngeren Bruder nach. Sie hatte keine Überlebenschance, und der Reitknecht ebenfalls nicht. Sie war schon fast wieder am Landungssteg, hier an der flachen Stelle nahe beim Haus, als die beiden Boote zusammenstießen. Niemand weiß natürlich genau, was geschah; die Geschichte wurde nie aufgeschrieben. Wahrscheinlich haben sie erst den Reitknecht aus dem Boot gezerrt und erschlagen und sind dann auf die Spanierin losgegangen. Aber sie trug den Diamanten am Hals. Sie durfte keinesfalls mit dem Diamanten ertrinken. Sie muß sich lange gewehrt haben. Die Sage geht, man hätte ihre Schreie im Nebel gehört, aber schließlich nahmen sie ihr den Schmuck ab. Wir sind nicht sicher, ob dies die ursprüngliche Kette ist, Gott allein weiß, wie brutal sie mit ihr umgesprungen sind. Natürlich gehen die Erzählungen auseinander. Sie wissen ja, wie der Nebel die Laute verzerrt, und die meisten Dienstboten saßen vor dem warmen Herdfeuer. Aber die Gärtner, die Hirten und Schäfer waren im Freien, und die sollen die Schreie gehört haben. Vermutlich war es einer von ihnen, der später verbreitete, die Spanierin hätte den Wahlspruch der Birketts wie einen Fluch in den Nebel geschrien. Es ist ein harter und wilder Wahlspruch, so wie es sich für rauflustige Lords geziemt.«

»Und wie heißt er?« fragte ich.

»›Caveat raptor – Wehe dem, der raubt!‹ Was hat sie gemeint? Daß man ihr den Schmuck raubte, ihr Leben und das ihres Kindes? Hat sie es überhaupt geschrien? Der Earl und sein Sohn schworen, sie wüßten von nichts. Sie wären am anderen Ufer entlanggeritten und hätten Schreie gehört, mehr nicht. Sie sagten, das Boot sei vermutlich gekentert und die beiden wären ertrunken. Doch die Leichen wurden nie gefunden, und der neue Earl hatte den Diamanten. Er erklärte einfach, die Spanierin hätte ihn an diesem Tag nicht getragen, was ihm natürlich keiner glaubte. Dann kam das Gerücht auf, der Reitknecht hätte überlebt und wäre der Urheber der Geschichten, die sich bald jeder zuflüsterte.«

Askew zuckte die Achseln. »Was nun folgt, scheint mir etwas phantastisch. Es heißt, der Earl hätte den Jungen verfolgt, aber nie gefunden, dann hätte er seine Familie vertrieben, von denen die meisten verhungerten. Natürlich wurde die Geschichte immer weiter ausgeschmückt, und als der Earl sich bald darauf nach einem Zechgelage den Hals brach, waren natürlich alle überzeugt, daß der Fluch der Spanierin daran schuld war. Von da an nannte man nur noch den Diamanten La Española – seine Besitzerin jedoch versuchten alle zu vergessen.«

Askew lehnte sich mit dem Rücken an den Schreibtisch. »Aber das ist ihnen nicht gelungen. Seht uns an, wir sprechen noch heute von ihr. Nach dem Tod des Earls erbte sein Bruder den Titel. Sein Gut wurde geplündert, seine junge Frau geraubt und La Española gestohlen. Aber sie kam nach Thirlbeck zurück. Der Anführer der Räuberbande stürzte im Tal aus einem unerklärlichen Grund vom Pferd. Seine Kumpane ließen ihn im Stich, den Diamanten wagte keiner anzufassen. Als er der Familie übergeben wurde, klebte noch Blut an ihm.«

Ich überwand meine Scheu und berührte den Stein auf dem Samtkissen. Ich hatte fast erwartet, daß er noch warm war von der Hand des toten Räubers. »Wie war es möglich, daß seine Spießgesellen den Stein einem Sterbenden ließen?«

»Vermutlich hatten sie Angst bekommen. Sogar die Birketts wollten ihn nicht zurückhaben. Auch sie glaubten allmählich an den Wappenspruch und den Fluch.

Eines Tages stand ein Gedenkstein mit einer klobigen Inschrift nahe beim See. Vielleicht hatte der Reitknecht ihn aufgestellt, vielleicht ein anderer Katholik zur Erinnerung an ihr flüchtiges Erdendasein, weil sie kein Grab in geweihter Erde hatte. Der Earl versuchte mehrmals, ihn zu entfernen, aber umsonst. Kaum ließ er ihn abreißen, schon erschien wieder ein anderer. Schließlich sah er ein, daß er den Geist nicht bannen konnte, und so ließ er den Gedenkstein stehen, in der Hoffnung, daß Wind und Wetter das Ihrige tun würden.

Der Diamant blieb in Thirlbeck. Der vierte Lord soll der alternden Elisabeth den Stein als Geschenk angeboten haben, um ihre Gunst zu erwerben. Wie Sie wissen, liebte die Königin leidenschaftlich Juwelen. Aber sie lehnte das Geschenk ab. Die Familienchronik berichtet, daß in den darauffolgenden Jahrhunderten verschiedentlich Versuche gemacht wurden, den Diamanten zu stehlen. Aber alle mißlangen.

Zu meinen Lebzeiten wurde ein gutgeplanter Überfall ausgeführt. Die Diebe benützten dieselbe Straße, auf der Sie kamen. An der schärfsten Kurve verunglückten sie. Der Wagen und die Insassen verbrannten. La Española überstand natürlich alles. Nach diesem Abenteuer gab mein Vater den Diamanten in ein Banksafe in Manchester. Auch dort wurde eingebrochen. Die Diebe hatten

78

einen Tunnel zu dem Bankgewölbe gebaut. Als sie mit dem Diamanten und einigen Stahlkassetten mit Wertgegenständen flohen, brach der Tunnel ein. La Española lag unbeschädigt unter den Trümmern.«

Er berührte wieder den Stein auf dem Kissen. »Ich weiß, es klingt alles etwas seltsam, aber vielleicht verstehen Sie jetzt, warum die Leute an den Fluch glauben. Für die Familie war La Española nicht besonders wichtig – das Land, das wir besaßen, war unendlich viel wertvoller. Niemand trug den Stein, und niemand dachte oft daran, bis zum Tod meines Vaters, als La Española für die Erbschaftssteuern geschätzt wurde.

Ich versuchte, sie zu verkaufen, aber die Zeitungen brachten immer wieder die alten Geschichten, und niemand machte ein Angebot. Dann fand ich eines Tages einen Käufer. Tolson flog mit dem Stein nach Mailand. Und das war der Anfang der Terpolini-Affäre. Für die Journalisten war sie ein gefundenes Fressen, die Story von dem Fluch erschien überall in großer Aufmachung, und seitdem rührt kein Kunde und kein Dieb den Stein mehr an.«

»Und was war die Terpolini-Affäre?« fragte ich.

Askew sah mich an. »Ich vergesse immer wieder, wie jung Sie sind. Haben Sie nie von der Terpolini gehört?«

»Der Opernsängerin? Sie ist doch tot, nicht wahr?«

»Nein, aber vielleicht wäre es besser für sie. Damals stand sie auf der Höhe ihrer sensationellen Karriere. Sie war ein geborener Star, der Liebling des Publikums und der Presse, mit einer herrlichen Stimme gesegnet. Sie war die Mätresse eines Ölmagnaten namens Georgiadas. Er war – und ist noch – ein sehr abergläubischer Mann, aber vor allem glaubte er, daß er in der besonderen Gunst der Götter stand – und das mit Recht. Alles, was er anpackte, gelang. Er hatte wirklich ein sagenhaftes Glück – bis er sich für La Española interessierte. Er kannte sie nur vom Hörensagen und wollte sie sehen, bevor er sie endgültig erwarb. Deshalb flog Tolson nach

Mailand. Der Stein war genau das, was die Terpolini sich erträumt hatte. Natürlich sollte er geschliffen und neu gefaßt werden. Aber die Terpolini bestand darauf, ihn im Rohzustand zur Eröffnung der Wintersaison in der Scala zu tragen. Wahrscheinlich wollte sie der Welt beweisen, wie vollkommen sie Georgiadas beherrschte, und er war kein leicht zu beherrschender Mann. Die Zeitungen berichteten von der bevorstehenden Sensation in Schlagzeilen und brachten Fotografien von ihr im Kostüm der Turandot mit dem Diamanten. Am nächsten Tag berichteten sie in Schlagzeilen von dem Unglück. Die Terpolini war im letzten Akt von einer großen Treppe gestürzt und hatte sich das Rückgrat gebrochen; seitdem ist sie völlig gelähmt. Am gleichen Tag verlor Georgiadas seinen einzigen Sohn; er ertrank auf einer Segelfahrt vor Kreta. Seitdem haben die Götter Georgiadas ihre Gunst entzogen. Die Terpolini liegt in einem Privatsanatorium. Georgiadas besucht sie schon lange nicht mehr, aber er zahlt ihre Rechnungen. Er ist abergläubischer als je zuvor, nur jetzt fürchtet er die Götter. La Española kaufte er natürlich nicht, Tolson brachte sie nach Thirlbeck zurück.«

Lord Askew berührte wieder den Stein. Das Licht fiel direkt auf sein Gesicht und verschärfte seine Züge. Er betrachtete ihn ohne Bitternis oder Abscheu, nur ein wenig wehmütig.

»Wie hoch ist die Vermögenssteuer jetzt, Gerald – dreißig Prozent? Von dem Rest könnte ich sehr angenehm leben, wenn La Española verkäuflich wäre, aber sie ist ein wertloses Stück Kohle, an dem Aberglauben und Gier haften. Ich persönlich glaube nicht an den Fluch – aber die anderen tun es. Ja, die kleine Spanierin hinterließ den Birketts ein seltsames Vermächtnis. Ob ihr Geist sich wohl über uns mokiert?«

»Roberto«, Carlottas Stimme klang spöttisch, »du sagst, du glaubst nicht an den Fluch? Du glaubst mehr an ihn als alle anderen. Wenn du nur wolltest, könntest

80

du den Stein nach Amsterdam bringen, ihn dort schneiden lassen und verkaufen. Dann hättest du keine finanziellen Sorgen mehr, und die Birketts wären endlich La Española los. Es wäre so einfach ... keiner würde es je erfahren, keine Zeitung könnte darüber schreiben ...« Sie brach ab, ich glaube, es war niemandem entgangen, daß ihre Hände zitterten.

Und ihr konnte nicht kalt sein. Wir standen alle ganz in der Nähe des Kamins. Der Stein auf dem Samtkissen schien gleichzeitig Ruhe und Unruhe auszustrahlen, aber seine fehlerlose Reinheit war nur für die Hände der Birketts bestimmt. »Wehe dem, der raubt!« Ich rückte etwas näher ans Feuer.

Askew legte La Española in den Tresor zurück; der kurze Moment der Glorie war vorbei! Sie, die dazu bestimmt war, bewundert zu werden, mußte nun wieder ungesehen – wie lange wohl? – in ihrem dunklen Gefängnis schlummern. »Und wenn ich deinen Rat befolge, Carlotta, würdest du mit mir im Wagen nach London fahren? Würdest du mit mir nach Amsterdam fliegen? Würdest du mir einen Diamantenschleifer finden?«

Die kleine Paneeltür schnappte ins Schloß. »Ich glaube, es ist besser für uns und La Española, wenn wir sie in Ruhe lassen. Sie ist schließlich nicht das einzige, was ich zu verkaufen habe.« Er wandte uns sein Gesicht zu. »Gerald, was meinst du?«

»Was ich meine? Natürlich gibt es hier eine Menge Dinge, Robert, die wir gerne für dich verkaufen würden ... ohne Namensnennung, wenn du es wünschst ... Was ich nur nicht verstehe, ist, daß ein Haus wie dieses und eine Familie wie die eure, die nie gesammelt hat, so viele wertvolle Möbel besitzt; die meisten sind ganz erstklassig. Ja, erstklassig. Es würde eine wichtige und höchst aufregende Auktion geben, Robert.«

»Was – die Möbel?« Er sah ganz überrascht aus. »Mhm ... ja, an die habe ich eigentlich nicht gedacht.« Es klang gleichgültig, als kenne oder scherte er sich nicht viel um die Werte, die sich unter seinem Dach befanden.

»Ich habe noch ein Glanzstück, das La Española an Bedeutung und Wert nicht nachsteht, sie vielleicht noch übertrifft. Wenn es an ein Museum und nicht an einen Privatmann verkauft würde, könnten sich im Laufe der Zeit Millionen Menschen daran erfreuen. Im Vergleich dazu wirkt La Española relativ glanzlos und unwichtig. Was würdest du zu einem Rembrandt sagen, Gerald?«

»Ein Rembrandt?« Gerald warf mir einen schnellen warnenden Blick zu, aber ich hätte auch so geschwiegen. Die Aufregung lief wie ein elektrischer Strom zwischen uns hin und her – Aufregung und fast ein Gefühl der Angst. Mein Mund fühlte sich trocken an. Nicht Gerald und ich hatten etwas entdeckt, nein, es wurde uns sozusagen auf einem Tablett serviert. Dann fiel mir plötzlich wieder Vanessa ein. Hatte sie auch von dem Rembrandt gewußt?

»Das Bild kam auf die legalste, normalste Weise in die Familie. Ich weiß nicht, ob ich dir je erzählt habe, daß mein Großvater nicht ein direkter Nachkomme, sondern nur der Vetter vom fünfzehnten Earl war. Er hat nie erwartet, den Titel zu erben, es gab noch zwei nähere Blutsverwandte – einen Bruder und einen Sohn. Aber beide starben. Das scheint in der Birkett-Familie öfter zu passieren. Mein Großvater war ein wohlhabender Landbesitzer, abgesehen davon war er an kleineren Minen beteiligt und hatte ein paar Küstenfahrzeuge in Whitehaven liegen. Er reiste gerne ins Ausland, am liebsten nach Rotterdam, besonders nachdem er Margaretha van Huygens kennengelernt hatte. Sie war die Tochter des Bürgermeisters von Rotterdam und das einzige Kind. Ihre Eltern erhoben natürlich Einspruch gegen eine Ehe mit einem englischen Landbesitzer, sie fanden, er sei ihrer Tochter nicht würdig – sie war nicht nur hübsch, sondern auch sehr reich. Aber als mein Großvater Lord Askew wurde, änderten sie schnell ihre Meinung. Die Hochzeit fand statt, und wie jedes holländische Mädchen aus gutem Hause bekam sie nicht nur Geld, sondern auch Möbel als Mitgift. Dann, nach dem Tode ihrer Eltern, erbte sie selbstverständlich alles. Die französischen Möbel stammen von ihr. Die van Huygens hatten sie nach der Französischen Revolution von den Emigranten billig erworben. Zusammen mit den Möbeln kamen auch Bilder. Die meisten recht uninteressant, nach meiner Meinung, aber ich bin überzeugt, daß meine holländische Großmutter die Landschaften mit den Kühen und Windmühlen dem Rembrandt vorgezogen hat. Es lag nicht in ihrer Natur, das Porträt eines alten, einfach gekleideten Mannes zu bewundern. Sie schätzte die Menschen nach ihrem Erfolg ein. Das Bild hing in einem dunklen Korridor und wurde nie erwähnt. Es war einfach da, und ich weiß noch nicht mal, wie es in die Familie der van Huygens gekommen ist . . .«

Ich schob mich ein wenig näher ans Feuer heran, aber mir war trotzdem kalt. Ich hatte richtig Bauchweh vor Aufregung. Es gibt Augenblicke im Leben, wo man entweder in ein hysterisches Lachen ausbrechen will oder die Lippen zusammenpreßt, damit niemand sieht, daß sie zittern. Askew stand jetzt an der hinteren Wand, und Gerald und ich folgten seinen Blicken. Der Raum war lang, er hatte ungefähr dieselben Proportionen wie das Eßzimmer gegenüber. Auf der Holztäfelung konnten wir die Umrisse eines Rahmens erkennen, das Bild selbst war nicht zu sehen.

»Klingt es dir unwahrscheinlich, daß irgendwo ein Rembrandt existiert, von dem niemand etwas weiß? Es ist doch möglich, daß ein Besitzer so an ein Bild gewöhnt ist, daß er es nicht mehr bemerkt, nicht wahr, Gerald?«

»Durchaus möglich, Robert. Es existiert kein Gesamtkatalog aller Kunstwerke, und es passiert öfter, daß auf einem Dachboden ein wertvolles Bild entdeckt wird. Besonders in den letzten Jahren, seitdem der Kunstmarkt hoch spekulativ und fast zu einem Börsengeschäft geworden ist. Niemand kann mehr verfolgen, wer etwas kauft und verkauft und wohin die einzelnen Stücke abwandern, der ganze Markt ist unübersehbar geworden. Diese Jagd nach Wertgegenständen hat nur ein Gutes, daß die Leute gelegentlich in dunklen Korridoren eine Kostbarkeit entdecken. Doch, Robert, ein Rembrandt, der immer in der Familie war und nie ausgestellt wurde, kann durchaus . . .«

Gerald ging langsam den langen Raum entlang. Askew sagte: »Ich habe Tolson gebeten, das Bild hier aufzuhängen. Er hatte es bei Kriegsbeginn eingeschlossen, und seitdem hat es niemand mehr gesehen.«

Geralds Gang schien mir etwas steif, so als wäre auch ihm die Aufregung in die Glieder gefahren. Wenn Askew recht hatte, würde dieses entlegene Haus bald von Kunstsachverständigen wimmeln, Fotografen würden detaillierte Aufnahmen machen und sie in alle Welt verschicken. Das Bild würde zu Hardy in die Tresorkammer kommen und dann in die Auktion. Reiche Käufer würden sich überbieten und die Journalisten sensationelle Berichte schreiben. Gerald blieb stehen. »Ich kann nichts sehen, hast du nicht irgendwo Licht?«

»Ja, natürlich.« Askew drehte am Schalter neben der Tür, aber nur die moderne Lampe, die auf dem Rollpult stand, ging an, die Wandarme blieben dunkel. »Verdammt noch mal«, sagte er. »Dieses Haus ist furchtbar schlecht beleuchtet. Es war dumm von mir, Tolson zu bitten, das Bild hier aufzuhängen. Aber vielleicht finden wir irgendeine Steckdose für Tolsons Bürolampe. Wart einen Moment, Gerald.«

Ich ging an Gerald vorbei. »Nein, Lord Askew, es gibt keine Steckdose in der Nähe des Bildes, und die Lampe hat nur eine sehr kurze Schnur, vielleicht, wenn wir sie etwas anheben –«

»Nein«, sagte Gerald, »ich möchte mir den ersten Eindruck nicht verderben. Wir werden das Bild morgen früh ansehen, Robert, stell' es auf einen Stuhl gegenüber dem Fenster . . . ja, morgen früh . . .« Seine Stimme klang merkwürdig ausdruckslos.

Die Spannung war mit einemmal verflogen. Mir wurde plötzlich bewußt, wie müde und durchgefroren ich war. Ich blickte Gerald an, aber er mied meinen Blick. Seine Blässe erschreckte mich. Er machte den Eindruck eines alten Mannes, der zu lange aufgeblieben war. Wir sagten Askew und der Gräfin am Fuß der Treppe gute Nacht. Ich fühlte, daß beide uns nachstarrten. Als wir die Galerie erreichten, sagte Askew irgend etwas, und die Gräfin widersprach ihm in einem scharfen Tonfall. Ich blickte nach unten. Sie ging graziös die Stufen hinauf, nahm aber den Treppenbogen, der zum entgegengesetzten Teil des Hauses führte. Als wir Geralds Zimmer erreichten, war sie schon im Dunkel des Korridors verschwunden.

»Kann ich noch einen Moment zu dir hereinkommen?«

Er nickte, als hätte er meine Bitte erwartet.

5

Er schüttelte müde den Kopf. »Frag mich nicht, Jo, ich weiß es wirklich nicht. Ich weiß wirklich nicht, warum Vanessa nie über Thirlbeck gesprochen hat. Natürlich wußte sie damals noch nicht viel über Antiquitäten, aber sie mußte doch gemerkt haben, daß die Möbel wertvoll sind. Und sie kann sie unmöglich vergessen haben, obwohl es so lange zurückliegt. Nein, sie wollte einfach nicht darüber sprechen, und dafür muß sie einen sehr guten Grund gehabt haben, aber das werden wir nicht mehr erfahren.« Er zog an seiner Zigarette, die Augenlider fielen ihm fast zu. Ich wußte, er wollte seine Ruhe haben, aber ich war zu aufgeregt, ich mußte mit ihm reden.

»Vielleicht hat Askew sie darum gebeten. Das kommt mir noch am wahrscheinlichsten vor. Die Birketts sind ja alle ein bißchen verrückt – und er ganz bestimmt. Ich meine, zum Beispiel, daß er sich im Krieg nicht befördern ließ, trotz all der hohen Orden. Das ist doch nicht normal – und dann diese Geheimnistuerei mit dem Haus, keiner darf es betreten, der Rembrandt wird eingeschlossen, damit ihn keiner sieht. Glaubst du, Vanessa hat von dem Bild gewußt?«

»Jo«, sagte er mit übertriebener Geduld, »ich weiß auch nicht mehr, was ich glauben soll. Zugegeben, Robert ist seltsam – aber wen geht's was an? Wir werden eine großartige Auktion veranstalten, ganz egal, ob das Bild nun ein Rembrandt ist oder nicht, die Möbel allein sind Zehntausende wert, und Robert braucht Geld. Er will auf keinen Fall in Thirlbeck bleiben.«

»Meinst du, es ist kein Rembrandt?«

»Liebe Jo, leg mir nichts in den Mund. Ich habe das Bild noch nicht gesehen. Aber warum soll es kein Rembrandt sein? Die van Huygens gehören vielleicht zur gleichen Familie wie Constantijn Huygens, der in seiner Autobiographie über Rembrandt schreibt.«

Wider Willen platzte ich heraus: »Ich mag Lord Askew nicht besonders, oder besser gesagt, manchmal mag ich ihn, manchmal nicht. Er haßt dieses Haus, nicht wahr? Es wäre ihm gleichgültig, wenn es verfiele. Der Bulldozer oder das Wetter, ihm ist alles gleich. Ich habe den Eindruck, er würde seine eigene Großmutter verkaufen, fast tut er's ja auch – schließlich sind es ihre Möbel und Bilder.«

»Und jetzt gehören sie ihm, und er kann damit tun, was er will. Vergiß das nicht, Jo. Sie sind sein Eigentum. Auf jeden Fall scheint es mir ganz unwichtig, ob du ihn magst oder nicht. In diesem Geschäft muß man nicht jeden Kunden mögen.«

Ich zuckte die Achseln und ging zur Tür. »Natürlich ist das unwichtig. Aber das Haus – wäre es nicht schade, wenn es verfiele? Schließlich ist es eines der schönsten Häuser Englands, ein fast unbekanntes architektonisches Meisterwerk, vollgepackt mit den herrlichsten Möbeln, und für den Preis eines Rembrandts könnte man es der Nachwelt erhalten. Und dann würde es keiner haben wollen.« Warum regte ich mich eigentlich so auf? Hatte ich nicht eben meine eigene Frage beantwortet? »Gute Nacht, Gerald. Ich hoffe, du schläfst gut.«

»Das werde ich, Jo . . . das werde ich.«

An der Tür wandte ich mich noch einmal um. »Stört es dich, wenn ich heute abend noch bade? Wenn wir in der Früh alle gleichzeitig ein Bad nehmen, wird vielleicht das heiße Wasser knapp. Ich werde versuchen, so leise wie möglich zu sein . . .«

Er drückte seine Zigarette aus. »Nichts kann mich heute abend vom Schlafen abhalten, Jo . . .«

Mir fiel plötzlich auf, wieviel älter als sonst er aussah, und ich bekam es mit der Angst zu tun. Ich wollte ihn nicht verlieren – nicht jetzt – nicht so schnell nach Vanessas Tod. Ich hätte ihm am liebsten einen Kuß gegeben, aber ich fürchtete, er würde meine Gedanken erraten. So lächelte ich ihn nur an. »Gute Nacht.«

Es war irgendwie unheimlich, durch die einsamen Korridore zum Zimmer der Spanierin zu gehen. Der Wind hatte sich verstärkt; er fuhr heulend durch die Äste der Eichen und Buchen, kräuselte die silberne Oberfläche des Sees und fegte mit trübseligem Pfeifen um die Ecken des Gebäudes, so daß die alten Balken krachten und stöhnten wie ein lebendes Wesen.

Ich war nach meinem Bad schon wieder ins Zimmer der Spanierin zurückgekehrt, als ich merkte, daß ich meine Handtasche mit meinen Zigaretten im Salon vergessen hatte. Mir war es mit viel Energie gelungen, nur noch zehn Stück am Tag zu rauchen, um so mehr freute ich

87

mich auf die letzte vorm Schlafengehen. Es war schon zu spät, um Gerald noch zu stören, und so ging ich auf die Galerie und blickte nach unten. Die Gräfin war, wie ich wußte, schon nach oben gegangen und Askew in der Zwischenzeit wahrscheinlich auch. Aber die Wandleuchter brannten noch, und in den Kaminen lagen schon neue Scheite. Außer dem Rauschen des Windes war kein Laut zu hören. Wie spät mochte es sein? Bestimmt schon nach Mitternacht. Vielleicht war Tolson auch schon zu Bett gegangen und hatte den Salon abgeschlossen, wo meine Zigaretten lagen. Ich ging nach unten, ein wenig ängstlich wegen der Hunde. Aber sie waren weder zu hören noch zu sehen. Die Tür des Salons öffnete sich ohne weiteres, die Lichter brannten noch, aber vor dem Kamin stand ein Feuerschirm. Nach kurzem Suchen fand ich meine Handtasche, sie lag nicht auf dem Sofa, wie ich geglaubt hatte, sondern auf einem Tisch neben der Tür. Irgend jemand hatte das Zimmer aufgeräumt, die benutzten Aschenbecher entfernt, die Kissen aufge- schüttelt und das Feuer mit Asche bedeckt, um den Zug zu vermindern. Ob Tolson wohl die Lichter die ganze Nacht über brennen ließ? Oder gehörte ihr Auslöschen zu seinen abendlichen Pflichten wie das Abschließen der Zimmer? Ganz im Gegenteil zu Vanessa schien er die Werte im Haus sehr genau zu kennen und zu schätzen.

Ich war ungefähr in der Mitte der Halle, als ich sie erblickte. Sie stand im Schatten der Treppe, und im er- sten Moment war ich nicht ganz sicher, ob ich ein junges Mädchen oder noch ein Kind vor mir hatte. Dann wandte sie sich mir zu, und ich sah, daß sie vielleicht achtzehn oder neunzehn war. Dichtes silberblondes Haar umrahmte ein zartes, kindliches Gesicht. Sie trug ein kurzes Röckchen und eine einfache Bluse und wirkte so zierlich wie ein Porzellanfigürchen. Ihre blasse Haut schimmerte sogar noch in der Dunkelheit, sie hatte lan- ge weiße Hände und rote geschwungene Lippen, ihr Lächeln war etwas starr und wirkte rein mechanisch. Sie

88

sah mich ruhig an, ohne Neugierde oder Erstaunen. Und dieser Blick war ganz und gar nicht kindlich. Ich wußte sofort, daß es Jessica war, die Enkelin Tolsons. Ich ging auf die Treppe zu mit der Absicht, ihr zuzunicken und ein paar freundliche Worte zu sagen, und wunderte mich, warum ich mich plötzlich so befangen fühlte. Ich mußte mich direkt zurückhalten, ihr keine Erklärung für meine Anwesenheit zu dieser späten Stunde abzugeben.

In diesem Augenblick wurde die Tür des Zimmers, das La Española beherbergte, aufgerissen, und das Gemurmel, das ich schon früher vernommen hatte, wurde plötzlich laut und deutlich. Der Sprecher klang ärgerlich, als sei seine Geduld erschöpft, die Stimme kam mir bekannt vor.

»... ich habe genug davon! Und eines schwöre ich Ihnen, Askew, das nächste Mal, wenn ich Ihre Viecher erwische, egal, ob es auf Ihrem Besitz oder meinem Pachtgrundstück ist, knalle ich sie allesamt ab. Ich bin ein Landwirt und lasse es nicht zu, daß Ihre verdammten Hunde meinen Lämmern zum Spaß die Gurgel durchbeißen.«

»Nat, Sie haben nicht den geringsten Beweis dafür, daß diese Hunde Ihre Lämmer getötet haben. Sie sind immer eingesperrt. Im übrigen sind es nicht meine, sondern Tolsons Hunde, und es wäre besser, Sie sprächen mit ihm –«

»Sie haben aufgehört, Tolsons Hunde zu sein, in dem Moment, als Sie Ihren Fuß in dieses Haus setzten. Durch welche Magie ist mir allerdings unverständlich. Und deshalb warne ich auch Sie. Sie sind der Herr des Hauses, und Sie tragen die Verantwortung.«

»Nat, seien Sie doch nicht so voreilig und unvernünftig. Zum Beispiel Ihre Adler, meinen Sie nicht ...«

Er unterbrach Askew. »Das beweist nur, daß Sie keine Ahnung von Goldadlern – oder von Hunden haben. Die Wunden, die ein Hund beibringt, sind ganz anders als

die von angreifenden Adlern. Abgesehen davon greifen
Adler fast nie Lämmer an. Sie fressen Aas.«

Nach einer kurzen Pause sagte Askew: »Ich habe Ihre
Warnung zur Kenntnis genommen, Nat, aber ich weige-
re mich noch immer zu glauben, daß es die Hunde gewesen sind, aber wie dem auch sei . . . setzen Sie sich
doch. Ich habe sowieso noch einiges mit Ihnen zu besprechen. Wollen Sie nicht etwas trinken . . .«

Nat unterbrach ihn wieder. »Ein anderes Mal. Ich habe jetzt keine Zeit. Wenn Sie mich sehen wollen, kommen Sie doch zu mir, oder verkehren Sie mit den Einheimischen nicht? Zudem wird es sowieso Jahre dauern,
bevor ich in dieses verfluchte Haus ohne Mißvergnügen
kommen kann!«

»Nat!«

Die Tür fiel mit einem Knall ins Schloß. Das Gesicht
unter dem strohfarbenen Haar war vor Ärger gerötet. Er
trug die gleiche Jacke und Hose wie am Nachmittag, als
er uns das Tor zum Thirlbeck-Tal geöffnet hatte. Damals
hatte er einfach erschöpft gewirkt wie ein Mann, der zu
beschäftigt ist, um seine Zeit mit Reden zu vergeuden.
Jetzt aber verriet seine Miene Ungeduld und Gereiztheit.
Er gab mir kein Zeichen des Wiedererkennens. Sein
Blick glitt über mich hinweg, als ob ich nicht existierte,
und blieb auf dem Mädchen haften.

»Nat«, sagte sie, meine Gegenwart ignorierend, »reg
dich doch nicht so auf, du hast hier die gleichen Rechte
wie er. Dieses Haus gehört dir . . .«

»Sei ruhig, Jess«, sagte er ungeduldig. Er trat auf sie
zu, dann wandten sich beide um und verschwanden,
ohne mich eines Blickes zu würdigen, in den Gang unter
der Treppe. Aber bevor die grüne Tür hinter ihnen zu-
fiel, hörte ich noch, wie er sagte: »Sei so lieb und mach
mir schnell eine Tasse Tee, ich muß noch auf die Weiden
und nach den Mutterschafen sehen . . .« Das vertraute
Einverständnis, das zwischen ihnen herrschte, schloß die
Welt der vergangenen Pracht, die Welt auf der anderen

Seite der Tür vollkommen aus. Sie würden ihren Tee in der Küche trinken und über praktische, alltägliche Dinge sprechen, wahrscheinlich würde seine Stimme an Schärfe verlieren im Gespräch mit diesem zarten Porzellanpüppchen. Es war unvernünftig, aber ich fühlte mich ausgeschlossen.

»Ah ... Sie sind hier ...«, ich drehte mich um und blickte Askew an. Seine Finger umklammerten den Türrahmen, er versuchte zu lächeln, brachte aber nur eine schmerzliche Grimasse zustande. Ich sah die Hunde, die hinter ihm standen. Er schien nicht verwundert, mich im Morgenrock um diese Stunde vor sich zu sehen. »Tun Sie mir bitte einen Gefallen, gehen Sie ins Eßzimmer und bringen Sie mir einen Kognak. In der Anrichte muß eine Flasche stehen und die Gläser auch. Und bitte einen großen ...« Als er ins Zimmer zurückging, fügte er noch hinzu: »Und nehmen Sie sich auch einen ...« Er war verschwunden, bevor ich antworten konnte.

Ich fand die Flasche ohne Schwierigkeiten, die Gläser auf dem Tablett waren noch warm vom Abwaschen. Ich goß eine kräftige Portion ein und brachte ihm das Glas.

Es schien mir höchst unwahrscheinlich, daß das kurze Gespräch, das ich eben belauscht hatte, eine so starke Reaktion bei ihm hervorgerufen hatte. Er lehnte sich so weit wie möglich in seinem Schreibtischstuhl zurück, als ob er seine Muskeln nach einem Krampf entspannen wollte, aber schon eine Sekunde später krümmte er sich wieder zusammen und preßte die Hände auf den Magen, Schweißperlen standen ihm auf der Stirn. Ich trat an seine Seite und reichte ihm das Glas.

»Lord Askew, sind Sie krank? Soll ich jemand rufen ...« Aber wen könnte ich rufen?

Er öffnete die Augen und sah mich an. »Schon zurück, braves Mädchen ...« Seine Hand griff nach dem Kognak, während er den ersten Schluck nahm, hielt ich ihm noch das Glas. Seine Finger fühlten sich eiskalt auf meinen an, aber seine Handflächen waren schweißig. Er

91

richtete sich im Stuhl auf. Jetzt konnte er das Glas schon selbst halten, und ich zog meine Hand weg.

»Ich sollte keinen Kognak trinken, er ist das reinste Gift für mich. Ich sollte auch nicht rauchen, aber die Ärzte sagen mir nicht, was ich statt dessen tun soll. Ich habe in meinem Zimmer Tabletten, aber es ist ein weiter Weg bis dahin.«

»Wenn Sie mir sagen, wo sie liegen, hole ich sie Ihnen.«

Er schüttelte den Kopf. »Nein, nein, irgendwann komm' ich schon nach oben. Und in der Zwischenzeit« – er machte eine Geste mit dem Glas – »hilft das ebenso gut. Die Herren Doktoren sagen zwar, daß ich mir auch noch den Rest meines Magens damit ausbrenne, aber welche Wahl bleibt mir? Entweder friste ich kümmerlich mein Leben, oder ich genieße es; so wie ich jetzt lebe, habe ich immer gelebt. Genießen ist das einzige, was ich kann.« Dann blickte er mich plötzlich voll an. »Um Gottes willen, machen Sie keine so erschreckten Augen. Ich habe ein Magengeschwür – ein ausgewachsenes Magengeschwür, und das macht mir gelegentlich zu schaffen. So zum Beispiel heute abend.«

»Es tut mir leid.«

»Es tut Ihnen leid? Unsinn. Sie haben mich eben erst kennengelernt, warum sollte ich Ihnen leid tun?«

»Manchmal tun einem Menschen einfach leid.«

»Mögen Sie mich? Tu' ich Ihnen deswegen leid?«

In dem kurzen Moment, bevor ich ihm meine Antwort gab, kamen mir alle guten Ratschläge von Vanessa, Gerald und Hardy wieder in den Sinn. »Es gibt Dinge, die ich an Ihnen mag, und andere, die ich gar nicht mag. Aber mir tun Menschen, die Sorgen haben, immer leid. Der Mann vorhin sorgt sich um seine Lämmer und Sie um Ihre Hunde. Sie tun mir alle beide leid und die Tiere auch.«

Er nahm jetzt einen zweiten kräftigen Schluck Kognak und verzog halb vor Ekel, halb vor Schmerzen das Gesicht. »Hoffentlich sind Sie kein kleiner Tugendbold?

Wissen Sie, wer das war – dieser Landwirt mit seinen toten Lämmern?«

»Nein, obwohl ich ihn natürlich wiedererkannt habe. Es war derselbe Mann, der uns das Tor aufgeschlossen hat.«

»Er ist mein Vetter. Zwar sind wir nur sehr entfernt verwandt, aber immerhin ist er mein Vetter und daher auch mein Erbe. Er heißt Nat Birkett.«

»Ihr Erbe – aber Sie kennen ihn doch kaum. Ich hörte –«

»Ich weiß, ich weiß. Es ist nicht seine Schuld, daß er mein nächster Blutsverwandter ist. Er hat um diese Erbschaft, weiß Gott, nicht gebeten. Er will sie nicht haben. Wir lernten uns erst vorige Woche kennen, und es war kein sehr angenehmes Zusammentreffen. Der Titel und der unveräußerliche Grundbesitz – das heißt der größte Teil des Tales, die Pachthöfe der Tolsons und dies Haus hier gehen nach meinem Tod an Nat Birkett, ob es uns beiden nun gefällt oder nicht. Es ist eine höchst problematische Erbschaft, und ich kann gut verstehen, daß er sie nicht will. Trotzdem habe ich heute abend, als er hier auftauchte, zuerst gedacht, daß er mir einen freundschaftlichen Besuch abstatten wollte, bis ich erfuhr, daß er nur wegen dieser albernen Lämmer kam . . .« Er brach ab und lachte kurz auf, um seine Enttäuschung zu verbergen, was aber in einem schmerzhaften Keuchen endete. Er wies auf das Kognakglas. »Wo ist Ihres? Bringen Sie mir bitte noch einen zweiten, und dann wollen wir auf die Verbesserung der Beziehungen zwischen mir und meinem Erben trinken.«

Ich schüttelte den Kopf. »Nein – und Sie sollten mir nichts über Nat Birkett erzählen. Das ist Ihre Privatangelegenheit und geht mich nichts an . . .«

Ich merkte erst ihre Anwesenheit, als sie zu sprechen anfing. Vielleicht stand sie schon eine ganze Weile an der Tür. »Sie haben völlig recht, Miss Roswell, es geht Sie nichts an . . .«

Ich roch ihr Parfüm. Sie trug einen bernsteinfarbenen seidenen Morgenrock, das Haar fiel ihr ins Gesicht, als sie jetzt graziös auf uns zuschritt. Sie würdigte mich keines Blickes, sondern wandte sich ausschließlich an Askew. »Roberto!« Ihre Stimme zitterte vor Ärger und Besorgnis. »Warum tust du das?« Sie beugte sich über ihn und blickte ihm prüfend ins Gesicht, ihre Finger tasteten nach seinem Puls. »Warum tust du das?« wiederholte sie und nahm ihm das Kognakglas aus der Hand. »Es gibt bessere Arten, sich umzubringen.« Sein Gesicht war bleich, und Schweißperlen standen ihm auf der Stirn. Er machte eine müde Handbewegung, als wollte er ihre Vorwürfe abwehren.

»Carlotta – bitte laß das.«

Sie drehte sich um und sah mich an. »Gehen Sie«, sagte sie kurz. Und ich ging.

Ich rauchte meine Zigarette vor dem verglimmenden Feuer und dachte über all die Dinge nach, die ich am heutigen Tag getan, gesehen und erfahren hatte. Aber ich war auch sehr müde. Ich ging zu Bett, kuschelte mich voller Dankbarkeit in die vorgewärmten Laken und schlief fast sofort ein. Ich hatte die Vorhänge nicht zugezogen, und als ich erwachte, war ich erstaunt, wie sehr meine Umgebung sich verändert hatte. Die kalten Strahlen des Mondes waren verblaßt. Das diffuse Licht vor dem Fenster verriet mir, daß der Wind die Wolken über das Tal jagte. Ich hörte ihn im Kamin heulen. Aber was hörte ich noch? Was vermeinte ich zu sehen? Raschelte irgendwo ein Stück Papier oder ein Unterrock? Kratzte vielleicht ein kleiner Hund oder eine Katze an dem großen Lehnsessel, oder knisterte eine Maus hinter der Holzverkleidung? Saß da wirklich eine kleine, schwarzgekleidete Gestalt im Sessel? Hörte ich einen einsamen, verlorenen Seufzer? Das Feuer in den beiden Kaminen war fast verglüht, und der Mond versteckte sich hinter den Wolken. Der Raum lag im Dunkeln.

Nein, ich hatte nichts gehört, nichts gesehen. Der Eindruck verflüchtigte sich so schnell wie die Erinnerung an einen halbvergessenen Traum. Und selbst wenn die kleine Spanierin wirklich hier war, war ich sicher, daß sie meine Gegenwart nicht übelnahm. Vielleicht wollte sie sich nur bemerkbar machen. Ich fiel wieder in einen tiefen, ruhigen Schlaf.

Drittes Kapitel

I

Sie betrat das Zimmer, bevor ich noch ganz wach war. Der Teelöffel klirrte leise auf der Untertasse, als sie das Tablett auf den großen Tisch im Erker stellte. Ich öffnete die Augen und sah ihr goldglänzendes Haar. Ihre kleine, schmächtige Gestalt hob sich gegen das helle Morgenlicht ab. Sie drehte sich schnell zu mir um.

»Guten Morgen – ich bin Jessica. George Tolson ist mein Großvater. Lord Askew hat Ihnen sicher erzählt, daß ich hier im Haus wohne und meinem Großvater helfe.« Sie sprach in einem heiteren, fast vertraulichen Ton, die Zurückhaltung ihres Großvaters hatte sie jedenfalls nicht geerbt. Im Gegenteil, in ihrer hellen Stimme schwang eine unterdrückte Aufregung mit, selbst jetzt, wo es gar keinen Grund dafür gab.

Sie warf einen prüfenden Blick auf das Tablett. »Ich habe es hierhergestellt. Im Bett zu frühstücken ist immer so unbequem, finden Sie nicht auch? Ich hoffe, daß Ihnen das Brot schmeckt, ich habe es selbst gebacken. Großmutter ist in letzter Zeit sehr gealtert, sie hat schlimmes Rheuma, deshalb mache ich jetzt die Arbeit in den oberen Stockwerken; das Treppensteigen fällt ihr schwer. Gefällt Ihnen das Zimmer?«

Ich war immer noch nicht ganz wach und suchte verzweifelt nach einer Antwort, um ihren Redeschwall zu bremsen. »Ja – doch, es gefällt mir sogar sehr gut.«

»Ich habe es besonders gern.« Sie beugte sich vor, nahm eine Handvoll Rosenblätter aus der Delfter Schale, roch an ihnen und ließ sie durch ihre zarten Finger rieseln. »Ich komme oft hierher, um zu lesen oder aus dem Fenster zu blicken. Ich habe den See oft beschrieben, so wie er aussieht zu allen Jahreszeiten; es sind keine sehr guten Verse, aber vielleicht werden sie eines Tages besser.«

Nun wußte ich, wer diesen Raum so gut instand erhielt, den Tisch auf Hochglanz polierte, die duftenden Rosenblätter vergangenen Sommer gesammelt hatte. »Im Winter zünde ich mir den Kamin an, setz' mich in diesen Stuhl und male mir aus, wie es damals wohl war, als sie noch hier wohnte.«

»Sie? Die Spanierin?«

»Ja, natürlich. Ich kann mir gar nicht vorstellen, daß andere es bewohnt haben. Die meisten Earls benutzten die Räume gegenüber im anderen Flügel des Hauses – dort, wo Lord Askew jetzt wohnt. Der letzte Earl, sein Vater, zog erst nach dem Tod seiner Frau in das Zimmer, das Mr. Stanton jetzt hat. Dieses hier war – nun, so eine Art Prunkgemach, aber nach dem Tod der Spanierin wollte niemand hier wohnen, und so blieb es lange Zeit abgeschlossen. Sie mochten vermutlich nicht an die Spanierin erinnert werden, und für den dritten Earl muß es auch etwas unheimlich gewesen sein, in ihrem Bett zu schlafen.« Jessica schien anzunehmen, daß mir die Familiengeschichte geläufig war.

»Ich habe hier selbst mal übernachtet, um zu sehen, wie es ist. Ich habe in fast allen Zimmern des Hauses geschlafen, aber dies ist mir das liebste.«

Sie sprach von dem Haus, als gehöre es ihr, was nicht weiter verwunderlich war. Seit ihrer Geburt hatte niemand außer ihren Großeltern hier gelebt, und den jetzigen Earl hatte sie erst letzte Woche kennengelernt. Ich spürte eine leise Ungeduld in ihrer Stimme, als sie von ihm sprach, so als könnte sie es nicht abwarten, bis er wieder fort war – bis wir alle fort waren, bis diese Welt – diese Welt ihrer Träume – ihr wieder allein gehörte. Sie strich mit einer fast zärtlichen Geste über den geschnitzten Kaminsims und dann über die Zinnleuchter. Ihr

Blick fiel auf meine Toilettensachen, die auf der Eichentruhe lagen, fremde Gegenstände, die nicht in die vertraute Umgebung paßten. Sie tänzelte im hellen Morgenlicht wie ein adrettes, gutgeschrubbtes Kind, sie war völlig ungeschminkt und die Farbe ihrer Haare zweifellos echt. Ein wenig versponnen, dachte ich, und etwas zu redselig. Lord Askew hatte gesagt, sie sei klug, aber zu zart, um auf die Universität zu gehen. Sie war hart an der Grenze der Überspanntheit und wahrscheinlich ständig in Gefahr, sie zu überschreiten, das zumindest war mein Eindruck von ihr.

Auf dem Weg zur Tür ging sie dicht an meinem Bett vorbei. »Trinken Sie Ihren Tee, bevor er kalt wird, und hoffentlich schmeckt Ihnen das Brot.« Sie sah mich lächelnd an, aber eher so, als sei ich ein Gegenstand und nicht ein Mensch.

»Mr. Stanton –«

»Oh, ich habe Mr. Stanton auch Tee gebracht. Was für ein netter Mann!« Das herablassende Lob ärgerte mich. Wie wagte sie, Gerald zu beurteilen, den sie nie zuvor gesehen hatte? Aber gleich darauf merkte ich, daß ich nur aus Eifersucht so reagiert hatte, und schalt mich eine dumme Gans.

»Das Frühstück steht im Speisezimmer auf der Anrichte, bitte bedienen Sie sich selbst –« Sie lächelte mich wieder auf ihre reizende, unpersönliche Art an und schloß leise die Tür hinter sich.

Ich lehnte mich in die Kissen zurück und vergaß einen Moment lang den verlockenden Tee. Statt dessen zündete ich mir eine Zigarette an, was ich selten morgens tat. Ich war bester Laune, obwohl die Aussicht, einige Tage zwischen zwei Schönheitsidealen zu sitzen, nichts Verlockendes hatte. Jessica war die Verkörperung der vollkommenen kleinen englischen Rose und die geheimnisvolle, schöne Gräfin das Urbild einer spanischen Aristokratin.

Ich warf die Bettdecke zurück. Nun, also versuchten wir den Tee und das Brot dieser irritierenden Rose. Der

98

Anblick des Tabletts bestätigte meinen Verdacht, daß sie auch noch tüchtig war. Die Teekanne stand unter einem gestickten Teewärmer, das Porzellan war durchsichtig und zart, und das dünn geschnittene Brot schmeckte, als sei es nach einem Rezept gebacken, das vor fünfzig Jahren verlorengegangen war. Und Verse schreiben kann sie auch, sagte ich anklagend zu dem blauschimmernden See – nein, der Tag fing nicht gut an.

Geralds Begrüßung klang etwas bedrückt, als ich das Eßzimmer betrat. Er aß ein Stück Toast mit wenig Butter. »Schon fertig?« fragte ich. »Möchtest du noch eine zweite Tasse Kaffee?«

»Ich hab' noch nicht meine erste gehabt.«

»Das sieht dir gar nicht ähnlich. Hier steht doch alles.« Ich hob die Deckel der Silberschüsseln. »Bitte, du kannst Speck, Nieren oder gebratene Würstchen haben und drei verschiedene Arten von Eiern.« Den Porridge erwähnte ich erst gar nicht, Gerald verachtete ihn.

»Vielen Dank, der Toast genügt mir.« Seine Stimme klang belegt, ich drehte mich schnell nach ihm um. »Hast du schlecht geschlafen?«

»Es geht. Ich glaube, wir haben uns gestern etwas übernommen. Wir hätten die Fahrt auf zwei Tage verteilen sollen, dieses Thirlbeck liegt wirklich am Ende der Welt.«

»Gefällt es dir hier nicht?«

»Das habe ich nicht gesagt, Jo. Bitte schenk mir etwas Kaffee ein.«

Ich setzte mich ihm gegenüber an den Tisch. »Warst du schon wach, als die Märchenfee dir den Tee brachte?«

Sein Gesicht erhellte sich ein wenig. »Ja, entzückendes Ding, nicht wahr? Schwer vorzustellen, daß der saure alte Tolson ihr Großvater ist.«

»Ja, seltsam, aber auch wieder nicht so seltsam. Sie ist ein bißchen verwöhnt, man merkt ihr an, daß sie der

Liebling des Alten ist. Sie tut fast so, als ob das Haus ihr gehöre.«

Zum erstenmal an diesem Morgen lächelte er vergnügt. »Jo, du redest ja wie die Gräfin. Die kleine Jess scheint mir bei den Damen nicht sehr beliebt zu sein.«

»Also gut«, sagte ich, »dann bin ich eben eifersüchtig.«

»Das klingt schon besser. Es ist immer ratsam, der Wahrheit ins Auge zu sehen.«

»Die Wahrheit ist, daß sie wie eine Porzellanpuppe aussieht. Bind ihr ein Mieder um und setz ihr einen Strohhut auf, und dann hast du deine Meißner Schäferin. Und ich hab' nun mal was gegen Schäferinnen.«

»Sie hat mir das Bad eingelassen«, antwortete Gerald. »Und ich finde sie entzückend.«

»Die Gräfin und ich sind da anderer Meinung. Übrigens, wo sind Lord Askew und die Gräfin, hast du eine Ahnung?«

»Robert war hier und ist wieder fort. Und die Gräfin steht wahrscheinlich nicht vor elf Uhr auf. Ich fürchte, unsere entzückende kleine Jessica würde ein Kissen an den Kopf geworfen bekommen, wenn sie ihr Tee ans Bett brächte. Schwarzer, starker Kaffee ist vermutlich mehr nach ihrem Geschmack.«

Er brach ein Stück Toast durch. »Übrigens, mir ist wieder eingefallen, was ich von der Gräfin weiß.«

»Nun, und das wäre?«

»Ich habe vorm Einschlafen über sie nachgedacht – ich konnte mich nicht mehr erinnern, ob ich sie schon einmal getroffen oder nur ihren Namen gehört hatte. Ihr Gesicht kommt mir bekannt vor – aber solche Gesichter sieht man entweder nur im Traum oder in einem Modejournal. Auf jeden Fall ließ sie mir keine Ruhe, und dann fiel mir alles wieder ein. Sie ist die Tochter eines spanischen Aristokraten, er war mal in Francos Kabinett. Soweit ich weiß, ist er gestorben. Sie war in irgendeinen Skandal verwickelt. An die Einzelheiten erinnere ich mich nicht mehr genau.«

Wahrscheinlich das Übliche: verliebte sich in einen anderen Mann und konnte im katholischen Spanien keine Scheidung bekommen. Dann ging auch die Liebesaffäre schief, und seitdem schwimmt sie im Kielwasser der internationalen Gesellschaft, aber vermutlich mit so wenig Geld, daß sie sich kaum über Wasser halten kann. Die Familie hat ihr den Fehltritt sicher nie verziehen und schneidet sie. Wie alt mag sie sein? Fünfunddreißig – siebenunddreißig?« Das war sehr gnädig geschätzt, dachte ich, widersprach aber nicht. Mich interessierte zu hören, was Gerald von ihr hielt, und nicht, wie sie wirklich war. »Ihre Beziehung zu Robert muß verhältnismäßig neu sein. Sie war noch nicht mit ihm zusammen, als ich ihn im letzten Frühjahr in Venedig traf. Sie kann sich hier unmöglich wohl fühlen. Thirlbeck ist nicht der richtige Ort für sie. Sicher haben die beiden nicht die Absicht, lange hierzubleiben. Eine internationale Schönheit muß im Scheinwerferlicht stehen. Ihre Talente sind hier verschwendet.«

»Vielleicht liebt sie ihn«, sagte ich.

»Sie kann auch schon vierzig sein«, antwortete er unerwartet brutal, »oder noch älter, und leidet höchstwahrscheinlich unter Torschlußpanik. Sie hat Robert nach Thirlbeck begleitet, weil sie ihn nicht verlieren will – und weil sie keine andere Bleibe hat und vermutlich auch kein Geld. Heiraten kann sie ihn natürlich nicht, solange ihr Mann noch lebt – und Robert muß viel älter sein als er.«

»Und du meinst jetzt, nachdem sie dieses Haus, die Möbel, den Rembrandt und alles gesehen hat, wird sie ihn nicht mehr aus den Fingern lassen?«

»Sicher nicht, wenn es ihr gelingt. Aber ist es den anderen Frauen gelungen, ihn zu halten? Oder hat er sie verlassen? Ich weiß es nicht. Robert ist ein sehr charmanter und sogar auf seine Art gütiger Mann. Aber ich glaube, daß er nach dem Tod seiner Frau und seines Sohnes niemandem mehr erlaubt hat, ihm nahezukommen. Er wollte sich weder an Menschen noch an Besitztümer binden. Aber er wird auch älter. Wenn sie einverstanden ist, wäre es durchaus möglich, daß er den Rest seines Lebens mit ihr verbringt. Es kommt der Tag, wo ein Mann seiner Eroberungen müde wird, in der Tat, er wird einfach müde.« Sein Ton war immer leiser geworden, so als dächte er über die Müdigkeit des Alters nach. »Ich würde gerne wissen, wer sein Erbe ist . . .«

»Sein Erbe, Gerald, ist der ungekämmte junge Mann im Bentley, den wir gestern kennenlernten. Und ich habe den Eindruck, daß er weder von Lord Askew noch von der Erbschaft etwas wissen will –«

Ich brach ab, Tolson stand an der Tür.

»Miss Roswell, ein Mr. Peers möchte Sie aus London sprechen.«

Ich strahlte wider Willen und lief zur Tür. Tolsons vorwurfsvoller Ton war mir genauso gleichgültig wie Geralds wissendes Lächeln. Ich wollte Harrys heitere, leicht mokante Stimme hören, die sogar noch über das Telefon ein leises Grinsen verriet – Harrys Einstellung zum Leben war meiner vollkommen entgegengesetzt.

»Würden Sie das Gespräch bitte in Lord Askews Arbeitszimmer abnehmen, Miss Roswell, ich zeig' Ihnen den Weg.«

»Das ist nicht nötig, ich weiß Bescheid. Wir waren gestern abend dort.«

Ich lief ihm voran durch die Halle. Er folgte mir, und einen Moment lang dachte ich voller Schrecken, daß er dableiben würde, während ich sprach. Aber er wartete nur stirnrunzelnd, bis ich den Hörer aufnahm; offensichtlich verdroß ihn die Tatsache, daß mich jemand in Lord Askews Haus anrief (und woher wußte der Anrufer überhaupt, daß ich hier war?), dann zuckte er die Achseln und verschwand. Ich wartete einige Sekunden, bis seine Schritte im Dienstbotengang verhallten.

»Harry?«

»Du bist mir die Richtige! Ich rase nach London zurück, um Händchen mit dir zu halten, und nun sitz' ich hier mutterseelenallein, und das noch am Wochenende.«

»Lügner! Du bist noch nie irgendwohin gerast, um Händchen mit mir zu halten. Du bist einfach von deiner Reise zurück. Hast du dich wenigstens gut amüsiert?«

»Amüsiert?« fragte er vorwurfsvoll. »Es war eine Geschäfts- und keine Vergnügungsreise!«

»Seit wann hindern deine Geschäfte dich am Amüsieren?«

Er lachte und protestierte nicht weiter. »Nun, jedenfalls war es sehr einträglich. Ich kann mir daraufhin leisten, dich einige Male auszuführen. Es fragt sich nur, wann? Du bist in diesem verdammten Seengebiet, nicht wahr? Ich hab' mal einen Kerl gekannt, der von dort nie mehr zurückkam. Er fiel von irgendeinem Berg in einen See. Ganz gefährliche Gegend! Meine alte Dame würde mir nie erlauben, dorthin zu fahren.«

»Harry, red' keinen Unsinn. Wenn ich dir nur manchmal glauben könnte.«

»Ich meine es ganz ehrlich, Hand aufs Herz. Also, wann verläßt du deinen Lord Dingsbums?«

»Ich weiß noch nicht. Vielleicht morgen. Woher weißt du überhaupt, daß ich hier bin?«

»Woher ich das weiß? Hör, mein Schatz, wenn Harry Peers etwas wissen will, dann findet er immer Mittel und Wege, es herauszukriegen. Ich habe herumtelefoniert. Man hat mir gesagt, du wärst mit Gerald Stanton verreist. Und dann habe ich die Leute ausgefragt, wo Gerald Stanton ist.«

»Aber Hardy ist doch geschlossen. Die Aufseher können doch unmöglich wissen, wo wir sind.«

»Wer spricht von Aufsehern? Ich glaube, es war einer eurer Direktoren, die ich aus dem Bett scheuchte, als ich mich nach Mr. Stanton erkundigte.«

Ich schnappte nach Luft. »Ich wünschte, du hättest das nicht getan. Man ruft nicht einen der Direktoren an, um sich zu erkundigen, wo eine kleine Angestellte ihr Wochenende verbringt.«

»Reg' dich nicht auf, Jo. Ich habe deinen Namen überhaupt nicht erwähnt. Der aufgescheuchte Direktor denkt, daß ich bei der nächsten Auktion etwas sehr, sehr Teures kaufen werde. Und vielleicht tue ich es auch. Glaub mir, er war höchst erfreut, sich mit mir zu unterhalten – höchst erfreut.«

»Harry, du bist unmöglich.«

»Meinst du wirklich?«

»Nein, du bist wundervoll.«

»Das klingt schon besser. Und wie geht es diesem Verrückten, Lord Askew? Was will er denn verkaufen? Etwa seinen ›Klumpen‹?«

»Klumpen?«

Ich konnte ihn seufzen hören. »Das kommt von deiner guten Erziehung. Ich meine den großen Diamanten, er hat ihn doch noch?«

»Ja, er liegt hier in dem Zimmer, aus dem ich spreche.«

Diese Auskunft schien sogar Harry einen Moment lang die Sprache zu verschlagen, dann sagte er langsam und deutlich, als spräche er zu einem Kind: »Du meinst, er ist im selben Zimmer? Hast du ihn gesehen? Wie ist er?«

»Phantastisch, Harry, so klar, daß man hindurchsehen kann. Er wirkt wie – wie ein Strahlenbündel. Und ist so enorm groß, man kann kaum glauben, daß er ein Diamant ist –«

»Ja, mehr als zweihundert Karat, ich wollte schon immer so etwas für mich kaufen.«

»Aber nicht diesen, Harry!« Ich merkte, daß ich eine Gänsehaut bekam, und in dem Augenblick wußte ich, daß ich die Geschichten von La Española glaubte. »Diesen würdest du nicht kaufen wollen.«

»Wer sagt dir das? Ich wette, daß jeder, der ihn kauft, einen schönen Profit macht. Man braucht ihn nur in ein paar einzelne, größere Steine zerschneiden zu lassen. Bist du wegen des Diamanten dort? Will er ihn verkaufen? Will Gerald Stanton ihn für eine Auktion haben?«

»Mir ist unklar, woher du so viel von La Española weißt. Aber eines solltest du wissen, nämlich daß ich weder Gerald Stantons Geschäfte noch die von anderen mit dir diskutieren kann. Gerald ist hier zu Besuch. Lord Askew hat ihn eingeladen, und ich habe ihn hergefahren. Und von Geschäften war bislang nicht die Rede.«

»Mein Schatz, ich glaub' dir kein Wort. Aber es wäre sehr unklug von dir, wenn du mir mehr erzählen würdest. Ich mag Mädchen, die den Mund halten können.« Sein Tonfall änderte sich. »Wie fühlst du dich, Jo? Geht es dir halbwegs?« Ich wußte, er spielte auf Vanessas Tod an. »Ich habe dich in der Schweiz leider verpaßt und wollte nicht unvermutet in Mexiko auftauchen – besonders, da du deinen Vater erst mal richtig kennenlernen mußtest. Womöglich hätte er noch gedacht« – er verfiel wieder in seinen üblichen, leicht spöttischen Tonfall –, »daß ich ein paar Bilder billig erwerben wollte. Sag' mal, hat es geklappt? Ich meine, dein Vater und du, habt ihr euch verstanden?«

»Ja, Harry, es war – es ging sehr gut.«

»Das freut mich zu hören. Nett für dich, in deinem Alter einen Vater zu finden, und dazu noch einen, der dir nicht in dein Leben dreinredet. Ich werde deine Mutter sehr vermissen, Jo, sie war ganz mein Typ. Tolle Person.«

»Ich weiß«, meine Stimme klang etwas gequetscht, ich hatte einen Frosch im Hals.

»Also gut, mein Schatz. Paß auf dich auf. Krieg' keine nassen Füße in dem elenden Klima da oben, und fall' mir nicht von einem Berg herunter. Auf bald.«

»Wann seh' ich dich?« Die Frage war mir wider Willen herausgerutscht, obwohl ich wußte, daß er es haßte, festgenagelt zu werden. »Nun, bald. Adieu, Jo.« Dann hörte ich nur noch das gleichmäßige Piepsen in der Leitung. Seit Vanessas Tod hatte ich mich noch nie so verlassen gefühlt. Harry war mir wieder einmal entschlüpft. Er würde jetzt jemand anders anrufen, jemand anders zum Abendessen ausführen. Ich fühlte eine innere Leere und glaubte, ihn zu lieben. Aber ich glaube nicht, daß er mich liebte, mich oder eine andere Frau. Liebe – das, was ich unter Liebe verstand-, war ihm auf seinem steinigen Weg zum Erfolg ausgetrieben worden. Wahrscheinlich liebte er nur eine Frau – seine Mutter. Er hatte ihr in Manchester ein kleines Häuschen gekauft, ganz in der Nähe der Slums, wo er aufgewachsen war. Die Eltern hatten sich geweigert, in eine vornehmere Gegend zu ziehen, und Harry war klug genug gewesen, sie nicht zu drängen. Harrys größte Stärke war, daß er sich seiner Herkunft immer bewußt blieb, sehr viel mehr als andere Männer, die ich kannte. Frauen waren für ihn nur Symbole seines Erfolges, aber sie waren ihm im Grunde genommen unwichtig. Auch ich war ihm unwichtig. Er mochte mich gerne, und besonders in den letzten Wochen war er nett und aufmerksam zu mir gewesen. Ich legte den Hörer auf und lehnte mich gegen das Rollpult. Seine spöttischen, neckenden Worte klangen mir noch in den Ohren, ich sah sein Gesicht plötzlich deutlich vor mir. Es war ein hartes, fast häßliches, aber ausdrucksvolles Gesicht, mit starken, meist ironisch hochgezogenen Brauen und braunen, forschenden Augen.

Ich dachte, wie so oft, an unser erstes Zusammentreffen zurück. Ich erinnerte mich noch an jede Einzelheit. Es war das erste Mal, daß ich seiner draufgängerischen, gutgelaunten Keckheit ausgesetzt wurde. Ich ging wie jeden Morgen von der Bushaltestelle am Piccadilly Circus zu Hardy, wobei ich gelegentlich einen Blick in die Schaufenster der Antiquitätenhändler warf. Plötzlich entdeckte ich bei einem Porzellanhändler ein Paar mir unbekannter chinesischer Vasen. Ich blieb stehen, um sie mir aus der Nähe anzusehen. Sie waren besonders schön geformt und mit einer zartgrünen Glasur überzogen.

Und noch während ich sie betrachtete, hörte ich hinter mir eine fremde Stimme.

»Was für ein hübsches Paar . . .« Ich drehte mich um und blickte in ein grinsendes Straßenjungengesicht, nur daß es zu einem erwachsenen Mann gehörte. Er hatte drahtiges schwarzes Haar und war ein wenig größer als ich, seine Haltung erinnerte an ein kleines Kampfhähnchen. ». . . Beine«, beendete er seinen Satz.

Und dann war er neben mir her gegangen und hatte über chinesische Vasen geplaudert, und zwar mit einer Lebhaftigkeit, die entweder auf Sachkenntnis beruhte oder mich so einschüchtern sollte, daß ich sein Wissen auf keine weitere Probe stellen würde. Ich stotterte im Weitergehen ein paar Antworten, schließlich erreichten wir Hardy, und ich sah zu meinem Schrecken, daß er mit mir die Treppen hinaufstieg. Nun war ich völlig verwirrt und wußte nicht, was ich mit ihm anfangen sollte. Ich blieb am Empfang stehen, entschuldigte mich und fragte Mr. Arrowsmith irgend etwas Belangloses. Mr. Arrowsmith stand schon zwanzig Jahre am Empfang und war der Mann, bei dem alle Neuankömmlinge ihre Ausbildung anfingen: die Söhne der Direktoren und die Söhne der Herzöge, die Scheuen, denen er beibrachte, mit den Kunden zu reden, und die Kunsthistoriker, denen er beibrachte, daß drei Jahre Universität aus einem Jüngling noch keinen Experten machen. Mit seinem jovialen, höflichen, listigen Gesicht verkörperte er alles, was das Publikum von Hardy erwartete. Auch ich hatte unter ihm gearbeitet, ich vertraute ihm und mochte ihn besonders gerne. Ich stand jetzt vor ihm, während der junge Mann mit dem Straßenjungengesicht – so jung war er auch nicht mehr, er mochte um die Dreißig sein – die Treppen zu den Auktionssälen hinaufeilte. Er hob zum Abschied mit einer lässigen Bewegung die Hand, eine Geste, die mich an Vanessa erinnerte. Mr. Arrowsmith lächelte ihm zu und nickte freundlich mit dem Kopf.

»Mr. Arrowsmith, wer ist das?«

»Wer das ist? Aber Jo, Sie kamen doch mit ihm herein.«

»Trotzdem frage ich Sie, wer es ist.«

»Das, meine Liebe, ist Mr. Harry Peers. Gescheiter junger Kerl. Er hat ein gutes Auge und schnell gelernt. Er stammt aus der Hefe des Volkes, aber jetzt sagt man, er sei ein Millionär. Doch das Geld hat er nicht etwa bei Hardy gemacht; daß er hier kauft, ist sein Hobby. Wie merkwürdig, daß Sie ihn nicht kennen, er kommt öfters her.«

»Woher sollte ich? Sie wissen doch, ich sitze in meinem Kabäuschen und katalogisiere Porzellangeschirre und Figurinen; früher, als ich noch bei Ihnen am Empfang arbeitete, war es ganz anders, damals kannte ich alle.«

Mr. Arrowsmith nickte. Er genoß jede Minute seines Arbeitstages, er liebte den ständigen Kontakt mit Menschen, die unentwegt durch Hardys Eingangstür strömten. Er freute sich, wenn die jungen Leute bei Hardy vorwärtskamen, aber gleichzeitig bedauerte er sie auch, weil sie dann das geschäftige bunte Leben der Empfangshalle hinter sich lassen mußten. Er hätte um nichts in der Welt in den Büros gearbeitet, wo die einzelnen Stücke bewertet und katalogisiert wurden. Seine Leidenschaft galt den Menschen und nicht den Gegenständen.

»Ja, Jo, Sie haben recht. Natürlich müssen Sie an Ihre Karriere denken, und ich bin überzeugt, Sie werden es weit bringen, aber so viel Spaß wie früher haben Sie nicht mehr, was?«

Ich widersprach ihm nicht.

Als ich mich von Lord Askews Telefon entfernte, mußte ich an diese Zeit, an das erste Erwachen meines Interesses für Kunstgegenstände zurückdenken. Ich blieb in der Mitte des Arbeitszimmers stehen. Es sah im hellen Morgenlicht völlig verändert aus, und ich spürte wieder die Aufregung des Vorabends. Eine innere Stimme sagte mir zwar, daß es unmanierlich und regelwidrig war, mir das Porträt unaufgefordert ohne Askew und Gerald anzusehen, aber es zog mich unwiderstehlich an. Das Licht fiel durch die beiden Fenster, und ich trat näher und starrte auf das Bild, das immer lebendiger wurde. Es war das Bildnis eines älteren Mannes mit einer häßlichen Knubbelnase, mit unordentlichem Haar, auf dem wie zufällig ein Barett saß. Ein Mann mit braunen Augen, denen man Alter und Leiden ansah, aber auch den Erfolg, die glückliche Ehe, den Wohlstand, die Trauer über den Tod der Frau und des einzigen Sohnes, die Dankbarkeit für eine freundliche, anspruchslose Geliebte. Er hatte sich selbst so oft gemalt, in vornehmen Kleidern, mit exotischen Turbanen inmitten von Antiquitäten und Trödlerwaren, mit denen er sich so gerne umgeben hatte. Und hier war er nun als alter Mann, als häßlicher alter Mann, der sich nicht scheute, die Großartigkeit seiner eigenen Häßlichkeit preiszugeben. Es war ein schmuckloses, schlichtes Porträt, so als hätte er in den Spiegel gesehen, fest entschlossen, die Schmerzen und Freuden seines langen Lebens für die Nachwelt festzuhalten – Rembrandt van Rijn, Sohn eines Müllers, Maler zu Leyden und Amsterdam, aufgestiegen von Armut zu Reichtum, abgesunken in den Bankrott. All dies drückte das Porträt aus, ohne Selbstmitleid, ohne Erbarmen. Es war in den dunklen Goldtönen seiner letzten Periode gemalt, aber auch von dem Staub der Jahre bedeckt, die seit seinem Entstehen vergangen waren. Ich blieb stehen, als das Licht anfing, mich zu blenden, und ich das Bild nicht mehr klar sehen konnte.

»Ah, du bist schon hier, Jo«, sagte Gerald hinter mir. Seine Stimme klang gezwungen, als wünschte er überall, bloß nicht hier zu sein. Ich wandte mich um, er und Askew schritten durch den langen Raum auf mich zu.

»Es ist fast so schlecht zu sehen wie gestern abend«, sagte ich. »Es hängt hier im Schatten zwischen den beiden Fenstern.«

Askew seufzte. »Ja . . . ich bat Tolson, das Bild aus dem Zimmer zu holen, wo wir die übrigen Gemälde aufbewahren, aber anscheinend haben wir den schlechtesten Platz im ganzen Haus ausgewählt. Aber Tolson bestand darauf, es hier aufzuhängen, aus Sicherheitsgründen.«

»Stell' es auf einen Stuhl gegenüber dem Fenster, Jo«, sagte Gerald. Es war kein großes Bild, ungefähr einen Meter mal sechzig Zentimeter. Ich brachte den Stuhl, und Askew hob es mühelos von der Wand. Ich lehnte es an die Rückenlehne, genau gegenüber dem Fenster, und Gerald trat heran, um es zu betrachten.

Der greise Rembrandt kam nun voll zur Geltung. Das Bild stammte aus der Zeit, wo das Leben ihm nichts mehr anhaben konnte. Wenn man dicht davor stand, sah man nur die dick aufgetragenen Ockerfarben auf einem dunkleren Hintergrund, je weiter man sich entfernte, desto klarer zeichnete sich das großartige Gesicht des alten Mannes ab, der sogar noch ein leises, beinahe clownisches Lächeln zustande brachte; ein Beweis, daß Lebenslust und Schaffenskraft noch nicht erloschen waren. Und doch stand er am Ende seines Lebens. Die Signatur war fast unleserlich, daneben stand das Datum: 1669 – das Jahr, in dem er starb.

Ich warf einen kurzen Blick auf Askew. In diesem Augenblick benahm er sich trotz aller Erfahrenheit nicht anders als alle anderen Kunden. Er beobachtete gespannt Geralds Gesicht. Und schließlich gewannen auch bei ihm die Ungeduld und die Neugierde die Oberhand. »Was hältst du von dem Bild, Gerald?« fragte er.

Gerald sagte gedehnt: ». . . höchst ungewöhnlich, wirklich höchst ungewöhnlich. Ein unbekanntes Selbstbildnis, datiert und signiert. Aber ich kann mir gut vorstellen, daß die Familie deiner Großmutter es nicht besonders schätzte. Rembrandt war zwar der berühmteste Porträtist seiner Zeit, aber am Ende seines Lebens verlor er die Gunst der reichen Amsterdamer Bürger und bekam nur noch schwer neue Aufträge. Es kann gut sein, daß deine Großmutter dieses Bild als das Porträt eines Erfolglosen ansah. Es stammt aus der Periode kurz nach dem Tod seines Sohnes, er überlebte ihn nur um ein Jahr. Die Meinungen ändern sich natürlich im Laufe von dreihundert Jahren, und heutzutage sind die Werke Rembrandts gerade aus der Periode seiner höchsten Reife und seines tiefsten Leidens mehr geschätzt als die gefälligeren Bilder aus der Zeit, wo sein Leben noch aus Blumen, Früchten und theatralischen Kostümen zu bestehen schien. Ja, ein höchst ungewöhnliches Bild.« Er wandte sich Askew zu. »Meinst du, es gibt noch irgendwelche Dokumente hier im Haus, Familienberichte, Rechnungen, irgendeinen Hinweis, wann es gekauft wurde und von wem, ob ein Vorbesitzer existierte, oder ob es die Familie direkt vom Maler erworben hat und es somit durch Erbschaft auf dich kam?«

Askew zuckte die Achseln. »Ich habe keine Ahnung, vielleicht gibt es irgendwelche Papiere, aber wie soll man sie jemals finden?« Er wies mit einer hilflosen Geste auf die gefüllten Wandregale. »Sie sind vollgestopft mit Familienpapieren, aber viele sind Hunderte von Jahren alt und beziehen sich meistens auf die Gutsverwaltung. Der Besitz war einmal sehr groß, und dazu kamen noch die Minen. Ich habe keine Ahnung, ob Großmutter van Huygens irgendwelche Dokumente mitbrachte. Vielleicht gibt es einen Ehevertrag. Die holländischen Bürger waren darin, glaube ich, sehr penibel.«

»Das waren sie zweifellos. Verstehst du, wenn man irgendein Herkunftszeugnis beibringen –«

»Aber wozu? Das Bild ist doch signiert und datiert?«

»Ja«, sagte Gerald, »natürlich ist das eine große Hilfe. War das Bild immer hier im Haus, Robert?«

»Natürlich, daher weiß ich überhaupt, daß es ein Rembrandt ist. Gelegentlich wurde das Bild mal erwähnt. Zu Großmutter van Huygens Zeiten hing es in einem der selten benützten oberen Korridore. Ich sagte dir schon, daß sie es nicht mochte. Sie fand es grob gemalt.«

»Das war seine Technik zu dieser Zeit. Er –«

»Verzeihung, Mylord.«

Wir drehten uns alle erschreckt um. Keiner hatte gemerkt, daß Tolson an der offenen Bürotür stand, aber ich hatte irgendwie unbewußt gespürt, daß er zugegen war und genauso neugierig zuhörte wie Askew selbst.

»Was ist, Tolson?«

»Mr. Birkett ist hier. Er möchte Sie einen Augenblick sprechen, ich habe ihn in die Bibliothek geführt.«

»Welcher Mr. Birkett? Das Tal wimmelt von Birketts.«

Es war Tolson klar anzumerken, daß es für ihn außer Lord Askew nur noch einen Birkett gab.

»Mr. Nat Birkett, Mylord.«

»Verdammt noch mal, muß er mich gerade jetzt stören. Ich habe keine Zeit, Tolson, fragen Sie ihn, ob er nicht wiederkommen kann. Wenn er telefoniert hätte –«

»Wenn es irgendwie möglich ist, sollten Sie ihn sehen, Mylord. Es handelt sich um die Hunde und die Schafe –«

»Schon wieder. Wir haben das Ganze doch schon gestern abend durchgekaut. Reden Sie mit ihm, Tolson, diese Hunde –«

»Es handelt sich nicht um unsere Hunde, Mylord. Er hat den Hund gefunden, der das Schaf gerissen hat, und ich glaube, er ist hier, um sich zu entschuldigen. Man kann schlecht von einem Mann erwarten, daß er dies zum zweitenmal tut.« Ich war erstaunt über den bittenden Tonfall in Tolsons Stimme. Askew hatte ihn offensichtlich auch herausgehört. Er zuckte die Achseln.

»Also gut – ich komme gleich. Ich kann dem armen Nat Birkett schließlich nicht zumuten, mir kniefällig Abbitte zu leisten. Allerdings war er sich gestern abend seiner Sache ein wenig zu sicher, es kann ihm nicht schaden, sich jetzt zu entschuldigen.«

»Sicher nicht, Mylord, andererseits ist er ein Landwirt –«

Askew durchmaß mit großen Schritten den langgezogenen Raum. »Und Sie und Ihre Söhne sind auch Landwirte. Ich weiß, Tolson, ich geh' ja auch schon. Also in der Bibliothek –«

Er wandte sich im Weggehen noch einmal um und sagte: »Ach, Gerald, erlös' mich nach einer Weile. Nat Birkett wird über die Unterbrechung auch froh sein.«

Wir warteten, daß Tolson gehen und die Tür hinter sich schließen würde, aber er blieb auf der Schwelle stehen. Die große, etwas gebeugte Gestalt sah im Tageslicht noch furchteinflößender aus. »Kann ich Ihnen irgendwie behilflich sein, Mr. Stanton?«

»Behilflich sein?« Gerald sah ihn erstaunt an. »Nein, danke . . . ich wüßte nicht . . .«

»Ich dachte, vielleicht wollen Sie, daß ich das Bild wieder an die Wand hänge.«

»Nein, im Moment noch nicht, vielen Dank. Wenn es Ihnen recht ist, möchte ich es noch etwas eingehender betrachten.«

»Mir ist alles recht, Sir. Aber meine Enkelkinder sind heute hier, angeblich, um zu helfen, aber im Grunde genommen treiben sie nur Unfug. Und sie sind nicht so vorsichtig wie Jessica, und so dachte ich, es wäre vielleicht besser –«

»Ach so, ich verstehe, aber machen Sie sich keine Sorgen. Miss Roswell und ich können das Bild ohne weiteres allein wieder aufhängen, und dann werden wir zu Lord Askew in die Bibliothek gehen . . .«

»Wie Mr. Stanton belieben.« Die Tür schloß sich fast geräuschlos. Ich drehte mich schnell zu Gerald um. »Was ist los? Das Bild ist doch echt, oder? Ich meine –«

Er blickte noch einmal auf. Seine Augen glitten prüfend über die Leinwand, ich hatte ihn noch nie so besorgt gesehen.

»Höchst ungewöhnlich«, sagte er wieder. »Höchst ungewöhnlich. Eine erstklassige Arbeit. Schade, daß

Robert gerade ein Selbstporträt von Rembrandt besitzen muß und daß es auch noch signiert und datiert ist –«

»Aber ist das nicht ein Vorteil? Es beweist doch –«

»Es beweist gar nichts, Jo. Es ist ein wunderbar gemaltes Bild, aber ich glaube nicht, daß es von Rembrandt ist.«

»Oh . . .« Ich fühlte, wie meine Begeisterung von mir wich und einer bitteren Enttäuschung Platz machte – ja, und Ärger. Ich war wütend, daß ich so bedenkenlos auf das Gemälde hereingefallen war, geglaubt und gemeint hatte, ich könnte die Freuden und Leiden des Mannes auf dem Bild nachfühlen. Aber dann fuhr mir ein anderer Gedanke durch den Kopf, ich drehte mich schnell zu Gerald um.

»Aber es ist doch signiert, und es ist zweifellos ein Porträt von Rembrandt.«

»Ja, Jo, und ich wünschte, es wäre kein Selbstporträt. Wenn das Bild ein anderes Sujet hätte, dann könnte man noch denken, daß es aus seinem Atelier stammt oder eine Schülerarbeit wäre, und das würde auch erklären, warum die van Huygens glaubten, es sei ein Rembrandt. Nun, wir müssen auf die Experten warten, aber ich fürchte, sie werden sagen, daß die Krakelüren auf der Leinwand nicht ganz so aussehen, wie sie sollten, und dann gibt es natürlich auch noch die Röntgen- und anderen Testverfahren. Aber das sind schon technische Einzelheiten. Nein, Jo, ich sage dir hier und jetzt, ohne Spezialkenntnisse, daß dieses Bild nicht von Rembrandt ist. Irgend etwas stimmt nicht – die Hand des Meisters fehlt. Alles ist so, wie es sein sollte, und doch ist es nicht das Wahre. Ich hoffe zu Gott, daß ich mich irre. Ich hoffe sehr, unsere Experten kommen und sagen mir, daß ich unrecht habe. Aber wenn ich recht behalte, dann haben wir die beste Fälschung aller Zeiten vor uns.« Er schüttelte betrübt und verwundert den Kopf.

»Ja, ungewöhnlich, wirklich höchst ungewöhnlich.«

2

Wir blieben noch eine Weile vor dem Bild stehen. Gerald machte eine unglückliche und nachdenkliche Miene. Schließlich zuckte er die Achseln. »Es nützt nichts, Jo, ich kann nicht mehr sagen, als ich schon gesagt habe. Wir müssen Lutterworth herbitten. Aber wie soll ich es Robert erklären? Er glaubt bestimmt, daß es ein echter Rembrandt ist – ich bin überzeugt davon. Andererseits kann ich mir nicht vorstellen, daß zu der Zeit, als das Bild herkam, sich jemand die Mühe genommen hat, eine Fälschung anzufertigen, zumindest nicht eine Fälschung dieser Qualität. Jeder Maler im neunzehnten Jahrhundert, der so malen konnte, hätte mit seinen eigenen Bildern viel mehr Geld verdient. Alte Meister, sogar die berühmtesten, erzielten damals nicht sehr hohe Preise; soweit ich mich erinnere, haben in den zwanziger und dreißiger Jahren des vorigen Jahrhunderts Rembrandts ungefähr für zwanzig Pfund den Besitzer gewechselt. Kunst ist auch von der Mode abhängig, und Rembrandt war nicht sehr beliebt. Ich brauche dir ja nicht zu erzählen, was in den letzten zehn Jahren passiert ist. Seitdem das Metropolitan Museum ›Aristoteles in Betrachtung der Büste Homers‹ für über zwei Millionen Dollar kaufte, ist überhaupt kein Halten mehr. Jeder, der einen Rembrandt besitzt, ist automatisch ein reicher Mann.«

»Also wenn es eine Fälschung ist, dann meinst du, sie sei jüngeren Datums?«

»Zweifellos.« Er schüttelte den Kopf. »Ich würde gerne wissen, wer heutzutage so gut malt, daß er das geschafft hat. Erinnerst du dich noch an van Meegeren? Er malte Vermeers, an die Vermeer nie gedacht hat. Obwohl sie ihn entlarvten und seine Fälschungen aufgespürt haben, bin ich überzeugt, daß es noch einige bekannte Museen oder Sammler gibt, die stolz auf ihren

115

Vermeer – gemalt von van Meegeren – sind. Wann ist er aus dem Gefängnis entlassen worden? Oder ist er schon tot? Vielleicht hat er – nein, das glaube ich nicht. Er hat eine ganz andere Technik. Es sieht gar nicht nach ihm aus.«

»Aber wie, Gerald, und wann? Hat jemand das Original gestohlen und es durch die Kopie ersetzt?«

Er schüttelte den Kopf. »Ich will es gar nicht wissen. Und vielleicht irre ich mich auch. Ich hoffe es, um Roberts willen. Am besten siehst du dir einmal die Familienpapiere an. Mit Roberts Erlaubnis, natürlich.«

Ich blickte mutlos auf die mit Akten vollgestellten Wände. »Aber, Gerald, das ist eine Lebensaufgabe – und ich habe keinerlei Erfahrung.«

»Oh, du brauchst dich nicht hineinzuknien. Ich will nur Zeit gewinnen, damit ich Robert nicht gleich die Wahrheit sagen muß. Ich will erst hundertprozentig sicher sein, bevor ich ihm das Herz breche. Wir fahren morgen nach London zurück, und ich werde ihm sagen, daß ich Lutterworth herschicke und, wenn möglich, noch jemand anderen. Zwei Meinungen wiegen schwerer als eine. Selbst wenn das Bild nur etwas angezweifelt wird, können wir es nicht für die Auktion annehmen. Aber ich möchte wetten, daß ein Händler es unter der Hand leicht verkaufen kann. Es gibt immer genug verrückte und reiche Sammler, die durchaus bereit sind, einen Rembrandt – oder was sie für einen Rembrandt halten – in den Safe zu legen, um ihn dann zwanzig Jahre später, wenn sich eine günstige Gelegenheit ergibt, ›zu entdecken‹. Aber ich glaube, ich werde Robert von diesen Praktiken nichts erzählen. Ich werde ihm anraten, seine Möbel zu verkaufen und von dem Erlös zu leben. Was er mit dem Bild tut – es sei denn, unsere Experten erklären es für echt –, ist dann seine Sache. Verdammt ärgerlich das Ganze.«

»Aber wer, glaubst du . . . das Bild ist seit Jahren hier eingeschlossen . . .«

Er unterbrach mich brüsk. »Frag' nicht, Jo. Zerbrich dir nicht den Kopf. Du vergißt besser, daß du Thirlbeck je gesehen hast.«

»Das wird mir wohl kaum gelingen, nur glaube ich nicht, daß ich das Verlangen haben werde, hierher zurückzukommen. Es gibt in diesem Haus zu vieles, was ich nicht verstehe. Vanessa und mein Vater . . . warum haben sie wohl nie erzählt, daß sie hier gelebt haben? Askew selbst . . . das alles beunruhigt mich.«

»Aber, Jo, das sieht dir gar nicht ähnlich.« Gerald beugte sich vor und sah mir einen Moment lang ins Gesicht. »Meine Arme, du siehst ein wenig verloren aus . . . das Haus ist auch wirklich nicht sehr gemütlich. Ich will dir was sagen: Während Robert sich mit Nat Birkett unterhält, holen wir den Wagen und fahren nach Kesmere und trinken dort einen Whisky!«

»Lord Askew hat die Wagenschlüssel, er hat sie mir gestern abend nicht zurückgegeben, und ich habe vergessen, ihn daran zu erinnern.«

»Also sitzen wir in der Falle, wie man so schön sagt. Nun, egal –« Er drehte sich plötzlich um. »Ja?«

Tolson stand in der Tür. Wir hatten sein Eintreten nicht gehört.

»Mr. Stanton, Lord Askew bittet Sie und Miss Roswell, in die Bibliothek zu kommen. Kann ich das Bild wieder an die Wand hängen?«

Ob er wohl für alle Dinge in Thirlbeck solche Besitzergefühle hegte? Andererseits, warum auch nicht? Schließlich hatte er sich jahrelang um diese Sachen gekümmert und allein die Verantwortung für sie getragen. Es war nur natürlich, daß er allmählich glaubte, sie gehörten ihm, und uns alle – Lord Askew eingeschlossen – als Eindringlinge in seine Schatzkammer betrachtete. Und wenn das der Fall war, dann mußten Gerald und ich ihm besonders unwillkommen sein – zwei ungebetene Experten, die in sein Königreich einbrachen und für jedes Stück einen Preis festsetzten, einen Preis, der zwar der Schönheit Rechnung trug, aber nicht den unendlichen Mühen, mit denen diese Schönheit gepflegt und erhalten worden war. Ich sah uns plötzlich mit den Augen eines Tolson an, und wir wirkten gar nicht mehr so respektabel wie sonst.

Er nahm das Bild vom Stuhl und streckte sich mühelos in die Höhe, um es wieder an seinen Platz zu hängen. »Da . . .«, murmelte er, »nun kann ihm nichts mehr passieren.«

Es klang so, als hätte er Gerald und mich wie zwei Diebe vertrieben und die bedrohte Tolson-Welt wenigstens zeitweilig wieder gerettet.

Das Lachen der Gräfin war schon zu hören, bevor wir die Bibliothek betraten. Sie wandte sich kaum nach uns um, sondern rief uns nur ein kurzes »Guten Morgen!« zu, dann widmete sie sich wieder ganz Nat Birkett. Er stand vor dem offenen Feuer in Reithosen und einer Tweedjacke. Er machte einen netten, frisch gebügelten Eindruck, aber sein Ausdruck verriet die Ungeduld eines Mannes, der um elf Uhr morgens ein Glas Sekt in der Hand hält und nicht weiß, wie er dazu kommt. Er blickte Gerald erleichtert an, sie hatten sich schon beim ersten kurzen Zusammentreffen sofort verstanden, und diese geheime Sympathie schien anzuhalten.

Askew winkte uns mit der Flasche in der Hand. »Sekt? Carlotta verspürt um diese Morgenstunde regelmäßig Durst auf Sekt. Leider mußten wir ihn sehr zum Ärger Tolsons diesmal kaufen.« Er reichte mir ein Glas. »Jonathan pflegte zu sagen, Sekt erinnere ihn an die Sonne. Ist das bei dir auch so, Carlotta?«

»Er heitert mich auf«, gab sie zu. »Er gibt mir das Gefühl, daß ich ganz bald in der heißen Sonne auf einer Terrasse über einem blauen Meer sitze; aber der arme Mr. Birkett findet nur, daß er hier seine Zeit vertrödelt. Es drängt ihn zu seinen Kühen und Schafen zurück.«

Doch sie sagte es lächelnd, und ihre Worte entbehrten jeglichen sarkastischen Untertons.

»Landwirte haben nie genug Zeit, aber manchmal sollte man sie daran erinnern, daß es nicht gut ist, ganz in der Arbeit aufzugehen. Eine kleine Unterbrechung wie diese . . .« Er machte eine ausladende Geste, die den Raum, die Sektflasche und die Gräfin einschloß. Gerald hatte sie als eine Frau beschrieben, deren Fotos in eleganten Modejournalen erscheinen, und genauso sah sie heute aus. Sie trug cremefarbene Hosen und einen dazu passenden Kaschmirpullover, ihre Schuhe waren von Bally – internationale Symbole des Reichtums und guten Geschmacks. Wenn sie, wie Gerald vermutete, arm war, dann verbarg sie es gut. Aber schließlich gab es auch Gradunterschiede der Armut. Mich hätte der Mangel an Bargeld nicht so beunruhigt, wie es anscheinend bei der Gräfin der Fall war. Nat Birketts Augen ruhten voller Bewunderung auf ihr, und sie genoß es.

Dann blickte er mich an. »Sie haben sich also gestern abend gut zurechtgefunden, wie ich sehe. Ich habe mir hinterher Vorwürfe gemacht, daß ich sie über den Brantwick fahren ließ, die Straße ist stellenweise in einem scheußlichen Zustand . . .«

»Es ging alles wunderbar«, sagte Gerald schnell. »Jo ist eine ausgezeichnete Fahrerin. Wir sind Ihnen sehr dankbar, daß Sie uns den Umweg erspart haben.« Mich überlief wieder eine Gänsehaut bei dem Gedanken an den Hund, den ich gesehen hatte und Gerald nicht, und über den er nie sprach.

»Ja, Sie haben uns sehr geholfen«, sagte ich. »Und der Blick war einfach phantastisch, bevor der Nebel fiel. Eine großartige Landschaft, obgleich ich mich nicht gerne dort oben alleine verirren würde.«

Er sah mich prüfend an. »Sie werden es nicht glauben, aber genau das passiert oft, und zwar den erfahrensten Wanderern. Dieses Tal hat natürlich den besonderen Reiz, daß es noch ganz in privater Hand ist und an ein

Naturschutzgebiet grenzt. Die Forstverwaltung gibt Geländekarten aus, aber die eingezeichneten Wege enden auf den Felskuppen. Trotzdem können viele Wanderer der Versuchung nicht widerstehen, einen Blick ins Thirlbeck-Tal zu werfen. Wir haben schon öfters Suchtrupps ausschicken müssen, die tagelang unterwegs waren. Einmal konnten sie einen Wanderer nur tot bergen. Meistens waren die Leute selbst schuld, wenn sie sich verlaufen. Sie wollen nicht glauben, wie schnell das Wetter sich hier ändert. Einige sind auch schlecht ausgerüstet, und wenn sie in Panik geraten, versuchen sie, auf dem schnellsten Weg ins Tal zu gelangen. Dann geraten sie auf unsere Seite, wo die Wege nicht eingezeichnet sind. Tolson und ich ersetzen jeden Sommer die Warntafeln an der Mauer, und jeden Winter werfen die Schneestürme sie wieder um. Dieses Jahr haben wir uns Freiwillige aus der Umgegend angeheuert, die aufpassen, daß niemand versehentlich oder absichtlich das Tal betritt.«

»Warum Freiwillige?« fragte Askew. »Ist das nötig?«

Zum erstenmal benahm Nat Birkett sich völlig zwanglos. Er stellte sein Sektglas hin. »Weil ein paar Goldadler auf dem Brantwick-Felsen nisten, es ist das zweite Paar in mehr als zweihundert Jahren. Und wenn ich mich noch so unbeliebt mache, ich werde nicht zulassen, daß irgend jemand in ihre Nähe kommt, weder aus Neugierde noch um die Eier zu stehlen. Die Schäfer mögen keine Adler, sie behaupten, daß sie Lämmer reißen. Das ist natürlich kompletter Unsinn. Aber sie wollen es nicht wahrhaben und versuchen daher mit allen Mitteln, die Tiere vom Nest zu verscheuchen, so daß die Eier kalt werden und nicht bebrütet werden können.«

»Aber Sie sind doch selbst Landwirt, Nat, und haben Schafe.«

»Natürlich bin ich Landwirt, aber ich habe noch ein paar andere Interessen nebenbei.«

Seine Stimme wurde lauter, als müsse er seinen unterdrückten Gefühlen Luft machen. »Mich widert es an, was die Leute mit ihrem eigenen Land anstellen, ihre verdammten Autos nehmen immer mehr Platz ein, und diese teuflischen Plastik-Picknicktüten verunreinigen die Natur. Und die Menschen sind so unwissend. An einigen sogenannten ›schönen Aussichten‹ haben sie durch ihre schiere Zahl den Boden abgetragen. Orte, wo noch vor kurzem das Heidekraut blühte, sind jetzt verödet.« Seine hellen Augen blitzten fast rachsüchtig. Der müde und abgespannte Ausdruck war verschwunden, sein knochiges Gesicht glühte jetzt vor Leidenschaft. Irgend etwas mußte im Leben dieses an sich anziehenden jungen Mannes passiert sein, was ihn so barsch, ja fast bösartig machte. »Wenn ich nichts anderes in meinem Leben erreiche, als daß die Goldadler wieder in diesem Tal nisten, dann bin ich schon zufrieden.«

Er hielt im Sprechen inne, als er sich des peinlichen Schweigens um sich herum bewußt wurde. »Verzeihen Sie, ich nehme mir zuviel heraus, es ist schließlich nicht mein Tal, aber mit Ihrer Erlaubnis, Lord Askew – nun, ich gehe jetzt besser.«

»Laufen Sie nicht gleich davon, Nat, trinken Sie noch ein Glas, ich habe auch noch etwas mit Ihnen zu besprechen.«

Aber Nat Birkett hatte der Gräfin, Gerald und mir schon abschiednehmend zugenickt. »Ich wüßte nicht, was wir noch weiter zu besprechen hätten, Lord Askew«, sagte er. »Solange ich Ihre Erlaubnis habe, die Wachen aufzustellen, ist alles in Ordnung.«

Askew zuckte die Achseln. »Aber es gibt eine Menge zu besprechen, Nat, zum Beispiel ein paar rechtliche Dinge. In der anderen Sache tun Sie, was Sie für richtig halten. Ich bin sicher, die Tolsons werden Sie unterstützen.«

»Wir haben vor, das ganze Gebiet um den Felsen einzuzäunen, und zwar so, daß keiner dieser Narren herüber kann. Ich hoffe, Sie tragen die Hälfte der Kosten, schließlich ist es Ihr Besitz. Tolson sagt, es würde Sie finanziell nicht zu sehr belasten. Also, ist es Ihnen recht?«

Askew machte eine hilflose Geste. »Wenn Tolson schon zugestimmt hat – wie könnte ich da nein sagen?« Dann sah ich, wie über Askews leicht amüsiertes Gesicht ein fast schmerzliches Zucken ging. »Doch, Nat, ich bin sehr dafür, daß man etwas zur Erhaltung der Natur tut. Ich war in meinem Leben an ein paar entlegenen Orten wie den Galapagosinseln, wo ich die Landschildkröten und den flugunfähigen Kormoran gesehen habe, der nur dort existiert, und ich war auf den Seychellen, als sie noch ein Paradies waren, und mir wird ganz schlecht bei dem Gedanken, was für eine teure Touristenfalle sie daraus machen werden.«

Aber Nat Birkett stand schon an der Tür. Er hatte offensichtlich keine Lust, Askews Klagen über seine Unterlassungssünden anzuhören. »Ich werde alles Notwendige mit Tolson erledigen. Guten Morgen.«

Wir hörten seine Schritte in der Halle, das laute Knallen der Eingangstür und das Anlassen des Motors. Von dem Platz aus, wo ich stand, konnte ich sehen, wie das Auto sich langsam in Bewegung setzte, doch dann kam Jessica um die Hausecke gelaufen und winkte. Der Wagen hielt an. Sie lehnte sich mit den Armen auf das heruntergekurbelte Fenster und sprach hastig auf ihn ein. Nat Birkett nickte und hörte mit eiserner Miene zu, so als wüßte er, daß man Jess unter allen Umständen aussprechen lassen müßte. Sie redete vielleicht drei Minuten, dann trat sie vom Wagen zurück. Der Motor heulte sofort auf, Nat gab Vollgas, und der Kies spritzte unter den Rädern. Aber Jessica lächelte, als sie ins Haus zurückging. Die große Eingangstür von Thirlbeck öffnete und schloß sich geräuschlos, und die Schritte des winzigen Geschöpfs waren auch in der Halle nicht zu hören. Ich hatte wieder einmal das unangenehme Gefühl, daß wir die Eindringlinge waren, und daß sie jede unserer Bewegungen beobachtete.

Wir schwiegen eine Weile, dann sagte die Gräfin: »Ein gutaussehender junger Mann, Roberto. Wie schade, daß er so ... so ...«, sie suchte nach dem richtigen Wort, »so linkisch ist.«

»Linkisch? Das würde ich eigentlich nicht von ihm sagen. In seiner eigenen Welt ist er äußerst tüchtig. Er ist ein hart arbeitender Landwirt, und wahrscheinlich findet er es unglaublich leichtfertig von uns, daß wir um diese Tageszeit Sekt trinken wie eine Bande reicher Taugenichtse. Er hat keinen besonderen Grund, mich zu mögen, nachdem ich ihm hauptsächlich Steuerschulden hinterlasse ...«

»Er will nicht Lord Askew werden?« Sie lächelte über diesen Toren, der einen gesellschaftlich so nützlichen Titel nicht haben wollte.

»Was nützt es ihm, Lord zu sein? Er erbt nur den Titel, aber nicht die finanziellen Vorteile, die sonst damit verbunden sind. Ich kann mir gut vorstellen, daß er sich nach meinem Tode auch weiterhin mit Mr. Birkett anreden läßt – oder einfach nur mit Nat. Er muß schließlich weiter sein Land bewirtschaften, und auf den Viehmärkten kommt ein schlichter Mr. Birkett besser bei den Kunden an als ein Lord Askew. Es ist für ihn leichter, über einem Glas Bier – und nicht über einem Glas Sekt, Carlotta – mit den Bauern handelseinig zu werden, wenn er denselben Namen behält, unter dem er seit eh und je bekannt ist. Natürlich, wenn er auf dem Viehmarkt einen Preisbullen vorführt, liest sich Lord Askew vielleicht ganz gut auf dem Programm.«

»Ein Titel ist immer noch etwas mehr wert als das«, warf Gerald ein.

»Wirklich? Was vererbe ich ihm schon? Dieses Haus, aus dem ich bis dahin sicher alles Wertvolle verkauft habe, das völlig verwilderte Tal, ein paar Baumbestände, die er wahrscheinlich nicht fällen will, und dazu noch das Stammgut, die Pachthöfe der Tolsons und ein paar Morgen Land, die mein Großvater geerbt hat. Die Minen und Steinbrüche sind längst erschöpft. Nach dem Tode meines Vaters mußten wir wegen der Erbschaftssteuern einiges verkaufen, und dann kam die Nachkriegszeit, wo die Einkünfte aus den Ländereien nicht mehr reichten, um mein Zigeunerleben zu finanzieren. Und so wies ich Tolson an, einen Teil des Besitzes zu veräußern. Ich wollte keine Einzelheiten wissen, ich wollte nur das Geld haben. Und dafür verachtet mich Nat zweifellos. Er ist aus anderem Holz geschnitzt. Seine Vorfahren waren Staatsbeamte hier in Cumberland. Er lebt in einem guterhaltenen Haus, aber ich wette, sehr viel gemütlicher als dieser alte Kasten. Er hat ein paar Schulden, doch sein Besitz deckt sie bei weitem. Das letzte Mal, als er Geld borgte, war vor ungefähr sechs Jahren, als sein Vater starb – und wißt ihr, warum? Er kaufte von Tolson ein verhältnismäßig großes Stück Land, das an das Naturschutzgebiet grenzt, um sein eigenes Gut abzurunden.«

Die Gräfin machte eine erstaunte Geste. »Aber das ist doch einfältig. Warum kauft er etwas, was er sowieso erbt?«

»Er ist nicht so einfältig, wie du denkst. Er erfuhr erst nach dem Tod seines Vaters, daß er mein Erbe ist. Und da fing er an, sich über die Unterhaltskosten für dieses Haus sowie über die Erbschaftssteuer Sorgen zu machen. Nach meiner Meinung kaufte er das Stück Land, um ein wirklich rentables Gut zu haben, von dem kein Teil nach meinem Tod erbschaftssteuerpflichtig ist.

So ist das also, Carlotta, und wenn er uns hier Sekt trinken sieht, dann fragt er sich wahrscheinlich, ob er nicht von dem Geld bezahlt wurde, das er borgen mußte. Versetz dich mal in seine Lage und stell' dir vor, er würde alles, was er hier herumstehen sieht, zusammenzählen und sich ausrechnen, wie viele Schafe er dafür

124

kaufen könnte. Würdest du ihm seine Haltung immer noch übelnehmen?«

»Und das Stammgut ist unveräußerlich?« fragte Gerald.

»Ja, aber alles, was nach der Erhebung in den Grafentitel erworben wurde, ist es nicht. Es ist höchst kompliziert, Gerald. Tolson hätte keine Schwierigkeiten, das Land zu verkaufen, aber welcher Mensch mit etwas Verstand will dieses Haus haben?«

Ohne nachzudenken, sagte ich: »Ich würde es gerne haben.« Das war das genaue Gegenteil von dem, was ich Gerald gesagt hatte.

Askew lächelte mich an, ohne Geralds Stirnrunzeln zu beachten. »Sie sind noch jung und haben Mut und Energie. Wenn man aber über sechzig ist wie ich, dann hat die Romantik ihren Reiz verloren, und man denkt nur noch an die Verpflichtungen.«

Er füllte wieder sein Glas und deutete mit der Flasche in der Hand auf uns. »Es ist ein reiner Zufall, daß meine Familie, das heißt mein Großvater, mein Vater und ich, hier in Thirlbeck lebten. Mein Großvater war ein sehr kräftiger und – wie ich glaube – auch ein sehr bedeutender Mann. Er war Landwirt und Kaufmann, als er plötzlich und unerwartet den Titel erbte. Er hatte sehr fortschrittliche Ideen über Landbewässerung und Land-Neugewinnung und war seiner Zeit überhaupt weit voraus. Er nahm seinen Sitz im Oberhaus ein und hoffte, er könne ihn als Plattform für seine fortschrittlichen Ideen benutzen. Er versuchte, ein neues landwirtschaftliches Gesetz einzubringen, das eine bessere Bezahlung für die Landarbeiter und Bauern vorsah auf Kosten der Landbesitzer. Er wurde niedergeschrien und konnte seine Antrittsrede nicht beenden. Mein Vater hat mir erzählt, wenn Großvater durch die Korridore des Oberhauses ging, blökte irgendein Witzbold ›Mäh-Mäh‹ hinter ihm her. Er ist nie ein nobler Lord geworden, sondern immer ein einfacher Landwirt geblieben. Mein

125

Vater hat nach diesen Erfahrungen das Oberhaus nie betreten. Und ich ebenfalls nicht. Es ist merkwürdig, wie einen das Blöken von Schafen durch die Jahrzehnte verfolgen kann. Natürlich, wenn Nat Birkett sich entschließen würde, seinen Sitz im Oberhaus einzunehmen, hätte man Respekt vor ihm. In unseren Tagen sind auch die Lords auf eine Ebene gestellt worden, und wenn jemand etwas von Landwirtschaft versteht, hört man ihm zu. Nun, ich habe meine Chance verpaßt.« Er trat auf uns zu. »Hier, trinkt jeder noch einen Schluck. Die Sonne ist herausgekommen, und wir können vorm Mittagessen noch einen kleinen Spaziergang zum See hinunter machen.«

Askew ging herum und füllte die Gläser. Der Sekt schmeckte plötzlich schal. Wir schwiegen, dann warf die Gräfin graziös und zielsicher ihren Zigarettenstummel ins Feuer und sagte: »Hat Nat Birkett eine Frau? Wer ist die zukünftige Gräfin Askew? Hat er Kinder?«

»Er hat zwei prächtige Söhne, so sagt wenigstens Tolson. Ich habe sie nie getroffen. Er heiratete ein reizendes, liebenswürdiges Mädchen aus der Nähe von Ambleside. Sie wäre die ideale Frau für einen Landwirt und zukünftigen Earl gewesen, aber sie starb. Und wissen Sie, wo sie starb? Hier in diesem Haus. Sie hatte einen Herzfehler – aber keinen so schweren, daß man Angst hatte, daß sie sterben würde. Doch sie starb in einem der Räume im ersten Stock. Niemand wußte, daß sie hier war, und so wie dieser verdammte Kasten gebaut ist, fand man sie erst einen Tag später, soweit ich weiß.«

Seine Stimme klang jetzt wieder genau wie damals an dem Morgen im Zimmer der Spanierin, als er über den windbewegten See geblickt hatte. »Armes Ding«, sagte er.

3

Die Unterhaltung beim Mittagessen war etwas gequält. Gerald vermied ängstlich, über den Rembrandt zu sprechen, aber die anderen schienen sich zum Glück für das Thema gar nicht besonders zu interessieren. Ich hatte das Gefühl, daß Askew keinerlei Zweifel über die Echtheit des Bildes hegte und daher weitere Fragen für unnötig hielt. Nur als Gerald erwähnte, daß er am nächsten Tag fortfahren wollte, horchte er auf.

»So bald schon, Gerald? Warum bleibst du nicht noch ein paar Tage . . . ein wenig Landluft kann dir nur guttun, du siehst blaß aus.«

Gerald setzte seine Kaffeetasse resolut ab und sagte: »Laß uns einen Moment ernsthaft reden, Robert. Willst du nun deine Sachen verkaufen? Sollen wir eine Auktion vorbereiten?«

Wie immer, wenn er vor eine Entscheidung gestellt wurde, zauderte Askew. »Ich weiß nicht recht, ich dachte erst mal das Bild . . .«

»Du hast sehr kostbare Möbel, Robert«, sagte Gerald. Er will ihn offensichtlich von dem Bild abbringen, dachte ich, und seine Aufmerksamkeit auf die anderen wertvollen Dinge lenken, damit die Enttäuschung hinterher nicht so groß ist. »Es hat doch gar keinen Sinn, sie hier herumstehen zu haben, sie bringen bestimmt viel Geld auf einer Auktion.«

»Ich würde sie morgen verkaufen, aber ich mache mir Gewissensbisse. Ich will das Haus nicht vollständig leerräumen, bevor Nat Birkett es übernimmt. Ich meine, so viel wert können sie doch nicht sein . . .«

»Auf jeden Fall sind sie mehr wert, als du an Versicherungsprämien für sie aufbringen kannst«, sagte Gerald ohne Umschweife. Niemand antwortete ihm, er blickte um sich und schüttelte langsam den Kopf. »Es ist wirklich ein Jammer . . . sie stehen so trostlos herum.«

127

Es war für Gerald eine höchst ungewöhnliche Bemerkung. Er liebte zwar alte Sachen, aber Sentimentalität lag ihm ganz fern. Ich sah ihn erstaunt an.

Askew schlug nervös mit dem Löffel auf die Untertasse. Es dauerte eine ganze Weile, bis er antwortete. »Trostlos ... es war hier immer trostlos.« Er sprach nicht von den Möbeln. »Ich habe mich an das Haus nie gewöhnen können. Ich habe hier zwar gelegentlich gewohnt, aber ich habe mich nie heimisch gefühlt. Wenn ich als Schuljunge in den Ferien nach Hause kam, hatte ich immer den Eindruck, ich käme in ein riesiges Hotel ohne Gäste. Falls ich das Haus verkaufen könnte – mit Inventar und allem –, würde ich es nur zu gerne tun. Aber wer will den alten Kasten schon? Ja, was rätst du mir, Gerald? Wahrscheinlich ist es doch das beste, einen Teil zu verkaufen?«

In Geralds Gesicht stieg eine leichte Röte. »Nun, ich will nicht lange um den Brei herumreden. Es gibt eine Menge Dinge, die wir gerne für eine Auktion hätten. Verkauf, was du kannst, solange du vom Geld noch etwas hast. Für Nat Birkett ist es auch kein Verlust; niemand kann ihm Steuern abverlangen für Dinge, die nicht mehr da sind. Du mußt natürlich dreißig Prozent Kapitalzuwachssteuer zahlen, aber das ist auch alles.«

»Das heißt also, ich hinterlasse Nat den Titel und die Erbschaftssteuerschulden für La Española, das Haus und die Restgüter. Die Behörden werden wahrscheinlich einen Weg finden, daß er das unveräußerliche Erblehen doch verkaufen kann, damit sie zu ihren Geldern kommen. Was mich am meisten bedrückt, ist die schwierige Situation, in die ich die Tolsons bringe. Angenommen, die Pachthöfe kommen zum Verkauf. Werden sie dann den Kaufpreis aufbringen können? Wahrscheinlich ja. Die meisten Banken leihen Geld auf Land ... vielleicht könnte ich ihnen in meinem Testament etwas hinterlassen, das heißt, wenn ich bei meinem Tod überhaupt noch etwas zu hinterlassen habe. Nun ... irgendeine

Lösung wird man schon finden. Und was das Haus betrifft, so lieben weder Nat noch ich es. Ich denke nicht daran, für den Rest meines Lebens wie ein Bettler zu leben, um diesen Kasten noch ein paar Jahre länger vor der Zerstörung zu bewahren. So sieht es also aus. Und was schlägst du nun vor, Gerald?« Sein Ton klang trotzig, so als wolle er jeglichen Widerspruch verhindern. Ich glaube, er war Gerald dankbar, daß er eine Entscheidung erzwang. Wahrscheinlich war dies der Hauptgrund seiner Einladung gewesen.

»Jo und ich werden morgen nach dem Mittagessen nach London zurückfahren. Sobald ich in der Stadt bin, werde ich dir ein paar Experten herschicken, die eine Liste aller Gegenstände anfertigen werden, und du, Robert, mußt ihnen genaue Anweisungen geben, was du zu Hardy schicken willst. Ich kann es nicht ändern, aber so lange mußt du wenigstens hierbleiben.« Er warf der Gräfin einen entschuldigenden Blick zu: »So schlimm wird es schon nicht werden. Im Frühjahr und im Herbst kommen die Leute aus aller Welt, um ein paar Wochen in England, und besonders hier im Seengebiet, zu verbringen. Du verstehst, Robert, daß wir uns mit Tolson in keine Diskussionen einlassen können, was verkauft werden soll oder nicht. Wir müssen für jeden Gegenstand deine schriftliche Erlaubnis haben.«

Wir saßen noch eine Weile bei unserem Kaffee. Gerald erklärte genau die vielen Vorbereitungen, die für eine Auktion getroffen werden mußten. Zum Schluß sagte er: »Du bist dir natürlich im klaren darüber, daß wir eine Kommission nehmen, Robert?«

»Eine Kommission? – Ach ja, natürlich müßt ihr eine Kommission berechnen.«

»Ich möchte es dir aber doch noch mal genau erklären«, sagte Gerald in einem geschäftlichen Tonfall. »Also, bis fünfhundert Pfund nehmen wir fünfzehn Prozent, von fünfhundert bis zehntausend Pfund zwölfeinhalb und über zehntausend Pfund nur noch zehn

Prozent.« Er blickte um sich. »In diesem Haus gibt es eine Menge Sachen, die mehr als zehntausend Pfund bringen werden. Du kannst natürlich ein Limit für die einzelnen Stücke festsetzen; wenn das Limit auf der Auktion nicht erreicht wird, geht das unverkaufte Stück an dich zurück.«

Gerald hatte diese Zahlen wie eine Litanei heruntergeleiert, offensichtlich wollte er alle Mißverständnisse vermeiden. Deshalb fuhr er fort: »Für die Schätzung berechnen wir eine kleine Summe, die aber zurückerstattet wird, wenn du innerhalb eines Jahres verkaufst. Die Reise der Experten geht auf deine Kosten, und sie bekommen ein Tagegeld von fünf Pfund. Ich schlage dir vor, daß ich zwei unserer besten Bilderexperten herschicke, vielleicht besaß deine Großmutter Huygens noch das eine oder andere interessante Gemälde. Hast du noch irgendwo Sachen weggeschlossen, die wir uns ansehen sollten?«

Er zuckte die Achseln. »Ich habe in Thirlbeck als Junge gelebt, Gerald, aber nachdem ich die Schule verließ, kann ich die Wochen zählen, die ich hier verbracht habe. Vielleicht gibt es noch irgendwo das eine oder andere. Meine Mutter hat eines Tages das meiste, was herumstand, auf den Dachboden verbannt, weil sie fand, die Dienstboten würden zuviel Zeit mit Silberputzen und Staubwischen vertrödeln, und ich habe mich für den Kram nie interessiert. Ich finde, wir verkaufen alles, was nicht niet- und nagelfest ist, nicht wahr, Carlotta?« Er blickte zur Gräfin hinüber. »Ein paar Jahre in der Sonne werden uns schon noch vergönnt sein.« Sie streckte ihm als Antwort die Hand hin. »Komm, Roberto, laß uns den Spaziergang zum See machen, den wir vor dem Mittagessen versäumt haben. Ja, es wird noch ein paar Jahre in der Sonne für uns geben . . .«

Sie verließen uns. Gerald zog ein Büchlein hervor, in das er murmelnd Notizen eintrug. So, die Sache nahm also ihren Lauf. Die Experten von Hardy würden herkommen, ihre Listen machen und alles gebührend bewundern – aber mit den Augen von Fremden. Das Haus würde aller Schätze beraubt werden, und nur die sperrigsten Gegenstände würden zurückbleiben; damit würde es hier wahrscheinlich wieder so aussehen wie zu jener Zeit, als man das Haus gebaut hatte – spärlich möbliert, mit schweren langen Tischen, hochlehnigen Stühlen und riesigen Himmelbetten. Die Schönheit des Bauwerks würde vielleicht besser zur Geltung kommen, aber die Atmosphäre verlorengehen.

Zum erstenmal in meinem Leben dachte ich an Hardy mit gemischten Gefühlen. Ich verstand auch allmählich die eifersüchtigen Besitzergefühle von Tolson und Jessica und faßte spontan den Entschluß, irgendeine Ausrede zu finden, falls man mich bitten sollte, bei der Bestandsaufnahme zu helfen. Ich wollte das Haus nicht leer und nackt sehen, auch für die schönste Auktion nicht. Plötzlich begriff ich die Leidenschaft mancher Menschen, die Unbequemlichkeiten und Touristeninvasionen auf sich nehmen, um ihren alten Besitz zu erhalten. Ich fühlte eine wachsende Abneigung gegen Robert Birkett, Earl of Askew, diesen Mann, der an einem launischen Frühlingstag mit seiner Geliebten spazierenging und mit ihr ein Leben plante an einem Ort, wo die Sonne ewig schien. Mir wurde traurig zumute bei dem Gedanken, was mit diesem Haus passieren würde, und ich wünschte, daß ich nicht sehen müßte, wie der Regen oder der Bulldozer seine Mauern zum Bersten brächten.

Gerald schlug sein Notizbuch zu. »Ich gehe nach oben und lege mich ein wenig hin, Jo. Und du gehst am besten in die Bibliothek und siehst die Familienpapiere durch. Natürlich kannst du in der kurzen Zeit nichts finden, aber wenigstens wird Robert mich nicht mit Fragen bedrängen.« Er seufzte. »Nun, es wird auf jeden Fall an mir hängenbleiben, ihm zu sagen, was die Experten denken – aber warten wir's erst mal ab. Also, mach deine Sache gut.«

Ich sah ihm nach, als er die Treppe hinaufging. Sein Gang war schwer und schleppend. Es war für ihn höchst ungewöhnlich, sich am Nachmittag hinzulegen, und plötzlich fragte ich mich, warum er mir heute früh vorgeschlagen hatte, einen Whisky in Kesmere zu trinken. Hatte er meinetwegen hinfahren wollen? Gerald war so zurückhaltend, daß es schwer war, seine Beweggründe zu erraten. Nun, ich würde Kesmere nicht zu sehen bekommen und Thirlbeck hoffentlich nie wiedersehen.

Ich nahm die kleine Leiter von der Bibliothek ins Büro, um mit meiner Arbeit zu beginnen. Aber zuerst einmal warf ich einen prüfenden Blick auf die Daten, die auf den gebundenen Aktendeckeln standen. Wann war wohl die holländische Großmutter nach Thirlbeck gekommen? Wie alt mochte sie zu der Zeit gewesen sein? Askew war über sechzig, das hieß, sein Großvater war wahrscheinlich fünfzig oder sechzig Jahre vor seiner Geburt auf die Welt gekommen. Wann hatte er geheiratet? Im Alter von dreißig? Also 1880? Ich nahm den Kasten mit dem Datum 1880 heraus. Als ich ihn öffnete, schlug mir eine Staubwolke entgegen, sie kitzelte mich in der Nase und legte sich auf meine Hände. Ich blickte mutlos auf die langen Aktenreihen auf den Regalen. Jemand könnte sich eine Lebensaufgabe daraus machen, die Geschichte der Familie Birkett aus diesen vergilbten, brüchigen Blättern zusammenzustellen. Ich seufzte und nieste laut.

»Gesundheit . . .« Jessica stand auf der Türschwelle.

Ich antwortete nicht, was sie aber in keiner Weise störte. »Kann ich Ihnen helfen?« In diesem düsteren Raum wirkte sie wie ein kleiner bunter Schmetterling. Sie trug einen kindlichen gelben Pullover, der so aussah, als stamme er noch aus ihrer Schulzeit; er war vom vielen Waschen eingelaufen und spannte ein wenig über ihren kleinen mädchenhaften Brüsten.

»Ich – ich weiß nicht recht.« Warum gab sie mir immer das Gefühl, als hätte sie mich beim Spionieren ertappt? »Lord Askew und Mr. Stanton hofften, daß ich irgendeinen Hinweis auf den Rembrandt in den Papieren finde, aber sie sind überhaupt nicht geordnet und stimmen nicht einmal mit den Daten auf den Schachteln überein.«

»Nein, das tun sie auch nicht«, antwortete sie fröhlich, von meiner mühseligen Aufgabe völlig unbeeindruckt. »Man könnte meinen, jemand hätte die gute Idee gehabt, die Kästen anfertigen zu lassen, wäre dann aber zu faul gewesen, die Papiere auszusortieren. Ist es wichtig?«

»Ja, ziemlich. Wenn man etwas verkauft, ist es immer günstig, wenn man ein paar Einzelheiten weiß. Zum Beispiel, wer der Vorbesitzer war, wann der Gegenstand erworben wurde, ob er auf einer Ausstellung war. Wir nennen es die Provenienz.«

Sie sah mich jetzt mit einem völlig ausdruckslosen Gesicht an. »Nein, darüber weiß ich nichts. Ich kann mich nicht erinnern, irgend etwas dieser Art gesehen zu haben.« Sie trat näher heran, ging um die Leiter herum und sah mir voll ins Gesicht. »Werden Sie alles aus diesem Haus zur Versteigerung schicken?«

»Wer hat Ihnen das gesagt?«

»Nun, Sie sind doch von Hardy, nicht wahr? Hat Lord Askew Schulden? Er hat nicht das Recht zu verkaufen ... die Sachen gehören nicht ihm ... sie müssen im Haus bleiben, bis ...« Ihr Gesicht war jetzt gar nicht mehr ausdruckslos, es glühte vor Leidenschaft, und ihre Stimme klang schrill.

»Jessica!« Tolson mußte sie aus der Halle gehört haben. Er kam schnell zur Tür. »Jessica, was ist los?« Dann sah er mich auf der Leiter hocken. Seine Augen schienen sich hinter den dicken Brillengläsern zu verdunkeln. »Kann ich Ihnen irgendwie helfen, Miss Roswell?«

Ich kam erneut in die Situation, meine Anwesenheit erklären zu müssen. Sein Gesicht verriet nichts von seinen Gefühlen. Die Worte sprudelten von Jessicas Lippen, bevor er noch etwas sagen konnte. »Ich hab' ihr gesagt, daß nichts da ist. Ich müßte es doch gefunden haben, nicht, Großvater? Ich habe fast alle Kästen durchgesehen.«

»Pst, Jessica, reg' dich nicht auf.« Er sprach betont ruhig. »Niemand von uns hat sich je besonders für den Inhalt dieser Kästen interessiert. Das Durchsehen ist eine langwierige Arbeit, die Miss Roswell unmöglich in ein paar Stunden bewältigen kann. Aber wenn sie fort ist, könnten wir beide uns vielleicht dranmachen, Jess. Komm jetzt, deine Großmutter braucht Hilfe, sie bereitet den Tee vor. Lord Askew und die Gräfin sind nach Kesmere gefahren.« Er sah zu mir hinauf. »Jessica wird den Tee in zwanzig Minuten in die Bibliothek bringen, würden Sie die Güte haben, Mr. Stanton Bescheid zu sagen?«

Ich stieg von der Leiter herunter. »Geh jetzt, Jess, sei ein braves Mädchen.« Er sagte es bittend, und ich hätte nie geglaubt, daß er einen so liebevollen Ton anschlagen konnte. Sie lief mit schnellen Schritten durch die Halle, und gleich darauf hörte ich das Quietschen der ungeölten Tür, die zum Dienstbotentrakt führte.

»Ich werde Mr. Stanton den Tee aufs Zimmer bringen, wenn es Ihnen recht ist. Er war sehr müde, und ich glaube, es würde ihm guttun, bis zum Abendessen liegenzubleiben.«

»Natürlich, ganz wie Sie wollen, Miss Roswell«, sagte er mit völlig veränderter Stimme. Anscheinend war es ihm mehr als gleichgültig, was ich tat. Er war schon im Gehen, als ich ihn zurückhielt. Wenn ich ihm meine Frage stellen wollte, dann mußte ich es jetzt tun. Es konnte der letzte Moment sein, wo ich ihn allein zu fassen kriegte.

»Einen Augenblick, bitte.« Er wartete mit offenkundiger Ungeduld. »Mr. Tolson ... Sie ... Sie erinnern sich doch sicher noch an meine Mutter?«

»Ihre Mutter?« Er wiederholte die Worte, als sei ich nicht ganz normal.

»Ja, meine Mutter, Vanessa Roswell.« Ich sagte es mit Nachdruck, weil ich das Gefühl hatte, daß er meine Frage am liebsten ignoriert hätte. »Meine Eltern, Jonathan und Vanessa Roswell, waren ein paar Monate hier, gleich nach dem Krieg ... Sie hatten das Pförtnerhäuschen am anderen Ende des Tales gemietet, gegenüber vom Brantwick.« Ich sprach den Namen aus, als sei er mir seit meiner Kindheit geläufig.

»Ja, ich erinnere mich, aber wieso ...?« Er wirkte noch zugeknöpfter als sonst und warf mir hinter seinen dicken Brillengläsern einen eisigen Blick zu.

»Oh, nur ...« Er machte es mir verdammt schwer. »Ich wollte nur wissen, ob Sie sich noch gut an meine Eltern erinnern. Lord Askew hat mir erzählt, sie seien oft hier gewesen. Es war vor meiner Geburt – ich wußte gar nicht, daß sie je auf dem Birkett'schen Besitz gelebt haben, nur, daß sie irgendwo im Seengebiet ein Haus gemietet hatten, aber daß es gerade hier ...«

»Was soll ich Ihnen erzählen?« fragte er. »Ich erinnere mich nicht mehr an Einzelheiten. Sie kamen nach Kriegsende hierher. Es war eine schwierige Zeit, und Lebensmittel waren knapp. Lord Askew wohnte hier, und es gab viel zu tun. Mr. Roswell fuhr den Bentley, den Nat Birkett jetzt hat. Der Wagen verbrauchte viel Benzin, und Benzin war schwer zu bekommen. Lord Askew gab ihm unsere Bezugsscheine. Und dann aßen sie Sahne und Eier, ja sogar Fleisch von den Lämmern und Rindern, die wir schlachteten. Ich mußte das Schlachten den Behörden gegenüber verantworten, was gar nicht einfach war. Der Earl versteht von solchen Sachen nichts.«

»Mein Vater war krank«, sagte ich. »Lord Askew wollte ihm nur helfen.«

»Das mag ja sein, aber der Bentley, das Benzin und noch die vielen Lebensmittel ...«

Ich seufzte. »Es tut mir leid, daß ich so unangenehme Erinnerungen bei Ihnen wachgerufen habe. Sie mochten meine Eltern nicht besonders, nicht wahr?«

»Sie kamen hier hereingeschneit wie ein Paar Zigeuner und baten mich, ihnen das Pförtnerhäuschen zu überlassen. Sie hatten gesehen, daß es leerstand. Lord Askew war zugegen und gab sofort sein Einverständnis. Im Grunde genommen durfte er es gar nicht. Das Verteidigungsministerium hatte das ganze Haus während des Krieges beschlagnahmt, ich weiß nicht, warum. Aber Lord Askew sagte, wir könnten das Pförtnerhäuschen ruhig ohne die Erlaubnis des Ministeriums vermieten. Zum Glück hat niemand je erfahren, daß es eine Zeitlang bewohnt war. Sie zogen aus, ohne ihre Elektrizitätsrechnung zu zahlen. Lord Askew wollte ihnen sogar den Bentley schenken, aber Mr. Roswell sagte, er sei zu teuer im Verbrauch. Sie verschwanden sang- und klanglos wie Zigeuner, die nach dem Süden ziehen, sobald es kalt wird.«

Ja, die unbezahlte Elektrizitätsrechnung klang ganz nach Vanessa. Und die Leidenschaft für alte Autos war typisch für meinen Vater. Er hielt sich drei alte Modelle in San José, es war der einzige Luxus, den er sich leistete. Ja, den Bentley hatte er sicher ungern zurückgelassen. Aber auch davon hatte er mir nichts erzählt.

Ich zwang mich mit einiger Anstrengung in die Gegenwart zurück. Tolson stand stirnrunzelnd vor mir und dachte wahrscheinlich an die unbezahlte Elektrizitätsrechnung und an die vielen Flaschen Wein und Champagner, die damals während des langen Sommers und Herbstes geleert worden waren. Zigeuner ... Tolsons Werturteile waren von seiner Umgebung und Herkunft geformt. In seinen Augen war Askew auch eine Art Zigeuner geworden. Warf er das Vanessa und meinem Vater vor? Nun, er würde es mir nicht verraten.

»War – sah das Haus damals so aus wie jetzt?«

»So wie jetzt? Was meinen Sie damit?«

»Standen all diese kostbaren Möbel herum?«

»Warum möchten Sie das wissen?«

»Oh, nur weil meine Mutter sicher große Freude an ihnen gehabt hätte. Ich hoffe, sie hat sie gesehen.«

»Warum fragen Sie sie nicht selbst, Miss Roswell?«

Der Atem stockte mir. Es war schwer zu glauben, daß nicht jeder wußte, daß Vanessa tot war. Aber würde so ein Mann wie Tolson Berichte über Flugzeugunglücke lesen? Höchst unwahrscheinlich.

»Sie starb vor ein paar Wochen.«

»Das tut mir leid.« Es war eine Höflichkeitsfloskel und kein Ausdruck des Mitleids.

»Wie sah das Haus damals aus?«

»Sie meinen die Möbel? Ich kann mich wirklich nicht erinnern. Es ist alles so lange her. Als ich die Beschlagnahme vom Ministerium erhielt, lagerte ich die meisten Sachen ein. Ich wollte nicht, daß eine Menge Fremder sie beschädigten. Manche Stücke waren allerdings zu sperrig, um sie von der Stelle zu bewegen, und die hat Ihre Mutter wahrscheinlich gesehen. Aber auch das weiß ich nicht genau. Ich hatte alle Hände voll zu tun und keine Zeit, mir Gedanken zu machen, was ihr gefiel oder nicht. Sie verbrachte eine Menge Zeit hier. Sie mochte das Pförtnerhäuschen nicht besonders. Und sie war eine schlechte Hausfrau, kam nie mit ihren Zuteilungen aus. Mr. Roswell war ein Künstler, nicht wahr? Malte er nicht? Schreckliche Kleckserei, soweit ich mich erinnere. Er schenkte sogar Lord Askew eins seiner Bilder, als ob er so was aufhängen würde.«

»Hingen noch andere da, Mr. Tolson?«

»Andere? Was für andere?«

»Es gibt doch noch mehr Gemälde im Haus außer dem Rembrandt. Lord Askew erzählte uns, daß seine Großmutter eine Menge holländischer Landschaften in die Ehe gebracht hätte. Sind sie zu besichtigen? Vielleicht finde ich dabei das Bild meines Vaters, ich würde es gerne sehen.«

»Ich glaube, es ist nicht mehr da. Vielleicht hat Lord Askew es weiterverschenkt. Und die anderen Bilder sind – weggestellt. In Sicherheit gebracht. Ich wollte sie nicht hier herumhängen haben, als die Leute vom Ministerium kamen.«

Er drehte sich wortlos auf dem Absatz um und ging durch die Halle, dann hörte ich das stöhnende Quietschen der grünen Tür. Ich war wie vor den Kopf geschlagen. Wie konnte jemand nur so grob sein, so absichtlich alle Höflichkeit außer acht lassen? Tolsons Interesse galt einzig und allein Thirlbeck, und Vanessa und Jonathan hatte er nicht gemocht, weil sie den Earl schlecht beeinflußt hatten. Tolson sah alles in Schwarz und Weiß. Er war einer der wenigen Männer, die Vanessas Charme nicht erlegen waren. Hatte sie sich darüber geärgert oder es gar nicht bemerkt, so wie sie andere Sachen in Thirlbeck nicht bemerkt hatte? War das Haus ihr so gleichgültig gewesen, daß sie es deshalb nie erwähnt hatte?

Nein, dachte ich, da stimmt etwas nicht.

Den nächsten Schock bekam ich, als ich mit Gerald in seinem Zimmer Tee trank. Ich hatte ihm nichts von meinem Gespräch mit Tolson über Vanessa erzählt, weil ich ihn nicht auch noch damit beunruhigen wollte. Ich berichtete ihm also nur von der Unordnung, die in den Kästen herrschte, aber er zuckte gleichgültig die Achseln.

»Ich habe nie gedacht, daß du innerhalb weniger Stunden irgend etwas Brauchbares finden würdest. Warum sollten in diesem vernachlässigten Haus gerade die Familienpapiere geordnet sein. Trotzdem habe ich die Hoffnung noch nicht aufgegeben, daß irgendwo eine Liste von Margaretha van Huygens' eingebrachtem Gut existiert. Sie war eine wohlhabende Frau, und zu jenen Zeiten legten die Leute großen Wert auf Mitgift. Wenn sie eine so gute Hausfrau war, wie ich vermute, hat sie sicher bis zum letzten Leinenlaken alles aufgeschrieben. Und die Birketts, so extravagant sie auch sonst sein mögen, scheinen mir mit Dokumenten genauso zu verfahren wie jeder Durchschnittsbürger; sie können sich weder dazu entschließen, sie zu ordnen, noch sie zu verbrennen. Vielleicht kann jemand von Hardy diese mühevolle Aufgabe übernehmen . . .«

Während er sprach, ging ich ziellos im Zimmer herum und betrachtete die Sachen, die Robert Birketts Vater hier in den letzten Jahren seines Lebens angehäuft hatte. Ich blieb vor einer Fotografie stehen.

»Meinst du, das ist Lord Askew mit seinem Vater?«

»Vermutlich, er sieht wie eine kleinere Ausgabe des Jungen aus, der nach Eton kam. Der Vater ließ sich anscheinend nicht gerne fotografieren. Aber er sieht genau wie Robert sehr gut aus, nicht wahr?«

Plötzlich blieb ich wie angewurzelt stehen. »Was ist das?«

»Ach, hast du sie endlich entdeckt? Entzückend, nicht wahr? Schau mal, ob du irgendein Datum oder eine Signatur entdeckst. Meine Augen . . . aber ich würde sagen, sie sind von Nicholas Hilliard, und die Rahmen stammen wahrscheinlich auch von ihm. Er war nicht nur ein wunderbarer Miniaturmaler, sondern auch ein sehr geschickter Goldschmied. Weiß der Teufel, was für Kostbarkeiten dieses Haus noch birgt. Ich habe das Gefühl, Jo, wir sehen nur die Spitze vom Eisberg. Aber wenn sich dieser Rembrandt da unten als Fälschung herausstellt, dann bedaure ich trotzdem, dieses Haus je betreten zu haben . . .« Er war wieder bei dem Problem angelangt, das ihn am meisten beschäftigte.

Ich meinerseits starrte fasziniert auf die vier ovalen Porträts, von denen keines höher als fünf Zentimeter war. Jede Miniatur hatte einen fein gearbeiteten, schmalen goldenen Rahmen mit einem diamantbesetzten Schleifchen oben, hinter dem sich ein kleiner Ring verbarg, so daß man sie entweder an einer Kette oder als

Brosche tragen konnte. Die eine, vielleicht etwas geschmeichelte Miniatur, stellte einen dunkelhaarigen bärtigen Mann von schmalgesichtiger Schönheit dar, die drei anderen waren Kinderporträts – zwei goldhaarige kleine Mädchen und ein Knabe. Sie alle trugen die Halskrausen der Tudorzeit. Die Familienähnlichkeit war unverkennbar, und doch wirkte jeder für sich im höchsten Maße individuell. Geralds Idee, daß es sich um echte Hilliards handle, war durchaus vertretbar. »Wen stellen sie dar?«

»Ich habe Jessica gefragt. Sie sagt, es sei der dritte Earl of Askew – also derjenige, der die arme Spanierin aus der Welt schaffte – mit seinen Kindern.«

»Eins fehlt«, sagte ich. Die vier Miniaturen hingen in einem zweiten rechteckigen Rahmen übereinander auf einem verblichenen Stück roten Samt, aber es gab noch Platz für eine fünfte, und als ich näher hinsah, konnte ich vage das etwas dunklere Oval auf dem Samt erkennen.

»Wahrscheinlich seine Frau. Jessica sagte, sie wüßte nicht, wo die Miniatur geblieben sei, sie hätte sie nie gesehen.«

»Ja . . .« Ich konnte meine Ungeduld kaum bezähmen. Als Gerald mir eine Zigarette anbot, schüttelte ich den Kopf. »Bist du fertig mit dem Tee? Dann trage ich das Tablett wieder nach unten. Willst du dich noch ein wenig ausruhen, oder möchtest du lieber spazierengehen?«

Er schüttelte den Kopf, hob fragend die Augenbrauen und deutete aufs Fenster. Der Regen schlug an die Scheiben, die Dämmerung begann zu sinken.

»Gut, dann trage ich dies nach unten. Ich seh dich noch vor dem Abendessen, oder brauchst du irgend etwas?«

Er schüttelte den Kopf, stand auf, öffnete die Tür und ließ mich durchgehen. »Vielen Dank, Jo.«

Ich setzte das Tablett auf den langen Tisch in der Halle, weil ich nicht wagte, das Reich der Tolsons hinter der grünen Tür zu betreten. Dann ging ich schnell ins Zimmer der Spanierin. Der Duft der getrockneten Rosenblätter schlug mir entgegen, die Feuer loderten in den Kaminen. Irgendwie hatte ich den Eindruck, als sei Jessica erst vor kurzem hier gewesen. Und warum auch nicht? Jemand mußte schließlich die Feuer angezündet haben. Aber warum empfand ich ihre Gegenwart wie einen kühlen Luftzug? Ich ging zum Schrank, in dem meine wenigen Sachen lagen, und nahm aus meiner Handtasche eine kleine Miniatur, die ich in Vanessas Handtasche gefunden hatte, als man diese aus den Flugzeugtrümmern barg. Ich hatte das kleine, zart gemalte Porträt mit nach Mexiko genommen und es oft betrachtet, weil es mich an Vanessa erinnerte. Meinem Vater hatte ich es allerdings nicht gezeigt, denn damals glaubte ich noch, es sei eine von Vanessas jüngsten Erwerbungen – ein glücklicher Fund, den sie zufällig in der Schweiz gemacht hatte, wohl wissend, daß ein echter Hilliard Tausende wert war. Jetzt betrachtete ich das Porträt noch einmal genauer. Ja, die Dame sah Vanessa ein wenig ähnlich. Ihr kupferrotes Haar war ungebändigt, sie trug ein dunkelblaues Kleid mit einer schmalen Halskrause und als einziges Schmuckstück einen bläulichweißen Stein, der an einer goldenen Kette um ihren Hals hing. Während Geralds und meines kurzen Aufenthalts in der Schweiz hatte ich ihm die Miniatur auch nicht gezeigt. Der Inhalt von Vanessas Handtasche erweckte in mir zu viele schreckliche Erinnerungen, es war schon schwer genug, die Sachen zu betrachten, aber über sie zu sprechen, war mir einfach unmöglich. Doch ich trug sie zusammen mit Vanessas anderen Habseligkeiten stets mit mir herum, voller Dankbarkeit, daß wenigstens diese paar Kleinigkeiten die Katastrophe überlebt hatten.

Ich brachte die Miniatur zum großen Tisch und musterte sie genauer als je zuvor. Vanessas Handtasche war aus dem Flugzeug geschleudert worden und durch den harten Aufprall auf einer Seite geplatzt, doch die Miniatur hatte in einem speziell für sie angefertigten Lederbeutelchen in einem inneren, durch einen Reißverschluß abgetrennten Fach gesteckt. Trotz dieser doppelten weichen Umhüllung war eine Ecke aus dem zarten Filigranwerk des Rähmchens herausgebrochen und das Glas diagonal gesprungen. Ich stellte die Miniatur vor mich auf den Tisch und schob das abgebrochene Rahmenstückchen an seinen Platz. Ich saß da und starrte sie an, wobei ich vorsichtig mit dem Zeigefinger über die kleine diamantenbesetzte Schleife strich. Jetzt wußte ich, daß die Miniatur, die ich in der Hand hielt, zu jenen in Geralds Zimmer gehörte.

An der kleinen Schleife hing an einem dünnen Faden ein Schildchen; es war identisch mit den Preisschildchen, die Vanessa für die kleineren Gegenstände in ihrem Laden benutzte. Auch auf dieses hatte Vanessa ein paar Zahlen gekritzelt.

Hatte sie die Miniatur vor vielen Jahren, als sie in Thirlbeck war, mitgenommen oder gar gestohlen? Hatte sie sich nach all diesen Jahren entschlossen, die Miniatur zu verkaufen – außerhalb Englands, wo die Chance, daß man die Herkunft und den Besitzer herausfand, nicht so groß war? Lernte ich Vanessa von einer neuen Seite kennen? Ich hätte am liebsten die Augen geschlossen und alles vergessen. Ich konnte nicht glauben, was ich dachte, aber was sollte ich glauben?

Der Wind seufzte leise im Kaminabzug, der Regen klopfte mit harten Fingern an die Scheiben. Ich blickte zum Fenster hinaus; das Tal war in Dunst gehüllt, Nebelschwaden hingen an den mir schon vertraut gewordenen Felsen des Brantwick und des Großen Birkeld, nur der äußerste Zipfel des Sees war noch zu sehen. Durch die schlecht schließenden Fenster blies ein eisiger Wind und strich mir über die Wangen. Das letzte Licht des Apriltages verblaßte, und ich fröstelte. Dann bellten plötzlich die Wolfshunde, und obwohl ich das Knirschen der Räder auf dem Kies nicht gehört hatte, wußte ich, daß Robert Birkett unten vorfuhr.

Ich legte die Miniatur in ihr Lederbeutelchen zurück. Wahrscheinlich würde ich nie erfahren, wie sie in Vanessas Besitz gelangt war – und ich wollte es auch nicht. Ich überlegte krampfhaft, ob ich kein besseres Versteck wüßte als meine eigene Handtasche, und daran merkte ich, daß ich dem goldhaarigen, allgegenwärtigen Mädchen, das auf leisen Sohlen durch die Räume huschte, nicht ganz traute. Ich war überzeugt, daß Jessica, wenn ich noch länger in Thirlbeck bliebe, die Miniatur finden würde, und die Vorstellung, daß Vanessas Geheimnis ans Tageslicht käme, war mir unerträglich.

4

Es ist merkwürdig, wie schnell man sich an das Ungewöhnliche gewöhnt. Zur Cocktailstunde trafen Gerald und ich die anderen wiederum in der Bibliothek, dann aßen wir, und später tranken wir unseren Kaffee im Salon, aber weder er noch ich schenkten den Kostbarkeiten, die uns umgaben, noch viel Aufmerksamkeit. Gerald schien das Ganze jetzt von der rein geschäftlichen Seite zu betrachten, der Nachmittagsschlaf hatte ihn offensichtlich wiederhergestellt. Auch der Gedanke an Vanessas Anwesenheit hier vor Jahren beunruhigte uns nicht mehr. Ich beobachtete die unvermeidlichen Wolfshunde, mit deren Gegenwart ich mich allmählich abfand. Sie atmeten höchste Zufriedenheit aus, sobald Askew in der Nähe war, und wollten nichts anderes, als so bequem, wie ihre Größe es ihnen erlaubte, dicht bei ihm vor dem Feuer liegen. Gerald sprach von der bevorstehenden Auktion nur ganz im allgemeinen und erwähnte den Rembrandt mit keinem Wort. Askew dachte vermutlich, daß Gerald das Bild als Original akzeptiert hatte, und damit war das Problem der Echtheit für ihn erledigt. Es war ein ruhiger, fast langweiliger Abend. Die Gräfin stichelte an ihrem Stickrahmen, wir hörten uns die Nachrichten im Radio an und zogen uns dann alle sehr viel früher als gestern zurück. Als Gerald und ich die Treppe hinaufgingen, hörten wir Askews Stimme, der mit Tolson sprach, und gleich darauf, wie schon am Abend zuvor, das Klirren von Metall auf Metall, als die Fensterläden geschlossen wurden.

Ich machte kurz vor Geralds Tür halt. »Gute Nacht, liebe Jo, schlaf gut.«

»Du auch . . .« Wieder hatte ich den Wunsch, ihn zu umarmen, ihm zu danken für das, was er war, was er für mich bedeutete. Aber ich war nicht Vanessa, die so etwas spontan getan hätte. Deshalb drehte ich mich nur noch einmal um und rief ihm über die Schulter zu: »Kann ich heute abend noch ein Bad nehmen? Stört es dich nicht . . .?«

Er nickte zustimmend mit dem Kopf, das war alles.

Nach meinem Bad setzte ich mich vor das Feuer und genoß die letzte Zigarette des Tages. Ich war müde vom Wein und vom guten Essen und fühlte mich äußerst wohl in dem Raum, dessen Größe mich zuerst überwältigt hatte. Ich blickte auf das aufgeschlagene Bett, die drei Wärmflaschen, das lodernde Feuer und war über mich selbst ärgerlich, daß mich Jessicas Gegenwart störte und ich ihr mißtraute. Irgend jemand mußte die Arbeit schließlich machen, und wenn dieser Jemand klug und phantasievoll war, so war das lange noch kein Grund zum Argwohn. In dieser friedlichen Stimmung fand ich sogar für die Miniatur in Vanessas Handtasche eine erfreulichere Erklärung. Sie hatte sie in einem Laden gefunden, wie ich zuerst gedacht hatte, und natürlich gleich gewußt, wem sie gehörte. Wenn sie nicht abgestürzt wäre, hätte sie sich bestimmt mit Askew in Verbindung gesetzt oder wäre nach Thirlbeck gefahren, um die Miniatur an ihren Besitzer zurückzugeben. Ich drückte meine Zigarette aus, und als ich zu Bett ging, vermeinte ich wieder den kleinen, stillen Schatten einer jungen, hochschwangeren Frau zu sehen, aber sie beunruhigte mich so wenig wie in der Nacht zuvor. Wenn in Thirlbeck ein weiblicher Geist umging, so war er nicht bösartig zu denen, die ihm wohlwollten. Und der Wein war sehr gut gewesen und hatte mich aufgewärmt, ich fiel schnell in einen ruhigen Schlaf.

Plötzlich fuhr ich erschrocken hoch, so als hätte mich jemand am Arm gepackt. Sekundenlang konnte ich mich vor Angst nicht rühren. Ich blickte um mich, konnte aber nichts Ungewöhnliches entdecken, trotzdem blieb das Gefühl von Gefahr weiterhin bestehen. Ich setzte mich, am ganzen Körper zitternd, im Bett auf. Irgend etwas, das ich nicht beschreiben konnte, zwang mich aufzustehen. Kein Schatten saß vor dem verglühenden Feuer; kein Laut war im Haus zu hören; kein Hund bellte auf einem fernen Hof; kein Blatt raschelte im Wind. Aber irgend etwas stimmte nicht.

Ich warf mir den Morgenrock über und fand mehr intuitiv als bewußt den Lichtschalter an der Tür. Der schwache Schein erhellte den kurzen Korridor, der Rest lag in tiefer Dunkelheit. Ich tastete mich vorwärts bis zur Galerie, die um die große Halle lief. Das Mondlicht fiel durch die Fenster, so daß ich genug sehen konnte. Ich horchte zuerst an Geralds Tür, dann ging ich, ohne zu klopfen, hinein.

Die Nachttischlampe brannte. Gerald lehnte schräg gegen das Kopfende des Bettes, so als hätte er versucht, sich aufzurichten, aber nicht die Kraft dazu gehabt. Ein Kopfkissen lag auf dem Boden. Er sah erschreckend blaß aus, seine schweren Atemzüge waren schon an der Tür zu hören. Als ich ans Bett trat, sah ich Schweißtropfen auf seiner Stirn glänzen.

»Gerald – was ist los?« Ich beugte mich über ihn und fühlte ihm ungeschickt den Puls.

Er mußte sich die Lippen anfeuchten, bevor er sprechen konnte, aber ich sah, wie ein hoffnungsvoller und erleichterter Ausdruck in seine Augen trat. »Ich habe Schmerzen, Jo, schreckliche Schmerzen.«

»Wo?«

»In der Brust – im rechten Oberarm, und Beklemmungen.« Ich hob das Kissen vom Boden auf, griff nach einem anderen und stopfte beide hinter seinen Kopf. Dann faßte ich mit beiden Armen unter seine Achselhöhlen und sagte: »Wenn ich dir helfe, kannst du dich dann ein wenig aufrichten? Ich glaube, es ist besser, wenn du sitzt. Es wird dir das Atmen erleichtern.« Er war schwerer, als ich gedacht hatte, aber ich schaffte es, ihn hochzuziehen. Ich schob die Kissen zurecht, damit er nicht zurückrutschte, und holte noch weitere vom Sofa, um sie unter seine ausgebreiteten Arme zu legen.

»Ich kann dir nichts geben, Gerald, außer vielleicht einen Schluck Wasser, alles andere könnte dir schaden. Wir müssen sofort einen Arzt holen.« Ich blickte auf die Uhr auf dem Kaminsims. Es war zwei Uhr zwanzig. »Ich muß jemand wecken, versuch', möglichst ruhig zu bleiben, beweg dich nicht.«

Als ich schon fast an der Tür war, hörte ich ihn flüstern: »Jo, woher wußtest du . . .« Ich machte wieder kehrt und schüttelte den Kopf.

»Ich weiß es selbst nicht. Irgend . . . irgend etwas weckte mich auf.« Ich hätte fast irgend jemand gesagt. »Bitte, sprich jetzt nicht, Gerald, du schadest dir damit nur.«

Ich schloß die Tür und blieb auf der Galerie stehen. Was sollte ich bloß tun? An wen sollte ich mich wenden? Askews Zimmer lag auf der anderen Seite des Hauses, aber wo? Und würde er schnell genug reagieren? Es wäre besser, Tolson oder Jessica zu finden, sie kannten bestimmt einen Arzt. Aber wo befanden sich ihre Zimmer? Der Flügel, den die Tolsons bewohnten, war genauso groß wie der, in dem Askew schlief. Dann bot sich mir plötzlich ein Anblick, der mir das Blut in den Adern gerinnen ließ. Auf der gegenüberliegenden Seite der Galerie standen im hellen Mondlicht die Hunde. Ihre weißen Leiber hoben sich scharf gegen die dunkle Holzvertäfelung ab. Sie standen aufgereiht am Gitter, ohne einen Laut von sich zu geben, aber in der tiefen Stille des Hauses konnte ich ihr leises Schnaufen hören. Sie starrten mich aufmerksam und stumm an. Sie schienen zu warten.

Einen Moment lang war ich wie gelähmt, aber die Sorge um Gerald war stärker als meine Furcht. Es war sinnlos zu rufen, niemand hätte mich gehört, ich mußte jemand finden. Aber würden die Hunde das zulassen? Ich blickte auf die Schnauzen am Geländer, die aufgestellten Ohren, die unbeweglichen, dünnen Schweife. Ich versuchte mich an ihre Namen zu erinnern. Es waren merkwürdige Namen, die man den Vorfahren dieser Hunde schon in der Wikingerzeit gegeben hatte: Thor – Ulf – Eldir – Odin. Mein Flüstern klang unheimlich laut in der Stille. Ich ging langsam die Galerie entlang bis zur Treppe. Die Hunde setzten sich ebenfalls in Bewegung. Wir liefen fast gleichzeitig die Stufen hinunter, sie auf der einen, ich auf der anderen Seite. Aber sie waren schneller als ich und warteten auf dem Treppenabsatz. Mein Mund war wie ausgetrocknet vor Angst, als ich mit langsamen und möglichst ruhigen Schritten auf die Meute zuging.

Und dann stand ich mitten zwischen ihnen. Sie verhielten sich völlig ruhig und neutral. Warum bellten sie nicht? Warum stießen sie kein ohrenbetäubendes Geheul aus? Sie hätten mir die ganze Sucherei erspart. Alle – Tolson, Jessica, Askew wären angelaufen gekommen. Aber dann fiel mir Gerald wieder ein. Wenn sie bellen würden, könnte er meinen, ich sei in Gefahr und sich aufregen, und jede Aufregung war für ihn im Moment lebensgefährlich.

»Schsch . . . Thor . . . Ulf, kommt hierher . . . na, kommt schon.«

Sie begleiteten mich die Treppe hinunter, manche liefen vor mir, andere hinter mir her, ihre großen Pfoten und Krallen kratzten auf dem Holz. Wir kamen unten an, und ich ging auf die grüne Tür zu. Und noch immer gaben sie keinen Laut von sich, sie waren weder freundlich noch feindlich, sie spitzten die Ohren, aber wedelten nicht mit dem Schwanz. Dann fiel mir das Büro ein; auf Tolsons Schreibtisch stand ein Telefon mit Knöpfen für Nebenanschlüsse, über die ich sicher Tolson wie auch Askew erreichen konnte. Ich machte vorsichtig kehrt und ging wie ein Schlafwandler, von den Hunden umringt, auf die Bürotür zu. Als ich den Türknopf berührte, trat Tolsons Alarmsystem in Aktion. Schrilles Klingeln ertönte im ganzen Haus, ich hörte das laute Anschlagen der Alarmglocke im Korridor hinter der grünen Tür. Ich war vor Schreck wie versteinert, der Schweiß lief mir die Arme hinunter. Dann gingen innerhalb von Minuten oben auf der Galerie die Lichter an, und wenige Sekunden später riß Tolson die grüne Tür auf. Aber inzwischen war das Merkwürdigste von allem geschehen. Die Hunde hatten sich, statt mit lautem Gebell in das schrille Geklingel einzustimmen, wie auf Befehl um mich herumgelegt, die seltsamen bärtigen Schnauzen schienen mich fast anzulächeln, die dunklen Augen blickten mich aufmerksam an, die Schwänze klopften freudig erregt auf den Boden. Sie wandten weder die Köpfe um, als Askew auf der Galerie erschien, noch als Tolson wie angewurzelt im Türrahmen stehenblieb.

Sie lagen wie ein Schutzwall um mich herum, und mir fiel wieder der große weiße Hund ein, den ich – aber nur ich – am Brantwick gesehen hatte. Ich war verwirrt und fast krank vor Angst.

Viertes Kapitel

1

Wir folgten dem blinkenden Blaulicht des Krankenwagens auf der Straße, die am südlichen Pförtnerhäuschen vorbei nach Kesmere führte. Ich saß neben Askew in seinem Mercedes-Sportwagen mit geballten Händen und zusammengebissenen Zähnen, um nicht vor Aufregung und Kälte zu zittern, und starrte wie gebannt auf das Blaulicht, weil ich mir aus irgendeinem Grunde eingeredet hatte, daß Gerald, solange es noch blinkte, am Leben war. Im südlichen Pförtnerhäuschen brannte Licht. Ein Mann stand am Tor und nickte Lord Askew kurz zu, er ließ uns durchfahren und schloß das Tor. Ungefähr nach zwei Kilometern kamen wir an einem anderen Haus vorbei, dessen dunkle Umrisse, obwohl es ziemlich weit von der Straße entfernt stand, gut zu erkennen waren. Die unteren Fenster waren erleuchtet.

»Nat Birkett ist wach«, sagte Askew. »Entweder geht er spät zu Bett, oder er steht sehr früh auf. Vielleicht kalbt eine Kuh, aber es könnte auch ein Schaf lammen . . . bei Landwirten kommt immer irgendwas zur Welt oder stirbt.«

»Bei Menschen auch«, sagte ich.

»Ja«, sagte er.

Wir sprachen erst wieder, als wir das Krankenhaus von Kesmere erreichten. Es war ein modernes einstöckiges Gebäude mit vielen Anbauten. Wir sahen Gerald nur eine Sekunde, als man ihn auf einer Bahre in ein Zimmer rollte. Er lächelte uns schwach zu, und mir war etwas leichter zumute. Der behandelnde Arzt, der mit der Ambulanz nach Thirlbeck gekommen war, schien

149

ungefähr gleichaltrig mit Askew zu sein und ihn gut zu kennen. Er hieß Dr. Murray. »Ich kann es gar nicht glauben, daß er immer noch hier ist«, hatte Askew auf der Fahrt gesagt. »Ich hab' als Junge mit ihm gespielt. Er kümmerte sich um meinen Vater bei seiner letzten Krankheit und schrieb mir sogar nach Spanien, um mich von Vaters schlechtem Zustand in Kenntnis zu setzen, aber es war Krieg, und ich habe seinen Brief nie bekommen. Und dann . . . dann kam er, als . . . als der Unfall passierte. Er tat sein Bestes. Ich war ihm sehr dankbar. Als ich '45 nach Thirlbeck zurückkehrte, besuchte er mich ein paarmal. Wir befanden uns mehr oder minder in der gleichen Lage. Wir waren beide frisch vom Militär entlassen und mußten das väterliche Erbe antreten. Er erbte eine Landpraxis und ich Thirlbeck. Von uns beiden ist er sicher besser gefahren, er hatte die richtige Ausbildung. Wahrscheinlich hielt er mich für einen Versager . . . Tolson sagt, er ist ein sehr guter Arzt. Er behandelt die ganze Tolson-Familie, Kinder und Kindeskinder. Er kennt sie alle. So etwas ist heutzutage selten geworden. Ich bin froh, daß wir ihn erreicht haben, Gerald ist bei ihm in guten Händen.«

Wir saßen zusammen im Wartezimmer der Klinik. Ich durchbrach die Regel und rauchte Askews Zigaretten – eine nach der anderen. Eine Krankenschwester kam herein und brachte uns eine Tasse Tee. Sie mußte so um die Fünfzig sein und war offensichtlich neugierig, denn sie ordnete ohne ersichtlichen Grund die Zeitschriften auf dem Tisch und machte einige Bemerkungen über das Wetter, aber als ich mich nach Gerald erkundigte, gab sie mir keine Antwort. Sie starrte Askew unentwegt an, obwohl er längst aufgegeben hatte, ihr zuzuhören. Sie war alt genug, um sich an seine Rückkehr als Kriegsheld zu erinnern, an seinen kurzen Aufenthalt in Thirlbeck und an seine jahrelange, sicher vielbesprochene Abwesenheit. Sie war errötet, als er sie angeredet hatte; trotz seiner sechzig Jahre sah er noch so gut aus, daß er solche Reaktionen bei Frauen hervorrief.

Dann kam Dr. Murray herein. Ich sprang hoch. »Wie –«

Er winkte mir, mich wieder zu setzen. »Hast du eine Zigarette, Robert? Vielen Dank.« Während er sie anzündete, hätte ich vor Ungeduld am liebsten geschrien. »Also, es sieht gar nicht schlecht für ihn aus. Wir haben eine eigene Station für Herzkranke hier. Sie ist ganz neu. Ein ausgezeichnetes kleines Krankenhaus –«

»Gerald –«

»Mr. Stanton geht es den Umständen entsprechend. Sind Sie seine Tochter?«

»Nein, er ist ein alter Freund der Familie, und wir arbeiten zusammen.«

»Er fühlt sich schon sehr viel besser. Es war nur ein sehr milder Anfall – wenigstens nach dem EKG zu schließen. Er sagt, er würde bald siebzig. Der Allgemeinzustand ist für sein Alter ausgezeichnet. Er muß sich nur ein wenig in acht nehmen – wir werden ihn eine Weile hierbehalten und ihn gründlich untersuchen. Aber vor allen Dingen muß er eine Zeitlang völlige Ruhe haben. Das ist das wichtigste. Ich hoffe, er ist hier auf Ferien und nicht geschäftlich.«

»Sollte er nicht lieber nach London zurück, Alan?« fragte Askew. »Gibt es dort nicht bessere Behandlungsmöglichkeiten? Ich will dich nicht kränken, aber er ist ... ich meine, viele halten ihn für einen sehr wichtigen Mann, und viele ...«, er warf mir einen Blick zu, »lieben ihn.«

»Was meinst du damit, Robert? Daß er in eine Londoner Klinik soll? Was er braucht, bekommt er ebensogut hier, und dazu hat er noch gute Luft! Wenn er ganz wiederhergestellt ist, kann er nach London fahren und dort meinetwegen noch einen Spezialisten konsultieren.«

»Kann ich ihn sehen?«

Er schüttelte den Kopf. »Er schläft. Wir haben ihm ein Beruhigungsmittel gegeben. Er hat überhaupt keine Schmerzen, er ist nur sehr erschöpft.«

»Dann warte ich.«

»Davon würde ich Ihnen abraten, es kann Stunden dauern, bis er aufwacht.«

»Ich möchte aber gerne warten, er soll wissen, daß ich hier bin.«

Murray drückte seine Zigarette aus. »Nun, ich kann Sie nicht hinauswerfen. Aber werden Sie Robert auch veranlassen zu warten? Wissen Sie, wir alten Männer brauchen unseren Schlaf.«

»Nein, natürlich nicht. Es fragt sich nur, wie ich zurückkomme. Vielleicht . . . vielleicht fährt einer der Tolsons morgen früh nach Kesmere . . .«

»Es ist schon Morgen, mein liebes Mädchen.« Askew stand auf. »Hier sind meine Autoschlüssel. Mir fällt gerade ein, daß ich noch die Schlüssel für Geralds Wagen habe. Du kannst mich doch in Thirlbeck absetzen, Alan, es ist kein sehr großer Umweg für dich.« Er lächelte mich an. »Machen Sie sich bitte keine zu großen Sorgen, und warten Sie nicht zu lange. Im Grunde wäre es viel vernünftiger, Sie würden auch zurückfahren und ihn später besuchen. Schon gut . . .«, sagte er, als er sah, daß ich protestieren wollte, »ich bestehe ja nicht darauf. Sagen Sie bitte Gerald, daß ich alles für ihn tun werde, was in meiner Macht steht. Thirlbeck steht ihm voll und ganz zur Verfügung, und ich werde gerne bleiben, um ihm Gesellschaft zu leisten. Ich hoffe, Sie bleiben auch. Sie tun ihm gut. Auch hier.« Er gab mir sein Zigarettenetui. »Sie werden sie brauchen.«

Durchs Fenster sah ich, wie beide zum Wagen des Arztes gingen. Sie waren ins Gespräch vertieft. Zum erstenmal war ich Askew dankbar. Er hatte verstanden, daß ich nicht fortgehen konnte, bevor ich Gerald gesehen hatte. Vanessas Tod war mir noch zu frisch im Gedächtnis. Ich mußte warten.

Eine der Schwestern gab mir die Erlaubnis, an der Scheibe der Intensivstation zu sitzen. Von dort aus konnte ich jede Bewegung von Gerald verfolgen: das gleichmäßige Auf und Ab seiner Brust beim Atmen, das leichte Zucken eines Armes oder der Finger. Seine Herzschläge wurden von einem Monitor registriert. Dann kam der Augenblick, wo er die Augen öffnete. Ich ging zur Schwester und berührte ihren Arm, aber sie wußte schon durch den Monitor, daß er wach war. »Kann ich . . .?« fragte ich. »Nur für eine Sekunde. Ich will gar nicht mit ihm sprechen, er soll nur wissen, daß ich hier bin.«

Sie nickte. »Seien Sie leise, auch wegen der anderen Patienten . . . regen Sie ihn ja nicht auf.«

Ich trat an sein Bett und tat, was ich längst hätte tun sollen, ich beugte mich über ihn und gab ihm einen Kuß. Unter gewöhnlichen Umständen wäre es ihm peinlich gewesen. Er war unrasiert und sein Haar zerzaust, die Schmerzen und die Erschöpfung hatten ihre Spuren hinterlassen. Er lächelte schwach: »Ich wußte, du würdest es irgendwie schaffen, Jo.«

Ich schlug alle Prinzipien meiner Zeit, meiner Generation in den Wind und zeigte meine Gefühle. Ich fuhr sanft mit der Hand über seine unrasierte Wange und strich ihm eine feuchte Haarsträhne aus der Stirn. »Ich habe dich sehr gern, Gerald«, flüsterte ich.

Dann gehorchte ich dem Wink der Schwester und verließ ihn.

Ich ging zum Parkplatz, zu dem fremden Wagen; die Schlüssel klimperten in meiner Tasche und schlugen an das goldene Zigarettenetui. Ich hatte viel von der Unbeständigkeit des hiesigen Wetters gehört, aber dieser Morgen war so ruhig und schön, wie die sternklare Nacht es versprochen hatte.

Das Tor am südlichen Pförtnerhäuschen war fest verschlossen, und trotz meines Gehupes kam niemand, es
zu öffnen, obwohl Rauch aus dem Schornstein stieg. Es
war dem zerfallenen Pförtnerhaus auf der anderen Seite
des Tals jenseits des Brantwick sehr ähnlich, nur daß
dieses hier gut erhalten war und einen neuen Anbau
hatte. Das Wappen der Birketts auf dem schmiedeeisernen Tor war sorgfältig repariert worden, wahrscheinlich
von demselben Tolson-Sohn, der die eisernen Fensterläden konstruiert hatte. Das Tor war erstaunlich hoch,
wunderbar gearbeitet und in einer glänzenden schwarzen Lackfarbe gestrichen; auch die Mauern, die rechts
und links schnurgerade über das schmale Talende liefen,
waren in einem guten Zustand. Der Anblick, den Thirlbeck den zufällig Vorbeifahrenden bot, war imposant
und abweisend zugleich. Auf der Mauer neben dem Tor
hing eine gemalte Warntafel.

THIRLBECK

PRIVATBESITZ

VORSICHT, BISSIGE HUNDE!

Ich rüttelte verärgert am verschlossenen Tor und ging
zum Wagen zurück, um zu warten, bis mir jemand öffnen würde. Wußten die Tolsons so genau Bescheid über
das Kommen und Gehen der Bewohner, daß sie das
Pförtnerhäuschen verlassen konnten? Was geschah mit
unerwarteten Gästen? Mußten sie sich in Geduld fassen,
bis sie wiederkamen? Es war Sonntag früh, aber für
einen Landwirt machte es keinen Unterschied, die Arbeit
nahm ihren Fortgang auch an Feiertagen.

Bei diesen Gedanken fiel mir Nat Birkett ein. Sein
Haus war von hier aus zu sehen, es stand auf einem
Abhang ungefähr einen Kilometer entfernt. Wenn er den

Schlüssel zum nördlichen Tor besaß, dann sicher auch den für das Haupttor.

Nat Birkett wohnte in einem sehr schönen Haus. Es hieß Southdales, was einfach eine geographische Bezeichnung war. Links und rechts vom Eingangstor standen zwei Eichen, dann kam eine kurze Auffahrt. Das Haus selbst, ein zweistöckiges, ziemlich niedriges, L-förmiges Gebäude mit Giebelfenstern, war aus verschiedenfarbigen einheimischen Steinen und Schiefern erbaut. Man hatte den Eindruck, als sei es aus dem Boden gewachsen. An den Mauern rankten Weinreben und Kletterrosen empor, die im ersten Grün standen und das Haus eng mit der Erde zu verbinden schienen; es wirkte dadurch ungemein schlicht. Ich verstand jetzt Nat Birkett schon etwas besser – er war ein unabhängiger Mann, warum sollte er Thirlbeck wollen?

Er öffnete die Tür, noch bevor ich aus dem Wagen gestiegen war, und kam mir mit energischen Schritten entgegen. »Ist was passiert?« fragte er. »Kann ich helfen?«

Ich hätte fast vor Erleichterung zu weinen angefangen. Er hieß mich mit einer Herzlichkeit und Anteilnahme willkommen wie kein anderer je zuvor, und mir war einen Moment lang zumute, als hätte er mir alle Sorgen abgenommen.

»Ja, etwas sehr Schlimmes ist passiert. Und Sie können mir vielleicht ein wenig helfen. Ich bin ausgesperrt, und da Sie den Schlüssel zu dem einen Tor haben, dachte ich, Sie haben sicher auch einen für das andere.«

»Ja, natürlich«, sagte er und musterte mich scharf. »Aber was ist los? Sie sehen ganz verstört aus, kommen Sie herein.«

Er führte mich in eine Küche, in der Generationen gewirtschaftet hatten. Man fühlte, sie war der Mittelpunkt, von dem das häusliche Leben in die anderen Räume überfloß. Auf einer schönen Eichenanrichte stand blaugemustertes Porzellan, an den Fenster hingen rotgestreifte Vorhänge, und vor dem Backsteinkamin, in den ein roter Herd eingelassen war, standen zwei Schaukelstühle. Es gab auch noch einen elektrischen Kocher, einen Eisschrank und ein funkelnagelneues Abwaschbecken, und jemand hatte alte Eichenpaneele gefunden für die Türen der Wandschränke. Der große alte Tisch in der Mitte konnte sich mit dem in Thirlbeck messen, um ihn herum standen schöne hochlehnige Stühle. Ich hatte selten einen so freundlichen und gemütlichen Raum gesehen. Ich wurde in einen Schaukelstuhl gesetzt, in die Nähe des wärmenden Herdes, und Nat Birkett drückte mir eine dampfende Tasse Kaffee in die Hand, in die er einen Schluck Kognak getan hatte. Er machte Toast, während er meiner Erzählung zuhörte.

»Scheußlich für Sie«, sagte er, »aber er wird sich doch erholen, nicht wahr?« Dann fügte er nachdenklich hinzu: »Mein Gott, ich wäre nicht gerne in dem unheimlichen Haus mitten in der Nacht diesen Hunden gegenübergestanden, und mich kennen sie ja schon ein wenig.«

»Was blieb mir anderes übrig?«

»Ja.« Er stellte die gebutterten Toastscheiben auf einen Hocker zwischen uns und setzte sich in den anderen Schaukelstuhl. »Essen Sie, Sie müssen ja ganz verhungert sein. Ich mache den Jungen in ein paar Minuten Eier mit Speck, und davon kriegen Sie auch etwas.«

Ich hätte nie gedacht, daß ich nach einer kettenrauchenden Nacht auch nur einen Bissen hinunterbringen würde, aber die Atmosphäre des Hauses und Nat Birkett wirkten so beruhigend auf mich, daß die seelische Barriere, die man in Momenten großer Aufregung errichtet, durchbrochen war. Ich warf jetzt mit gutem Gewissen einen Teil der nächtlichen Last ab und aß wie ein hungriges Kind, leckte die zerlaufene Butter von den Fingern ab und hielt meine Tasse zum Nachfüllen hin.

»Vermutlich trinken Sie nicht jeden Morgen Kaffee mit Kognak?«

»Nein«, sagte er, »und ich trinke auch nicht Sekt um elf Uhr früh.« Wir lachten bei der Erinnerung, es schien weit länger her zu sein als gestern. »Ehrlich gesagt, ich kam mir wie ein Narr vor. Das elegante Paar, Lord Askew und die Gräfin, hat mich ganz aus dem Gleichgewicht gebracht. Ich habe schließlich vorher schon mal Sekt getrunken, so ein Bauerntölpel bin ich wieder nicht, aber ich hatte plötzlich das Gefühl, daß ich entweder das verdammte Glas zerbrechen oder über eins dieser dämlichen Tischchen fallen würde. Ich hatte direkt Angst, mich zu bewegen. Und dann kamen Sie und Stanton, und das machte mich noch unsicherer. Die Experten aus London – die berühmten Kunstkenner, die alles wissen, was wissenswert ist. Sie sahen so kühl aus wie die Gräfin, nur ein wenig brauchbarer. Und ich hatte Angst, nach Kuhmist oder Lämmern zu riechen.«

Ich schluckte den Kaffee. »Jetzt sehe ich aber hoffentlich nicht so aus?«

Er schüttelte den Kopf. »Nein, jetzt sehen Sie – hm – fast menschlich aus, so als bräche etwas aus Ihnen hervor, was Sie sonst ängstlich zu verbergen suchen.«

Fast ohne es zu wollen, fing ich an, ihm von Vanessa zu erzählen, von den Flugzeugtrümmern im Schnee, der Ankunft meines Vaters, den Wochen in San José . . . »Es war alles so unwirklich, ich habe keine Zeit gehabt, mich an den Gedanken zu gewöhnen, und dann, gestern nacht, bekam ich entsetzliche Angst, ich würde auch Gerald verlieren, und das hätte ich nicht ertragen, so kurz nach . . .« Ich redete und redete, als wären die Worte vorher in meinem Inneren eingefroren gewesen und plötzlich aufgetaut. Sogar mit Gerald hatte ich über die meisten Dinge nicht sprechen können, und in London gab es niemand, dem ich mein Herz ausschütten konnte. Diesem fremden Mann aus einer mir fremden Welt erzählte ich Dinge, die mir bislang nicht bewußt gewesen waren: von Vanessas wirrem, buntem Leben, dem ersten Zusammentreffen mit meinem Vater, der mir so schnell ein Freund geworden war, sogar ein wenig von mir selbst, von den ungeschickten Versuchen, mich selbst zu finden – meine eigene Persönlichkeit, die doch unabhängig von Vanessa und altem Porzellan existieren mußte. Ich erzählte ihm von meinen Pilgerfahrten nach Europa, wo ich alle Kunstwerke gesehen, mich selbst aber irgendwie verpaßt hatte. Ich glaube, ich sprach sogar von Harry Peers, wobei ich mich einen Augenblick fragte, ob Harry mich auch als das kühle Mädchen sah wie Nat am Anfang, das noch immer im Schatten der Mutter stand und das man sich nur in einem Büro bei Hardy vorstellen konnte. Dies alles und noch mehr erzählte ich Nat Birkett in dieser halben Stunde unseres Zusammenseins, während die Sonne hinter den Fensterscheiben höher stieg, eine Katze Einlaß heischend an der Tür kratzte und zusammen mit einem Collie in der Küche erschien, wo beide ihre angestammten Plätze vor dem wärmenden Herd einnahmen.

»Mein Gott«, sagte er schließlich, »wissen Sie, was Sie noch mehr brauchen als die zwei Wochen Sonne in Mexiko, sind zwei Wochen im hiesigen rauhen Klima. Denn Sonne oder keine Sonne – es muß für Sie seelisch belastend gewesen sein, Ihren Vater jetzt erst kennenzulernen. Deshalb würde ich Ihnen vorschlagen, kaufen Sie sich ein Paar ordentliche Stiefel – aber bitte keine modischen kleinen Schühchen – und eine Windjacke, und dann wandern Sie hier durchs Tal. Wandern Sie, bis Sie todmüde sind, so müde, daß Sie nicht mehr nachdenken können. Nur passen Sie auf, daß Sie in einem Umkreis bleiben, wo Sie sich auskennen. Es gibt Idioten, die sich schon am ersten Tag für Polarforscher halten, und es ist eine verdammte Zeitverschwendung, sie dann suchen zu müssen.«

»Meinen Sie, ich sollte in Thirlbeck bleiben?«

»Askew findet, ja, und Stanton braucht jemand, der sich um ihn kümmert.«

»Mhm . . . ja . . . Sie haben vermutlich recht. Ich werde einen unserer Direktoren anrufen, sie müssen sofort erfahren, daß Gerald krank ist.« Ich erhob mich steif. »Ich gehe jetzt wohl besser telefonieren . . .«

Er drückte mich in den Stuhl zurück, der heftig zu schaukeln anfing. »Das hat noch Zeit«, sagte er. »Es ist Sonntag, und Ihre Direktoren liegen noch alle im Bett. Stanton ist in guten Händen, nicht wahr? Es gibt also keinen Grund, jemand aufzuwecken. Essen Sie lieber ein ordentliches Frühstück, wo Sie schon hier sind. Nach dem Elefantengetrampel über uns zu schließen, werden die Jungen in einigen Minuten unten sein.«

Ich erzählte ihm, daß ich auf dem Weg zum Krankenhaus Licht bei ihm gesehen hätte. »Waren Sie schon so früh auf den Beinen – oder sind Sie sehr spät zu Bett gegangen?«

Er grinste. »Eigentlich geht Sie das nichts an, und ich sollte Ihnen erzählen, daß ich eine tolle Nacht hinter mir habe. Aber das war nicht der Fall – eine Kuh hatte Schwierigkeiten beim Kalben. Tiere brauchen manchmal mehr Pflege als Kinder. Und wenn es jemand gibt, der noch mehr zu tun hat als der hiesige Doktor, dann ist es bestimmt unser Tierarzt. Deshalb haben wir auch immer eine Flasche Kognak im Haus. Nichts geht über ein Glas Kognak, nachdem man ein Kalb mit einem Strick in die Welt befördert hat.«

Er hielt inne. Von der Treppe schienen mittlere Felsbrocken herunterzupoltern, dann flog die Küchentür auf, und zwei Knaben blieben bei meinem Anblick wie angewurzelt stehen.

»Die Erdbeere hat ihr Kalb bekommen«, sagte Nat. »Und das ist Miss Roswell. Sie wohnt in Thirlbeck und ist ausgesperrt.«

»Ich heiße Jo«, sagte ich, »und ihr?«

Der Ältere stellte sich stramm hin. »Ich bin Thomas, und das ist Richard«, dann fügte er ernsthaft hinzu, »wir dachten, wir würden noch einen Harry bekommen, aber Mutter starb.«

»Sollen wir das Kalb Harry nennen?« fragte der Jüngere.

»Wenn, dann müßt ihr es schon Henriette nennen«, antwortete Nat. »Aber ich glaube, wir tun es lieber nicht, vielleicht müssen wir es verkaufen, dann wärt ihr traurig.«

»Stimmt, wir wären traurig.« Thomas blickte erwartungsvoll zum Herd. »Bekommen wir bald Frühstück? Richard hat seine Sonntagskrawatte verloren . . . ich habe ihm eine alte von mir geliehen.« Sie redeten unbekümmert weiter, meine Gegenwart schien ihnen so selbstverständlich zu sein wie die Geburt eines Kälbchens. Es waren prächtige Jungen, genau wie Askew gesagt hatte. Der Ältere mußte ungefähr zehn und der Jüngere acht Jahre alt sein. Sie hatten die roten Wangen von gesunden Kindern; ihre widerspenstigen, noch feuchten Haare waren strohblond. Als Nat jetzt die Bratpfanne auf den Herd setzte, holten sie Eier, Würstchen und Speck aus dem Eisschrank, stellten die Teller auf den Tisch und steckten das Brot in den Toaster. Sie waren offensichtlich daran gewöhnt, im Haushalt mitzuhelfen, alle ihre Bewegungen verrieten, daß dies eine alltägliche Routine war und nicht etwa eine sonntägliche Ausnahme. Schließlich wandte sich der Jüngere an mich, er streichelte den Kopf des Collies, während er sprach, um seine Schüchternheit zu verbergen. »Sie bleiben doch zum Frühstück, Jo? Ich habe für Sie mitgedeckt.«

Wir setzten uns alle hin, ich aß soviel wie die Jungen und mehr als Nat. Ich sah ihm zu, wie er vom Herd zum Tisch ging und die Eier direkt aus der Pfanne servierte. »Entschuldigen Sie«, sagte er, »aber die Frühstückszeit

160

ist bei uns immer knapp bemessen. Wochentags müssen die Jungen zur Schule, und der Bus wartet nicht auf Nachzügler, und am Sonntag gehen sie in die Kirche. Thomas, nimm die Ellbogen vom Tisch.«

»Kommt der Bus hier vorbei?«

»Nein, er hält an der großen Kreuzung anderthalb Kilometer von hier. Sie gehen in die Grundschule nach Kesmere. Drei der Tolson-Enkel sind im selben Alter, so daß sie nicht allein sind.«

»Papa, da kommt Tolson die Auffahrt rauf.«

»Dann beeilt euch. Lauft nach oben und holt eure Jacken. Richard, wisch dir den Mund ab!« Sie polterten die Treppe hinauf und gleich darauf wieder herunter. Sie fuhren ungeschickt mit den Armen in die Jackenärmel, wobei die große Bibel, die jeder in der Hand hielt, ihnen sehr im Weg war. Nat rückte noch schnell Richards Krawatte zurecht und zog seine Socken hoch. »So, also – marsch, raus.«

»Papa, kommst du nicht mit?« fragte Thomas.

»Thomas, ich war die halbe Nacht auf, um ein Kalb auf die Welt zu bringen, und ich glaube, daß das Gott ebenso wohlgefällig ist wie ein Kirchgang.«

»Kann ich auch mal nicht gehen?«

»Wenn ihr erwachsen seid, könnt ihr euch entscheiden, ob ihr gehen wollt oder nicht, bis dahin geht ihr mit Tolson – oder mit mir, wenn ich Lust habe zu gehen.«

»Ich wette, ich bin ganz bald erwachsen.«

»Wette angenommen«, antwortete Nat.

Dann öffnete sich die Tür, und Tolson stand auf der Schwelle. Er trug einen grauen Anzug, was bei seinem mächtigen Körperwuchs merkwürdig aussah, so als hätte ein Bär versucht, sich als Maus zu verkleiden. Er hatte sein Haar auch mit Brillantine bearbeitet, um es ein wenig zu zähmen, aber ohne viel Erfolg. Er stand da, ohne zu grüßen, und starrte mich an. Jessica erschien hinter ihm im Türrahmen.

161

»Miss Roswell . . .« Es klang wie ein böses Kläffen.
»Ich war erstaunt, Lord Askews Wagen vor der Tür zu
sehen. Ich dachte, Sie wären im Krankenhaus.«

»Sie haben Miss Roswell ausgesperrt, Tolson«, sagte
Nat.

»Es gibt ja schließlich noch ein Telefon«, bemerkte
Jessica. In ihrem rosa Kostüm sah sie wie eine aus Zuk-
ker gesponnene Fee aus. Sie machte einen eleganten
Eindruck, obwohl das Kleid billig war, ihre Schuhe,
Handschuhe und Handtasche waren einfach und
schlicht. Klugerweise trug sie keinen Schmuck, sie wußte, daß sie es nicht nötig hatte.

»Ja – natürlich gibt es ein Telefon, aber ich wollte Jo
zum Frühstück hierbehalten«, sagte Nat kurz angebunden, so als wollte er Jessica warnen, sich nicht einzumis-
chen. »Ich höre, daß ihr alle eine recht aufregende
Nacht hinter euch habt.«

Tolson sah mich an, als sei alles meine Schuld. »Ja«,
sagte er, »wir waren sehr beunruhigt, aber Lord Askew
sagt, Mr. Stanton ginge es besser. Werden Sie uns heute
wie vorgesehen verlassen, Miss Roswell?«

»Ich weiß nicht, Lord Askew meint, es wäre besser für
Mr. Stanton, wenn ich bliebe.« Es war nun klar, daß
keiner der Tolsons mich in Thirlbeck wollte. Sicher war
Geralds Krankheit in ihren Augen nichts weiter als eine
große Unbequemlichkeit, ein Grund für uns beide, noch
länger in Thirlbeck zu bleiben. Als ich Tolsons bohren-
den Blick hinter seinen dicken Brillengläsern auffing,
wuchs mein Unmut. Der Mann hatte in Thirlbeck zuviel
zu sagen, er hatte kein Recht, mich fortzuschicken.
Mein Körper, der vor Müdigkeit und Aufregung ganz
schlaff gewesen war, straffte sich plötzlich. Wenn ich
diesem Mann nicht die Stirn bieten konnte, um meinet-
und Geralds willen, dann war ich ein Nichts und verdiente nichts Besseres, als bei Hardy zu versauern. »Ich
werde Ihnen Bescheid sagen, sobald ich mich mit Mr.
Stantons Kollegen besprochen habe«, sagte ich kühl.

»Aber ich glaube, Sie sollten damit rechnen, daß ich nicht sofort abfahre.«

»Nun, jetzt wissen wir, woran wir sind.« Jessicas Absatz schlug hart auf den Boden, als sie zur Tür ging. »Komm, Großvater, wir werden uns noch verspäten, wenn wir hier weiter herumstehen. Thomas . . . Richard . . .« Sie gingen zum Wagen, und ich konnte nicht mehr hören, was sie den Knaben sonst noch zu sagen hatte. Tolson blieb zurück und sah mich einen Moment lang nachdenklich an. Zum erstenmal spürte ich eine gewisse Hilflosigkeit bei ihm. Irgend etwas in seiner wohlgeordneten Welt war durcheinandergeraten, und er wußte nicht, wie er es wieder einrenken sollte. In diesem Augenblick, in dem seine Stärke abnahm, wuchs die meine. »Ich muß nach Thirlbeck fahren«, sagte ich, »würden Sie mir bitte einen Schlüssel leihen, Mr. Tolson?«

»Einen Schlüssel?« Er hob den Kopf wie ein alter Löwe, dessen Gebiet bedroht wurde. »Das ist nicht nötig, Miss Roswell. Meine Schwiegertochter, Jessicas Mutter, ist im Pförtnerhaus am Haupttor, Sie brauchen nur zu hupen. Guten Morgen, Nat, ich seh' dich wahrscheinlich noch, wenn ich die Jungen zurückbringe.«

»Das glaub' ich nicht«, antwortete Nat, »ich werde mich wohl schlafen legen, aber ich komme am Nachmittag vorbei . . . ich muß mit dir wegen der Zäune reden.«

»Gut«, sagte Tolson, als er sich zur Tür wandte, »dann nehme ich deine Jungen mit nach Hause. Sie können mit uns zu Mittag essen. Ich werde Jessicas Mutter sagen, daß sie heute nicht kommen soll, damit du nicht gestört wirst. Meine Frau wird dir ein kaltes Abendessen machen, ich geb's den Jungen mit.«

Seine mächtige Gestalt verdunkelte die Sonne, als er im Türrahmen stand, dann war er fort.

Ich wartete, bis das Motorengeräusch nicht mehr zu hören war, dann ging ich zum Schaukelstuhl, neben dem meine Handtasche stand, und zog Askews goldenes

Zigarettenetui heraus. Als ich Nat eine Zigarette anbot, sah ich, wie er prüfend auf das Etui blickte. »Nein –«, sagte ich, »so vornehm bin ich nicht, es gehört Lord Askew, er gab es mir heute früh, bevor er das Krankenhaus verließ.« Er zündete ein Streichholz an und hielt es mir hin. »Danke. Die Tolsons scheinen uns alle ja ganz prächtig zu organisieren. Lassen Sie sich immer so am Gängelband führen?«

Nat stieß den Stuhl zurück und drehte ihn auf dem hinteren Bein herum. »Vermutlich sieht es so aus«, sagte er achselzuckend, »und ich wüßte nicht, was ich anderes tun sollte. Es war eine schlimme Zeit nach Patsys Tod. Nicht nur ich hatte alles verloren, sondern die Kinder auch. Natürlich hätte ich eine Haushälterin anstellen oder mich schnell wieder verheiraten können, um wieder ein normales Leben zu führen. Aber beide Lösungen paßten mir nicht. Und da sprangen die Tolsons ein – die ganze Familie –, sie gaben Thomas und Richard ein Gefühl des Geborgenseins, das kein Außenseiter ihnen je hätte geben können. Ich habe nie versucht, ihnen eine zweite Mutter aufzudrängen. Bei jeder Schwierigkeit waren die Tolsons – entweder der eine oder der andere – zur Stelle, sie haben geholfen und manchmal sogar alles in die Hand genommen. Jessicas Mutter kommt jeden Tag zum Aufräumen und Kochen her, sie ist keine Frau, die das normalerweise tun würde. Aber für die Tolsons gehören die Jungen und ich zur Familie – das heißt, sie leisten vorzeitig Dienste, die eigentlich nur dem Earl of Askew zustehen. Also, warum soll ich mich wehren? Es könnte schlimmer sein . . . abgesehen davon sehe ich keine andere Lösung.«

Die Stuhlbeine scharrten auf dem Boden, als er sich aufrichtete. »Natürlich ist es nicht ideal. Aber seit Patsys Tod ist nichts mehr ideal. Ich laß mich am Gängelband führen, weil es mir das Leben erleichtert.«

»Und dazu gehört, daß Sie Ihre Söhne jeden Sonntag zur Kirche schicken?«

»Das und vieles andere mehr. Tolson hat eine sehr genaue Vorstellung von der Erziehung meiner Söhne, und der allsonntägliche Kirchgang gehört dazu. Die Schule ebenfalls. Er drängt mich sogar dazu, sie nach Eton zu schicken, wenn sie alt genug sind. Und das, obwohl er meine finanzielle Lage genau kennt. Er weiß, wieviel Geld ich der Bank schulde . . . aber er hat mir sogar angeboten, die Schulgelder aus dem Birkett'schen Besitz zu finanzieren. Er hat sehr altmodische Ideen, unser guter Tolson, und will es nicht wahrhaben, daß ich die Rolle, die er mir zugedacht hat, weder spielen will noch kann.«

Ich stand am Fenster, während er sprach, und verhielt mich ganz ruhig, um ihn nicht aus dem Konzept zu bringen. Aus seinen Worten sprach die Angst eines einsamen Mannes, eines Mannes, der einen Teil seiner geliebten Unabhängigkeit geopfert hatte, damit seine Kinder eine Familie hatten und in der Tradition verwurzelt blieben. Ich sah die beiden rotwangigen Gesichter vor mir, für die er das Opfer brachte, und verstand, daß sie des Opfers wert waren. Ich hatte jahrelang meinen Vater nicht gekannt, und erst jetzt, nachdem ich Jonathan Roswell getroffen hatte, wußte ich, wie sehr ich ein normales Familienleben entbehrt hatte. Aber Nat Birkett war kein Einzelgänger wie Vanessa oder mein Vater. Man konnte von ihm nicht erwarten, daß er den Rest seines Lebens allein verbrachte. Hatte Tolson vielleicht schon eine Frau für Nat Birkett ausgesucht – so wie er die Frauen für seine Söhne ausgesucht hatte? Die Sonne schien warm durchs Fenster, trotzdem überlief mich ein kalter Schauer.

»Ich wußte gar nicht, wie gut man Thirlbeck von hier aus sehen kann. Der ganze obere Fries und der Turm sind klar erkennbar.«

Der See schimmerte im Sonnenlicht wie ein goldgewebtes Tuch, die Wiesen wirkten wie ein Teppich aus grünem Samt, die Tiere unter den großen Eichen und Buchen schienen aus einer Spielzeugschachtel zu kommen – es war ein England wie aus dem Bilderbuch, ein England, von dem niemand vermutet hätte, daß seine Geschichte auch dunkle Punkte aufwies. »Werden Sie dort oben wohnen, Nat?«

»In Thirlbeck? Sie sind wohl verrückt! Sie und Tolson würden ein gutes Paar abgeben. Nein, ich werde nie in Thirlbeck leben.«

»Was wird dann mit dem Haus geschehen?«

»Noch gehört es mir nicht, und später – nun, dann wird man weiter sehen. Machen Sie sich eigentlich klar . . .?« Er hielt inne und goß sich noch Kaffee ein, dann stellte er den Topf mit einem ärgerlichen Bums auf den Tisch. »Vermutlich sind alle Frauen Romantikerinnen, sie sehen ein großes, verfallenes Haus, und nur, weil ein wenig Geschichte damit verbunden ist, denken sie, es muß unter allen Umständen erhalten bleiben. Tolson hat Patsy das auch eingeredet. Er wollte sie und die Jungen an den Gedanken gewöhnen, daß sie dort zu Hause waren. Er hat sogar erreicht, daß Thomas und Richard diese verdammten Wolfshunde liebten, als Kinder sind sie auf ihren Rücken geritten. Es war fast hinterlistig, wie Tolson Patsy seine Ideen eingeimpft hat. Natürlich hat er es gut gemeint, aber es ist schlecht ausgegangen. Sie starb dort oben, meine Patsy. Sie starb in diesem verfluchten Haus. Und seitdem wirkt es auf mich wie ein Mausoleum.«

Sein Stuhl scharrte auf dem Boden, als er aufstand und die Kognakflasche holte. Er stellte zwei Gläser auf den Tisch, schenkte sie voll, nahm beide in die Hand und kam zum Fenster, wo ich stand.

»Hier, trinken Sie, und fahren Sie zurück, und schlafen Sie sich aus. Aber vor allem vergessen Sie den Unsinn, den ich Ihnen erzählt habe. Manchmal überkommt mich die Angst, besonders wenn ich müde bin und merke, wie schnell die Jungen heranwachsen. Ich habe Patsy oft dort stehen gesehen, wo Sie jetzt stehen – sie war auch blond, aber sonst ähnelte sie Ihnen gar nicht. Sie sah anders aus und benahm sich auch anders. Sie war ein liebes kleines Mädchen, unverdorben, unintellektuell, ein wenig verträumt. Die meisten Leute fanden sie wahrscheinlich nett, aber auch nicht mehr. Dabei war sie großzügig und ... Ach, verdammt, wie soll man einen Menschen beschreiben, den man geliebt hat. Sie stand oft an diesem Fenster dort und blickte nach Thirlbeck hinüber – ›das vieltürmige Märchenschloß‹ nannte sie es –, und ich wußte, daß ihre Phantasie sich an Tolsons Geschichten entzündete, und konnte doch nichts dagegen tun.«

Er ging zum Tisch zurück und goß sich noch ein Glas Kognak ein.

»Ich glaube, ich bin auf dem besten Wege, mich zu betrinken«, sagte er. »Aber warum auch nicht? Bis es Zeit ist, die Jungen abzuholen, bin ich wieder nüchtern. Man muß der Jugend mit gutem Beispiel vorangehen, sagt Tolson immer. Ja, Sie haben leider recht. Ich laß mich von den Tolsons am Gängelband führen. Und gelegentlich, wenn mir das bewußt wird, habe ich den Eindruck, daß ich die ganze Bande nicht mehr loswerde. Und dann Jessica ... O Gott, ich bin betrunken ...«

Ich stellte mein Glas hin und steckte das Zigarettenetui in die Handtasche.

»Ich gehe jetzt besser.«

Er hörte mich nicht. Bei der Erwähnung von Jessicas Namen war mir trotz Sonne und Kognak eine Gänsehaut über den Rücken gelaufen. Ich blieb an der Tür stehen und sah ihn an. Mir fielen wieder einige der Dinge ein, die ich ihm anvertraut hatte in jener halben Stunde, wo wir vor dem Herd saßen und er sich geduldig meine wirren Geschichten angehört hatte. Ich hatte eine außergewöhnliche Nacht verbracht und er einen alltäglichen Morgen, und nun saß er vor mir und sprach von seiner Einsamkeit, von seinem zukünftigen Leben, das andere für ihn gestalten würden, aber nicht so, wie er es wollte. Würden wir uns je die Dinge verzeihen können, die wir einander anvertraut hatten? Würden

167

wir uns gegenseitig verachten für die selbst eingestandenen Schwächen, für die Trauer um unsere Taten? Fremde, die zu offen geredet haben, treffen sich besser nie wieder.

»Adieu, Nat.«

Er blickte nicht einmal auf, als ich ging. Die ersten Wolken ballten sich um die Spitze des Großen Birkeld. Dem strahlenden Morgen folgte ein grauer Tag. Ich fuhr langsam zum großen Tor von Thirlbeck zurück.

Fünftes Kapitel

1

Ich paßte mich mit erstaunlicher Leichtigkeit dem neuen Lebensrhythmus an, so als hätte ich auf diese paar Wochen Pause in meinem Leben ebenso unbewußt gewartet wie auf die Reise nach Mexiko.

Gleich nach meiner Rückkehr hatte ich Anthony Gower, den leitenden Direktor von Hardy, angerufen, der mir riet, in Thirlbeck zu bleiben. Er hatte schon mit Askew gesprochen, der es auch für das Beste hielt. »Tun Sie alles, was Sie können, um Gerald die Krankheit zu erleichtern«, hatte Gower gesagt, »und rufen Sie mich bitte täglich an, und erstatten Sie Bericht.« Seine Stimme hatte leicht beunruhigt geklungen, so als läge das Seengebiet in einem weit entfernten Land. Abgesehen davon hatte er wie alle Londoner das Gefühl, daß ein Kleinstadtkrankenhaus für Gerald nicht gut genug sei. »Ich habe schon mit Dr. Murray gesprochen«, hatte er hinzugefügt, »der mir einen sehr guten Eindruck macht, aber ich verlasse mich ganz auf Sie, Jo, daß Gerald die bestmögliche Pflege erhält. Und vor allem, bleiben Sie so lange, bis Gerald wieder transportfähig ist.« Meine Arbeit, ließ er durchblicken, sei von sehr viel geringerer Wichtigkeit als Geralds Bequemlichkeit.

Ein wenig später rief ich ihn noch einmal von einer Telefonzelle in Kesmere an. Seine sonst so kühle, korrekte Stimme klang leicht erregt – soweit ein Mann seiner Position sich das überhaupt erlaubt –, als er hörte, was Gerald und ich in den wenigen uns zugänglichen Zimmern von Thirlbeck gesehen hatten. Ich sagte ihm, daß Gerald den Eindruck hätte, Askew wollte soviel wie

169

möglich verkaufen, aber nicht sofort. »Er will unter keinen Umständen«, sagte ich, »daß wir etwas unternehmen, bevor Gerald völlig wiederhergestellt ist.« Ich nahm es auf meine eigene Kappe, den Rembrandt unerwähnt zu lassen.

Ich rief auch Geralds Diener Jeffries an. Es dauerte fünf Minuten, bis ich ihn beruhigt hatte. Das Ehepaar Jeffries hatte seinen Dienst noch zu Lebzeiten von Geralds Frau angetreten. Kurz nach ihrem Tod war auch Jeffries' Frau gestorben, und seitdem war die Verbindung zwischen Herrn und Diener immer enger geworden. »Glauben Sie mir, Jeffries, es geht ihm wesentlich besser. Nein, es wäre nicht ratsam, wenn er jetzt schon reisen würde – er braucht Ruhe. Mr. Stanton möchte, daß Sie herkommen, und ich wäre Ihnen sehr dankbar, wenn Sie in meinem Mini fahren würden, dann könnten Sie hier den Daimler übernehmen. Lord Askew möchte gerne, daß Sie in Thirlbeck bleiben, bis Mr. Stanton transportfähig ist, also bitte packen Sie für ihn und sich ein paar passende Anzüge ein.« Ich beschrieb ihm, wo mein Auto stand, dann bat ich ihn auch, in meine Wohnung zu gehen und mir ein paar Kleider zu bringen. »Ich werde dem Mieter im Parterre Bescheid sagen, daß er Ihnen die Schlüssel gibt«, fügte ich hinzu. Jeffries war der einzige Mann, den ich um so einen Gefallen bitten konnte, aber Jeffries hätte auch ohne weiteres die komplette Garderobe für eine Frau einkaufen können, wenn er die Maße hätte.

»Ich erwarte Sie also morgen gegen Abend?«

»Wo denken Sie hin, Miss Roswell! Soll ich vielleicht den ganzen Tag hier herumsitzen?«

Auf meinem Weg zu Gerald dachte ich an Jeffries. Ein Mann über Sechzig, der bereit war, die ganze Nacht über die Autobahn zu kutschieren in einem Wagen, der bei mehr als achtzig Stundenkilometern zu klappern anfing. Aber es wäre nutzlos gewesen, ihm abzuraten, er würde erst zur Ruhe kommen, wenn er Gerald mit eigenen Augen sah.

Am ersten Tag durfte ich Gerald nur ein paar Minuten besuchen, aber Dr. Murray hatte Askew und mir versprochen, daß er nach achtundvierzig Stunden aus der Intensivstation entlassen würde, wenn alles ohne Komplikationen verlief. Die Gräfin begleitete Askew und warf Gerald hinter der Trennungsscheibe eine Kußhand zu; als ich Geralds entzückten Ausdruck sah, wäre ich fast vor Eifersucht geplatzt. Er war gewaschen und rasiert worden und trug einen roten Seidenpyjama von Askew. Sein Gesicht hatte wieder eine normale Farbe angenommen, und seine Augen waren klar. Mich durchströmte ein Gefühl unendlicher Dankbarkeit, und ich konnte plötzlich über meine Eifersucht lachen.

Ich hatte mit Jeffries verabredet, daß ich ihn am Morgen in Kesmere erwarten würde. Der rote Mini hielt Punkt zehn vor dem Postamt. Jeffries befreite seine langen Glieder aus der Enge des Wagens. Seine ganze Haltung drückte unverzüglich Mißfallen aus über alles, was er erblickte. Wie alle Londoner lehnte er von vornherein jede Kleinstadt ab.

»Wie geht es Mr. Stanton?« begrüßte er mich.

»Ich habe das Krankenhaus angerufen. Anscheinend gut.«

»Schön, also gehen wir gleich hin.«

»Ich glaube, das wäre nicht richtig, Jeffries. Sie sehen abgespannt aus und haben sicher noch nicht gefrühstückt, trinken Sie wenigstens eine Tasse Kaffee. Und wahrscheinlich wollen Sie sich auch etwas frisch machen«, fügte ich hinzu, als ich seine Hand schüttelte. »Mr. Stanton würde sich nur aufregen, wenn er Sie in dieser Verfassung sähe; Sie wollen doch nicht, daß er anfängt, sich über Sie Sorgen zu machen.«

Er gab widerwillig nach. Wir gingen in ein Restaurant, das aussah, als ob viele Touristen dort verkehrten, und bestellten Eier mit Speck. Jeffries wirkte in dieser Umgebung ungemein fehl am Platze, was ihm offenkundig große Genugtuung bereitete. Er war sehr auf

Vornehmheit bedacht, wie alle Diener, die lange im Dienst reicher Leute stehen. Trotzdem war er ein sehr gutartiger Mann. Er beklagte sich mit keinem Wort über den Mini, sondern erkundigte sich bloß, ob der Daimler in Ordnung sei. Ich dachte an seine Nacht auf der Autobahn und sagte lachend: »Er fährt wunderbar, ohne das geringste Rattern.« Jeffries sah mich beleidigt an. »Das will ich meinen, bei einem Daimler kommt so was nicht vor.«

Er gab sich etwas ungezwungener, nachdem er gegessen hatte, und bat mich sogar um Erlaubnis, eine Zigarette rauchen zu dürfen. »Wer bedient Lord Askew, sind es ordentliche Leute? Vermutlich werde ich dort wohnen?«

»Sie heißen Tolson – sehr zuverlässige Menschen, Jeffries, aber sie sind keine . . .«, ich wußte nicht recht, wie ich mich ausdrücken sollte. Es gab nur noch wenige Menschen, die sich heutzutage Diener leisten konnten, aber Jeffries selbst bezeichnete sich als solchen. Trotzdem war es schwierig, die richtigen Worte zu finden. »Ich meine, Mr. Tolson ist so eine Art Gutsverwalter, und die ganze Familie arbeitet auf Lord Askews Besitz, und dann haben sie selbst Pachthöfe. Sie sind keine direkten Angestellten, Thirlbeck ist mehr ihr Zuhause als das von Lord Askew.«

»Höchst ungebührlich«, sagte er.

»Ich glaube, wenn Sie sie kennenlernen, werden Sie es nicht als ungebührlich empfinden, Jeffries.«

Und so war es auch. Er bestand darauf, ums Haus herum in den Stallhof zu fahren, wo jetzt nur Traktoren standen, und betrat das Haus durch den Dienstboteneingang. Bevor er Geralds und sein Gepäck ablud, trug er meinen großen roten Vulkanfiberkoffer herein, ein typisches billiges Massenprodukt, das Jeffries sicher ebenso verachtete wie meinen Mini. Jeffries war ganz fraglos ein Mann für Lederkoffer. Die Begegnung zwischen Tolson und Jeffries fand in der Küche statt. Mrs.

Tolson saß am Tisch und schlug einen Eierteig mit einer elektrischen Rührmaschine. Jessica kam aus der Speisekammer, um ihn zu begrüßen. Jeffries blickte sich um, sah die pieksaubere, altmodische Küche, sog den Duft von frisch gebackenem Brot ein, richtete sein Auge erst auf Tolson, dann auf dessen weißbeschürzte Frau, die trotz ihrer Arthritis die Hände geschickt bewegte, und schließlich auf die adrette Jessica – und war sofort voller Anerkennung.

»Mein Name ist Jeffries«, verkündete er. »Ich bin Mr. Stantons Diener. Ich werde ihn selbstverständlich versorgen, aber natürlich bin ich auch bereit, alle Extraarbeiten zu übernehmen, die Ihnen aus Mr. Stantons und Miss Roswells Anwesenheit hier entstehen. Zu meinen ständigen Pflichten im Haus von Mr. Stanton gehören: kochen, waschen, staubwischen, Silber putzen und die persönliche Bedienung. Im übrigen bin ich auch Mr. Stantons Chauffeur und halte seinen Wagen in Ordnung. Es würde mir ein Vergnügen sein, das gleiche für Lord Askew zu tun. Ich bringe zuerst Miss Roswells Koffer nach oben, und wenn Sie dann die Güte haben würden, mir mein Zimmer zu zeigen und mir ein Bügeleisen zu verschaffen ... wie ich verstehe, reist Lord Askew ohne Diener ...«

Es gibt eine Bedienstetentradition, die von Gleichgesinnten sofort gewürdigt wird, so verschiedenartig sie auch untereinander sein mögen. Die Tolsons und Jeffries dienten aus freiem Willen in einem Zeitalter, wo es keine Bediensteten mehr gab, weil sie eine bestimmte Vorstellung von Rangordnung hatten. Sie gehörten weder meiner Generation noch meiner Zeit an. Ich verließ daher wortlos die Küche und ging wieder in den Stallhof, wo der Daimler und der Mini geparkt waren. Ich verstand schon, was diese Menschen bewegte, aber es ging mich nichts an. Jessica auf ihre zeitlose Art verstand es auch und nahm sogar teil daran, solange es ihr in den Kram paßte. Plötzlich, zum erstenmal seit Geralds Krankheit,

traten mir die Tränen in die Augen. Mein kleiner ver-
schmutzter Mini strahlte in einem nie gekannten Glanz.
Er war so gründlich poliert und geputzt worden, daß
sogar der Staub der Autobahn ihm nicht viel hatte anhaben können. Die Polster waren staubgesaugt, die
Aschenbecher geleert, sogar das Handschuhfach, ge-
wöhnlich vollgestopft mit unnützem Plunder, war aufgeräumt. Jeffries konnte eben nur in einem tadellos sauberen Wagen fahren, selbst für kurze Zeit. Er war der
ordnungsliebendste Mann, den ich je gekannt habe. Ich
schämte mich, als ich den Wagen betrachtete. Andere
Leute stellten höhere Ansprüche als ich, und wenn es
altmodische Ansprüche waren, so waren sie deshalb
nicht ungültig. Ich fuhr den Mini in den Schuppen neben Askews Mercedes und ließ ihn dort stehen. Da ich
in Thirlbeck blieb, konnte ich meinen Wagen nicht mehr
vor dem Haupteingang parken, ich war ein ständiger
Gast geworden.

2

Harry Peers rief aus London an. »Warum hast du nichts
von Geralds Krankheit gesagt, du Idiot, ich wäre doch
sofort gekommen. Sag mal, kümmern sich diese Bauern
da oben auch ordentlich um ihn?«

»Es geht ihm schon sehr viel besser, Harry, wirklich.«

»Ich glaub' dir kein Wort. Wahrscheinlich schütten sie
ihn mit dem Badewasser aus, und er landet in einem
dieser verdammten Seen. Ich trau' dem Pack nicht über
den Weg. Sie sorgen für ihre Tiere besser als für Menschen.«

»Er ist in guten Händen, Harry, glaub' mir.« Ich wurde
es allmählich müde, immer das gleiche zu wiederholen.

»Und du, mein Schatz, ist man nett zu dir?«

»Natürlich ist man nett zu mir.«

»Aber nicht so nett, wie ich immer zu dir bin. Ich warte sehr auf deine Rückkehr, Jo, bleib nicht zu lange fort.«

Und dann ertönte das Freizeichen, er hatte eingehängt. Vermutlich gehörte es zu Harrys vielen merkwürdigen Angewohnheiten, daß kein anderer als er ein Gespräch beenden durfte.

Ich dachte an Harry, als ich am nächsten Tag beschloß, mir auf Nats Rat hin ein Paar feste Schuhe und eine Windjacke zu kaufen. Er hätte mich für verrückt gehalten. Ich war schon in der Frühe bei Gerald gewesen, und obwohl er besser aussah, wußte ich, daß ich nicht Tage, sondern Wochen in Thirlbeck bleiben mußte. Ich war höchst unsicher im Laden und wußte nicht recht, was ich verlangen sollte. Sie packten gerade eine neue Sendung aus für die kommende Saison, sie schien alles zu umfassen, von schicken Regenmänteln bis zur Campingausrüstung. Ich ließ meine Augen hilflos über die Schuhregale gleiten, als Nat Birkett mir auf die Schulter klopfte. »Ich hab' Sie durch die Scheibe gesehen, Sie sind im falschen Laden.«

»Aber man hat mir gesagt, dies sei der beste.«

»Das stimmt, ich meine nur, Sie sehen sich die falschen Sachen an; sie mögen für die Bond Street passen, aber sie sind völlig ungeeignet für das hiesige Klima.«

»Ich hatte eigentlich gar nicht vor . . .«

»Sie sollten von Ihrer freien Zeit hier profitieren und das heißt wandern. Also kaufen Sie diese wattierte Windjacke hier mit Kapuze und Reißverschluß und vielen Taschen. Ist das Ihre Größe?« Er nahm eine knallgelbe vom Bügel. »Sie wird zwar schnell schmutzig werden, aber zumindest kann man Sie gut sehen, wenn Sie sich verirren und man Sie vom Felsen herunterholen muß.« Er musterte sie kritisch. »Ja, die ist in Ordnung. Haben Sie einen dicken Pullover, aber einen richtig dicken? Nun, ist im Moment nicht so wichtig. Aber Sie

175

brauchen ein Paar Stiefel.« Ich probierte unter seiner Anleitung Wanderstiefel an; sie wurden über zwei Paar Wollsocken getragen und fest über dem Fußgelenk zugeschnürt.

»Und in denen soll ich gehen?«

»Ja, und zwar sehr gut, nachdem Sie sich den richtigen Schritt angewöhnt haben. Wenigstens werden Sie sich nicht die Gelenke brechen.« Wir gingen aus dem Laden. Nat trug das Paket mit den schweren Stiefeln, und ich hatte, obwohl es mir etwas peinlich war, die Windjacke angezogen. Sie sah schrecklich neu und steif aus, und das Gelb war furchtbar knallig.

»Wir werden sie einweihen«, sagte Nat.

»Aber wie?«

»Wir nehmen uns ein paar belegte Brote mit und fahren zur Küste. Dann kommen ein paar Senfflecken auf die Jacke und Sand in die Taschen . . .« Wir gingen in Richtung des Marktes, wo auch der Parkplatz war. Nats alter Bentley sah wie ein vorsintflutliches Monstrum neben den anderen aus. »Ich rufe nur schnell Southdales an. Eigentlich sollte ich hinfahren und Feldstecher, eine Thermosflasche und einen Kompaß holen, um Sie richtig anzulernen, aber wenn ich mich zu Hause sehen lasse, hat sicher irgend jemand eine Frage, und ich sitze fest. Ich fühle mich plötzlich wie in den Ferien. Wir werden uns Wein mitnehmen statt dem üblichen Kaffee.«

Ich saß auf dem hohen Sitz des Bentley; die Passanten starrten mich an, und ich starrte zurück. Manche von ihnen – und zwar nicht die Touristen – schienen ein außergewöhnliches Interesse an mir zu nehmen. Für die Einwohner von Kesmere war Nats Bentley ein vertrauter Anblick, ich dagegen ein höchst unvertrauter. Ich war froh, als Nat mit Paketen beladen zurückkam.

»Ich fürchte, wir haben dem Städtchen Anlaß zum Klatsch gegeben«, sagte ich, »jeder wird wissen wollen, wer die Person in der gelben Windjacke war, die Nat Birkett sich aufgegabelt hat.«

»Lassen Sie sie klatschen, tut ihnen nur gut. Das ist der Nachteil an so kleinen Städten, jeder weiß, was der andere tut. Andererseits hat es seine Vorteile, besonders wenn man in Schwierigkeiten ist und Hilfe braucht.« Er manövrierte den alten Wagen mit großem Geschick und allerhand mysteriösen Griffen aus dem Parkplatz. Der Motor brummte ärgerlich, und das ganze Auto ratterte unheilverkündend. »Er muß mal wieder überholt werden«, schrie er über den Lärm, »die verdammte Karre kostet mehr Zeit, als sie wert ist . . . ich weiß nicht, warum ich sie eigentlich behalte.« Das Verdeck sei voller Löcher, sagte er noch, und könne infolgedessen nicht hochgeklappt werden. Ich zog automatisch den Reißverschluß zu, als wir den Stadtrand erreichten. Wir fuhren jetzt vierzig Stundenkilometer. »Mehr schafft er nicht«, brüllte Nat. »Kalt?«

»Nein«, schwindelte ich, vor Kälte zitternd. Aber gleichzeitig war es ein herrliches Gefühl, die Welt von dem hohen Sitz aus zu betrachten, sich den Wind um die Nase wehen zu lassen und über Mauern und Hecken sehen zu können. Ich gewöhnte mich schnell an die neugierigen Blicke der vorbeifahrenden Automobilisten. Sie taten mir direkt leid, daß sie nicht so gemächlich wie wir dahinrollten, als ob die Zeit keine Rolle spielte.

Wir fuhren westwärts über ein paar Bergpässe, der Bentley schnaufte ein wenig, wenn es steil bergan ging. Nach einer Stunde schlug uns der salzige Geruch von Meerwasser entgegen. Wir hielten vor einem Gatter, hinter dem ein Weg in die Dünen führte. Ich sprang hinunter, öffnete es und schloß es wieder sorgfältig hinter ihm zu, weil ich nicht wollte, daß Nat den Motor abschaltete. Ich hatte Angst, daß er nicht wieder anspringen würde, aber Nat schien sich darüber keine Sorgen zu machen. Er fuhr den Sandweg entlang bis zu einem leeren, verfallenen Kuhstall. Dort hielt er an.

»So, hier bleiben wir. Ich kenne den Mann, dem das Land gehört, aber er bewirtschaftet es nicht, der Boden ist zu sandig. Ich habe schon mehrmals daran gedacht, ihm das Stück hier abzukaufen, die Jungen und ich könnten den Kuhstall ausbessern und als Strandhütte benützen für unsere Campingausrüstung und Koch-utensilien. Es wäre nett für sie, an Sommerabenden hierherzukommen. Aber irgendwie ging das Geld immer für etwas anderes weg.« Er sah sich forschend um. »Ich muß einfach mehr Zeit für die Jungen aufbringen. Ich hab' mir das schon oft gesagt, ich muß öfter mit ihnen allein sein. Ich darf sie nicht ganz den Tolsons überlassen. Ich bleibe zu sehr im Hintergrund, und dabei sollte ich ihnen schon mehr bedeuten als die anderen.«

Er führte mich durch die Dünen an einen Platz, wo ein kleiner Bach sich ins Meer ergoß. »Nach dem Regen ist er wie ein reißender Strom«, sagte er. Dann gingen wir noch ungefähr einen Kilometer weiter, bis wir an einen Kratersee am Fuße eines niedrigen Sandstein-Vor-gebirges kamen. Das Meer schimmerte grau, gelegent-lich funkelten ein paar verirrte Sonnenstrahlen auf dem sich kräuselnden Wasser. »Sie ist voller Launen, die Iri-sche See«, bemerkte Nat, »sie hat keinen Platz, sie kann nur wütend an Englands oder Irlands Küsten schlagen – zuviel Energie auf zu kleinem Raum.« Wir aßen Brot-schnitten mit Käse und Schinken und versuchten, Butter mit Plastikmessern zu schmieren und Senf aus einer Tube zu drücken. Ich bekleckerte mich sowohl mit Senf als auch mit Butter, und Nat sagte, die Windjacke sähe jetzt schon wesentlich besser aus. Wir lehnten uns mit dem Rücken an einen Findling und tranken sehr guten Rotwein; die Flasche ging zwischen uns hin und her, weil die Papierbecher den Geschmack verdarben. Später gingen wir den Strand entlang. Nat brachte mir an einer kleinen Felswand die Grundbegriffe des Kletterns bei. Ich trug meine neuen Stiefel und mußte nach Hand- und Fußgriffen tasten. »Versuchen Sie es ja nicht alleine, ein Sturz aus drei Metern Höhe kann tödlich sein«, meinte er.

Während wir kletterten, pflückte Nat die kleinen Blumen und Pflanzen, die in den Felsspalten wuchsen, und sagte mir, wie sie hießen: Grasnelke, Löffelkraut, Meerfenchel, blutroter Storchschnabel – mir gefielen die hübschen Namen, und ich versuchte, sie mir zu merken. Ich versuchte, mir auch die Vogelnamen einzuprägen: Seeschwalbe, Eissturmvogel, Seetaucher, Dreizehenmöwe – die einzigen, die ich kannte, waren die Möwen mit ihren schrillen, unheimlichen Schreien. Dann sagte Nat plötzlich: »Schnell, wir müssen umkehren, bevor die Flut kommt, sonst sitzen wir hier fest.« Der Abstieg ging ohne große Mühe vonstatten, unten angekommen, packten wir hastig die Reste des Picknicks ein. Nat sah sich um, ob auch alles sauber war, und hob ein letztes Zündholz auf, und da fielen die ersten Regentropfen. Als wir zu dem verfallenen Kuhstall kamen, wo der Bentley stand, goß es in Strömen.

»Es lohnt sich nicht, den Regen abzuwarten«, bemerkte Nat mit einem Blick auf das eingefallene Dach. »Wir werden hier genauso naß wie im Wagen.« Er stülpte mir die Kapuze über den Kopf, so daß außer Augen und Nase alles bedeckt war, dann zog er unter dem Sitz eine alte Mütze und eine Ölhaut hervor.

Als er sich in den Wagen hievte, sagte er: »In solchen Momenten weiß ich, was ich für ein Trottel bin, mit diesem kindischen Vehikel herumzukutschieren. Ich vergeude mehr Zeit und Geld an das Ding, als ich mir leisten kann. Ein Jeep wäre sehr viel praktischer und bequemer. Als Patsy noch lebte, habe ich den Bentley nie benützt, aber nach ihrem Tod hat Tolson ihn mir direkt aufgedrängt, wahrscheinlich meinte er, ich brauchte ein Spielzeug, um mich abzulenken. Ich stehe nämlich im Ruf, ein recht guter Mechaniker zu sein. Es war ein bißchen peinlich, als Askew plötzlich auftauchte und mir klar wurde, daß ich eigentlich seinen Wagen fuhr ...
Am besten, Sie halten Ihren Kopf möglichst weit nach unten; die Scheibenwischer sind leider kaputt, und daher

muß ich die Windschutzscheibe herunterkurbeln. Es wird eine lange, ungemütliche Nachhausefahrt werden.«

Sie war all das und noch schlimmer, weil Nats Laune so unerwartet umgeschlagen war wie das Wetter. Er sprach kein Wort während der Fahrt, und ich hatte den Eindruck, als verfluche er die Langsamkeit des Bentley, besonders, wenn es steil bergan ging; wahrscheinlich empfand er ihn jetzt wirklich nur noch als unnützes Spielzeug. Die Felsenspitzen waren im Nebel verschwunden, die Landschaft war in ein trostloses Grau gehüllt. Endlich tauchte Kesmere vor uns auf. Nat verabschiedete sich nur sehr beiläufig von mir, als er mich auf dem städtischen Parkplatz neben meinem Mini absetzte. Es regnete immer noch Bindfäden, und die Straßen waren menschenleer. Seine Stimmung war so frostig wie der winterliche Tag. Sicher bedauerte er den Ausflug und hatte sich während der langen Rückfahrt über die vergeudete Zeit geärgert. Ich warf meine Socken und Stiefel auf den Rücksitz, dann zögerte ich einen Moment. Ich wußte nicht recht, ob ich ihm danken sollte, aber als ich seine finstere Miene sah, erstarben mir die Worte auf den Lippen. Wahrscheinlich hatte er an der gleichen Stelle oft mit Patsy gepicknickt, und mit mir war es nicht dasselbe gewesen, und die lange Fahrt hatte sich nicht gelohnt. Gerade als ich die Wagentür zuschlagen wollte, sagte er: »Hier – nehmen Sie die.« Dann wandte er sich ohne ein weiteres Wort ab. In meinen Händen hielt ich die kleinen wilden Blumen, die er gepflückt hatte. Ich wußte nicht, ob sie ein Geschenk waren oder ob er sie einfach loswerden wollte. Am Abend im Zimmer der Spanierin legte ich sie sorgsam zwischen Zeitungspapier und verstaute sie in meinem großen Koffer. Dann schüttelte ich den Sand aus den Taschen meiner Windjacke.

In den nächsten Tagen versuchte ich, mich an die harten Stiefel zu gewöhnen. Trotz der dicken Socken hatte ich schon nach ein paar Kilometern Blasen. »Schwachfuß«, schalt ich mich, während ich ein Senfpulver-Fußbad nahm, auf dem Jeffries bestanden hatte. Jeffries kannte eine Menge alter Hausrezepte, wußte aber auch genau, wann man einen Kognak braucht. Ob Nat Birkett ihn wohl mögen würde? Wahrscheinlich gar nicht, dachte ich, während ich meine Blasen aufweichte. Dann ging ich in das Zimmer der Spanierin zurück, wo ein volles Kognakglas auf mich wartete. Jeffries liebte das Zimmer der Spanierin, so wie er allmählich Thirlbeck liebte, sogar die Räume, deren Unordnung und Vernachlässigung ihn bekümmerten. Natürlich rügte er sehr den Mangel an Komfort und war voller Verachtung für die altmodische Heißwasser- und Heizungsanlage, aber seine größte Sorge galt dem Zustand des Daches. »Und trotz allem – es ist schon ein großartiges Haus, nicht wahr, Miss Roswell? Und die herrlichen Möbel unten – es bricht einem das Herz zu sehen, wie zusammengepfercht sie stehen, aber Mr. Tolson hat vollkommen recht, er trägt schließlich die Verantwortung, daß sie nicht beschädigt oder gestohlen werden. Ich muß sagen, seine Vorsichtsmaßnahmen hat er gut getroffen, besonders, wenn man bedenkt, daß alles selbst gebastelt ist. Es würde ein Vermögen kosten, dies Haus zu modernisieren – schade.« Die Hunde dagegen mochte er nicht, besonders, weil sie sich in Askews Abwesenheit sofort um mich scharten. Wir waren beide gleich verblüfft, obwohl ich es nicht offen zugab. »Scheußliche Riesenviecher, finden Sie nicht auch, Miss Roswell? Als ich Sie gestern fortgehen sah und die ganze Meute Ihnen folgte, hatte ich direkt Angst um Sie.«

»Sie sind vollkommen harmlos.«

Er hatte mich voller Zweifel angesehen, aber dann war ihm zum Glück etwas anderes eingefallen. »Mr. Stanton hat endlich ein Einzelzimmer, und wenn alles gutgeht, wird er in einer Woche aus dem Krankenhaus entlassen. Er hat sich wirklich erstaunlich schnell erholt,

sicher wird er neunzig.« Ich hatte das Gefühl, daß sich
Jeffries in jedem Fall verpflichtet fühlen würde, so lange
zu leben, wie Gerald ihn brauchte.

»Die Tolsons sind prächtige Leute. Von deren Schlag
gibt es heutzutage nur noch wenige. Vielleicht hat es
doch sein Gutes, auf dem Land zu leben und seine Wurzeln nicht zu verlieren. Die kleine Jessica – das ist mal
'ne Gescheite. Und tüchtig. Der gelingt alles im Hand-
umdrehen, wer die mal zur Frau bekommt, der ist gut
dran. Aber ich glaube nicht, daß sie 'nen Freund hat,
nun – ist ja auch noch 'n junges Ding. Die wirft sich
nicht dem ersten besten an den Hals, das ist mal sicher.«

Der etwas in Unordnung geratene Thirlbecker Haushalt kam durch Jeffries wieder ins richtige Gleis. Er war
Gerald so ergeben, daß er mit Vergnügen auch seine
Freunde bediente. Er schien sich nie freie Zeit zu gönnen. Wenn er nicht bei Gerald im Krankenhaus war, half
er, wo er nur konnte. »Ich arbeite gerne«, sagte er, als
Askew ihm vorwarf, daß er zuviel täte; dann fügte er
schnell hinzu: »Man hat gerne das Gefühl, nützlich zu
sein, Mylord.« Und so bediente er bei Tisch, putzte die
Badezimmer und wetteiferte mit Jessica um die besten
Gerichte; er aß mit den Tolsons und tauschte mit Tolsons Schwiegertochter Rezepte aus, er buk und verzierte
einen von allen bewunderten Geburtstagskuchen für
Tolsons Enkel.

Die Gräfin zeigte sich in diesen Tagen von einer Seite,
die ich bei ihr nie vermutet hätte. (Warum denkt man
eigentlich immer, daß schöne Frauen hilflos und egoistisch sind?) Sie bot all ihre Energie auf, um Gerald zu
amüsieren und aufzuheitern. Ihr Einfallsreichtum schien
unerschöpflich. Sie hatte ein großartiges Talent, Bücher
und Zeitschriften für ihn zu finden, die ihn interessierten, ohne ihn zu ermüden. Sie las ihm sogar gelegentlich
laut vor, und ihre witzigen, treffenden Beobachtungen
über englische Sitten und Gebräuche entzückten ihn.
Jeden Tag brachte sie frische Blumen und brachte aus

Thirlbeck Vasen mit, weil sie wußte, daß Gerald die plumpen Gefäße des Krankenhauses abscheulich fand. Wenn sie merkte, daß Gerald müde war, saß sie schweigend mit ihrem Stickrahmen am Bett, und ich war nicht die einzige, die merkte, daß ihr Anblick Gerald beruhigte und erfreute. Jeffries verehrte sie rückhaltlos. »Eine wirklich vornehme Dame«, sagte er von ihr, »was für 'n Pech, daß sie Lord Askew nicht heiraten kann.«

Mein eigenes Leben in Thirlbeck war recht einsam in dieser Zeit. Ich besuchte Gerald einmal am Tag und schickte meine Berichte an Hardy, aber das war auch alles. Denn die vielen kleinen Dinge, die ich gerne für Gerald getan hätte, taten jetzt Jeffries und die Gräfin. Ich war also frei, fortzugehen oder zu fahren, wohin ich wollte. Während der ersten Tage machte ich Ausflüge in die weitere Umgebung von Thirlbeck und lernte die rauhe und mir fremde Landschaft kennen. Tolson hatte mir auf Askews Drängen hin die Schlüssel für beide Tore gegeben, und so konnte ich mich unbehindert jederzeit davonmachen. Aber je mehr Tage verstrichen, desto weniger verspürte ich Lust, in die Ferne zu schweifen, und kehrte fast nach jeder Morgenvisite bei Gerald nach Thirlbeck zurück. Das Tal und das Haus schienen mir irgendwie der Inbegriff dieses Teils von England zu sein. Ich ging gerne die Straße entlang, die über den Brantwick führte, und jedesmal, wenn ich das Lärchenwäldchen erreichte, versuchte ich, möglichst leise aufzutreten, um das Rotwild nicht zu vertreiben, das am Waldrand äste. Einmal sah ich für einen flüchtigen Augenblick das prächtige Geweih eines Hirsches, das sich scharf vom Himmel abzeichnete. Ich stand vor dem verfallenen Pförtnerhäuschen, in dem Vanessa und Jonathan einen Sommer und Herbst lang gewohnt und den Versuch unternommen hatten, aus ihrem Leben, das der Frieden ihnen zurückgegeben hatte, etwas Gemeinsames zu machen. Ein Versuch, der so offenkundig gescheitert war. Das Häuschen verriet mir nichts, es erneu-

183

erte nur mein Bedauern, daß ich meinen Vater erst nach Vanessas Tod kennengelernt hatte. Auch ging ich oft ins Birkenwäldchen, wo der große weiße Hund mir zum erstenmal erschienen war, aber ich sah ihn nie wieder.

Ich fand den Gedenkstein, von dem Askew gesprochen hatte. Er lag halb versteckt im hohen Gras, im sumpfigen Boden, der sich bis zum See erstreckte, nicht weit von der verfallenen Balustrade, die einst den Ziergarten von Thirlbeck umsäumt hatte. Ich fand ihn durch Zufall und erkannte zuerst nicht seine Bedeutung. Es war ein roh behauener Stein, ungefähr einen Meter hoch. Vielleicht war er mal der Sturz einer Tür gewesen, dagegen sprach allerdings, daß er spitz zulief, so daß er fast wie ein Obelisk aussah. Ich bog das Gras zurück und entzifferte mühsam die ungelenk eingemeißelte Inschrift, die durch die Witterung und das Moos beinah unlesbar geworden war. JUANA. Und darunter, so als hätte der Name allein dem Schreiber nicht genügt, standen krumm und etwas windschief zwei Wörter: DIE SPANIERIN. Ich kniete mich nieder und zeichnete die Buchstaben mit den Fingern nach. Ob sie wohl von dem Reitknecht stammten, der bei ihr gewesen war, als sie starb? Der Reitknecht, der am Hofe Philipps gelebt hatte und lesen und schreiben konnte? Hatte Vanessa den Stein je gesehen?

Eines Tages entdeckte ich ebenso unerwartet eine zerfallene Kapelle und den Friedhof der Birketts an der Ostseite des Hauses, dort, wo der mittelalterliche Turm in den Himmel ragte. Ich war einen schmalen Pfad entlanggegangen und zu einem kleinen Mischwald gekommen. Die Birken, Buchen und Eichen standen hier ein wenig dichter zusammen als im übrigen Park. Die kleine, dachlose Kapelle verschwand fast unter dichtem Efeu und Rankengestrüpp, sie war von einer niedrigen Mauer umgeben, so daß die Schafe nicht herein konnten. Die kleine eiserne Eingangstür hatte sich gesenkt, hing aber noch in den Angeln. Die Scharniere sahen aus, als hätte man sie kürzlich repariert. Tolson hatte offenbar Bedenken, die Schafe auf den Gräbern der Birketts weiden zu lassen. Ich persönlich fand, es hätte nichts geschadet, zumindest würde das Gras nicht wuchern. Junge Bäumchen wuchsen zwischen den Gräbern, und eine biegsame Birke im Innern der Kapelle hatte schon die stattliche Höhe von vier Metern erreicht. Ich konnte nur wenige Inschriften entziffern, weil die verwilderten Brombeerbüsche alles bewachsen und umrankt hatten und sich in meiner Hose und der Windjacke verhakten. Die vielen Grabsteine zeugten von einer langen Reihe von Birketts, obwohl nicht alle hier begraben sein konnten, manche waren sicher auch in fernen Ländern gestorben, aber es blieben immer noch genug. Ich blickte auf den Teil des Sees, der dem Haus am nächsten lag, und stellte fest, daß die Stelle, wo der Gedenkstein für die Spanierin stand, in einem gleichschenkligen Dreieck zum Haus und zur Kapelle lag. Vielleicht war es reiner Zufall, vielleicht aber auch Absicht. Wer kannte sich in der wirren Geschichte der Spanierin noch aus?

Im strahlenden Sonnenschein eines Frühnachmittags folgte ich einem schmalen Pfad, der steil aufwärts zu den rauhen, mit Heidekraut bewachsenen Hängen des Großen Birkeld führte. Plötzlich bekam ich einen Schreck. Um mich herum ballten sich mit unheimlicher Geschwindigkeit die Wolken zusammen, und dichter Nebel hüllte mich in Sekundenschnelle ein. Der Pfad vor und hinter mir war nicht mehr zu erkennen, der See verlor sich im Dunst, die niedrige Mauer, nach der ich mich orientiert hatte, war verschwunden. Bislang hatte ich Nats Warnungen immer für etwas übertrieben gehalten, jetzt wußte ich, wie recht er hatte. Und dann fiel mir ein, daß niemand Bescheid wußte, wo ich war, noch nicht mal, welche Richtung ich einschlagen wollte. Alle waren allmählich so an meine Wanderungen gewöhnt, daß keiner mehr Fragen stellte.

Der Nebel veränderte alles. Und nachdem ich nicht mehr den Pfad vor mir sehen konnte, war jeder Schritt ein Wagnis – ging es hier hinauf, dort hinunter? War dies eine Weggabelung, oder würde mich der nächste Schritt an den Abgrund führen, an die bröckeligen Geröllhalden? Ich drehte mich um, aber den Pfad, den ich eben entlanggegangen war, gab es nicht mehr. Laute schlugen aus dem dichten Nebel an mein Ohr – das mahlende Geräusch grasrupfender Schafe, ein fernes Blöken, das verzerrte Echo meines keuchenden Atems. Ich wußte jetzt, daß ich den Weg verloren hatte, ich fühlte unter meinen Füßen das feuchte, matschige Moos, ich stolperte in mit Torf gefüllte Löcher und in kleine Wasserpfützen. Vielleicht hatte ich mich schon ein dutzendmal im Kreis gedreht. Ich war völlig erschöpft. Ich suchte Schutz unter einem überhängenden Felsbrocken, wobei mein Fuß den Rand der Geröllhalde berührte. Ein paar größere Steine lösten sich, und ich hörte, wie sie polternd in die schauerliche Tiefe rollten. Das Blut gerann mir in den Adern, ich trat einen Schritt zurück und hielt mich krampfhaft an dem Felsbrocken fest, als könnte er mein Leben retten. Aber er konnte nichts für mich tun, außer mir als Stütze dienen. Ich setzte mich auf den nassen Boden und bereitete mich auf eine lange Wartezeit vor. Vielleicht würde der Nebel sich rechtzeitig heben; vielleicht würde ich aber auch, geschwächt durch die eisige Nachtluft, in tödlichen Schlaf sinken. Die Kälte, der Hunger und die Müdigkeit benebelten langsam meine Sinne. Mir fielen Geschichten ein, karge Zeitungsnotizen von Wanderern, die ganz in der Nähe einer warmen Unterkunft vor Erschöpfung gestorben waren. Ich hatte nie verstanden, wie so etwas geschehen konnte, wie Menschen so dumm sein konnten. Würde auch ich hier hoch über dem Tal von Thirlbeck sterben müssen – oder würde mich jemand bewußtlos, aber noch lebend finden? Wie kalt wurde es hier vor Sonnenaufgang? Wie lange konnte man überleben, ohne sich zu

186

bewegen? Eine erschreckende, verhängnisvolle Ruhe überkam mich. Ich machte mich mit dem Gedanken vertraut, daß ich möglicherweise nicht auf das Fortziehen des Nebels oder das Kommen eines Retters wartete, sondern auf den Tod.

Zuerst vernahm ich nur ein seltsames Geheul, unsagbar grausig und gottverlassen. Kam es aus der Nähe? Oder war es nur ein fernes Echo aus dem Talgrund, zurückgeworfen vom See, von den Felsen, der Nebelwand? Es schien von überallher zu kommen. Ich versuchte wie eine Blinde, die Laute voneinander zu unterscheiden. Dann plötzlich waren sie ganz nah, ein paar Steine knirschten, Schritte tappten über nasses Gras, und dann wieder dieses entsetzliche Geheul. Ich schrie, ein Etwas, feuchter als der Nebel, berührte mein Gesicht, dann hatten sie mich im Nu umringt. Aufschluchzend streckte ich meine Hände aus und berührte ihre Schnauzen, an ihren feuchten Barthaaren hingen kleine Tropfen wie Perlen. »Oh, mein Gott . . . Thor . . . Ulf . . .« Ich schlang meine Arme um einen von ihnen, wer es war, wußte ich nicht, und schluchzte und schluchzte. Ihre rauhen Zungen beleckten mein Gesicht. Ich spürte eine Schnauze unter meinem Arm und verstand, daß ich aufstehen sollte. Ich erhob mich steif. Ein Hund blieb an meiner Seite, die anderen liefen mir voran in den Nebel. Vielleicht waren sie nur einige Schritte von mir entfernt, aber ich konnte sie nicht mehr sehen und wußte auch nicht, ob alle acht da waren. Sie bellten in kurzen Zeitabständen, als wollten sie mir die Richtung angeben. Ich klammerte mich an das Halsband des Hundes, der bei mir geblieben war, und wir begannen den Abstieg.

Ich weiß nicht, wie lange es dauerte. Ich wurde gestupst, geschoben, gezogen, mal ein wenig nach oben, mal nach unten. Ich weiß nicht, ob wir denselben Pfad benutzten. Sie fanden schnuppernd und schnüffelnd den Weg, die unsichtbaren Anführer gaben rauhe Belltöne der Aufmunterung und Orientierung von sich. Endlich

erreichten wir die niedrige Mauer, die schnurgerade über
die Berglehne des Großen Birkeld lief, wahrscheinlich dieselbe, an der ich mich am Nachmittag orientiert hatte.
Ich tastete mich Schritt für Schritt talabwärts, eine Hand
auf der Steinmauer, die andere am Halsband des Hundes.

Dann spürte ich, wie der Boden unter mir eben und
das Gras gleichmäßiger wurde. Wir waren im Tal angelangt. Ich hörte das Blöken der Schafe im Nebel, und als
der Nebel sich etwas hob, sah ich Wasser schimmern.
Die Hunde hatten mich auf den Weg geführt, der um
den See lief. Nun umringten sie mich alle, die ganze
Meute, so als wollten sie mir sagen, daß sie ihre Aufgabe erfüllt hätten. Dann lief der Anführer wieder nach
vorne, und ich verlor ihn schnell aus den Augen, die
andern reihten sich an, der letzte blieb mir zur Seite, bis
wir in Thirlbeck waren.

Die Dämmerung war der Nacht gewichen, als wir das
Haus erreichten. Die Hunde folgten mir bis zur Eingangstür, wo sie mich sofort verließen, um nach Askew
zu suchen. Als ich mich über die Brüstung der Galerie
beugte, sah ich ihre nassen Pfotenspuren auf der geboh-
nerten Diele, dann öffnete Askew auf das inständige
Kratzen von Thor hin die Tür der Bibliothek und ließ sie
ein. Ich hörte ihn noch sagen: »Wo wart ihr denn? Ihr
streunt doch sonst nicht so herum, hoffentlich erfährt
Tolson nichts davon.« Ich war froh, daß sie nicht antworten konnten, ich selbst habe es nie fertiggebracht,
jemand zu erzählen, wie sie mich in den Bergen an jenem Nachmittag gefunden haben.

Nat Birkett bemerkte die Schrammen und Kratzer auf
meiner Hand. Er hatte mich zufällig auf der Straße gesehen, als ich von Gerald kam und zum Mittagessen in
das Restaurant gehen wollte, wo Jeffries und ich gefrühstückt hatten. Eine Hand hatte plötzlich mein Handge-
lenk erfaßt. »Sie haben sich ja sehr rar gemacht, ich sehe
Sie überhaupt nicht mehr.«

»Ich war – ich war beschäftigt.«

»Das scheint mir auch so«, sagte er, hob brüsk meine Hand hoch und bog sie nach hinten. »Haben Sie sich verirrt und nicht mehr den Rückweg gefunden?«

»Ungefähr so.«

»Kommen Sie, und erzählen Sie mir alles.« Er wies mit einer Kopfbewegung auf das Restaurant. »Wenn Sie nichts gegen ein Glas Bier und ein Käsebrot haben, kenne ich eine nettere Kneipe.« Er führte mich über den Marktplatz und durch einen Bogen in einen Hof, an dessen Ende ein Hotel stand. Über dem Eingang hing ein Schild mit der Aufschrift: ZUM GOLDENEN LAMM, und auf der Tür klebte ein kleiner Zettel mit der höflichen Bitte an alle Wanderer, ihre Rucksäcke draußen zu lassen. Als ich eintrat, verstand ich, warum. Der Schankraum war sehr klein, aber vollgestellt mit blitzenden Gegenständen. Im Backsteinkamin brannte ein Feuer. Der Wirt rief erfreut: »Morgen, Nat, du bist heute aber früh dran.« Er warf einen Blick auf die Uhr. »Nun, es ist allerdings schon nach zwölf, was soll's denn sein?«

Nat sah mich an. »Einen Whisky oder lieber ein Bier, es ist hiesiges und sehr empfehlenswert.«

Wir saßen vor unserem Bier und Käse, das Brot war fast so gut wie Jessicas. »Gerald kommt morgen aus dem Krankenhaus«, sagte ich, »und ich werde bald nach London zurückfahren – so nach Ostern vermutlich. Seitdem Jeffries hier ist, bin ich eigentlich ganz unnütz, aber bei Hardy wollte man trotzdem, daß ich noch ein wenig bleibe. Mir ist, als wäre ich schon ewig hier, und dabei sind es erst ein paar Wochen. Ich habe so wenig getan, daß ich mich direkt schäme; außer daß ich ein paar Familienpapiere aussortiert habe, bin ich nur herumgefahren . . .«

»Und – gewandert!« sagte er. »Wobei etwas schiefgegangen zu sein scheint.«

Ich berichtete ihm ein wenig von meinem Ausflug auf den Großen Birkeld, erwähnte aber weder die richtige

Gefahr, in der ich mich befunden hatte, noch die Hunde. Ich sagte ihm nur, daß ich mich beim Abstieg an eine niedrige Mauer gehalten hätte.

»Es ist immer besser, den Trittspuren der Schafe zu folgen. Das Dumme ist nur, daß sich über den Winter alles verändern kann. Das Eis frißt an den Felsen, und ein Pfad, der im Sommer noch gut begehbar war, kann plötzlich in einer Geröllhalde enden, und um diese zu überqueren, muß man schon sehr erfahren sein. Ich wäre nie auf die Idee gekommen, daß Sie allein zu klettern anfangen, sonst hätte ich darauf bestanden, daß Sie immer einen Kompaß bei sich haben.« Er streckte seine Beine aus und blickte ins Feuer. Ich hatte den Eindruck, daß er nur mühsam seinen Unmut unterdrückte. »Verdammt noch mal, Jo, Sie hätten sich das Genick brechen können, und wir hätten wochenlang nach Ihrer Leiche suchen müssen.«

»Das wäre allerdings für Sie sehr lästig gewesen.«

»Das will ich meinen. Sie sollten in London bleiben, wo Sie hingehören.«

»Ich werde mich in Zukunft an diesen Ratschlag halten.«

Er hob sein Bierglas. »Schon gut – schon gut. Aber ich habe allen Grund, verärgert zu sein. Sie haben sich wie eine dumme Gans benommen, und das sollen Sie ruhig wissen. Aber wenn Sie soviel Freizeit haben, können Sie sich nützlich machen und uns beim Bewachen des Adlernestes ablösen. Es ist auf der Brantwicker Seite des Sees, ich habe dort am Waldrand ein Schutzdach gebaut, so daß man Wind und Wetter nicht völlig ausgesetzt ist. Es liegt dicht an der Straße, Sie kommen mit dem Wagen fast bis heran. Ich habe den Platz gewählt, weil auch die Wächter nicht in die Nähe des Nestes dürfen.«

»Und was tu' ich, falls ich jemand dort oben entdecke?«

»Dann setzen Sie sich schleunigst in Ihren Wagen und warnen einen der Tolsons, egal, wen. Sie werden mich und ein paar Leute aus der Umgebung sofort benachrichtigen, und dann müssen wir mit den Eindringlingen eben irgendwie fertig werden. Es wird natürlich nicht leicht sein, sie rechtzeitig zu vertreiben. Wenn die aufgescheuchten Adler zu lange dem Nest fernbleiben, werden die Eier kalt, und dann können wir sie gleich verschenken.«

Er setzte sein Bierglas auf den Tisch und fuhr mit den Fingern über die Schrammen auf meiner Haut. »Ehrlich gesagt, bin ich sehr froh, daß Sie nicht vom Großen Birkeld gepurzelt sind und sich Ihr niedliches kleines Genick gebrochen haben, und entschuldigen Sie, wenn ich dauernd von der Landwirtschaft und Vögeln rede, lauter Dinge, die Ihnen völlig schnuppe sind. Aber ich kann mich nicht über altes Silber und Porzellan unterhalten, ich kann mir die Welt, in der Sie leben, gar nicht vorstellen, Jo. Als Sie neulich morgens Southdales verließen, hab' ich mir gedacht, o Gott, sie hat dich sicher grauenvoll langweilig gefunden – und jetzt rede ich wieder denselben Unsinn.«

»Und warum sitze ich dann hier und höre Ihnen zu, Nat? Vergessen Sie nicht, daß auch Sie mir zugehört haben.«

»Ich weiß. Obwohl es natürlich für Sie sehr hart war, Ihre Mutter zu verlieren und Ihren Vater erst so spät kennenzulernen, waren es doch für mich Geschichten aus einer unerreichbaren Welt. Die Schweiz und Mexiko, Ihre Arbeit im Auktionshaus und ein Freund wie Harry Peers, der Sie aus Ländern anruft, deren Namen ich kaum kenne. Als Sie fort waren, habe ich mich gefragt, ob Sie wirklich in Southdales waren oder ob ich nicht alles nur geträumt hatte. Sie waren bei mir zu Hause irgendwie fehl am Platz. Thirlbeck ist der passende Ort für Sie. Aber wenn all diese eleganten Herrschaften verschwinden, werden auch Sie abreisen – oder vielleicht schon früher. Ich habe keinen Champagner gehabt, und jetzt lade ich Sie nur zu Bier ein.« Er zuckte die Achseln und ließ meine Hand fallen. Das Picknick erwähnte er nicht. »Sie finden mich wahrscheinlich recht bäurisch.«

»Bäurisch nicht, aber kratzbürstig.«

»Au!« Er lachte. »Aber ich hab's verdient. Schön, ich begleite Sie jetzt zu Ihrem Wagen, und dann muß ich zurück. Ich habe nämlich eine Verabredung mit einem Mann hier, der zwei gute Kälber zu verkaufen hat, doch zuviel Geld für sie will. Aber vielleicht geht er im Preis herunter, wenn ich ihm genügend Whisky eingieße . . .« Er half mir in meine Windjacke. »Entschuldigen Sie, ich fachsimple schon wieder.«

»Das tun wir auch, nur über andere Sachen, aber es kommt auf dasselbe heraus. Sie brauchen mich nicht zu begleiten. Wann soll ich die Adler bewachen kommen?«

»Von zwei bis fünf Uhr nachmittags, wenn es Ihnen recht ist. Ich gehe in aller Herrgottsfrüh hin. Die Leute denken, wenn sie vor der Morgendämmerung aufstehen, könnten sie uns hereinlegen, aber das wird ihnen nicht gelingen. Ich werde Tolson Bescheid sagen. Er wird froh sein, wenn Sie kommen, es bedeutet einen Fremden weniger im Tal.«

»Davon bin ich nicht überzeugt, für Tolson bin ich schlimmer als jeder Fremde.«

Ich ging. Er sah mir mit den beiden Biergläsern in der Hand nach und runzelte erstaunt die Stirn. Er hatte recht. Ich paßte nicht hierher, und er paßte nirgendwo anders hin. Er hatte sich eine seltsame Unschuld bewahrt, die er in der Welt jenseits dieses Tales schnell verlieren würde. Dann malte ich mir ein Zusammentreffen zwischen ihm und meinem Vater aus. Ich war sicher, Nat würde Jonathans Bedürfnis nach Einsamkeit und Abgeschlossenheit verstehen und achten.

3

Ostern kam, und Gerald kehrte nach Thirlbeck zurück, und wieder änderte sich mein Tagesablauf. Er telefonierte nun selbst mit Hardy, so daß meine täglichen Anrufe sich erübrigten. Jeffries brachte ihm das Frühstück aufs Zimmer, und eine halbe Stunde vor dem Mittagessen erschien er mit großem Aplomb. Die Tage waren meist sonnig. Einer der Tolson-Söhne hatte mit Hilfe eines Traktors und eines Rasenmähers die breite Allee gesäubert, die zu dem kleinen, von einer zerfallenen Balustrade umfriedeten Plateau führte, von dem aus man den ganzen See überblicken konnte. Gartenmöbel aus längst vergangenen Zeiten – Teakbänke und -stühle und ein hübscher Teaktisch – wurden hervorgeholt, und wenn das Wetter schön war, servierte Jeffries dort die Getränke. Der Anblick von Gerald, wieder im Vollbesitz seiner geistigen und körperlichen Kräfte, der ohne jede Hilfe durch die Allee auf uns zukam, versetzte mich in die Zeiten vor seiner Krankheit zurück. Seine Unterhaltung war witzig und geistreich wie ehedem; der einzige Unterschied war, daß er sich nach dem Mittagessen hinlegte und erst zur Cocktailstunde wieder erschien. Askew und die Gräfin genossen ganz offensichtlich seine Gesellschaft. Ich hatte den Eindruck, daß Thirlbeck die Gräfin bedrückte. Sie wollte von anderen Menschen und anderen Ländern reden, was Gerald nur zu gerne tat.

Tolson fand zwei Pferde, um Askew und der Gräfin die Langeweile zu vertreiben. Vielleicht hatte er sie gekauft, vielleicht geliehen, er besaß so viele Verbindungen in der Gegend, daß beides möglich war. Die hügelige, felsige Landschaft war zum Reiten nicht sehr geeignet, aber die rötliche und die kastanienbraune Stute, die Tolson aufgetrieben hatte, waren edel genug, um ihren Reitern keine Schande zu bereiten. Da weder Askew noch die Gräfin Reitanzüge hatten, fuhren sie, nachdem sie in Kesmere nicht das geeignete fanden, nach Carlisle. Obwohl die beiden sicher an Maß-Reithosen gewöhnt waren, sahen sie in ihren Konfektionshosen und -jacken sehr elegant aus. Sie kauften auch zwei für dieses Klima unerläßliche dicke Mäntel. Die Gräfin haßte das schwere Kleidungsstück, aber nachdem sie nur im Tal ritten, meistens auf dem Weg, der um den See führte, und keine Hindernisse nahmen, störte der Mantel nur sie und nicht ihre Stute. Aber ich glaube, sie war froh, wenn es regnete und sie nicht ausreiten mußte. Nach dem Morgenritt wurde zu Mittag gegessen, danach hielt die Gräfin ihre Siesta. Der Nachmittag verging ereignislos, bis sich alle zur Cocktailstunde wieder in der Bibliothek trafen. Am Abend wirkte die Gräfin entspannt und zufrieden, so als hätte sie beim Reiten ihre nervöse Energie verbraucht.

Aber das Reiten beendete nicht das zurückgezogene Leben in Thirlbeck. Sie verließen nie das Tal. Askew schien keine Lust auf Streifzüge in die weitere Umgebung zu haben, und die Gräfin bestand nicht darauf. Askew schien sich in einem Schwebezustand zu befinden, während er auf Geralds volle Genesung wartete. Er wollte nicht die Bande mit der Vergangenheit wieder anknüpfen; er hatte die Zukunft hinausgeschoben.

Ich bezog meinen Wachtposten, wie ich es Nat versprochen hatte, am Rande des Lärchenwaldes unter dem Felsen, wo die Adler nisteten. Meine Augen schmerzten manchmal, weil ich so angestrengt durch das Fernglas starrte, aber die Stunden erschienen mir nie lang. Es waren sonnendurchglühte Tage mit nur gelegentlichen kurzen Regenschauern. Im Tal war der Frühling eingekehrt. Eigentlich hätte ich nach Unbekannten Ausschau halten sollen, die sich absichtlich oder zufällig den Felsen näherten, aber ich ertappte mich oft dabei, daß ich statt dessen gebannt dem Flug der Adler mit den Augen folgte. Ich wartete voller Spannung und Ungeduld auf den großartigen Augenblick, wo der eine oder der andere sich hoch über dem Felsen in die Lüfte schwang und dann im Sturzflug auf die Erde oder seinen Horst herabstieß. Allmählich verstand ich Nats Gefühle. Die Adler waren für mich zum Sinnbild der Freiheit geworden. Sie waren wilde, freie Geschöpfe, die für sich ein Gebiet, so groß wie dieses Tal, beanspruchten. Ich hegte für diese beiden Vögel fast ähnliche Gefühle wie für Thirlbeck – wenn sie verschwänden, ginge etwas Unersetzliches verloren.

Ich wurde jeden Nachmittag von je zwei Tolson-Enkeln abgelöst, zumeist kräftige, gutaussehende Burschen, wohlerzogen und, wie zu erwarten, sehr unabhängig. Die Familienähnlichkeit war erstaunlich; fast alle hatten von ihrem Großvater die dunklen Haare und das knochige Gesicht geerbt, und sie bewegten sich mit der Selbstsicherheit von Menschen, die in ihrer eigenen Welt fest verwurzelt sind. Tolson konnte stolz auf diese Nachkommenschaft sein. Nur Jessica stach von ihnen ab.

Während Geralds Krankenhausaufenthalt hatte ich mehrere Stunden am Tag die Familienpapiere in den Kästen durchgesehen, aber mit nicht mehr Erfolg als am ersten Tag. Ich fand weder einen Hinweis auf den Rembrandt noch auf die Mitgift der Margaretha van Huygens. Es war eine unangenehme und mühselige Aufgabe, die Gerald mir da auferlegt hatte. Er konnte nicht wissen, wieviel Überwindung es mich kostete, auf die Tür des Arbeitszimmers zuzugehen, anzuklopfen und Tolson am Schreibtisch über seine Abrechnungen gebeugt vorzufinden oder, noch schlimmer, am Telefon. Manchmal gab er mir nur ein Zeichen mit der Hand, manchmal machte er Bemerkungen wie:»Bitte, Miss Roswell, machen Sie sich nur an die Arbeit. Ich kann mich zwar nicht erinnern, diese Art von Dokumenten je gesehen zu haben, aber ich habe natürlich nicht alle Kästen durchgesehen.« Doch seine Blicke hinter den dicken Gläsern verloren nie ihr Mißtrauen. »Jess sollte Ihnen helfen, sie kennt sich in alten Papieren gut aus.«

»Davon bin ich überzeugt. Sie kennt sich in allem gut aus. Jeffries ist tief beeindruckt von ihr, und sonst ist er eher zurückhaltend mit seinem Lob. Mr. Stanton hofft, daß sie nach London kommt, es würde ihr sicher viel Spaß machen . . .«

Seine harte, fast finstere Miene hellte sich kurz auf. Ich verachtete mich, weil ich versuchte, ihm zu schmeicheln, indem ich Jessica so lobte und ihm Komplimente von Jeffries wiederholte, von dem ich wußte, daß er ihn sehr schätzte. Aber es war die reine Wahrheit. Ich überlegte mir, warum ich Jessica eigentlich nicht leiden konnte – vielleicht, weil sie mich nicht leiden konnte.

»O ja, Jessica würde in London viel Spaß haben. Die vielen Museen und Galerien und so. Sie war erst zweimal dort, und das nur kurz. Mein Bruder, ihr Großonkel, lebte in London, und seine Witwe wohnt heute noch dort. Aber man hört soviel Unerfreuliches über die heutigen Großstädte – Drogen und alles so was, einfach ekelhaft. Junge Menschen sind leider leicht beeinflußbar, ich möchte nicht, daß sie auf den Gedanken kommt, ständig dort leben zu wollen.«

»Mit diesem Zuhause? Nein, das kann ich mir nicht vorstellen, Mr. Tolson. Kann ich jetzt weitermachen?«

Er nickte und fuhr in seiner Arbeit fort. Ich war überzeugt, daß ich ihn genauso störte und enervierte wie er mich.

Und so hockte ich tagtäglich auf meiner Leiter, die Hände voller Staub und Spinnweben, nahm ein vergilbtes Blatt nach dem andern aus den Kästen, entzifferte die braune, verblaßte Tintenschrift und gab allmählich die Hoffnung auf, irgend etwas Brauchbares zu finden. Ich konnte mich des Verdachts nicht erwehren, daß mich jemand an der Nase herumführte. Die Unordnung wurde mit jedem Tag größer, und schließlich war alles der reinste Kuddelmuddel. Bislang hatte ich mir systematisch jeden Kasten vorgenommen, der sich auf Margaretha van Huygens' kostbare Mitgift beziehen konnte, aber nun erkannte ich, daß diese Arbeitsweise zu offenkundig war, jeder konnte sie im voraus berechnen. Deshalb wählte ich jetzt die Kästen auf gut Glück aus und nahm die staubigsten, von denen ich sicher war, daß sie in letzter Zeit niemand berührt hatte. Zwei Tage später kam ich eines Morgens herein und entdeckte, daß alle Kästen aus der Zeit, die mich interessierte und die ich bearbeitet hatte, abgestaubt worden waren.

Jeffries blieb an der offenen Tür stehen. »Nun, Miss Roswell, heute früh sehen Sie, Gott sei Dank, etwas manierlicher aus. Also, Ihr Rock war ja gestern so staubig . . . da hab' ich mir gedacht, jetzt mach' ich Miss Roswell die Arbeit ein bißchen angenehmer.«

»Haben Sie die Kästen abgewischt, Jeffries?«

»Ja – sie waren ja furchtbar verdreckt. Natürlich kann man Tolson keinen Vorwurf machen, er kann sich schließlich nicht um alles kümmern. Leider! Haben Sie mal die oberen Räume gesehen? Alle Möbel sind mit Tüchern zugedeckt. Es wirkt direkt ein bißchen unheimlich und traurig. Ich sage immer, ein Haus muß einen wohnlichen Eindruck machen, finden Sie nicht auch, Miss Roswell?« Dann fügte er mit strahlender Miene hinzu: »Mr. Stanton sieht sehr wohl aus heute früh. Ich mußte meine ganze Überredungskunst aufwenden, daß er im Bett blieb. Na, bald geht's zurück nach London.«

Merkwürdigerweise hatten weder Gerald noch Askew es mit der Abreise besonders eilig. Beide schienen sich, jeder auf seine Art, in Thirlbeck wohl zu fühlen. Gerald brauchte vielleicht die Ruhe mehr, als er sich eingestehen wollte, und Askew hatte offensichtlich gelernt, mit seiner Vergangenheit zu leben. Er hielt sogar, wie alle anderen, zwei Stunden täglich Wache am Adlerhorst und verfolgte mit dem gleichen Eifer wie Nat Birkett alle Fremden, die sich dem Tal näherten. Mir schien, daß nur die Gräfin unter dem eintönigen Leben in Thirlbeck litt. Sie beklagte sich zwar nicht laut, aber ich spürte die wachsende Ungeduld, als ein ereignisloser Tag dem nächsten folgte. Sie fürchtete vermutlich, daß sich Askew an seine jetzige Umgebung gewöhnen könnte, was ihr die Aufgabe erschwerte, ihn von hier fortzubringen. »Warum hast du nicht mal ein paar Gäste, Roberto«, sagte sie. »Gib doch eine kleine Cocktailparty, das wäre auch für Gerald nicht zu anstrengend.«

Askew runzelte die Stirn. »Muß das sein, Carlotta? Glaub mir, unsere Nachbarn sind wirklich sehr langweilig, abgesehen davon wüßte ich auch gar nicht, wen ich einladen sollte. Ich bin sicher, sie haben mich alle vergessen. Aber natürlich, wenn du unbedingt willst . . .«

Doch nichts geschah. Sie sahen niemand und verließen nur selten das Tal. Keine Nachbarn kamen zu Besuch, vielleicht waren sie auch am südlichen Pförtnerhäuschen abgewiesen worden. Tolsons Wort war in seiner Familie Befehl, und ich hielt es durchaus für möglich, daß er angeordnet hatte, jedem Besucher zu sagen, der Hausherr sei nicht da. Auch war es durchaus denkbar, daß er oder Jessica dieselbe Antwort jedem Anrufer gab.

Ich hatte den Eindruck, daß wir während dieser Wochen alle in einer Art Schwebezustand lebten. Wir warteten, daß Gerald wieder zu Kräften kam, und niemand schien sich darüber Sorgen zu machen, was danach geschehen würde. Ich stellte zu meinem Erstaunen fest, daß die kostbaren Möbel im Parterre mich neuerdings völlig kaltließen. Eines Tages würden die Experten von Hardy hier auftauchen, aber noch nicht so bald. Das Gemälde, das ich täglich im Arbeitszimmer sah, war entweder ein echter Rembrandt oder nicht. Auch dieses Geheimnis würde die Zeit irgendwann enthüllen. Der

Raum, wo die anderen Bilder standen, wurde noch nicht einmal erwähnt, und Gerald schien sie auch gar nicht sehen zu wollen. Vielleicht fürchtete er sich vor weiteren Enttäuschungen. Askew hatte sie anscheinend vergessen. Ich vermeinte bei der Gräfin eine Unruhe zu spüren, die an Verzweiflung grenzte. Sie stand oft an den länger werdenden Frühlingsabenden bewegungslos am Fenster und starrte über den See, aber sie sagte nichts. Nach einer Weile kehrte sie wieder zu ihrem Stickrahmen zurück, mit der ruhigen Gelassenheit einer Frau, die ihre angeborene Ungeduld bezähmt und sich in der Kunst des Wartens geübt hatte.

Harry rief gelegentlich an, aber seine Gespräche wurden immer kürzer und seltener. Und dann sagte er eines Morgens beiläufig: »Ich fahre nach Australien, nur für ein oder zwei Tage, mein Schatz.«

»Sei nicht verrückt, Harry. Niemand fährt für ein oder zwei Tage nach Australien. Was tust du dort?«

»Stell keine indiskreten Fragen, mein Schatz, dann kann dir keiner vorwerfen, daß du aus der Schule geplaudert oder Harry Peers' Pläne verraten hast. Also, ich seh' dich bald, es sei denn, du verbringst dein restliches Leben in dem Nest.«

»Nein, wir fahren in ein paar Tagen nach London zurück.«

»Um so besser, jemand anders könnte dir deinen Platz fortnehmen.«

»Welchen Platz?«

»Deinen Arbeitsplatz bei Hardy, Dummes.«

»Aber man hat mir ausdrücklich gesagt, ich soll so lange hierbleiben, wie Gerald bleibt.«

»Ja, du bist ein braves Kind. Also paß gut auf Gerald auf, er ist es wert. Adieu, mein Schatz.«

»Harry . . .?« Aber er hatte bereits abgehängt, war schon wieder meilenweit fort. Ich hatte plötzlich wie die Gräfin das Gefühl des Eingesperrtseins. Ich war erst ein paar Wochen hier, ein paar kurze Wochen, und wie schnell hatte ich mich an das sehr viel geruhsamere Leben gewöhnt.

Tolson hatte mir vor einiger Zeit auf Askews Bitte hin die Schlüssel zu den Bibliotheksschränken übergeben, und so suchte ich auch dort nach irgendwelchen Papieren, obwohl ich von der Nutzlosigkeit dieses Unterfangens überzeugt war. Bislang hatte ich weder ein Tagebuch noch irgendwelche Aufzeichnungen oder Eigentumslisten von Margaretha van Huygens gefunden. Aber es war wenigstens ein freundlicher und gemütlicher Raum. In der Früh, wenn die Fensterläden geöffnet waren, fiel die Sonne wärmend durch die Scheiben, und ich saß gerne oben auf der Leiter und nahm ein Buch nach dem anderen heraus. Gelegentlich machte ich mir ein paar Notizen, wenn ich dachte, es könnte für den Experten bei Hardy von Interesse sein. Auf den Büchern lag dikker Staub, aber es war nicht der Staub von Jahrhunderten. Vielleicht hatte Jessica diese Kostbarkeiten für sich entdeckt und versucht, ein paar der lateinischen Texte zu übersetzen. Ich überlegte lange hin und her, ob ich Gerald oder Askew von meinen gelegentlichen Funden erzählen sollte, aber irgend etwas hielt mich zurück. Geralds Gefühl vom ersten Abend, daß sich unter der glatten Oberfläche von Thirlbeck manches verbergen könnte, hatte sich allmählich auch auf mich übertragen.

Ich fand das Stundenbuch auf dem obersten Regal eines Bücherschranks, den ich bislang nicht aufbekommen hatte. Der Schlüssel ließ sich erst umdrehen, nachdem ich etwas Nähmaschinenöl, das ich in Kesmere gekauft hatte, in das Schloß träufelte. Der Staub lag dick und schwer auf den Büchern, und ich war überzeugt, daß seit Jahren niemand diesen Schrank geöffnet hatte. Das Stundenbuch war hinter ein paar großformatige Bände gerutscht. Es war winzig und mit einzigartig schönen, zart gemalten Heiligendarstellungen illustriert. Für jede Tageszeit gab es ein passendes Gebet. Jede einzelne Seite zeugte von großer Sorgfalt und Kunstfertigkeit. Wahrscheinlich war es für eine historische Persönlichkeit gemacht worden. Leider wußte ich nicht genug über seltene Bücher, um beurteilen zu können, für wen. Aber es war sicher als Geschenk gedacht, und der Name der Geberin oder der Beschenkten stand in verblaßter, aber leserlicher Schrift auf der ersten Seite: *Juana Fernández de Córdoba, Mendoza, Soto y Alvarez.*

Und dann, als ich die Seiten umwandte, flatterten ein vergilbtes Pergamentblatt und ein Stück Papier heraus, das mit Vanessas Handschrift bedeckt war.

Ich kann mich nicht erinnern, wie lange ich dort oben auf der Leiter saß, ich weiß nur, daß ich auf den See hinausstarrte und dann wieder auf das Buch und die beiden losen Blätter. Endlich schloß ich den Bücherschrank sorgsam ab, stieg von der Leiter und ging zur Tür. Die Halle war leer. Ich lief nach oben und fand, wie so oft, Zuflucht im Zimmer der Spanierin.

Ich setzte mich an den langen Tisch zwischen den Fenstern, legte die beiden Blätter vor mich hin und betrachtete eingehend die fließenden Schriftzüge auf dem feinen, vergilbten Pergament. Dann nahm ich das gewöhnliche Stück Papier in die Hand, auf das Vanessa ihre Übersetzung geschrieben hatte. Ihr unordentliches Gekritzel nahm sich neben der eleganten Handschrift schlecht aus. Sie hatte die Übersetzung nicht selbst gemacht (ihr Spanisch war dafür nicht gut genug), sondern den Text nur kopiert und die Übersetzung eines anderen darunter geschrieben.

»Y este os enviamos, amada prima, nuestro retrato, por la mano de Domingo Teotocópulo, un espejo de conciencia, para que lo guardéis celosamente con fidelidad y de encargo hasta el dia de la victoria final en la eterna unión en Nuestro Señor Jesucristo y Nuestra Santa Madre Iglesia.

Yo, el Rey«

»Und hier, verehrte Cousine, übersenden Wir Ihnen Unser Porträt, von der Hand des Domenico Theotokopoulos gemalt, einen Spiegel Unseres Gewissens, damit Sie es treu bewahren im Glauben und im Vertrauen an den Tag Unseres endgültigen Sieges und an die ewige Vereinigung mit Jesus Christus und der Heiligen Mutter Kirche.

Ich, der König«

Ich blickte fassungslos auf die Unterschrift. So unterzeichnete König Philipp II. von Spanien, der Herrscher über das spanische Weltreich, und dieselbe Unterschrift hatte ich erst kürzlich gesehen. Sie stand unter einer Schenkungsurkunde für eine Hazienda und Silberminen, die kostbar eingerahmt in der Halle der Casa grande in San José hing und den ganzen Stolz der Familie Martinez ausmachte, wie mein Vater mir erzählt hatte. Und hier stand sie wieder unter einer Botschaft, die weder Namen noch Datum trug, die aber zweifellos an die Spanierin gerichtet war, um sie an ihre politische Mission zu erinnern und sich ihrer Loyalität zu versichern – an die unglückliche kleine Spanierin, die nur eine Marionette in der Hand Philipps II. gewesen war.

Vanessa hatte das Blatt gefunden – oder vielleicht jemand anderer, aber sie hatte den Text kopiert und ihn übersetzen lassen. Vor wie vielen Jahren? Ihre Handschrift wirkte jünger, nicht so unleserlich wie später, als sie noch ungeduldiger war.

Ein Stundenbuch, ein Stück Papier mit der Unterschrift Philipps von Spanien, kostbar und wertvoll. Und Vanessa hatte davon gewußt.

Doch das Wichtigste an der Botschaft war der Name des Malers. Es war derselbe, der seinen Auftraggeber auf dem Gemälde ›Der Traum Philipps II.‹ verewigt hatte. Es war bekannt, daß der König ihn nicht sehr geschätzt, ihn aber doch für Privataufträge dieser Art benutzt hatte. Die Ähnlichkeit des Porträts war wahrscheinlich nicht sehr groß, es wäre sonst zu schwierig gewesen, es nach England einzuschmuggeln. Domenico Theotoko-poulos. So wurde er in allen offiziellen Dokumenten genannt. Aber die heutigen Käufer, die Unsummen zahlen würden, wenn eines seiner Bilder auf den Markt käme, kannten ihn – wie ehemals die Spanierin – unter dem kurzen Namen El Greco!

Mir zitterten die Knie bei dem Gedanken, daß eins seiner Bilder hier im Haus sein könnte, aber was mich noch mehr beunruhigte, war der Gedanke an Vanessa. Sie hatte das von der Spanierin so innig geliebte Stundenbuch gefunden, die Widmung gelesen, sie abgeschrieben und übersetzen lassen – und hatte nie ein Wort darüber gesagt.

Meine Blicke irrten von den dunklen alten Paneelen zu dem Himmelbett mit seinen düsteren Vorhängen. Ich dachte an das große Haus und an die vielen Zimmer, die ich nie gesehen hatte; ich dachte an das Zimmer, in dem die Bilder von Margaretha van Huygens aufbewahrt wurden. Konnte es sein, daß zwischen den holländischen Landschaften und Bildnissen das fremdländische kleine Porträt des spanischen Habsburgers stand? Das Porträt Philipps II., des Erzfeindes Elisabeths, das Porträt, das die Spanierin vor allen Augen verbergen mußte? Obwohl ich das Zimmer mit den Bildern nie gesehen hatte, bezweifelte ich stark, daß es dort war. Wenn es noch existierte, wenn es je existiert hatte, dann hatte die Spanierin es bestimmt irgendwo versteckt.

Ich blickte auf den ruhigen, sonnenbeschienenen See, er wirkte harmlos und gar nicht geheimnisvoll, und doch hatte die Spanierin dort den Tod gefunden, und nur sie hatte gewußt, daß Thirlbeck noch einen größeren Schatz barg als das unschätzbare Juwel, das sie um den Hals trug.

Von diesem Tag an begann ich Türen in Thirlbeck zu öffnen, an denen ich vorher scheu vorbeigegangen war. Bislang hatte ich geglaubt, daß meine gute Erziehung mich davor zurückhielt, in Teilen des Hauses herumzuspionieren, wo ich nichts zu suchen hatte. Aber nun merkte ich, daß vor allem eine gewisse Angst vor Tolson meinen Entdeckungsdrang gebremst hatte. Nun ging ich in die Zimmer, wo alle unbenützten Möbel standen, in die Zimmer, die Jeffries so offensichtlich ohne Zögern inspiziert hatte. Ich zog Vorhänge auf und blickte unter Möbelbezüge; von überall schlug mir ein modriger Geruch entgegen. Ich öffnete Kommodenschubladen und Schränke, fühlte aber nur die weiche Bettwäsche und zusammengefaltete Vorhänge. Es gab keine Bilder, es gab keine Spiegel. In manchen Räumen bemerkte ich Fingerabdrücke im Staub oder Fußspuren auf den Eichenbohlen. Die Knöpfe an den Kleiderschränken waren alle gesäubert worden, und auf den staubigen Kommodenplatten entdeckte ich gelegentlich den Abdruck einer Hand.

Ich schien jemandem zu folgen. Vielleicht Jessica – es war gut möglich, daß sie öfters durch die ihr so vertrauten Räume wanderte – oder vielleicht Jeffries, dessen Neugierde so viel größer schien als meine? Vielleicht hatte Jessica ihn sogar herumgeführt? Aber als ich einen Raum in dem Flügel öffnete, der gegenüber von Geralds und meinem lag, wurde mir plötzlich klar, daß der Duft, der mich die ganze Zeit über begleitet hatte, in diesem Raum besonders stark war. Es war unverkennbar der Duft des Parfüms, das die Gräfin am Vormittag benützte. Ich warf einen kurzen Blick in den unordentlichen, aber prächtigen Raum, den sie bewohnte; trotz der steifen altmodischen Möbel wirkte er ungemein weiblich. Ihr bernsteinfarbener seidener Morgenrock lag über einem Stuhl, der Toilettentisch stand voller Flaschen und Dosen mit silbernen Stöpseln und Deckeln, die alle in einen krokodilledernen Schminkkoffer gehörten. Ein Pantöffelchen thronte in der Mitte des Zimmers. Überall lagen Modejournale und Illustrierte herum, und auf einem großen Tisch stand eine Vase mit Laub, natürlich wie immer höchst dekorativ arrangiert. Sie hatte sogar ihr eigenes Silbertablett, auf dem Getränke standen und prachtvolle Kristallgläser. Und das Parfüm. Ich kam halb zu der Überzeugung, daß ich das Parfüm nicht deshalb in jedem Raum, den ich betrat, gerochen hatte, weil sie vor mir dort gewesen war, sondern weil es sich durchs ganze Haus zog. Es war im Eßzimmer, im Salon, in der Bibliothek, es war ein Duft, den wir alle einatmeten, einfach weil sie da war. Er hatte die Wäsche durchdrungen, als lebte sie seit Jahren hier und nicht erst seit Wochen.

Ich ging in Askews Zimmer, das neben dem ihren lag. Ich wußte, ich hatte in diesen beiden Räumen nichts zu suchen, und deshalb blieb ich nur eine Sekunde. Es gab auch nicht viel zu sehen. Der Raum war ungefähr so groß wie das Zimmer der Spanierin und auch nur spärlich möbliert. Er machte einen fast spartanischen Eindruck. Auf einem Tisch lagen zwei Bürsten, ein Paar Handschuhe und ein Buch – aber nichts Persönliches. Im Gegensatz zum Zimmer der Gräfin hatte man das Gefühl, als wohne hier jemand, der nur eine Nacht unter einem fremden Dach verbrachte. Keine Kindheitserinnerungen, keine Fotografien, keine Sporttrophäen verrieten, daß Askew seine Kindheit in diesem Haus verlebt hatte. Ich schloß die Tür leise hinter mir zu. Bei meinem ganzen Rundgang hatte ich nichts gesehen, was nur entfernt an ein Kinder- oder Schulzimmer erinnerte.

Das Haus, das von außen zweistöckig aussah, hatte in der Mitte noch eine dritte Etage. Sie bestand aus einer Anhäufung von niedrigen Räumen mit länglichen Fenstern, die auf das Dach und auf den Steinfries hinausgingen. Die Überreste von Generationen hatten sich hier angesammelt, alte Koffer, Bettgestelle, Reitstiefel, ein Krokettspiel und Tennisschläger.

Die schmalen Korridore endeten alle an einer steilen Treppe, die viel später angebaut worden war und wahrscheinlich in den Flügel führte, wo die Tolsons wohnten. Ich machte kehrt. Das war ein Teil des Hauses, wo ich mich nicht hinwagte, und ich wurde von dem Gedanken verfolgt, daß vielleicht gerade dort, in irgendeiner Ecke, ein kleines, nachgedunkeltes Porträt stand; das Porträt eines Mannes mit einer Habsburgerlippe, der ein Wams und eine bescheidene Halskrause trug; das Porträt eines Mannes, der über die Welt geherrscht hatte; das Porträt Philipps II. von Spanien, gemalt von einem Griechen, verschenkt an eine kleine Spanierin, die er mit »Cousine« anredete, um ihre Hoffnung und ihr Vertrauen zu stärken.

Als ich durch die unbewohnten Korridore ging, vermeinte ich noch immer das Parfüm der Gräfin zu riechen, aber wahrscheinlich war es reine Einbildung. Sie konnte nicht hier gewesen sein, vor allem nicht kürzlich.

Zum ersten Mal, seit ich in diesem Haus war, konnte ich nicht einschlafen. Ich stand auf, zündete eine Kerze an und stellte sie auf den langen Tisch, dann holte ich mir das Stundenbuch und den Brief von Philipp. Ich las immer wieder die Worte und Vanessas Übersetzung und malte mir aus, was dieses Buch für die junge Spanierin bedeutet haben mußte. Wahrscheinlich hatte sie damals, so wie ich jetzt, im Kerzenschein an diesem Tisch gesessen und Trost und Hoffnung aus den Seiten geschöpft. Aber wo hatte sie das Porträt des Mannes versteckt, dessen Worte für sie sicher fast so heilig gewesen waren wie die Worte in diesem geheimnisvollen Stundenbuch? »Juana Fernández de Córdoba, Mendoza, Soto y Alvarez« – der Name war in ihrer klaren Schrift geschrieben. Sie hatten ihr das Leben geraubt und das Leben ihres

Kindes, sie hatten ihr den großen Schmuckstein geraubt und versucht, ihre Identität auszulöschen, aber es war ihnen nicht gelungen. Sie hatte kein Grab, aber sie lebte als Legende weiter, so wie kein anderer Birkett. Sie hatten ihr alles geraubt! War es denkbar, daß sie gerade das Porträt des meistgehaßten Mannes in England verschont hatten? Der Name des Malers war den Birketts der damaligen Zeit sicher völlig unbekannt gewesen, und das Porträt zu behalten, wäre Hochverrat gleichgekommen. Und wieso hatten die verängstigten, rachsüchtigen Birketts das Stundenbuch nicht gefunden? Ich ging zum Kamin, setzte mich in den großen Sessel und legte meine Beine auf den Schemel. Noch immer hielt ich das Buch in der Hand und versuchte beim Schein der Kerze die Worte zu entziffern, die sie auf den Rückendeckel geschrieben hatte, Worte, die ich zwar nicht verstand, die ihr aber wichtig genug erschienen waren, um sie hinzuschreiben. War es eine Botschaft, die sie weitergeben wollte und die nur ich nicht lesen konnte? Die Gräfin hätte sie sicher entziffern können, aber ich hatte nicht die Absicht, ihr das Stundenbuch zu zeigen.

Ich schlief im Stuhl ein und erwachte vor einem niedergebrannten Feuer. Draußen ertönte das erste schläfrige Gezwitscher des frühmorgendlichen Vogelchors, und über den Bergen ging strahlend die Sonne auf. Auf der Straße, die durchs Tal zum Brantwick führte, fuhr ein Auto vorbei. Es gehörte Nat Birkett, der die Wache für seine Adler antreten würde.

Es war ein kühler Morgen, als ich mich aufmachte, ihn zu suchen. An den Bäumen und Gräsern hingen die Tautropfen, über dem See drehten sich die frühen Nebel. Die Luft flimmerte in der aufgehenden Sonne. An einem ähnlichen strahlenden Morgen war ich aus dem Krankenhaus gekommen, nachdem ich erfahren hatte, daß Gerald nicht sterben mußte. Aber heute wurde ich von Unruhe und Zweifeln geplagt. Ich war der Geheimnisse müde. Ich wollte nicht mehr über Vanessa und ihre seltsamen Beziehungen zu Thirlbeck nachgrübeln; wie gerne wäre ich zu Gerald gegangen, um ihm alles zu erklären oder mir von ihm Vanessas Verhalten erklären zu lassen. Doch das war nicht möglich. Ich durfte Gerald jetzt nicht mit solchen Dingen belasten. Deshalb schritt ich durch den kühlen Morgen, um mit Nat Birkett zu reden – einem fast Fremden.

Doch als er mich begrüßte, war er kein Fremder mehr. Ich war ganz leise durch den Lärchenwald gegangen, aber er hatte mich schon aus der Ferne kommen sehen. Die kleine Hütte für die Wächter des Adlerhorstes hatte als Boden nur die Walderde; auf einem Hocker stand ein kleiner Spirituskocher, um Wasser heiß zu machen, und dann gab es noch eine Blechdose mit Keksen für die ganz Hungrigen.

Er kam mir entgegen. »Ich hab' Sie vermißt, Jo. Haben Sie wieder irgendeinen Blödsinn angestellt, wie zum Beispiel auf den Großen Birkeld zu steigen? Das Wasser für den Kaffee wird gleich kochen.«

Er hatte den Arm um meine Schulter gelegt auf eine kameradschaftliche, nette Art, und ich merkte plötzlich, daß mir das nicht genügte. Er behandelte mich mit derselben gedankenlosen Freundlichkeit wie seinen Hund, der jetzt seine lange weiche Schnauze als Zeichen der Zuneigung gegen meine Hand drückte. Von einem Hund fand ich es sehr rührend, aber von Nat Birkett wollte ich mehr. Dann fiel mir ein, daß ich bald Thirlbeck verlassen würde und somit auch ihn.

»Ich bin Ihnen nachgegangen«, sagte ich. »Ich hörte Ihren Wagen vorbeifahren und wußte, daß ich Sie hier finden würde.«

»Ja, ich sah Licht im Zimmer der Spanierin.«

»Und woher wußten Sie, daß es im Zimmer der Spanierin brannte? Ich dachte, keine zehn Pferde würden Sie dazu bringen, sich in Thirlbeck genauer umzusehen.«

»Ich kenne das Zimmer der Spanierin«, sagte er in einem kühlen, abweisenden Tonfall, und mich fröstelte trotz der Nähe seines wärmenden Körpers. »Sie frieren. Ich mache Ihnen Kaffee.«

Die Nacht war lang gewesen, meine Augen waren vor Müdigkeit geschwollen, der Gedanke an Vanessa und ihr Geheimnis bedrückte mich, und nun noch dieses neue Gefühl für Nat Birkett. Ich war mir seiner Gegenwart plötzlich schmerzlich und akut bewußt, während er anscheinend nichts weiter als eine unverbindliche Freundschaft für mich empfand, die nach meiner Abfahrt schnell einschlafen würde. »Gibt's auch einen Kognak?« fragte ich.

»Zufällig habe ich einen dabei . . .« Er zog eine Reiseflasche aus der Tasche. »Gehört es zu Ihren Gewohnheiten, in der Morgendämmerung spazierenzugehen? Sie scheinen dies recht häufig zu tun.«

Ich überhörte seine Frage. Meine Hände umfaßten dankbar den heißen Becher. Der mit Kognak gemischte Kaffee lief warm durch meine Kehle. »Hunger?« Er gab mir eine Fleischpastete (zweifellos entweder von Jessica oder Mrs. Tolson zubereitet, dachte ich). »Woher wissen Sie . . . wo das Zimmer der Spanierin liegt?«

»Wer hat nicht von der Spanierin gehört?« antwortete er. »Patsy hat mir erzählt, daß die Spanierin in Thirlbeck umgeht. Die erbe ich also auch, und dazu noch diesen verdammten Riesenklunker, der allen Leuten Unglück bringen soll. Ich bete zu Gott, daß Askew hundert wird, dann sterbe ich vielleicht noch vor ihm; aber dann geht die unglückselige Erbschaft an den armen Thomas, es sei denn, wir haben bis dahin Kommunismus.«

»Sind sie wirklich so vom Unglück verfolgt, die Birketts?«

»Nein, die Birketts sind überhaupt nicht vom Unglück verfolgt, nur die Earls of Askew. Nehmen Sie zum Beispiel diesen einfachen, ordentlichen, aber geschickten Geschäftsmann, Askews Großvater – ein guter Landwirt, der etwas für die Landwirtschaft tun wollte. Kaum wird er Lord Askew, schon geht alles schief. Von seinen Söhnen überlebte nur einer, und der war reichlich merkwürdig. Er zog sich nach Thirlbeck zurück und sah keine Menschenseele. Und sie waren reich damals, die Earls of Askew. Er hätte sein Leben genießen können, aber sogar sein selbstgewähltes Einsiedlerleben hat er nicht genossen. Er war ein wenig älter als mein Vater, die beiden kannten sich gut. Mein Vater sagt, er sei ein bedauernswerter Mann gewesen, der ganz unter dem Einfluß seiner Mutter stand. Später verzankte er sich mit seinem einzigen Sohn, der – wie Sie wissen – von zu Hause fortlief, im Spanischen Bürgerkrieg kämpfte und eine katholische Spanierin heiratete, woraufhin natürlich alle Leute sagten, die unheilbringende Spanierin sei nach Jahrhunderten wieder nach Thirlbeck zurückgekehrt ...«

Ich holte tief Atem: »Daran habe ich gar nicht gedacht!«

»Aber die anderen! So als wäre die Geschichte nicht vor vierhundert Jahren, sondern gestern passiert. Dann hatte Askews Frau einen Sohn, was hieß, daß der Grafentitel an einen Katholiken gehen würde. Aber dazu kam es nicht. Der unselige Askew fuhr beide in den Tod, hier ganz in der Nähe, fast in Sicht des Hauses. Er kommt ins Gefängnis, und dann geht er in den Krieg und sucht einen ehrenvollen Tod. Aber statt zu sterben, kehrt er mit den höchsten Orden geschmückt heim. Ich hatte immer das Gefühl, daß er dem Unglück der Earls of Askew entgehen wollte, als er Thirlbeck verließ. Über dem Haus liegt ein Fluch – kein Wunder, daß er dort nicht leben wollte. Sicher wird er bald wieder abreisen, ich an seiner Stelle würde das gleiche tun ...«

»Nat, irgendwann, früher oder später, werden Sie der Earl of Askew sein. Was werden Sie tun? Was werden Sie mit Thirlbeck machen?«

»Mit Thirlbeck? Weiß der Himmel ... es niederreißen, wenn ich das Geld dazu habe.«

»Oh, nein – Nat!«

»Warum nicht? Wer will es haben? Wer kann es sich leisten, die Steuern für so einen alten Kasten zu zahlen – und die Reparaturen?«

»Wer? Ich – ich weiß nicht, aber die Menschen wollen so etwas wie Thirlbeck haben, Nat, sie brauchen es. Sie strömen aus den Städten . . . aus den Zementblöcken in die freie Natur, sie fahren kilometerweit, um Bäume zu sehen oder Berge, die sie nie besteigen werden. Sie würden nach Thirlbeck kommen, um ein Haus zu sehen, das vor Jahrhunderten von einem Architekten erdacht wurde, ein Haus, das sich heute keiner mehr leisten könnte zu bauen. Sie kommen, weil es für sie eine Art von Traum ist, Nat. Sie wissen vielleicht nicht einmal, daß es ein Traum ist, aber sie wollen, daß er erhalten bleibt.«

»Warum, in drei Teufels Namen, sollte ich Thirlbeck für diese verdammten Proleten erhalten? Sie haben von nichts eine Ahnung.«

»Nat . . .« Ich war verzweifelt, ich verstand mich selbst nicht. Warum setzte ich mich für ein Haus ein, das mir nicht gehörte, das ich wahrscheinlich nie wiedersehen würde? Die Worte sprudelten nur so aus meinem Mund. »Nat, warum ist es so wichtig, die Goldadler zu schützen? Warum sind wir hier in dieser Minute? Warum stehen Sie jeden Morgen in aller Frühe auf? Warum – warum? Die Adler sind einzigartig, und Thirlbeck ist einzigartig. Warum wollen Sie die Adler erhalten und Thirlbeck zerstören? Und vergessen Sie nicht, wenn Sie diese Adler verlieren, besteht immer noch Hoffnung, daß in hundert Jahren ein neues Paar kommt, um hier zu nisten. Aber mit Thirlbeck ist es anders, wenn Sie Thirlbeck niederreißen, ist es für immer verloren. Natürlich, ein kleiner Teil von Thirlbeck wird überleben, die Kamine, ein Stück der Treppe, ein Teil der Mauerbrüstung, die Möbel . . . o ja, ein Teil wird überleben, weil die Museen Geld haben und kaufen werden, aber wo bleibt das Ganze? Das Ganze wird nicht mehr existieren. Können Sie einen Goldadler kaufen, Nat? Würden Sie einen kaufen wollen? Goldadler sind nicht für Geld zu haben. Und wer kann es sich leisten, Thirlbeck zu erhalten? werden Sie fragen. Aber irgend jemand muß den Preis zahlen.«

Der Becher fiel ihm aus der Hand, und der Kaffee floß über den Boden. Er stand langsam auf und ging zu dem breiten Sehschlitz hinüber, hob das Fernglas auf und suchte den Felsen und den weiten Horizont ab. Nach einigen Minuten kam er zu mir zurück und setzte sich neben mich auf den Boden.

»Mein Gott, Jo, der Preis ist mehr als bezahlt. Thirlbeck schuldet mir viel, und ich schulde Thirlbeck nichts. Wissen Sie, wo Patsy starb?«

»Ich weiß . . . sie starb in Thirlbeck. Oh, Nat, verzeihen Sie, ich hätte nicht . . .«

»Einzigartig, weiß der Teufel, es ist ein einzigartiges Haus. Es hat ein liebes, einfaches Mädchen wie Patsy um den Verstand gebracht, so daß sie dort starb. Wissen Sie, wie Patsy gefunden wurde, Jo?«

Ich wäre am liebsten in den Boden versunken. Nats Gesicht war schmerzverzerrt. »Ich habe gehört . . .«, flüsterte ich.

»Ja, ich bin überzeugt, daß Sie viel gehört haben, eine Menge widersprüchliches Zeug. Aber wissen Sie, wo und wie man sie fand? Ich wette, das hat Ihnen niemand gesagt. Tolson und ich haben offiziell erklärt, daß Patsy durch einen unglücklichen Zufall umkam, man hat keine Rachegefühle, wenn das Wesen, das man am meisten auf der Welt liebt, stirbt. Besonders nicht, wenn es sich um Menschen wie die Tolsons handelt. Aber für Patsys Tod wird es nie eine plausible Erklärung geben. Doch was nützte das alles, nichts kann Patsy wieder lebendig machen . . .«

Er nahm den Becher und stellte ihn zögernd neben die Keksdose, unsicher, ob er schweigen oder weitersprechen sollte. Schließlich seufzte er und sah mich an. »Wir dachten, sie hätte sich verirrt, sie war einfach ... verschwunden. Ihr Wagen stand vor Southdales, sie konnte also nicht weit fort sein. Wir bemerkten ihre Abwesenheit überhaupt erst, als sie nicht an der Schulbushaltestelle erschien. Richard war noch im ersten Schuljahr, und sie holte die Kinder jeden Tag ab. Ich fing an, herumzutelefonieren – niemand hatte sie gesehen. Die Bauern durchsuchten ihre Garagen und Scheunen, alle Orte, wo sie eventuell sein konnte. Dann kam die Nacht, und ich dachte, ich würde den Verstand verlieren. Es war November, und wir hatten einen unerwarteten Kälteeinbruch. Ein bitterkalter Frost. Ich wußte, sie könnte im Freien nicht überleben. Bei Tagesanbruch stellten wir einen Suchtrupp zusammen und durchkämmten das ganze Tal und das Gebiet um den See herum. Es war ein höllischer Tag. Er war grausam lang, ich kann mich an jede Minute erinnern, und doch wurde es so schnell dunkel. Dann, als die Dämmerung hereinbrach, schlug Tolson vor, nach Thirlbeck zu gehen. Wir hatten keinen Grund anzunehmen, daß sie dort war – Jessica hatte sich am Tag von Patsys Verschwinden nicht aus dem Haus gerührt und schwor, daß niemand gekommen sei. Tolson schlug die Suche hauptsächlich deshalb vor, weil La Española nicht mehr im Safe lag, obwohl das Alarmsystem angeschlossen und ganz in Ordnung war. Thirlbeck sah damals nicht so aus wie jetzt. Die eisernen Fensterläden wurden nie geöffnet, die unteren Räume lagen in einem ewigen Dunkel, und man mußte Licht anknipsen, um überhaupt etwas sehen zu können.«

»Nat ... verzeihen Sie mir, sprechen Sie nicht weiter, ich hätte nie etwas sagen sollen ...«

»Lassen Sie, Jo, es ist nicht Ihre Schuld.«

Er saß neben mir auf dem Boden, das Kinn auf die Knie gestützt, die Arme um die Beine geschlungen. Er hob den Kopf.

»Sie litt an einem Herzklappenfehler – ein Überbleibsel von akutem Gelenkrheumatismus, den sie sich als

Kind geholt hatte. Sie hatte jahrelang keinerlei Beschwerden, aber dann, kurz vor ihrem Tode, wurde sie kurzatmig und ermüdete leicht. Wir fuhren nach London zu einem Spezialisten, er sagte uns, die Sache wäre leicht operierbar, und sie könnte ohne weiteres ein hohes Alter erreichen. Allerdings müßten wir sechs bis acht Wochen warten. Wir fuhren also nach Hause und faßten uns in Geduld. Deshalb war ich auch von Anfang an überzeugt, daß sie sich nicht weit vom Haus entfernt hatte, ohne jemandem Bescheid zu sagen – sie war nicht gesund genug für lange Spaziergänge und mußte jede Anstrengung oder Aufregung vermeiden.

Wir fanden sie ausgerechnet im Zimmer der Spanierin. Sie lag hinter der Tür, so als hätte sie bis zur Erschöpfung gerufen und geklopft. Sie mußte versucht haben, eine Fensterscheibe zu zerbrechen. Die alten Fenstergriffe waren eingerostet und sperrten. Vermutlich hatte sie nicht die Kraft gehabt, sie zu öffnen. Einige der Butzenscheiben waren kaputt, und wir fanden blaue Porzellanscherben unter dem Fenster und auf dem Kiesweg. Sie hatte also versucht, sich bemerkbar zu machen, aber ihre Chancen, gehört oder gesehen zu werden, waren gering; jemand hätte schon zufällig zum Fenster hinaufsehen müssen, um sie zu entdecken. Zuerst dachten wir, die Tür sei von innen verschlossen, aber Tolson, der das Schloß hinterher auseinandergenommen hat, sagte, der ganze Mechanismus sei blockiert gewesen, weil einzelne Metallteile verrostet waren. Das Schloß stammte noch aus der Zeit, wo das Haus gebaut worden war. Patsy – so meinte Ted – hätte mit ihren Versuchen, den Schlüssel umzudrehen, ihre Lage noch verschlimmert. Nun, dies waren Einzelheiten, die mich damals nicht interessierten. Ich wußte nur das eine – Patsy war dort allein gestorben, wahrscheinlich in der Nacht, halb erfroren, einsam und verängstigt. Sie muß sich in eine panische Furcht hineingesteigert haben, und das hat ihr Herz nicht ausgehalten. Doktor Murray hat mir hinterher gesagt, ihr Herz sei wie ein schwacher Motor gewesen, dem man zuviel abgefordert hätte. Es war eine verdammt technische Erklärung für den Tod einer jungen Frau. Meine arme kleine Patsy, sie lag leblos am Boden mit La Española in der Hand.«

»O Gott, nein! Nat! La Española – aber, warum?«

»Warum – wer weiß, warum. Niemand wird es je erfahren. Tolson zeigte ihr oft La Española, holte den Diamanten aus dem Safe und gab ihn ihr in die Hand. Er wollte ihr die Angst vor dem Stein nehmen, die Angst vor den dummen Geschichten, die man über La Española erzählte.«

»Erklärte er ihr das Alarmsystem?«

Nat zuckte die Achseln. »Er sagt, ja. Abgesehen davon ist die ganze Anlage reichlich primitiv, jedes Kind kann sie verstehen. Doch was soll's: Niemand wird je wissen, was wirklich passiert ist. Bei mir zu Hause hängt ein zweiter Schlüssel für das südliche Pförtnerhäuschen, und den hat Patsy wahrscheinlich benutzt. Ich habe mir endlose Vorwürfe gemacht, daß ich damals nicht gleich nachgesehen habe, ob der Schlüssel noch an seinem gewohnten Platz hing. Aber all das sind nachträgliche Überlegungen. Tolson und ich einigten uns, ohne ein Wort zu wechseln, daß wir La Española nicht erwähnen würden. Der Gedanke, daß Patsys Tod in allen Zeitungen breitgetreten würde, was unvermeidlich gewesen wäre, war uns beiden entsetzlich. Doch diese schweigende Übereinkunft beantwortete nicht die eine Frage, die ich zwar nicht gestellt habe, aber die für immer in der Luft hängen wird: Wie konnte Patsy im Haus sein, und niemand wußte davon? Warum war niemand früher auf die Idee gekommen, das Haus zu durchsuchen? Jessica hatte gesagt, sie wäre den ganzen Tag über da gewesen, außer der kurzen Zeit, die sie im Gemüsegarten verbracht hatte. Niemand von uns konnte sich vorstellen, daß Patsy sich ins Haus geschlichen hatte, ohne jemandem Bescheid zu sagen. Als ich die Bauern bat, in

215

ihren Scheunen zu suchen, hätte ich sofort an Thirlbeck denken sollen – auf mich hat der alte Kasten immer wie eine Riesenscheune gewirkt. Aber ich habe nicht daran gedacht, genausowenig wie George Tolson. Er ließ sogar vierundzwanzig Stunden verstreichen, ohne nachzusehen, ob La Española noch im Safe lag. Wie verstört muß er gewesen sein, um das zu vergessen! Er liebte Patsy auf eine väterlich-fürsorgliche Art. Wie konnte ich ihm da Vorwürfe machen?«

Ich fröstelte, so als fühlte ich dieselbe Kälte wie Patsy damals. Ich dachte an das Zimmer der Spanierin, mir war das Zimmer eine Zuflucht, aber eine andere junge Frau hatte dort ihren Tod gefunden. Eine junge Frau, deren Herz die Angst, die Kälte und die Einsamkeit nicht ausgehalten hatte.

Dann kam mir ein anderer Gedanke. »Nat, wenn sie noch genug Kraft hatte, eine Butzenscheibe zu zerbrechen, warum hat sie dann nicht das Licht angedreht, um die Aufmerksamkeit auf sich zu lenken? Oder eine Kerze oder den Kamin angezündet? Ein Korb mit Holz steht doch immer im Zimmer. Sie haben heute früh doch auch das Licht gesehen, als Sie vorbeifuhren? Irgend jemand hätte es sicher in der Nacht bemerkt, als man nach ihr suchte.«

Er schüttelte den Kopf. »Es gab kein elektrisches Licht. Tolson installierte es erst nach dem Unglück. Eine Kerze war natürlich da, aber keine Streichhölzer. Patsy hatte wegen ihrer Herzschwäche das Rauchen aufgegeben und daher keine Streichhölzer bei sich. Sie war allein. Es war dunkel und kalt. Ich habe natürlich auch gleich an die Streichhölzer gedacht . . .«

Ja, er mußte nicht nur einmal, sondern tausendmal an die Streichhölzer und das Licht gedacht haben. Es erklärte seine übertriebenen Warnungen, vorsichtig zu sein, überall vorsichtig zu sein, die richtigen Wanderschuhe zu kaufen, vernünftige Kleidung zu tragen, einen Kompaß zu benützen. Ich konnte ihm fast körperlich die

Qual seiner Selbstvorwürfe nachfühlen. Über den hellen Morgen war ein Schatten gefallen. Der Gesang der Vögel klang plötzlich heiser und schrill.

»Und die Hunde?« fragte ich. »Haben die Hunde Patsy nicht gefunden?«

»Sie konnten es nicht. Die Polizei hatte ihre eigenen Spürhunde mitgebracht und befürchtete, daß die Wolfshunde sie beißen und ablenken würden. Sie verlangten von Tolson, daß er die ganze Meute einsperrte, und so steckten wir sie in eine Scheune, wo sie sich die Kehlen ausheulten. Vielleicht hätten sie uns helfen können . . . ein weiterer Fehler wahrscheinlich.«

»Und dann«, fuhr Nat fort, »dann ergriffen die Tolsons Besitz von mir. Sie versuchten die Lücke, die Patsy hinterlassen hatte, auszufüllen – als ob das möglich wäre. Das geht schon seit drei Jahren so, aber jedesmal, wenn Tolson und ich uns ansehen, hängt die unbeantwortete Frage zwischen uns: Wie konnte es geschehen? Wir sprechen nie darüber. Ich habe mich ihrem Trott angepaßt und komme nicht mehr ohne sie aus. Ich kann über Patsy nicht reden . . . den Jungen gegenüber nenne ich sie ›eure Mutter‹. Aber das klingt so fremd. Die Frau, die starb, war Patsy.«

»Aber Sie sprechen jetzt über sie. Sie sprechen über Patsy. Sie sprechen über die Tolsons. Wissen Sie, was das heißt, Nat?«

»Ich glaube, ja. Es heißt, daß ich mit Ihnen reden kann, daß ich endlich reden kann . . . meine Seele war verdorrt, nichts hat mich mehr interessiert. Ich bin ein stumpfsinniger Bauer geworden, ein Langweiler, der in seiner Freizeit an einem alten dummen Wagen herumfummelt. Ich war nicht immer so. Drei Jahre lang habe ich mich wie ein alter Mann gefühlt. Und mich wie einer benommen. Dann erschienen Sie eines Morgens an der Tür, setzten sich auf den Stuhl, auf dem Patsy zu sitzen pflegte, und es gab mir keinen Stich ins Herz, im Gegenteil, es hat mir Freude bereitet, und aus lauter Erstaunen darüber betrank ich mich. Ich fühlte mich wieder jung und versuchte, es zu verbergen. Nun, ich habe keine Lust mehr, es weiterhin zu verbergen. Küß mich, Jo.«

Ich war nicht sicher, ob ich seine Art zu küssen mochte. Es war ein hungriger, fast gieriger Kuß, der schmerzte. Aber dann begriff ich plötzlich, daß nur noch wenige Männer so küssen, weil nur noch wenige nach Küssen hungern. In unserer Zeit werden Zärtlichkeiten so gedankenlos ausgetauscht wie Höflichkeiten. Aber zu Nat Birkett war seit drei Jahren niemand mehr zärtlich gewesen. Ich rückte näher an ihn heran. Es ist schwierig zu küssen, wenn beide auf dem Boden sitzen. Es war unvermeidlich, daß wir bald nebeneinander lagen, so wie Liebende es seit eh und je tun.

»Mein Gott, Jo . . .«, sagte er. »Ich höre gleich auf.«

»Bitte nicht . . .«

»Halt den Mund. Du bist verrückt und ich auch. Ich will mit dir schlafen, aber nicht nur für eine Nacht. Du wirst fortgehen. Du wirst nach London zurückkehren zu deinen Antiquitäten und deinem schicken, reichen Mann. Ach, zum Teufel, dann gehst du eben. Wie sagt man doch, pflücke die Rosen, solange sie blühen? Du bist eine Rose, liebe Jo – wir sind beide voller Dornen. Aber so sind wir nun mal geschaffen. Jo, ich wünschte, du würdest mich nicht verlassen.«

»Aber ich werde dich verlassen – du weißt, daß ich dich verlassen muß. Ich bin nicht die Richtige für dich, Nat, so wie du nicht der Richtige für mich bist. Aber küß' mich noch einmal, Nat, trotz all meiner Dornen. Oder sind es Brennesseln? Man sagt, sie brennen nicht, wenn man sie energisch anpackt.«

Diesmal küßte er mich sanfter, seine Lippen ruhten auf den meinen, so als käme er auf den Geschmack. Seine weichen, geduldigen, suchenden Hände fingen an, mich zu erregen. Und dann spürte ich voller Schrecken eine Lust in mir, von der ich nicht geahnt hatte, daß sie unbefriedigt in mir schlummerte. Ich hörte meine eigene

Stimme sagen: »Ja, Nat, ich will . . . ich will dich auch. Aber warum, Nat?« Und dann leiser: »Und warum nicht?«

Es gibt viele Orte, um sich zu lieben. Und ein Birkenwald kurz nach Sonnenaufgang ist einer davon – kein besonders ausgefallener, kein besonders origineller. So was geschieht, seitdem die Welt besteht, aber mir war, als geschähe es zum ersten Mal.

Die Stille um uns schien vollkommen, wir hörten keinen Laut, nichts bewegte sich, und doch spürten wir eine fremde Gegenwart. Nats Hund spitzte aufgeregt die Ohren und setzte zu einem ärgerlichen Knurren an, das aber sofort in freudiges Gebell umschlug. Er sauste wie ein Pfeil durch den Wald, und wir sahen eine Gestalt zwischen den Bäumen, eine zarte, feengleiche Gestalt mit goldgesponnenem Haar, eine Elfe im Morgendunst. Dann lief sie davon, lief zusammen mit dem Hund zurück nach Thirlbeck.

Nat schlug mit der Faust auf meinen Oberschenkel. »Verdammt noch mal! Kann sie mich denn nie alleine lassen? Diese verfluchte Jessica – dieses verwünschte Mädchen! Immer ist sie in meiner Nähe – kaum drehe ich mich um, schon steht sie da. Versteht sie denn nicht, daß mir ihr Anblick unerträglich ist? Tolson versucht immer noch, so zu tun, als ob nichts geschehen sei. Er beschützt und behütet sie – vermutlich hat er Angst, sie würde eines Tages zuviel sagen oder wieder etwas anstellen.«

»Wieder? Nat, worüber redest du?«

Er setzte sich aufrecht hin und zündete langsam und umständlich für uns beide eine Zigarette an, wobei seine Hände zitterten. Dann stützte er sich auf den Ellbogen und sah mir voll ins Gesicht.

»Ich rede über Dinge, Jo, über die ich nicht reden sollte. Aber nachdem ich einmal angefangen habe, kann ich nicht aufhören.« Der Rauch unserer Zigaretten verschmolz in der Luft, und ich sah sein Gesicht wie durch einen Schleier.

»Jessica? . . . Niemand wird je erfahren, was damals wirklich zwischen ihr und Patsy vorfiel. Ist Patsy alleine durchs Haus gegangen? Ist sie von Jessica überrascht worden, als sie La Española betrachtete? Wurde Jessica eifersüchtig? Oder nahmen sie gemeinsam den Stein aus dem Safe? Warum waren sie mit La Española im Zimmer der Spanierin? Drei Jahre sind seitdem vergangen, und wir haben noch immer keine Antwort gefunden. Wir wissen nur, daß Jessica in jener Nacht wie von Sinnen war. Als ich mit Patsys Leiche im Arm die Treppe herunterkam, fing Jessica hysterisch zu schreien an. Sie schrie, es sei nicht ihre Schuld, sie hätte Patsy nie berührt, sie hätte Patsy nicht gesehen. Ich werde die Szene nie vergessen. Dieses hochintelligente, halbverrückte Mädchen, das in jenem Sommer nach einem glänzend bestandenen Examen einen Nervenzusammenbruch gehabt hatte – dieses Mädchen schrie und schrie. Patsy hätte in Thirlbeck nichts zu suchen, Patsy sei nicht im Haus gewesen, hätte kein Recht, im Haus zu sein, hätte kein Recht, La Española zu berühren. Die Beschimpfungen nahmen kein Ende, und ein Wort war schlimmer als das andere. Es war grausig und abstoßend zugleich.

Keiner von uns hegte die geringsten Zweifel, daß sie log. Sie hatte die ganze Zeit über gewußt, daß Patsy im Haus war, und nichts gesagt. Erst als sie Patsys Leiche sah, brach sie zusammen. Die Dinge, die sie über Patsy sagte . . . ich hätte es nie für möglich gehalten, daß Jessica solche – schmutzigen Ausdrücke kennt. Tolson brachte sie auf ihr Zimmer, aber sie schrie immer weiter. Dann kam Dr. Murray. Er untersuchte Patsys Leiche und sagte, nach seiner Meinung sei sie in der Nacht zuvor gestorben. Dann ging er zu Jessica und gab ihr eine Beruhigungsspritze; er muß eine Menge gehört haben, aber als Arzt hat er natürlich nie darüber gesprochen.

Später, als es Jessica wieder besser ging, wurde es immer schwieriger zu glauben, daß wir sie tatsächlich auf die unflätige Art hatten schreien hören. Sie selbst sprach natürlich nie darüber. Wer will schon zugeben, solch einen Schwall von Haß, Gier und Eifersucht in die Welt hinausgeschrien zu haben? Jedenfalls nicht unsere kleine Jessica, unser makelloses Eisprinzeßchen! Nein, sie bestimmt nicht.«

»Nat, glaubst du, sie hat Patsy in das Zimmer der Spanierin eingesperrt und sie dann einfach ihrem Schicksal überlassen?«

»Das Zimmer der Spanierin war nie abgeschlossen. Aber sie unterließ, uns zu erzählen, wo Patsy war. Und sie schaltete das Alarmsystem wieder ein. Wenn Tolson das Fehlen von La Española bemerkt hätte, wäre er sofort auf die Idee gekommen, daß Patsy sich in Thirlbeck befand.«

»Aber warum hat sie Patsy das angetan? Sie muß doch gewußt haben, in welche Schwierigkeiten sie geraten würde, sobald Patsy wieder auftauchte. Sie konnte schließlich nicht ahnen, daß sie sterben würde.«

»Du kennst doch Kinder, sie tun etwas Falsches, und dann versuchen sie es so lange wie möglich zu vertuschen, selbst wenn sie wissen, daß zum Schluß alles herauskommen muß. Sie gebrauchen Ausflüchte und tun alles, um die Strafe hinauszuzögern. Jessica war einfach von Sinnen. Sie war – nun, sie war sechzehn damals. Zu jung, oder zumindest in meinen Augen zu jung, um sie anzuklagen. Abgesehen davon konnte es weder Patsy wieder lebendig machen, noch mir meinen Seelenfrieden wiedergeben. Murray sagte mir noch in der gleichen Nacht, daß er Jessica zu einem Psychiater nach London schicken würde. Sie war eine Weile in einer Klinik. Ich glaube, man gab ihr eine Elektroschockbehandlung. Dann ging sie zwei Jahre lang zweimal in der Woche zu einem Arzt in Carlisle. Ich habe mich nie genau danach erkundigt, ich wollte es gar nicht wissen. Aber all diese Jahre seit der Nacht, wo sie diese entsetzlichen Dinge über Patsy in die Welt schrie, benimmt sie sich wie ein liebes, braves Mädchen. Sie ist klug, hilfreich, tüchtig. Manchmal, wenn ich sie jetzt treffe, kann ich sogar die Vergangenheit vergessen, weil das Wesen, das ich sehe, nicht die geringste Ähnlichkeit mit dem bösen kleinen Dämon hat, der Patsy alleine sterben ließ. Ich glaube, sie selbst hat wirklich alles vergessen, denn sie scheint sich gar nicht darüber klar zu sein, daß ich einen Grund habe, sie zu hassen.

Und jetzt verstehst du auch, warum die Tolsons so bemüht um mich sind. Sie tun es nicht nur meinetwegen, sondern auch Jessicas wegen. In gewisser Weise nehmen sie mir damit das Recht, um Patsy zu trauern, und das kann ich ihnen nicht verzeihen. Mein Leben brach auseinander, und ich durfte es nicht zeigen.«

Er drückte vorsichtig die Zigarette in einer rostigen Tabakdose aus, die schon bis zum Rand mit Stummeln gefüllt war. »Natürlich sind die Jungen der ausschlaggebende Faktor. Ihretwegen lasse ich mich von den Tolsons am Gängelband führen, aber manchmal denke ich mir, ob es nicht besser wäre, wenn Thomas, Richard und ich uns alleine durchschlagen würden, selbst wenn die Zimmer schmutzig und die Socken ungestopft blieben. Ich habe die ganzen Jahre geschwiegen, und so glauben sie vermutlich, ich hätte mich abgefunden. Aber das kann ich nicht. Ich habe die Nacht nicht vergessen, und ich weiß nicht, wie ich die Erinnerung an sie je auslöschen kann. Ich ersticke an der Überfülle ihrer Freundlichkeit und Hilfsbereitschaft, aber ich weiß nicht, wie ich mich davon befreien kann. Manchmal habe ich das Gefühl, seit drei Jahren keine frische Luft mehr geatmet zu haben.«

Er setzte sich aufrecht hin, seine Hand ruhte schwer auf meiner Schulter, und ich sah, wie sich auf seiner Stirn Schweißperlen bildeten. »Jo, in deiner Gegenwart habe ich das Gefühl, wieder frei atmen zu können, nicht nur Luft zu holen, sondern wirklich frei atmen zu können. Einen Moment lang habe ich so etwas wie Morgenluft gewittert und mir eingebildet, es gäbe für mich einen Ausweg, aber jetzt bin ich wieder zur Vernunft gekommen, und ich weiß, du wirst gehen. Du gehörst nicht in meine Welt, und du wirst gehen, ich weiß es.«

Ich konnte und wollte ihm nicht widersprechen, ich wußte, es wäre leichter für uns beide, wenn ich ginge.

Und ein paar Minuten später ging ich wirklich. Er hockte auf dem Boden der Hütte, rauchte eine Zigarette, machte frischen Kaffee und sah mir nach, mit einem Blick, von dem ich nicht wußte, ob er traurig oder verärgert war. Ich schritt beflügelt den Weg entlang, noch nie hatte ich nach einem Liebeserlebnis eine so tiefe Freude und Befriedigung empfunden. Mir war etwas widerfahren, nach dem ich mich immer sehnen würde. Eine innere Stimme sagte mir, daß es zwar leichter sein mochte zu gehen, aber vielleicht nicht besser. Andererseits hatte Nat nicht selbst gesagt, ich gehöre nicht in seine Welt?

Der Morgennebel hatte sich vom See und den Gipfeln des Brantwick und des Großen Birkeld gehoben. Ich wandte mich um, aber die Hütte war nicht mehr zu sehen. Über dem dunstfreien Felsen zog ein Adler seine Kreise, höher und immer höher, weit über dem Tal, und dann war nur mehr ein kaum erkennbarer Punkt vor den kahl aufstrebenden, steilen Bergen.

Ich dachte, ich würde sie in der Küche finden, und dort war sie auch. Es war immer noch früh am Tag – von Tolson war nichts zu sehen, und Mrs. Tolson stand erst später am Morgen auf. So war Jessica alleine, wie ich vermutet hatte; sie stand in der Küche, umgeben von Töpfen und Pfannen, und begann, die erste Mahlzeit des Tages vorzubereiten.

Sie blickte auf, als ich durch die Hintertür eintrat. Sie war vollkommen ruhig und in keiner Weise geniert, obwohl sie genau wußte, daß Nat und ich sie von der Hütte aus gesehen hatten. Der Collie war vermutlich zu

223

Nat zurückgelaufen. Der Kaffee brodelte friedlich auf dem Herd. Sie hatte noch nicht angefangen, das Frühstück herzurichten. Askew würde erst in einer Stunde erscheinen, und auch Jeffries würde nicht früher Geralds Tablett hinauftragen.

Sie wies mit einer Kopfbewegung auf den Kaffeetopf. »Er ist fertig, möchten Sie eine Tasse?«

»Ja, ja doch, gerne.« Ich ging zur großen Anrichte und holte mir eine Tasse und Untertasse. »Und Sie?«

»Ja, bitte mit Sahne und Zucker, die Sahne steht im Eisschrank.«

Ich goß schweigend den Kaffee ein und tat zwei Löffel braunen Zucker in ihre Tasse, dann reichte ich sie ihr hinüber. »Danke . . .« Sie nahm einen Schluck und maß weiter die Zutaten ab, die sie für ihre Speise brauchte. »Bayrische Creme – fürs Mittagessen«, sagte sie. »Können Sie kochen?«

»Nicht gut.«

»Das habe ich mir gedacht. Ich weiß nicht, was Sie bei Hardy machen, aber woanders sind Sie nicht besonders brauchbar. In ein paar Jahren, wenn ich mehr gelesen habe, werde ich genausoviel wissen wie Sie – wahrscheinlich sogar mehr, und zusätzlich bin ich noch eine gute Hausfrau.«

Ich holte einen Stuhl und setzte mich ihr gegenüber an den großen Tisch. »Was wollen Sie mit alledem sagen, Jessica? Und warum sind Sie heute früh zur Hütte gekommen? Was haben Sie dort zu suchen gehabt?«

»Und warum sind Sie dorthin gegangen? Was hatten Sie dort zu suchen? Wollten sich wohl ein wenig die Zeit vertreiben? Aber Nat Birkett gehört nicht zu den Männern, die sich mit jemandem wie Ihnen abgeben. Er macht sich nichts aus schicken Londoner Typen.«

»Was zieht er denn vor, Jessica, Ihren Typ?«

»Warum nicht? Ich bin kein Kind mehr. Und das wird er bald merken! Eines Tages werden ihm die Augen aufgehen, und dann wird er es merken.«

Während sie sprach, fuhr ich mit den Fingern über eine einfache cremefarbene Schale, die neben ihrer Schüssel und den Meßgläsern auf dem Tisch stand. Es war eine sehr schlichte, aber sehr edel geformte Schale, wahrscheinlich wollte Jessica ihre fertige Süßspeise darin anrichten.

»Und wie werden Sie ihm die Augen öffnen, Jessica? Nat weiß doch jetzt schon, wie unersetzlich Sie sind. Wie klug und geschickt in allem.«

»Das brauche ich gar nicht«, sagte sie brüsk. »Wenn ich erst mal zwanzig bin, wird er es schon merken. Bislang betrachtet er mich noch als Kind, aber eines Tages werden ihm ganz von selbst die Augen aufgehen.«

Sie flüsterte fast mit ihrem feinen Stimmchen. Wir sprachen beide in einem ruhigen, gelassenen Tonfall, als sei dies eine ganz normale Unterhaltung. Aber ich bemerkte, daß ihr wachsbleiches puppenhaftes Gesicht leicht gerötet war und ihre porzellanblauen Augen gefährlich blitzten. Sie starrte mich über den Tisch hinweg mit einem seltsam fanatisch glühenden Blick an, daß ich fast erschrak. Was hatte Nat ihr vorgeworfen? Gier, Haß, Eifersucht, einen blinden, vielleicht sogar mörderischen Zorn. Ich betrachtete sie eine Weile lang fasziniert, dann fiel mein Blick wieder auf die Schale. Ich nahm sie in die Hände und drehte sie um, prüfte die kaum erkennbare Marke und fuhr mit den Fingern über die Glasur. Sie war offensichtlich mit großer Sorgfalt und ohne jede Hast angefertigt worden; sie wirkte völlig zeitlos. Ich hielt sie gegen das Licht, und plötzlich spürte ich, wie mein Herz aufgeregt zu schlagen anfing. Konnte es möglich sein, daß diese Schale . . .? Ich blickte wieder auf Jessica, ihr Ausdruck hatte sich seltsam verändert, ihre seidenweiche Stimme war zu einem Flüsterton herabgesunken, als sie jetzt wieder zu reden anfing. »Warum gehen Sie nicht fort? Sie wissen doch, daß niemand Sie hier will. Ihr alle seid hier unwillkommen, ihr habt kein Recht, hier zu sein – ihr richtet nur Unheil und Schaden an. Alles ging gut, bis ihr kamt, aber ihr werdet auch wieder gehen, und dann wird alles so sein, wie es immer war.«

»Nein, es wird nie mehr so sein, wie es war, Jessica. Lord Askew ist nach Thirlbeck zurückgekehrt, und das hat alles verändert.«

»Auch er wird wieder fortgehen. Das Haus gehört ihm nicht.«

»Und wem gehört es, Jessica?«

»Uns gehört es. Meiner Familie und Nat Birkett. Lord Askew sollte sterben und Nat Birkett geben, was ihm zusteht. Warum leben alte Männer so lange und zwingen die anderen zu warten?«

Sie hatte jetzt den leeren Blick der Besessenen, ihre Stimme verriet kein einziges Gefühl. Und ich drehte und drehte die Schale in meiner Hand, weil die Bewegung sie zu hypnotisieren schien, meine Schläfen hämmerten.

Ich sprach ganz leise zu ihr wie zu einer Kranken. »Und war Ihnen Patsy Birkett im Weg, Jessica? Mußte sie sterben, damit Sie bekommen, was Ihnen zusteht? Patsy sollte operiert werden und hätte gesund werden und lange leben können, nicht wahr? Sie kam oft, um sich La Española anzusehen, nicht wahr? Ihr Großvater, Jessica, hat sie sogar dazu ermutigt, nach Thirlbeck zu kommen und den Diamanten zu betrachten. Hat Patsy Birkett Sie im Zimmer der Spanierin mit dem Diamanten überrascht, oder war es umgekehrt? Haben Sie sie dort oben allein gelassen – allein und in Panik? Warum haben Sie nicht nachgesehen, ob ihr etwas zugestoßen ist, als alle nach ihr suchten?«

Es war kaum zu glauben, aber um ihren Mund spielte bei der Erinnerung ein leises, kaum merkliches Lächeln. »Ich habe ihr nichts getan. Caveat raptor: Wehe dem, der raubt! Sie hielt La Española in den Händen, als gehöre sie ihr schon, sie ging durch das Haus, als lebe sie schon hier, durch dieses Haus, durch mein Haus! Ich habe ihr nichts getan, ich habe sie nicht einmal berührt.«

»Jessica, schweig', deine Phantasie geht mit dir durch!«

Tolson stand in der Tür, die zum Dienstbotentrakt führte. Seine dunkle, monumentale Gestalt wirkte gebeugter als sonst, seine Schultern waren mehr denn je gerundet, seine Arme hingen locker an ihm herunter wie bei einem großen Affen.

Bei seinem Anblick fiel die Schale plötzlich aus meinen zitternden Fingern und zerschellte am Boden.

Sechstes Kapitel

I

Die Scherben der Schale lagen zusammengebunden in einem seidenen Schal unter den anderen Sachen in meinem Koffer, während ich auf der Autobahn in Richtung London fuhr. Ich nötigte meinem Mini hundert Stundenkilometer ab; der kleine Wagen ratterte so stark, daß ich fürchtete, meine Zähne würden zu klappern anfangen. Ich sah die erstaunten Blicke der Fahrer, die ich überholte und die meist sehr viel stärkere Autos fuhren; gelegentlich hupten sie erbost, wenn ich etwas besonders Leichtsinniges gemacht hatte. Aber ich trat das Gaspedal durch und ließ mich auf blödsinnige Risiken ein, obwohl mir das in meinem Zustand kaum zum Bewußtsein kam. Ich hielt nur, um zu tanken, auf die Toilette zu gehen oder mir einen Kaffee in einem Papierbecher und ein eingewickeltes Sandwich zu kaufen, das ich im Fahren aß. Ganz England schien gerade heute unterwegs zu sein, und dann begann es auch noch zu regnen. Aber ich verminderte das Tempo nicht. Als ich die ersten Vororte von London erreichte, fingen meine Augen zu tränen an. Schließlich blieb ich im abendlichen Stoßverkehr stecken und konnte nur noch stumpfsinnig auf die Autokette vor mir starren und dem monotonen Klicken der Scheibenwischer lauschen. Ich zündete mir meine erste Zigarette des Tages an und gab mich endlich meinen Gedanken hin.

Als ich Askew von meinem Pech erzählte, schien er völlig uninteressiert. Er wollte noch nicht mal sein Frühstück aufschieben, um sich die Schale anzusehen. »Aber verstehen Sie, Lord Askew, sie war vielleicht sehr wertvoll, und ich habe sie zerbrochen.«

Unverständlicherweise zuckte er nur die Achseln. »Die Schale ist zerbrochen. Viele Dinge zerbrechen, manchmal auch Persönlichkeiten. Es tut mir leid, wenn mir nur dieser Gemeinplatz einfällt, aber ich wüßte nicht, was ich anderes sagen sollte.«

»Aber Sie werden verstehen, daß ich es unbedingt den Direktoren bei Hardy berichten muß. Für jemand, der in der Porzellanabteilung arbeitet, habe ich mich unbeschreiblich ungeschickt benommen. Es hätte mir auf keinen Fall passieren dürfen.«

»Regen Sie sich nicht auf«, sagte er, »setzen Sie sich erst mal hin und frühstücken Sie, damit ich auch frühstücken kann. So, sehen Sie, das ist schon besser.« Er schenkte uns beiden Kaffee ein. »Ich finde, Sie handeln wirklich etwas voreilig. Was hat es, um Gottes willen, mit Hardy zu tun, wenn Sie in meinem Haus etwas kaputtmachen? Ich sehe wirklich keinen Zusammenhang. Was geht Hardy das alles an? Hier, essen Sie wenigstens einen Toast.«

»Nun, Sie haben doch selbst gesagt, Sie würden vielleicht Ihr Mobiliar zu Hardy schicken. Aber nachdem ich das angerichtet habe, entscheiden Sie sich womöglich, alle Sachen zu Christie oder Sotheby zu geben. Und selbst wenn die Schale sich nicht als so wertvoll erweist, wie ich glaube, spielt es keine Rolle. Es geht einfach nicht an, daß eine Angestellte von Hardy im Haus eines Kunden herumgeht und dessen Sachen zerschmeißt.«

»Wissen Sie, Sie sind wirklich töricht. Sie hätten das Ganze überhaupt nicht zu erwähnen brauchen. Es war eine Schüssel, die in der Küche benutzt wurde, und niemand hat gewußt, daß sie irgendeinen Wert hat. Sie hätten den Mund halten sollen, und alle wären zufrieden gewesen.« Er wies mit der Gabel auf die Scherben, die auf der Anrichte lagen. »Also, ich finde, es sieht wie eine ganz normale Küchenschüssel aus.«

»Ich aber nicht. Und ich bin erstaunt, daß Sie auf den Gedanken kommen, daß ich so ein Vorkommen verschweigen würde.«

Er sah mich prüfend an, dann lachte er wieder. »Ich muß schon sagen, so viel Aufrichtigkeit, und das noch von jemand Ihres Alters . . . Kein Wunder, daß Gerald soviel von Ihnen hält. Noblesse oblige . . . Pfadfinderehre . . . und all das. Es tut mir leid, daß ich lache, aber ich kann nicht anders.«

»Ich wünschte, Sie würden es nicht tun. Es verletzt mich.«

»Gut, dann werde ich versuchen, nicht zu lachen. Aber angenommen, ich würde nun sagen ›vergessen Sie das Ganze‹? Ein kleines Unglück ist passiert, eine meiner Küchenschüsseln ist zerbrochen, und es ist mir egal, ich habe es schon vergessen. Müssen Sie immer noch nach London brausen und bei Ihren Direktoren eine Beichte ablegen?«

»O ja. Aber können Sie mir sagen, ob es noch mehr von –«, ich machte eine Kopfbewegung in Richtung der Anrichte, »von solchen Sachen gibt?«

»Woher soll ich das wissen? Das Haus steckt voller Trödelkram, und hie und da gibt es mal ein gutes Stück. Sie wissen doch, wie Familien unnützes Zeug ansammeln, besonders, wenn sie Platz haben. Denken Sie nur an die verdammten Kästen, die Sie durchgesehen haben, Papiere von zweihundert Jahren, und wahrscheinlich kein einziges Blatt darunter, das sich lohnen würde, aufzuheben. Haben Sie je die Dachkammern gesehen? Ein wahrer Alptraum. Wenn Sie dort herumwühlen, finden Sie vielleicht noch ein paar mehr von solchen Dingern. Zweifellos hat Tolson die Schale dort gefunden und sich gedacht, daß sie ganz brauchbar ist.«

»Es ist höchst ungewöhnlich, solche Schalen in einem englischen Landhaus zu finden, es sei denn, sie sind in China gekauft worden. Können Sie sich erinnern, Lord Askew, ob jemand aus Ihrer Familie mal in China war – sagen wir irgendwann im vorigen Jahrhundert?«

»Keine Ahnung, ich lebte damals noch nicht.« Er stand auf und holte sich, von dem Vorfall völlig ungerührt, noch eine Portion Rühreier. »Natürlich gab es den alten Major Sharpe. Er war mit der Schwester meines Großvaters verheiratet. Er kam jede Weihnachten zu Besuch. Während des Boxeraufstands saß er in Peking fest, ich weiß nicht, wie oft ich mir die Geschichte anhören mußte. Er wohnte mit seiner Frau in einem kleinen Haus in Whitehaven, es war vollgestopft mit chinesischen Schwertern und Rüstungen, über die ich jedesmal stolperte, wenn ich bei ihnen war. Es ist gut möglich, daß er auch ein paar chinesische Vasen hatte. Da er kinderlos starb, sind die Sachen wahrscheinlich nach Thirlbeck gekommen. Aber etwas Bestimmtes weiß ich nicht. Ich habe keine Ahnung, was in diesem Haus vorging, als ich im Internat war, und irgendwelche Veränderungen wären mir auch nicht aufgefallen. Es ist ja alles schon so lange her . . .«

Ja, es war alles lange her . . . Meine Gedanken kehrten wieder zu Vanessa zurück, zu Vanessa, die nicht so unwissend gewesen war. Es gab so viel Widersprüchlichkeiten. Mein Kopf schmerzte vom Benzingeruch und dem stundenlangen Geratter meines Minis auf der Autobahn. Ich dachte an die Scherben, die in meinem Seidenschal eingewickelt im Koffer lagen, und hoffte inständig, daß ich mich in meinem Urteil irrte.

Es war schon nach halb sieben, als ich bei Hardy eintrat. Der Direktor der Porzellanabteilung war wahrscheinlich schon nach Hause gegangen, aber ich entschloß mich, trotzdem hineinzugehen. Ich schellte am Hintereingang, und der Nachtwächter schaltete die Fernseh-Kontrollanlage ein. »Ach, Sie sind es, Jo«, sagte er, als er die Tür öffnete. Er kannte mich seit meinem fünfzehnten Lebensjahr, als ich anfing, Vanessa zu Hardy zu begleiten, und nannte mich seither beim Vornamen. »Mr. Hudson ist noch hier. Er sagte, wenn Sie kämen, mögen Sie gleich in sein Büro gehen. Wollen Sie Ihren Koffer hierlassen?«

Ich kramte in meinen Sachen und zog den seidenen Schal heraus, in dem die Scherben lagen; dann ging ich die große, jetzt leere Haupttreppe hinauf.

William Hudson erhob sich von seinem Stuhl, als ich eintrat. »Ach, Jo, da sind Sie ja. Schön, daß Sie noch kommen, bevor ich Schluß mache.« Er hielt inne. »Mein liebes Kind, Sie sehen ganz elend aus . . . hier . . .«, er öffnete einen schönen, alten eingelegten Schrank und holte eine Flasche und Gläser heraus, »einen Whisky, Sie haben wahrscheinlich den größten Teil des Tages auf der Landstraße verbracht, und das bei diesem scheußlichen Wetter.«

Ich trank den Whisky langsam und voller Dankbarkeit. »Mr. Hudson, ich fürchte, Sie würden mich nicht so nett behandeln, wenn Sie wüßten, was passiert ist.«

Er lehnte sich im Stuhl zurück.

»Lord Askew hat mich angerufen und, zugegebenerweise, neugierig gemacht. Er beschwor mich, von allem, was Sie sagen, nicht die geringste Notiz zu nehmen. Er meinte . . . Sie wären . . . nun, ein wenig überempfindlich nach dem Tod Ihrer Mutter. Also, Jo, was ist passiert?«

Ich stellte das Whiskyglas auf den Tisch und zeigte ihm die Scherben der cremefarbenen Schale. »Das ist passiert, Mister Hudson. Ich habe sie fallen lassen und zerbrochen.«

Er zog vorsichtig den seidenen Schal zu sich herüber, dann prüfte er lange die Scherben. Er hielt einige aneinander, um sich die Form vorzustellen, seine Finger strichen fast zärtlich über die Glasur, er drehte die Scherben in der Hand herum, prüfte sie mit gespannter Aufmerksamkeit, und dann sah ich, wie ein Ausdruck des Bedauerns auf seinem Gesicht erschien.

»Tja . . . ich will meine Hand nicht ins Feuer legen, aber ich fürchte, es war eine Ting-yao-Schale. Wir hatten letztes Jahr eine in der Auktion. Sung-Dynastie, einzigartiges Stück – wenn es ganz wäre.«

»Ja, und ich habe sie zerbrochen. Heute morgen war die Schale noch heil.«

Er sah mich an. »Lord Askew bat mich, von allem, was Sie sagen, keine Notiz zu nehmen. Er sagte, ein kleines Unglück sei passiert und weiter nichts, und das Stück gehört schließlich ihm, und er wirft Ihnen nichts vor. Er findet es sogar ein wenig verrückt von Ihnen, sich so aufzuregen. Haben Sie ihm die Wahrheit gesagt, Jo, ich meine, was Sie von der Schale halten?«

»Ich habe ihm nicht genau gesagt, was ich dachte, sondern nur, daß sie nach meiner Meinung sehr wertvoll sein könnte. Aber ich weiß nicht, ob er ahnt, wie wertvoll. Seine Ideen von Geld – nun, er überlegt sich, wieviel Sekt er dafür kaufen kann, oder wieviel ein Pferd oder ein großer Wagen kostet. Ich . . .«

Er sah mich betrübt an. »Nun, er macht Sie für den Schaden nicht verantwortlich, das hat er ausdrücklich betont, aber natürlich weiß er auch nicht, daß wir die andere Schale für neunundvierzigtausend Pfund verkauft haben. Sie haben da einen Haufen Geld fallen lassen, Jo, nicht wahr?« Seine Finger fuhren wieder zärtlich über die Scherben. »Einen Haufen Geld und eine einzigartige Schale.«

»Deshalb bin ich hier. Ich habe ihm gesagt, daß ich sofort nach London fahren und mit Ihnen sprechen muß. Er hat mich überhaupt nicht verstanden. Er fand, ich hätte den Mund halten sollen.«

Er nahm einen Schluck Whisky und ließ sich Zeit mit der Antwort. »Aber Sie und ich wissen, daß es falsch gewesen wäre. Und das zeigt mir, daß Sie ein Mensch sind, der seine Arbeit liebt – und für den die Bezahlung erst an zweiter Stelle kommt. Ich bedaure zutiefst Ihre Unachtsamkeit, aber ich gratuliere Ihnen zu Ihrem guten Auge. Es gehört schon was dazu, ein so seltenes Stück zu erkennen. Sie können es weit bringen, Jo, ich werde mal sehen, ob in der chinesischen Porzellanabteilung nicht eine Stelle frei ist. Die vielen Meißner Schäferinnen können auf die Dauer etwas ermüdend sein.« Er nahm eine der Scherben wieder in die Hand und sah mich absichtlich nicht an, um mir Zeit zu geben, meine Fassung wiederzugewinnen. »Und was diese Schale anbelangt, natürlich kann man sie reparieren, obwohl sie natürlich nie mehr ihre ehemalige Vollkommenheit wiedererlangen wird. Schade . . . Es wäre nett gewesen, so eine Seltenheit zum zweitenmal anbieten zu können. So was findet man nicht jeden Tag. Übrigens, Lord Askew wollte die Schale vermutlich zur Auktion geben?«

»Wie sollte er? . . . Er wußte noch nicht mal, daß sie existierte. Sie können sich die Unordnung dort nicht vorstellen. Er hat Mr. Stanton eingeladen, sich die Sachen im Haus anzusehen, aber dann wurde Mr. Stanton krank. Im Moment spricht Lord Askew nicht mehr vom Verkaufen, andererseits will er auch nicht, daß Mr. Stanton fortfährt, obwohl er nach meiner Meinung reisefähig wäre. Aber Lord Askew kann sich natürlich anders entscheiden, und als ich heute morgen die Schale zerbrach, war mein erster Gedanke, daß ich Hardy vielleicht eine phantastische Auktion verdorben habe . . .«

Und dann kam ich ins Erzählen, und für eine Weile fielen die konventionellen Schranken zwischen uns. Ich beschrieb William Hudson die vollgestellten Dachböden Thirlbecks, die wertvollen Möbel und unzähligen Bücher im Erdgeschoß, ich schilderte ihm sogar die Nacht, in der ich das Alarmsystem für La Española ausgelöst hatte. Wir fachsimpelten wie zwei Gleichgestellte. Und doch gab es Dinge, die ich nicht erwähnte. Ich sagte nichts von dem Rembrandt, der Gerald soviel Sorgen machte, und nichts über das mögliche Vorhandensein von anderen Bildern in einem Raum, den wir noch nicht betreten hatten. Ich verschwieg die Miniatur in meiner Handtasche und Vanessas Buch in Thirlbeck. Wenn diese Geschichte je zur Sprache kam, dann sollte Gerald sie erzählen. Ich unterschlug auch

234

das Stundenbuch Juanas und die übersetzte Widmung von Philipp II.

In diesem hell erleuchteten Büro, durch dessen Fenster die Geräusche des nachlassenden Verkehrs drangen, schien die Welt von Thirlbeck unendlich fern. Ich fragte mich sogar, ob ich meiner Phantasie in dem großen einsamen Haus nicht gelegentlich zu freien Lauf gelassen hatte. Aber die Scherben in dem seidenen Schal, die vor mir lagen, waren leider nur zu wirklich.

Ich ging etwas verwirrt zu meinem Auto zurück. Nach der aufregenden Unterhaltung mit William Hudson, der mich behandelt hatte, als sei ich schon die große Expertin, die ich mal werden wollte, trat ich in die kühle Wirklichkeit eines regnerischen Frühjahrsabends. Ich war müde und hungrig. Gewiß, die Welt von Thirlbeck schien jetzt fern und traumhaft, eine Mischung aus Märchenwelt und Alptraum, aber aus einem seltsamen, mir unerklärlichen Grund war mir auch die Welt der Auktionshäuser in den letzten Wochen ferner gerückt.

Ich fuhr in meinem Mini zu einem kleinen italienischen Restaurant, wo ich öfters aß. Mich schmerzte jeder einzelne Knochen, als ich die Straße überquerte, aber dann öffnete ich die Tür, und der wohltuende Mief von Alkohol und Essen schlug mir entgegen. Ich ging durch die Bar zum Restaurant, als plötzlich jemand meinen Namen rief.

»Jo, wo warst du? Wie ich höre, feierst du neuerdings tolle Feste irgendwo mit dem Jet-set. Wie geht's? Was willst du trinken?«

In dem dunklen Barraum erkannte ich zwei junge Männer von Hardy, obwohl mir momentan ihre Namen nicht einfielen. Sie hatten zwei junge Mädchen dabei, die sich mir gegenüber recht ablehnend verhielten. Nach der langen, anstrengenden Autofahrt konnte ich mir kaum vorstellen, daß diese frisch gebügelten, eleganten Londonerinnen in mir eine Konkurrenz sahen. Bei ihrem

Anblick kam mir plötzlich peinlich zum Bewußtsein, daß ich noch den Anorak trug, den ich in Kesmere gekauft hatte. Ich sank erschöpft auf einen Stuhl neben den zwei Jünglingen und grub in meinem Gedächtnis nach, in welcher Abteilung sie arbeiteten und was ihr Spezialfach war. Der Whisky wurde vor mich hingestellt, und da fiel es mir plötzlich ein. Ich wurde ganz aufgeregt. »Peter – sprichst du nicht Spanisch?«

»Ja, 'n bißchen, aber stell' mir nicht irgendwelche Examensfragen, bitte.«

»Wart einen Moment, ich bin gleich wieder da.« Im Weggehen rief ich ihnen noch über die Schulter zu: »Trinkt meinen Whisky nicht aus!«

Ich fand schnell in meinem Koffer, was ich suchte, und ging zurück. Wir mußten einen Kellner bitten, eine Kerze aus dem Restaurant zu holen, damit Peter sehen konnte, was ich ihm zeigte.

Er prüfte es gründlich, wobei er wie ein William Hudson in Kleinformat wirkte. »Mein Gott, Jo, wo hast du das aufgegabelt?«

»Das ist ganz unwichtig, Peter, sag mir bloß, was unter ihrem Namen steht, kannst du es entziffern?«

Er sah mich an. »Es ist ein besonders schönes Stundenbuch, Jo. Bringt viel Geld, würde ich sagen. Wahrscheinlich war es nicht für sie gemacht. Es gehörte einer Frau, nicht wahr, nach der Handschrift zu urteilen.«

»Ja, es gehörte einer Frau«, sagte ich. »Da steht ihr Name. Ich nehme an, daß es ihr geschenkt wurde. Aber was steht unter dem Namen? Kannst du es lesen?«

»Nun, sie war anscheinend noch sehr jung – nach der Handschrift – und kultiviert, aber ein wenig konfus – aber das war wohl nichts Außergewöhnliches bei den Damen jener Zeit. Sie bringt Lateinisch und Spanisch ein wenig durcheinander, und die Orthographie, nun sie ist so, wie sie damals war . . .« Er zuckte mit den Achseln. »Ich vermute, das Buch stammt aus dem sechzehnten Jahrhundert.«

»Was steht da?«

»Wart einen Moment.« Er ließ sich Zeit, nahm einen Schluck Whisky und klopfte mit den Fingern auf die Pergamentseite. Ich sah, wie das eine Mädchen am Tisch das andere bedeutungsvoll ansah und die Augenbrauen hochzog, und mir wurde klar, daß ich vor lauter Ungeduld die Jungens noch nicht einmal gebeten hatte, mich vorzustellen.

»Also, Peter?«

»Ich glaube . . . der Sinn ist ungefähr so: ›Wenn ich sterbe, laßt durch Eure Güte neun Messen für das Heil meiner Seele lesen‹.« Er blickte auf. »Ja, das stimmt schon, und es ist typisch. Die Spanier grübeln immer über den Tod nach.«

»Vielen Dank, Peter.« Ich trank hastig meinen Whisky aus und umging alle Fragen über Thirlbeck. Dann setzte ich mich alleine ins Restaurant, aß Cannelloni und trank eine halbe Flasche Rotwein. Und während ich aß, lag das Stundenbuch von Juana Fernández de Córdoba eingepackt in mehrere Bögen Papier und in einer Plastiktüte neben mir auf der Bank. Ich hatte vermutlich genausowenig Recht, es bei mir zu haben, wie die Miniatur in meiner Handtasche, und ich würde es nach Thirlbeck zurückbringen müssen. Aber nicht sofort. Denn ich hatte plötzlich das Gefühl, als sei die hilflose Bitte der kleinen verstoßenen Spanierin, ihr einsamer Angstschrei durch die Jahrhunderte direkt an mich gerichtet: ›Wenn ich sterbe, laßt durch Eure Güte neun Messen für das Heil meiner Seele lesen.‹ Niemand wußte, wo sie begraben lag, oder ob sie überhaupt ein Grab hatte. Und niemand, dachte ich, hatte neun Messen für das Heil ihrer Seele lesen lassen.

Ich fuhr in Richtung meiner Wohnung, aber als ich nach Knightsbridge kam, bog ich nach Westen ab. Was ich jetzt vorhatte, war wahrscheinlich in meinem erschöpften Zustand der helle Wahnsinn, aber im kühlen, sachlichen Morgenlicht hätte ich nie den Mut dazu aufgebracht. Auch hoffte ich, daß der Whisky, der Wein und eine gewisse satte Mattigkeit den Schock etwas dämpfen würden. Ich war auf dem Weg zu Vanessas Wohnung, die ich seit ihrem Tod nicht wieder betreten hatte.

Gerald war ihr Testamentsvollstrecker, und er hatte mir gesagt, daß ich die einzige Erbbegünstigte sei, wobei er mir gleichzeitig zu verstehen gegeben hatte, daß nach der Abhandlung der Erbschaft nicht viel übrigbleiben würde. Vanessa hatte, ohne nachzudenken, stets ihre Zeit, ihr Mitgefühl und ihr Geld an alle Freunde verschenkt, die sich in Schwierigkeiten befanden. Es gab keinen Tunichtgut in der Stadt, der nicht zuerst einmal Vanessa angerufen hätte. Gerald hatte sie für diese Großzügigkeit oft getadelt und ihr gesagt, sie werde bloß ausgenützt, und doch hatte er sie gerade deswegen geliebt.

Gerald und ich machten uns auch keinerlei Illusionen über den chaotischen Zustand der Geschäftsbücher in ihrem kleinen Antiquitätenladen. Sie hatte eine Angestellte: Mary Westerson, die den Laden noch aufrechterhielt in der Hoffnung, den Lagerbestand für mich zu verkaufen. Mary Westerson liebte schöne Dinge, und das war der Grund, warum Vanessa sie angestellt hatte, aber sie war genauso hoffnungslos wie ihre Brotgeberin, sobald es sich um Buchhaltung handelte. Die beiden hatten ihre Arbeit geliebt und genug verdient, um leben zu können. Und mehr hatten sie nicht gewollt.

Ich fand einen Parkplatz in der Nähe von Vanessas Wohnung, die um die Ecke von ihrem Laden lag. Glücklicherweise hatte sie auf Geralds Rat hin vor mehr als zwanzig Jahren, noch bevor der Grundstücksmarkt in London phantastische Höhen erreicht hatte, die Wohnung und auch den Laden verhältnismäßig billig erworben. Aber Gerald meinte, beides wäre stark mit Hypotheken belastet. Wobei mir wieder die Hilliard-Miniatur der dritten Gräfin von Askew einfiel, die ich in meiner Handtasche mit mir herumtrug. Müßte ich sie auch der Steuerbehörde angeben? Aber wie konnte ich ihr Vorhandensein erklären? Sollte ich sagen, daß Vanessa sie gestohlen hatte? Heutzutage war eine gute Hilliard-Miniatur zwanzigtausend Pfund wert, aber als Vanessa sie aus Thirlbeck mitnahm, war sie nur ein paar hundert wert. Ich starrte zu den dunklen Fenstern ihrer Wohnung hinauf; die Schwärze hinter den offenen Vorhängen zeugte von der trostlosen Leere im Inneren. Mein Herz krampfte sich zusammen. Die rätselhafte Anwesenheit von Vanessa in Thirlbeck kam mir wieder voll und quälend zu Bewußtsein. Und plötzlich wußte ich, warum ich gerade heute nacht hierhergekommen war. Ich erhoffte, irgendwo unter Vanessas ungeordneter Hinterlassenschaft, in dem Wust ihrer Privat- und Geschäftskorrespondenz einen Hinweis auf ihr Schweigen zu finden. Die Chance, etwas zu entdecken, war natürlich gering – aber die unbeantworteten Fragen ließen mir keine Ruhe, und diese Unruhe trieb mich dazu, wieder Verbindung mit Vanessa aufzunehmen, mit dem sprühenden Geist dieser Frau, der ihren Körper überlebt hatte.

Gerald hatte mir die Schlüssel zu der Wohnung wie auch zum Laden gegeben. Als ich die Tür öffnete, schlug mir der dumpfe Geruch eines unbewohnten, ungelüfteten Hauses entgegen. Aber was mir am meisten auffiel, war der fehlende Duft von Blumen. Vanessa hatte Blumen geliebt und Unsummen für sie ausgegeben. Das Häuschen war winzig. Das untere Stockwerk bestand aus einem einzigen langen Wohnraum mit einer abgeteilten kleinen Küche am Ende, und darüber lagen zwei Schlafzimmer. In einem hatte ich als Kind gewohnt, jetzt wurde es als Abstellraum für den Laden benützt und war vollgestopft mit Papieren, alten Katalogen, Nachschlagewerken, dem ganzen Drum und Dran, das zu Vanessas ungeordneter Existenz gehörte. Wenn ich irgendeine Erklärung für Vanessas Aufenthalt in Thirlbeck finden würde, dann hier. Hatte Vanessa je ein Tagebuch geführt? Ich bezweifelte es – sie war viel zu undiszipliniert dafür. Ich legte meine Hand aufs Treppengeländer, aber dann drehte ich mich um. Dort oben befand sich Vanessas Schlafzimmer. Es war der persönlichste Raum, den ich kannte. Es trug unverkennbar den Stempel ihres Charakters, ihres Charmes, ihrer sinnlichen Natur. Ich war innerlich noch nicht bereit, ihn zu betreten.

Und so ging ich ins Wohnzimmer, blieb aber kurz in der Halle stehen. Der obere Teil der Eingangstür war aus Milchglas, mit einem schmiedeeisernen Gitter davor. Es hatte mich immer gestört, weil man zu sehr den Blicken der vorübergehenden Passanten ausgesetzt war. Ich knipste also in der Halle das Licht aus und schloß die Tür zum Wohnzimmer. Dann zog ich die Vorhänge vor die Fenster, die auf die Straße hinausgingen. Und mit einem Mal war der Raum wieder so gemütlich wie zu Vanessas Zeiten. Der orangefarbene Teppich und die goldgelben Vorhänge entsprachen ihrem heiteren Temperament. Ich betrachtete die wenigen ausgesuchten alten Stücke, die sie im Laufe ihres Lebens gesammelt hatte: reizende kleine Tische, ein paar alte Spiegel, ein Chippendale-Sofa. Verstreut zwischen diesen Antiquitäten standen moderne Sitzmöbel, mit gelbem Stoff überzogen. Harte, kostbare Stühle waren gar nicht Vanessas Fall.

Irgend jemand hatte staubgewischt und aufgeräumt. Wahrscheinlich hatte Gerald oder Mary Westerson der Putzfrau gesagt, sie solle weiterhin kommen. Wie sinnlos mußte ihr die Arbeit jetzt erscheinen! Ich ging in die Küche und zog auch dort die Vorhänge vor, um die häßliche Hauswand gegenüber nicht sehen zu müssen. Wenn jetzt noch das Feuer im Kamin gebrannt hätte, wäre es fast wie früher gewesen. Als Ersatz zündete ich den Heizofen an. Aber nichts konnte den fehlenden Duft der Blumen ersetzen.

Ich machte mir Kaffee. Der Eisschrank war leer und abgestellt. Aber es gab Kaffee, Tee, Zucker, bloß keine Milch. In einer Dose fand ich noch ein paar Kekse, alle ordentlich aufgeschichtet, weil es keine Vanessa mehr gab, die die Ordnung zerstörte. Ich stand am Herd und ließ den Kaffee aufkochen und zwang mich, nicht über meine Probleme nachzudenken. Es hatte mich schon genug Nerven gekostet, überhaupt hierherzukommen. Dann goß ich mir den Kaffee ein und setzte mich auf den Stuhl neben dem Telefon. Ich bekam direkt einen Schreck, als Harry selbst antwortete, meistens kam der Diener an den Apparat, um zu sagen, daß Mr. Peers auf Reisen war. »Hallo, Schatz«, sagte er. »Wo bist du? Zurück in London?«

»Ja, woher weißt du das?«

»Du hast eine andere Stimme. Wenn du von dort sprachst, klangst du immer, als ob du in den Wolken stecktest, ein bißchen geistesabwesend und entrückt, wenn du verstehst, was ich meine.«

»Das lag an der großen Entfernung.«

»Liebste, red' keinen Unsinn. Von hier nach Australien, das ist eine große Entfernung – oder zum Mond.«

»Was hast du in der Zwischenzeit angestellt, Harry?« Ich hatte keine Lust, noch lange über Entfernungen zu diskutieren.

»Dies und das, zum Beispiel habe ich ein Haus gekauft.«

»Ein Haus, ich dachte, du würdest nichts anderes tun als Häuser kaufen.«

»Schatz, du verstehst gar nichts. Ich kaufe Grundstücke, keine Häuser. Aber gestern habe ich ein Haus gekauft. Ein Haus für mich.«

»Gibst du deine Wohnung auf?«

»Was meinst du? Wozu brauche ich eine Wohnung, die fünfhundert Meter von meinem Haus entfernt liegt? Ich werfe ja gerne Geld hinaus, aber ich habe noch nicht ganz den Verstand verloren.«

»Soso, du hast also ein Haus gekauft. Und wo? Und wann ziehst du ein?«

»Wann ziehst *du* ein?«

Ich schwieg einen Moment lang. »Harry, ich brauche dein Haus nicht, ich habe eine eigene Wohnung.«

»Du bist verrückt, mein Kind – aber völlig. Du erwartest doch wohl nicht, daß unsere Kinder in deiner Zweizimmerwohnung aufwachsen? Unsere Kinder werden ein Kinderzimmer und eine Kinderschwester haben und alles, was dazugehört. Sie werden in ihren Kinderwagen im Park spazierengefahren werden.«

»Unsere Kinder, Harry? Unsere?«

»Wessen sonst? Und für sie ist das Beste gerade gut genug. Ich habe ein Haus in Saint James Place gekauft, das einzige Haus in der Straße, das noch einem Privatmann gehört. Es liegt bequem für uns beide und für die Kinder. Du bist in zwei Minuten bei Hardy – oder sagen wir drei, wenn man das Überqueren der Straße mit einrechnet. Ich will nicht, daß du dich überanstrengst. Und ich kann dir auf dem Weg zum Büro einen Abschiedskuß auf der Treppe von Hardy geben. Du kannst bis kurz vor der Geburt jedes Kindes arbeiten und wieder zurück sein, bevor man dich vermißt. Und eines Tages wirst du Direktor bei Hardy sein.«

»Wer sagt dir das, Harry? Das ist etwas, was nicht einmal du garantieren kannst.« Ich weiß nicht, wie ich die Worte herausbrachte. Das Ganze war wirklich absurd, aber sehr typisch für ihn. Meine Hände zitterten vor Aufregung, doch im tiefsten Innern fühlte ich eine seltsame Leere.

»Das brauche ich dir nicht zu garantieren, Schatz. Es kommt von selbst. Du bist gut in deinem Fach, und das weißt du auch. Was dir noch fehlt, ist Erfahrung und das nötige Selbstvertrauen. Und ich verspreche dir, unsere Hochzeitsreise machen wir an einen Ort, wo du dir Porzellanfigürchen und Geschirr ansehen kannst. Du brauchst nur zu sagen, wohin du willst. Ich beschaffe dir sogar ein Visum nach China. Allerdings unter der einen Bedingung, daß du meinen Teil der Hochzeitsreise mit mir auf Bali verbringst. Alles ist geregelt, Jo. Das Haus ist gekauft, es braucht nur noch ein wenig hergerichtet zu werden, aber in der Zwischenzeit kannst du hier in meine Wohnung ziehen. Die Reparaturen werden keine neun Monate dauern. Also . . . wann heiraten wir?«

Ich sprach betont sachlich. »Ich muß zu dir kommen und mit dir reden, Harry. Es gibt vieles zu besprechen.«

»Was gibt's da noch zu besprechen? Wir heiraten. Das ist doch nichts besonders Ausgefallenes. Menschen tun das jeden Tag. Und mir ist jeder Zeitpunkt recht.«

»Ich komm' noch heute abend, Harry. Ich bin in Vanessas Wohnung. Ich muß mit dir sprechen . . .«

»Ich sag' dir doch, es gibt nichts zu besprechen, und besonders nicht heute abend. Ich habe in ein paar Minuten eine Sitzung, und zwar in meinem Büro. Die Leute, die ich treffe, sind extra von New York herübergekommen, es wird spät werden.«

»Harry –«

»Tut mir leid, Schatz. Ohne Sitzungen keine Reise nach China. Nichts einfacher als das. Denk' über die Sache nach, geh nach Saint James Place, und sieh dir das Haus an. Du kannst es nicht verfehlen, es ist gleich neben Duke's Hotel. Und hat ein diskretes Maklerschild, auf dem ein fettgedruckter Zettel mit ›Verkauft‹ klebt. Geh noch heute abend hin. Ich ruf' dich wieder an. Adieu, Schatz.«

Ich trank meinen Kaffee und holte mir einen dringend benötigten Kognak aus Vanessas Schrank. Ich merkte, daß meine Hände noch immer zitterten, und trotzdem fühlte ich im Inneren diese seltsame Leere. Man hatte mir gerade die Welt auf einem Tablett gereicht, aber ich reagierte darauf nicht so, wie ich erwartet hatte. Ich konnte China und Bali sehen; mir wurde die Möglichkeit gegeben, meinen Traum zu erfüllen – die große Expertin zu werden, die entschied, ob ein Stück Porzellan echt oder unecht, wertvoll oder mittelmäßig war. Goldene Zeiten lagen vor mir. Eigentlich müßte ich jetzt Lust auf Sekt haben, statt dessen brauchte ich einen Kognak.

Ich verlor jegliches Gefühl für Zeit. Ich saß in der Stille des Raums, neben der einzig brennenden Tischlampe, und dachte über Harry nach – über Harry und Vanessa. Ich hatte bislang geglaubt, daß ich nur Freude, aber keine Zweifel empfinden würde, wenn dieser Augenblick wirklich einmal käme. Es war genau das, was ich wollte, und auf das ich kaum zu hoffen gewagt hatte. Und nun saß ich hier in der Stille, nippte an meinem Kognak und zog zu meinem eigenen Erstaunen wieder die Miniatur hervor. Ich drehte sie in meinen Fingern, beobachtete das Spiel des Lichtes auf den zarten Zügen dieser fremden Frau, die plötzlich Vanessa noch ähnlicher zu sehen schien. Der Schein der Lampe fiel auf den beschädigten Goldrahmen, die Diamanten blitzten, und ich wünschte, Vanessa wäre da, säße mir jetzt auf dem Stuhl gegenüber. Sie hätte, während ich einen Kognak trank, schon drei getrunken und trotzdem bestimmt besseren Gebrauch von ihren fünf Sinnen gemacht als ich.

Und plötzlich hörte ich etwas, ein leises, kratzendes Geräusch in der Halle, aber nur ganz kurz. Dann eine Männerstimme, leise, ruhig, autoritär. Ich streckte den Arm aus und knipste die Tischlampe aus, die Tür öffnete sich, der Strahl einer Taschenlampe irrte durch den Raum, streifte mich, aber verweilte nicht. Ich blieb sitzen, ich war unfähig, mich zu rühren, selbst wenn ich gewußt hätte, was ich tun sollte. Der Mann drückte auf den Lichtknopf neben der Tür, und der Lüster über dem Eßtisch ging an.

»Guten Abend, Mr. Tolson.«

Er blickte verdutzt in meine Richtung, linste durch seine dicken Brillengläser, so als traue er seinen Augen nicht.

»Pa . . .«

»Schon gut, Ted, schließ die Tür. Miss Roswell und ich kennen uns seit längerem.« Der junge Mann kam durch die Tür, und ich sah, daß er einer von Tolsons Söhnen war.

Ich griff zum Kognakglas und war froh, daß meine Hand nicht mehr zitterte. Ich wußte, daß gleich etwas geschehen würde, auf das ich schon lange gewartet hatte. Ich strich noch einmal über die Miniatur, dann steckte ich sie in meine Handtasche.

»Sie scheinen sich hier gut auszukennen, Mr. Tolson.«

»Ja – obwohl ich das Haus nicht gleich gefunden habe. Ich war hier nur einmal. London hat sich verändert.«

Er wirkte wie ein schwerer, unverrückbarer Felsen. Sein Ausdruck war wie immer undurchdringlich: Die Augen waren hinter den dicken Brillengläsern nicht zu sehen, und so war es mir unmöglich, seine Gefühle zu erraten.

»Aber Sie haben nicht erwartet, mich hier anzutreffen, nicht wahr? Sonst wären Sie wohl kaum gekommen.«

»Nein, ich hätte gewartet, bis Sie fort sind. Ich weiß, daß Sie hier schon lange nicht mehr wohnen«, antwortete er ruhig.

»Nun, aber jetzt bin ich hier und Sie auch – Sie und Ihr Sohn. Wie ich sehe, hatten Sie keine Schwierigkeiten, hereinzukommen.«

Er zuckte die Achseln. »Einfache Schlösser wie diese sind kein Problem für Ted.«

»Wie außerordentlich praktisch für Sie, einen Sohn wie Ted zu haben. Würden Sie mir nun bitte sagen, warum Sie hier sind?«

Er machte ein paar Schritte nach vorn und zog sich den Regenmantel aus. Er schien plötzlich gealtert und bewegte sich wie ein Mann, der durch eine lange Fahrt ermüdet ist und dessen Glieder steif sind. Sein Sohn stand hinter ihm, er trug fast so dicke Brillengläser wie sein Vater, und seine Blicke wanderten unruhig von seinem Vater zu mir.

»Setzen Sie sich, Mr. Tolson. Sie müssen ganz erschöpft sein, ich jedenfalls bin es. Möchten Sie einen Kognak? Er steht dort im Schrank, und die Gläser sind in der Küche. Den Kaffee brauchen Sie sich nur aufzuwärmen, es gibt Zucker, aber keine Milch.«

Tolson nickte seinem Sohn zu, und wir warteten schweigend, bis er den Kognak brachte. Dann ging Ted in die Küche, und ich sah die Gasflamme unter dem Kaffeetopf angehen. Der Kaffee würde ihm nicht so gut wie bei Jessica schmecken.

»Warum sind Sie hier, Mr. Tolson? Eigentlich sollte diese Frage überflüssig sein, aber anscheinend sind Sie nicht bereit, mir freiwillig eine Erklärung abzugeben.«

»Ich gebe nie Erklärungen ab, solange ich nicht weiß, wieviel der andere weiß. Und was Sie angeht . . .«

»Nehmen Sie ruhig an, daß ich nichts weiß. Ich habe keine Ahnung, aus welchem Grund Sie gekommen sind. Und ich habe Sie nicht erwartet. Hat es irgend etwas mit Jessica und meinem Gespräch heute früh zu tun oder mit der zerbrochenen Schale?«

»Nicht direkt, aber es hat die Lage zugespitzt, sozusagen. Ich habe diese Fahrt immer wieder aufgeschoben. Der unerwartete Besuch von Lord Askew hat mich ans Haus gefesselt. Ich habe seit seiner Ankunft gewußt, daß ich eines Tages in eine unangenehme Lage geraten würde, und als ich hörte, daß er einen Experten von Hardy erwartete, war mir klar, daß der kritische Augenblick gekommen war. Mr. Stantons Krankheit hat das Unvermeidliche nur hinausgezögert. Als Sie heute morgen die Schale zerbrachen und die Stücke so sorgfältig einpack-

246

ten, wußte ich, daß wir etwas übersehen hatten – oder besser gesagt, daß Mrs. Roswell etwas übersehen hatte. Die Schale war vermutlich sehr wertvoll, natürlich ahnten wir das nicht, sonst hätten wir sie nicht in der Küche benützt. Aber nach diesem Fund wußte ich, daß Sie keine Ruhe geben, daß Sie Fragen stellen würden, daß Lord Askew Fragen stellen würde . . . es war ein großes Pech, daß Mrs. Roswell ums Leben kam . . .«

»Ein großes Pech!« Ich setzte mein Glas hart auf den Tisch. »Mrs. Roswell war meine Mutter, und es war mehr als ein großes Pech für mich – und für sie.«

Er nahm einen Schluck Kognak. »Verzeihen Sie, ich habe mich sehr ungeschickt ausgedrückt. Auch für uns – für meine Frau und mich – war der Tod Ihrer Frau Mutter sehr schmerzlich, wir sind uns in den vielen Jahren sehr nahegekommen.«

»Was reden Sie da – in den vielen Jahren? Meine Mutter ist seit 1945 nicht in Thirlbeck gewesen.«

Er seufzte. »Nein, das stimmt eben nicht. Während der letzten sechzehn oder siebzehn Jahre haben wir sie recht oft gesehen. Um genau zu sein, mehrmals im Jahr. Suchexpeditionen nannte sie es.«

»Und was suchte sie, Mr. Tolson?«

Er nahm seine Brille ab und fuhr sich erschöpft mit der Hand über die Augen. Im Gegensatz zu den meisten Brillenträgern, die ausdrucksloser wirken, wenn sie die Brille abnehmen, kamen seine Züge besser zur Geltung. Die Stärke, die von diesem mächtig gebauten Mann ausging, wurde durch seine Augen noch unterstrichen. Sie waren von einem tiefen, fast schwarzen Grau. Seine dichten schwarzen Brauen bildeten einen natürlichen Rahmen um diese bemerkenswerten Augen. Der Blick, mit dem er mich fixierte, wirkte durch seine Kurzsichtigkeit noch starrer. Ich konnte für ihn in meinem gelben Sessel nicht mehr als ein Lichtklecks sein. Ted erschien und stellte eine Tasse Kaffee auf den Tisch neben ihm, dann ging er zum Eßtisch, nahm einen Stuhl und setzte sich. Offensichtlich wollte er an der Unterhaltung nicht teilnehmen.

»Ich glaube, das beste wäre«, sagte Tolson, »wenn ich Ihnen die ganze Geschichte erzähle. Wenn Sie eine Frage haben, so werde ich sie gerne beantworten, und ich hoffe, daß Sie Ihrerseits das gleiche tun werden.«

»Erzählen Sie – ich habe vermutlich recht viele Fragen zu stellen.«

Er nahm einen zweiten Schluck Kognak, dann griff er nach dem Kaffee, rührte ihn um und kostete ihn. Ich hatte den Eindruck, als verzöge er dabei ein wenig den Mund. Dann fing er an: »Ich setzte mich mit Ihrer Mutter in Verbindung, als die ersten Schwierigkeiten in Thirlbeck auftauchten – das heißt vor ungefähr siebzehn Jahren. Bis dahin war sie, wie Sie richtig vermutet haben, nicht mehr in Thirlbeck gewesen. Als ich versuchte, eine Lösung für meine Probleme zu finden, wandte ich mich an sie, weil ich wußte, ich konnte ihr vertrauen . . .«

»Vertrauen! Sie, der Mann, der meine Mutter eine Zigeunerin genannt hat. Sie haben recht deutlich gesagt, daß Sie meine Eltern für Nachtschwärmer und Schmarotzer hielten. Haben Sie Ihre Meinung plötzlich geändert?«

»Bitte, Miss Roswell, Sie müssen mich auch verstehen. Als ich hörte, daß Lord Askew den Besuch eines mit ihm befreundeten Hardy-Direktors erwartete, konnte ich nicht ahnen, daß auch Sie mitkämen. Es war klar, daß Sie sich eines Tages darüber wundern würden, daß Ihre Mutter Ihnen nie etwas von Thirlbeck erzählt hat. Und als Sie mich dann fragten, ob ich mich an Ihre Mutter erinnerte, habe ich – nun, sagen wir – ihre Fehler etwas unterstrichen. Ich hoffte damals noch, daß Lord Askew sich in Thirlbeck langweilen und schnell wieder abreisen würde. Das hätte zwar meine Probleme nicht gelöst, aber es hätte die Enthüllungen ein wenig hinausgezögert. Es lag durchaus im Bereich des Möglichen, daß er sterben würde, ohne je etwas zu erfahren. Aber dann setzte die Inflation ein, und er brauchte immer mehr Geld. Er hat sicher in den Zeitungen die Berichte über die phantastischen Preise gelesen, die auf den Auktionen erzielt wurden, und so war es nicht weiter verwunderlich, daß ihm wieder all die Sachen einfielen, die in Thirlbeck herumstanden und viel Geld einbringen würden.«

»Worin bestanden Ihre Schwierigkeiten, Mr. Tolson? Haben Sie die Sachen von Lord Askew gestohlen und haben jetzt Angst, daß er Ihnen auf die Schliche kommt?« Ich spürte eine kalte Wut in mir hochsteigen, die mir half, ruhig und unbeteiligt zu sprechen. »Wollen Sie mir sagen, daß meine Mutter Ihnen bei den Diebstählen geholfen hat?«

»Nein, das nicht, Miss Roswell, wenn jemand gestohlen hat, dann war ich es. Ihre Mutter war nur der Mittelsmann. Ich – ich ließ mich von ihr beraten, was aus Lord Askews Besitz am besten verkäuflich war, und sie hat auch die Kunden gefunden. Es fing ganz harmlos an vor siebzehn Jahren, aber als Lord Askew immer mehr und mehr Geld verlangte, mußten wir sozusagen Peter bestehlen, um Paul zu bezahlen.«

»Sozusagen – o nein, Mr. Tolson, bitte reden Sie nicht um den heißen Brei herum. Sie haben gestohlen und meine Mutter dazu überredet, Ihnen zu helfen. Sie benutzten ihre Verbindungen, um Ihr Diebsgut zu verhökern. Und während all dieser Zeit haben Sie sie verachtet.«

Er nahm wieder sein Kognakglas und trank.

»Ich sagte Ihnen schon, Miss Roswell, daß ich zu Ihrer Mutter ging, weil ich ihr vertraute. Und ich vertraute ihr, weil sie Thirlbeck liebte. Natürlich waren Ihre Mutter und ich sehr verschiedene Menschen. Ich stamme aus einer Bauernfamilie. Wir haben seit Jahrhunderten auf dem Besitz der Birketts gelebt und gearbeitet. Wir hielten immer Vertrauensposten, und ich glaube nicht, daß ich dieses Vertrauen mißbraucht habe. Aber nun zu Ihrer Mutter – ja, sie war sehr verschieden von uns. Aber in diesem Sommer und Herbst, als sie in Thirlbeck wohnte, habe ich sie oft genug gesehen, um zu wissen, daß sie das Haus liebte – ja, sie liebte das Haus und alles, was es barg, sie liebte das ganze Tal, seine Abgeschlossenheit und Ganzheit. Sie wußte, daß den Birketts Land außerhalb des Tals gehörte, und zwar ziemlich viel. Und das spielte auch eine Rolle. Zuerst war das Land da, längst bevor all dieser niedliche Schnickschnack ins Haus kam. Die Macht der Askews beruhte auf dem großen Landbesitz, den sie von Elisabeth I. erhalten hatten. Sogar noch bevor Thirlbeck erbaut wurde, war das Land da. Die Menschen können vieles erzeugen, Bilder, Möbel, Porzellane und Silber – aber Land können sie nicht erzeugen. Und daher beschloß ich – und ich glaube zu Recht –, den zukünftigen Birketts das Land zu erhalten. Und ich wußte, Ihre Mutter würde meine Beweggründe verstehen. Sie war eine Romantikerin, Ihre Mutter – natürlich wissen Sie das, aber Sie kannten sie nicht zu der Zeit, als sie in Thirlbeck lebte. Die Geschichte der Spanierin zum Beispiel fesselte sie. Der Tod der Spanierin, wenn man der alten Legende Glauben schenkt, war der Preis, den die Birketts zahlen mußten, um sich ihren Besitz zu erhalten, den sie von der protestantischen Elisabeth I. geschenkt bekamen. Wäre Thirlbeck an einen Katholiken gefallen, so hätte die Familie den Besitz verloren. Ihre Mutter begriff sofort, daß alles verlorengehen würde, wenn das Land verlorenging. Als ich meine erste wichtige Entscheidung treffen mußte, fuhr ich nach London, um sie ausfindig zu machen. Ich wußte aus ihren Erzählungen, daß sie in London ein Antiquitätengeschäft aufmachen wollte. In Mexiko war sie bestimmt nicht, davon war ich überzeugt. Es war leicht zu erkennen, in jenem Sommer, daß sie und Jonathan Roswell nicht zusammenpaßten. Meine große Angst war nur, daß sie sich wieder verheiratet

hatte und ich sie unter ihrem neuen Namen nicht finden
würde. Nun, sie hatte es nicht getan, und so fand ich sie
und bat sie um ihre Hilfe.«

»Um welche Hilfe? Was konnte sie für Sie tun, Mr.
Tolson?«

»Ich war gar nicht sicher, ob sie mir helfen könnte
oder auch nur wollte, aber ich bat sie trotzdem, halb
fürchtend, daß sie meine Bitte ablehnen oder sogar Lord
Askew warnen würde. Aber sie tat keins von beiden. Sie
kam nach Thirlbeck und sah sich noch einmal alles genau an, dann fuhr sie wieder fort und kam mit einem
Holländer zurück. Sie blieben fast eine Woche, verließen
nie das Haus und paßten auf, daß keiner sie sah. Als sie
fortfuhren, nahmen sie nur ein Bild mit. Ein kleines
Gemälde. Der Erlös reichte eine Zeitlang für Lord Askews Bedürfnisse. Das war der Anfang, und dann ging
es weiter.«

»Wie ging es weiter? Um Himmels willen, was haben
Sie getan?«

Er überhörte meine Frage und fuhr fort: »Als die
Pachtzinsen nicht mehr ausreichten, um Lord Askews
Forderungen zu befriedigen, schrieb er mir, ich solle die
Pachthöfe verkaufen, egal, welche, aber möglichst an die
Pächter und zu einem günstigen Preis. Ich schrieb zurück und protestierte gegen die Landverkäufe, wobei ich
alle Argumente ins Feld führte, die mir einfielen. Aber
sie überzeugten ihn nicht. Ihm war es nur recht, wenn
der Besitz sich auflöste. Es paßte in seine Lebensphilo-
sophie. Er war ja kinderlos, aber ich glaube, selbst wenn
ein Erbe dagewesen wäre, hätte das keinen großen Unterschied gemacht. Er hatte schon immer Schuldgefühle
den Pächtern gegenüber und mir mehr als einmal gesagt,
daß solche Abhängigkeitsverhältnisse nicht mehr in
unsere Zeit passen. Ja, die letzten drei Grafen Askew
waren recht seltsam. Jeder auf seine Art.

Ich beschloß, seine Anweisungen nicht zu befolgen,
und das Land nicht zu verkaufen, Miss Roswell. Ich

borgte Geld, um mir eine Atempause zu verschaffen, und machte Ihre Mutter ausfindig. Ich wußte natürlich, daß sich im Haus viele wertvolle Sachen befanden, aber sie waren nie katalogisiert worden, und ich verstehe nichts von Kunst. O ja, es gibt eine Liste von den Dingen, die die Großmutter des Grafen aus Holland nach Thirlbeck brachte, aber nach der hätten Sie sich totsuchen können. Ich hatte natürlich keine Ahnung, welche Bilder wertvoll waren, mit Ausnahme des Rembrandts. Sogar der Graf erinnerte sich an den Rembrandt. In dem Brief, den ich ihm vor siebzehn Jahren schrieb, hatte ich vorgeschlagen, den Rembrandt zu verkaufen. Seine abschlägige Antwort gab bei mir den Ausschlag. Ein Mann, der vorzieht, Land statt eines Gemäldes zu verkaufen, ist nach meiner Meinung unzurechnungsfähig.«

»Also Sie, Mr. Tolson, trafen eine Entscheidung für ihn. Sie haben wie Gott über seinen Besitz verfügt.«

»Ich kann Ihnen nicht zustimmen«, antwortete er ruhig, »das Land ist die Stärke der Birketts. Die Bilder und die anderen Sachen sind zufällige Erwerbungen der Familie – sie heirateten die richtigen Frauen zum richtigen Zeitpunkt. Nach dem Tod des jetzigen Grafen wird es andere Birketts geben. Nat und seine Söhne. Ich sehe es als meine Pflicht an, den Erben den Besitz zu erhalten, und wenn ich dafür ein paar Bilder und Kunstgegenstände verkaufen mußte – nun gut, dann war das nicht zu ändern. Ich bin immer noch fest davon überzeugt, daß ich für die Birketts die richtige Entscheidung getroffen habe – obwohl ich dafür leicht ins Gefängnis kommen kann.«

»Haben Sie nie daran gedacht, daß Ihretwegen vielleicht auch meine Mutter im Gefängnis gelandet wäre?«

»Sie schien bereit, das Risiko einzugehen. Und dabei habe ich ihr nur ihre Auslagen ersetzt. Ich habe ihr eine Beteiligung angeboten, aber sie hat sie abgelehnt. Ich hatte sie ganz richtig eingeschätzt. Sie liebte Thirlbeck, weil es für sie das Symbol einer ganzen Epoche war. Ich habe nie eingehender darüber mit ihr gesprochen, mir genügte es einfach, daß sie so empfand.«

»Die Sachen . . .«, sagte ich, »die Sachen, die durch ihre Hände gegangen sind, sind doch bestimmt an private Kunden oder Händler verkauft worden? Meine Mutter kann sie unmöglich zur Auktion gegeben haben, die Auktionshändler erkundigen sich immer nach dem Besitzer. Auch in ihrem Laden konnte sie nichts verkaufen, sie war nur eine kleine Händlerin, man hätte sie bei so wertvollen Stücken sofort verdächtigt, daß sie gestohlenes Gut feilbietet.«

»Ja, genau das hat sie mir erklärt. Und da es in England keine Käufer für diese Art von Ware gab, hat sie die Sachen ins Ausland gebracht. Sie sagte, sie hätte auch dort Verbindungen . . .«

»Ins Ausland . . . ohne Ausfuhrgenehmigung? Wollen Sie damit sagen, sie hat die Sachen hinausgeschmuggelt?«

»Sie sagte, das wäre unumgänglich, sonst würde man nicht genug Geld bekommen. Sie war eine energische und mutige Frau. Anscheinend kann man von der Schweiz aus alles ohne Ausfuhrgenehmigung nach Amerika verkaufen. Sie sagte, die Amerikaner zahlten die höchsten Preise, und weder die Museumsdirektoren noch die Privatsammler würden viele Fragen stellen, solange sie von der Echtheit eines Bildes oder eines Gegenstandes überzeugt sind.«

»Mein Gott, wie oft hat sie das getan?«

Er zuckte hilflos die Achseln. »Ich weiß nicht mehr. Die Gegenstände mußten klein sein – chinesische Schalen, Vasen, Parfümflaschen. Ja, und Tabakdosen. Sie sagte, sie seien sehr beliebt, besonders wenn man sie als geschlossene Sammlung verkauft. Die Möbel waren natürlich unmöglich loszuwerden, die mußten bleiben.«

»Und die Bilder?« fragte ich mit einer vor Angst fast tonlosen Stimme. »Hat sie mehrere mitgenommen?«

»Ja, im ganzen so ungefähr zwanzig. Der holländische Experte sagte, es sei eine sehr gute Sammlung.«

»Erinnern Sie sich noch an die Namen der Künstler?« fragte ich unwillkürlich, obwohl ich mich vor der Antwort fürchtete.

»Einige hatte ich nie gehört. Andere waren mir vage bekannt. Ich erinnere mich an einen Ruisdael – oder waren es zwei? Einen Seghers und einige Hobbemas, und dann war da noch ein – Steen? Kann das stimmen?« Ich nickte, unfähig, ein Wort zu sagen, mein Mund war wie ausgetrocknet. »Und dann gab es noch zwei oder drei kleine Skizzen von Rubens . . .«

Ich winkte ab. »Das genügt, Mr. Tolson. Diese Namen – genügen. Ich kann mir schwer vorstellen, daß Lord Askew nichts von diesen Bildern weiß und meine Mutter das auch noch geglaubt hat. Es war mehr als eine schöne Sammlung, jedes Museum der Welt wäre stolz, diese Bilder zu besitzen.«

»Er weiß nichts, Miss Roswell. Er hat nur den Rembrandt erwähnt. Sogar ein Schuljunge kennt den Namen. Aber der Rest – er hat sich nie dafür interessiert. Wenn er gewußt hätte, daß es noch zwei Rubens gab, hätte er sich wahrscheinlich auch an die erinnert. Aber niemand ahnte, daß die Skizzen von Rubens waren, bis Ihre Mutter den holländischen Experten herbrachte. Vergessen Sie nicht, es war schon Krieg, als der Besitz für die Erbschaftssteuern geschätzt wurde, es ging alles schnell und nicht sehr gründlich vonstatten. Ich bin zu Lord Askew ins Gefängnis gegangen und habe versucht, die Erbschaftssteuern mit ihm zu besprechen, aber er wollte von nichts hören. Er sagte nur: ›Zahlen Sie‹, und damit war die Sache für ihn erledigt. Er interessierte sich so wenig wie der Rest der Familie für die Bilder von Kühen, Windmühlen und Segelschiffen. Es gab einen Maler, der van de Velde hieß. Ihre Mutter sagte, er wäre sehr berühmt. Aber er hat den Namen nie gehört. Er kannte die Bilder von Kindesbeinen an, sie hingen im-

254

mer an den Wänden, aber sie haben ihn nie interessiert.«

»Meine Mutter muß es ihm gesagt haben, als sie dort einen Sommer lang lebte, sie kannte die Namen.«

»Weder sie noch Ihr Vater haben die Bilder damals gesehen. Als das Ministerium das Haus beschlagnahmte, habe ich alle Bilder in ein Zimmer gestellt, und dort sind sie heute noch. Ich habe sie nach Kriegsende nicht wieder aufgehängt. Die Temperatur in dem Zimmer ist verhältnismäßig gleichbleibend, und die Wände sind weniger feucht als woanders, so daß die Bilder keinen Schaden nehmen können. Das habe ich inzwischen gelernt. Ich bin ins Museum nach Glasgow gefahren, um mich zu informieren. Ich habe gesagt, daß ich eine kleine Sammlung zu betreuen hätte. Natürlich wollten sie die Bilder gleich sehen, hofften wahrscheinlich, eine Entdeckung zu machen oder sie als Leihgabe zu bekommen. Aber ich habe mich herausgeredet und gesagt, ich sei nur der Hausmeister und wüßte nichts über den Wert der Sammlung. Dann gab ich ihnen einen falschen Namen an und versprach, mich mit ihnen in Verbindung zu setzen. Nun, darauf warten sie heute noch.«

Ich starrte ihn an. Wie hatte Vanessa sich in so was einlassen können! Und ohne jeglichen Profit! Es war schwer zu glauben, daß sie das Risiko auf sich genommen hatte, ohne einen Vorteil davon zu haben, andererseits war es noch schwieriger zu glauben, daß Vanessa eine Diebin war und von Tolson oder irgend jemand anderem gestohlen hatte.

»Und als Lord Askew Sie bat, ihm die Bilder zu zeigen, Mr. Tolson, muß er doch gemerkt haben, daß Rahmen fehlten? Selbst wenn er nicht wußte, was in ihnen gewesen war.«

»Die Rahmen sind alle noch da und die Bilder auch. Nur sind es andere Bilder. Vergessen Sie nicht, ich habe nie mit Lord Askews Rückkehr gerechnet. Aber wir – Ihre Mutter und ich – beschlossen, daß alles so aussehen sollte wie früher. Ihre Mutter sagte, daß ein Experte den Unterschied natürlich gleich sehen würde, aber sie sind wirklich sehr gut.«

»Sehr gut? Was meinen Sie mit sehr gut, Mr. Tolson? Sie meinen, es sind gute Kopien so wie der Rembrandt?«

Er zog die Augenbrauen hoch. »Mr. Stanton hat es also gemerkt? Hab' ich mir's doch gedacht. Der Künstler ... nun, vielleicht hat er gehofft, auch die Experten hereinlegen zu können. Ihre Mutter und ich dagegen brauchten die Kopien nur für den Fall, daß Lord Askew unerwartet zurückkommen und sich womöglich doch an das eine oder andere Bild erinnern würde. Aber als er sich dann plötzlich entschloß, alles zu verkaufen, war mir klar, daß ich ausgespielt hatte. Ich muß wahrscheinlich ins Gefängnis, obwohl das Land mindestens so im Wert gestiegen ist wie die Kunstwerke, die ich verkauft habe. Über die chinesischen Sachen und Golddosen habe ich mir nie Gedanken gemacht. Er wußte noch nicht einmal, daß sie existierten. Ihre Mutter hat sie aufgestöbert. Das Kleinzeug hat bei den steigenden Preisen mehr Geld gebracht, als ich für den Verkauf von ein paar Pachthöfen bekommen hätte. Mir ist völlig rätselhaft, wieso Lord Askew sich nicht wundert, wieviel Land er noch besitzt. Natürlich ist er nirgends gewesen und hat auch mit keinem gesprochen. Wenn ihn jemand in Kesmere erkannt hätte, dann wäre ein schönes Getuschel losgegangen, er ist schließlich der größte Landbesitzer der Umgegend.«

Ich unterbrach seine Ausführungen. »Und wie hieß der Künstler oder, besser gesagt, der Fälscher, Mr. Tolson?«

»Van ... irgendwas. Ich habe ihn nicht kennengelernt. Er war nie in Thirlbeck.«

»Van Meegeren? Nein, das kann nicht sein, er hat nie Bilder kopiert, er hat sich seine eigenen ausgedacht. Also, wer war Ihr Fälscher, Mr. Tolson?«

»Das hätten Sie Mrs. Roswell fragen müssen. Ich habe ihn nie getroffen, er hat mich nicht interessiert. Jedesmal, wenn Mrs. Roswell ein Bild mitnahm – natürlich nahm sie nur kleine mit, die in ihren Koffer gingen –, schickte sie mir nach einiger Zeit eine Kopie, die für mich genauso aussah wie das ursprüngliche Bild.« Er sprach plötzlich in einem fast vertraulichen Tonfall. »Woran man sieht, was für ein Unsinn dieser ganze Kunstmarkt ist, nicht wahr? Wenn jemand so gute Kopien anfertigen kann, warum zahlen die Leute dann solche verrückten Preise für die Originale?«

Ich lehnte mich im Sessel zurück, zu erschöpft, um noch nachdenken zu können. »Fragen Sie mich nicht, Mr. Tolson, ich weiß es auch nicht. Warum zahlen Menschen für ein glitzerndes Stück Kohle so viel Geld? Für ein einfaches Stück Kohle würden sie es nicht tun. Bei Gemälden ist es noch etwas anderes. Fälscher – ja, sie können eine genaue Kopie anfertigen, aber sie werden nie die Qualität des Originals erreichen. Es ist schwer zu sagen, aber die Inspiration, der Schwung des großen Künstlers fehlt einfach. So ein Rembrandt, zum Beispiel, er spricht zu den Menschen, die ihn verstehen. Ich bin auch auf die Kopie hereingefallen, aber jemand wie Gerald – Mr. Stanton – sieht, daß es kein echter Rembrandt ist, weil er den Mangel an Tiefe und Leidenschaft spürt. Es ist unmöglich, so etwas genau zu erklären, aber kein Kenner würde das Bild für echt halten.«

Er nickte zustimmend mit dem Kopf. »Wir haben das auch nicht erwartet, Miss Roswell. Ihre Mutter hat mir das oft genug gesagt. Das Bild ist in den Familienpapieren als ein signiertes Selbstporträt geführt, und wie sich später herausstellte, war es das auch. Wir haben uns nie der Illusion hingegeben, daß die Kopie, die wir anfertigen ließen, Kennerblicken standhalten könnte. Wir wußten beide, was wir riskierten, aber ich war fest entschlossen, Ihre Mutter aus der Sache herauszuhalten, falls mich jemand zur Rechenschaft ziehen sollte.«

»Haben Sie das wirklich für möglich gehalten, Mr. Tolson? Waren Sie wirklich so naiv? Sie hat schließlich die Gegenstände verkauft. Wenn man Sie eingesperrt hätte, dann auch meine Mutter.«

Er schwieg und senkte den Kopf. Ted bewegte sich unruhig hinter uns, nahm aber das Schweigen seines Vaters als Befehl.

»Also, Mr. Tolson, wohin brachte sie den Rembrandt und die anderen Bilder, nach Holland – oder in die Schweiz? Van Sowieso sagten Sie? Kann er van Hoyt geheißen haben? Er saß auch im Gefängnis wie van Meegeren. Kann es van Hoyt gewesen sein, Mr. Tolson?«

»Vielleicht, ich weiß es nicht.«

»Ich bin erstaunt, daß ein Mann wie Sie ein so grenzenloses Vertrauen zu jemand haben kann. Woher wußten Sie, daß Vanessa Sie nicht betrog? Sie konnten noch nicht einmal nachprüfen, wieviel die Kunden ihr zahlten. Woher wußten Sie, daß sie nicht einen Teil des Geldes für sich behielt?«

Ich war so verletzt, daß ich ihn absichtlich provozierte. Ich wollte, daß er sich an die Bemerkungen erinnerte, die er mir über Vanessa gemacht hatte, als er noch vorgab, sie kaum zu kennen.

»Am Anfang . . . hat mein Bruder natürlich die Frage aufgeworfen. Er kannte Ihre Mutter nicht so gut wie ich und hatte keinen Grund, ihr zu vertrauen. Er bestand auf einer Überprüfung. Es gibt immer Möglichkeiten, herauszufinden, ob jemand mehr Geld hat, als er eigentlich sollte. Ihre Mutter war in Geschäftsdingen sehr nachlässig, und solche Menschen sind besonders leicht zu kontrollieren. Aber wir fanden heraus, daß sie fast immer am Rande des Bankrotts stand; sie hatte hohe Bankschulden, und es gab niemals auch nur das geringste Anzeichen von Geldern, deren Herkunft man sich nicht erklären konnte. Nein, sie hat nicht gestohlen, ich dachte, ich hätte das schon klargestellt.«

Er sah mir voll ins Gesicht, während er sprach, und versuchte sich nicht zu rechtfertigen. Er wußte, wie wütend ich war, aber er bot mir ruhig die Stirn.

»Vielen Dank, sie hat also nicht gestohlen, aber sie hat sich Ihretwegen in Gefahr begeben, und Sie ließen es zu. Können Sie sich die Angst vorstellen, die man hat, wenn man an einem Zollbeamten mit einem Bild von Rembrandt im Koffer vorbeigeht?«

»Es war ihr Stil. Irgendwie machte es ihr sogar Spaß. Menschen wie Ihre Mutter haben manchmal Anfälle von Idealismus und eine Menge Mut. Sie wußte, was sie tat und warum sie es tat. Abgesehen davon sollte der Rembrandt die letzte Transaktion sein. Sie hat über ein Jahr gebraucht, bis sie den richtigen Kunden fand. Sie verabredete sich mit ihm, seinem Agenten und zwei Experten, die ihre Meinung über das Bild abgeben sollten, in Zürich. Schließlich war es ein unbekannter Rembrandt aus irgendeinem abgelegenen englischen Landhaus, also Vorsicht war geboten. Ihre Mutter hat mir nie die Namen der Käufer genannt, sie sagte, es wäre besser, ich wüßte sie nicht. Ich war nervös, das einzige Bild, an das sich Lord Askew erinnerte, zu verkaufen, und so brachte Ihre Mutter entgegen unserer sonstigen Gewohnheit die Kopie, noch bevor der Verkauf abgeschlossen war, nach Thirlbeck. Dann fuhr sie nach Zürich, wo sie das echte Bild in einen Banksafe tat. Es war alles recht kompliziert – sie mußte jedes Aufsehen vermeiden, weil die Leute leicht mißtrauisch werden, wenn sich Kunstexperten und bekannte Sammler treffen. Der holländische Fälscher kam auch nach Zürich, er wollte in Schweizer Franken ausgezahlt werden und das Geld dort auf der Bank hinterlegen. Es war der letzte Auftrag, den er für Ihre Mutter ausführte. Der Käufer sollte eine Million zweihunderttausend Pfund zahlen, wenn die Experten das Bild für echt hielten.«

»Eine Million zweihunderttausend«, wiederholte ich, »wissen Sie, daß es in einer Auktion das Doppelte gebracht hätte? Was, glauben Sie, würde Lord Askew sagen, wenn er erführe, daß Sie seine Bilder verschleudert haben?«

Er machte eine ungeduldige Geste ob dieser nutzlosen Frage. »Ich habe meine Entscheidung vor vielen Jahren getroffen. Dieser letzte Verkauf hätte genügt, um Lord Askews Geldwünsche für den Rest seines Lebens zu befriedigen. Der Mann, der die Kopie angefertigt hatte, und der Schweizer Agent mußten natürlich auch bezahlt werden, und dann hatte ich fünfzigtausend Pfund für Dachreparaturen und andere Ausbesserungen veranschlagt. Der Rest sollte in der Schweiz investiert werden. Ich habe Lord Askew immer über Schweizer Banken gezahlt. Das heißt, mein Bruder. Er kümmerte sich um alle geschäftlichen Angelegenheiten und beriet auch die Steuerverwalter von Thirlbeck. Seit seinem Tod ist alles natürlich viel schwieriger geworden, aber Mrs. Roswell kannte sich allmählich recht gut aus.«

Mir war plötzlich, als spräche er über eine Fremde – über eine fremde Vanessa, die weder er noch ich kannten. Über eine fremde Frau, die heimlich nach Holland und in die Schweiz gefahren war und die eines Tages einem Gepäckträger einen Koffer gegeben hatte, in dem ein Bild im Wert von zwei Millionen lag. Und doch war es möglich. Vanessa war oft für ein paar Tage fortgefahren auf Landauktionen oder in kleinere Städte, um für ihren Laden einzukaufen. Wie oft hatten Gerald und ich wohl gedacht, sie verbrächte mit ihrem neuesten Flirt ein fröhliches Wochenende, während sie in Wirklichkeit in Thirlbeck, in der Schweiz oder in Holland war? Es war schwer, sich diese raffinierte Vanessa vorzustellen, die mit solchem Geschick gelogen hatte und ihre Geheimnisse so gut zu wahren wußte. Ich war verwirrt und verletzt und fühlte mich ausgeschlossen. »Warum tat sie es bloß?« Die Frage war mehr an mich selbst gerichtet.

Tolson machte auch keinen Versuch, sie zu beantworten, sondern setzte seinen Bericht fort. »Und dann kam wie ein Blitz aus heiterem Himmel Lord Askews Telegramm mit der Bitte, das Haus für ihn und die Gräfin herzurichten. Ihre Mutter war gerade in Zürich. Ich wußte, in welchem Hotel sie wohnte, und telefonierte sie sofort an. Aber sie hatte ihr Zimmer schon aufgegeben, und das konnte nur heißen, daß der Verkauf abgeschlossen und nicht mehr rückgängig zu machen war. Von allen Bildern in Thirlbeck war der Rembrandt das einzige, das ich brauchte. Ich brauchte es dringender als das Geld auf der Schweizer Bank. Statt dessen hatte ich weder das eine noch das andere.«

Ich fuhr hoch. »Was sagen Sie? Sie haben das Geld nicht? Wo ist es?«

»Ich würde viel darum geben, wenn ich das wüßte, Miss Roswell. Es liegt auf irgendeinem Nummernkonto, das Ihre Mutter ausschließlich für diesen Verkauf eröffnet hat. Sie wollte mir den Namen der Bank und die Nummer telefonisch durchsagen, so haben wir das immer gehalten. Sie zahlte den Erlös der verkauften Gegenstände auf ein Konto ein, das dann nur für die Überweisungen an Lord Askew gebraucht wurde. Ich wartete also, daß sie mich wie üblich gleich nach ihrer Ankunft in London anrief, um mir die Nummer zu geben. Dann hörten wir die Sechs-Uhr-Nachrichten im Radio und erfuhren von dem Flugzeugunglück. In der Morgenzeitung stand der Name Ihrer Mutter unter den tödlich Verunglückten. Und so habe ich keinen Rembrandt, aber dafür mehr als eine Million Pfund, die auf einer Schweizer Bank liegen, und an die weder ich noch ein anderer herankann.«

»Warum sind Sie hergekommen? Was erwarten Sie hier zu finden?«

Er seufzte. »Was? Ich weiß es selbst nicht. Ich hoffte, irgendeinen Hinweis zu finden, auf welche Bank sie das Geld eingezahlt hat. Vielleicht hat sie sich den Namen irgendwo notiert, vielleicht wurde nach dem Unglück irgend etwas von ihr gefunden, was man ... was man an ihre Adresse geschickt hat. Ich mache mir, offen gesagt, keine großen Hoffnungen, aber ich wollte nichts unversucht lassen. Ich kann Lord Askew die Geschichte nicht länger verschweigen. Die letzten Wochen haben mich an den Rand der Verzweiflung gebracht. Mein Verwalteramt ist in Frage gestellt. O ja, ich habe den Landbesitz erhalten, der im Preis mindestens so gestiegen ist wie die Bilder. Aber ich bin plötzlich in eine Lage geraten, wo man mir vorwerfen kann, daß ich über eine Million Pfund unterschlagen habe.«

Er griff nach seiner Kaffeetasse, aber sie war leer. »Die Geschäfte der Birketts gingen immer in die Millionen. Ich mußte auf den Diamanten aufpassen, den Besitz zusammenhalten, die Möbel und Bilder, von denen Ihre Mutter sagte, daß sie einzigartig seien, pflegen und verstecken. Ja, wenn Lord Askew ein normaler Mensch wäre, dann hätte ich dies alles nicht zu tun brauchen. Aber er ist ein von Furien Gehetzter, der keine Ruhe findet. Die Birketts sind keine glückliche Familie . . .«

»Hören Sie auf! Hören Sie, um Himmels willen, auf! Was geht mich das Unglück der Birketts an oder das Ihre? Ich weiß, es interessiert Sie nicht, aber ich habe meine Mutter geliebt. Und nun ist sie tot! Ihretwegen, Ihrer verrückten Ideen wegen, weil Sie die Birketts für etwas Besonderes, für etwas Besseres halten. Ich weiß nicht, wie es Ihnen gelungen ist, meine Mutter in Ihre Machenschaften hineinzuziehen und sie siebzehn Jahre lang bei der Stange zu halten. Aber Sie haben Schuld an ihrem Tod. Vanessa starb, weil sie einen Auftrag für Sie ausführte – für Sie und die Birketts. Warum? Wieso? Sagen Sie mir doch bloß, warum? Ich kann es nicht begreifen.«

Er atmete schwer und ließ sich mit seiner Antwort Zeit. »Warum?« sagte er endlich. »Eigentlich sollten sie das am besten verstehen. Sie sind Ihrer Mutter sehr ähnlich. Sie sind doch auch ganz vernarrt in Thirlbeck, nicht wahr? – Doch lassen wir das. Ich hoffe nur, daß Sie mir die Erlaubnis geben werden, die Papiere Ihrer Mutter durchzusehen. Es ist immerhin möglich . . .«

»Nein! Sie werden nichts in diesem Haus anfassen! Wenn jemand ihre Sachen durchsucht, dann bin ich es. Aber nicht jetzt. Und machen Sie sich keine Hoffnungen, daß in den Flugzeugtrümmern irgend etwas gefunden wurde, was meiner Mutter gehörte. Nichts wurde gefunden – gar nichts! Meine Mutter ist tot. Das ist alles.«

Er seufzte und erhob sich schwerfällig. »Dann müssen wir eben zurückfahren. Morgen – das heißt eigentlich schon heute – muß ich mit Lord Askew reden. Ich kann es nicht länger aufschieben, aber ich bin überzeugt, Sie werden Vernunft annehmen und mir wenigstens insofern helfen, daß Sie die Sachen Ihrer Mutter durchsuchen. Sicher würde auch Mister Stanton das für richtig halten.«

»Schweigen Sie – ich habe genug von Ihnen, und versuchen Sie ja nicht, Mr. Stanton Meinungen in den Mund zu legen. Er wird mich bestimmt verstehen. Er hatte meine Mutter immer sehr gerne.«

Er zog seinen Regenmantel an. »Das weiß ich. Und Mister Stanton hat auch Sie sehr gerne. Er war sehr besorgt, als Sie so plötzlich ohne plausible Erklärung fortfuhren. Lord Askew hat ihm von der chinesischen Schale nichts erzählt. Aber Mister Stanton weiß, daß etwas in der Luft liegt. Ted muß mich so schnell wie möglich nach Hause fahren. Ich habe das Gefühl, daß Mr. Stanton sich heute das Bild ansehen will, und davor muß ich mit Lord Askew gesprochen haben.«

»Das ist Ihr Problem, Mr. Tolson, mein Problem ist, wie ich den Namen meiner Mutter aus der Sache heraushalte.«

»Wenn irgend möglich, wird der Name Ihrer Mutter unerwähnt bleiben, obwohl sich Lord Askew sagen wird, daß ich das Ganze nicht ohne Hilfe durchführen konnte. Aber das Schwierigste ist, ihm zu erklären, daß ich nicht weiß, wo das Geld liegt!«

»Was für eine schäbige Bande ihr doch seid! Im Grunde genommen haben Sie das alles doch nur für sich selbst getan, Mr. Tolson, nicht wahr? Die Tolsons leben so lange im Tal wie die Birketts. Sie haben den Besitz so lange verwaltet, daß sie meinen, er gehöre ihnen. Das spukt doch in Ihrem Kopf herum? Und weil Sie das Land nicht gesetzlich erben können – Sie oder Ihre Söhne –, werden Sie so lange auf Nat Birkett einhämmern, bis er genau das tut, was Sie wollen. Das ist doch Ihr Plan, nicht wahr? Und können Sie mit gutem Gewissen sagen, daß Sie keine Mitschuld am Tod von Nat Birketts Frau trifft? Sind Sie wirklich ganz unschuldig an diesem Tod, Mr. Tolson? Sie schwiegen, und Nat Birkett schwieg um Ihrer Familie willen. Jessica hat schließlich nichts Schlimmes getan – sie hat nur die recht wichtige Tatsache verschwiegen, daß sie wußte, wo Patsy Birkett sich befand in der Nacht, als sie starb. Aber das war ja nur eine kleine Unterlassungssünde und keine böswillige Tat. Und dann ging es Jessica auch nicht gut. All die letzten Jahre hat sie sich schließlich wie ein liebes, wohlerzogenes Mädchen benommen. Es gibt eigentlich gar keinen Grund, warum sie nicht eines Tages Nat Birkett heiraten sollte. Sie würden gegen eine Heirat mit Nat Birkett keinen Einspruch erheben, nicht wahr, Mr. Tolson? All Ihre Handlungen wären dann gerechtfertigt. Alles käme endlich wieder ins richtige Gleis, Nat Birkett hat zwei Söhne, aber die Söhne der Grafen Askew scheinen ja nicht viel Glück zu haben, und so wäre es durchaus möglich, daß Ihre Enkel oder Urenkel – eines Tages Thirlbeck und den Grafentitel erben. Ich sage nicht, daß Sie das alles im voraus geplant haben. Für so schlecht halte ich Sie nicht. Aber so wie die Dinge jetzt liegen, scheint sich alles sehr günstig für Sie zu entwickeln, habe ich recht, Mr. Tolson? Und Sie werden in die Entwicklung nicht eingreifen, o nein, Sie werden nicht eingreifen.«

Er stand an der Tür. Ted ging an ihm vorbei und knipste das Licht in der Halle an.

»Sie sind sehr müde, Miss Roswell, und ich auch. Sie haben harte Worte gebraucht, und ich glaube, wir täten beide gut daran, sie zu vergessen. Vielleicht treffen wir uns nie wieder, es wäre das Beste. Ich verspreche Ihnen jedoch, alles zu tun, um den Namen Ihrer Mutter aus der ganzen Geschichte herauszuhalten. Aber ... wenn Sie irgend etwas finden sollten ...« Er zuckte die Achseln und wandte sich ab. »Nun, etwas, was mir helfen könnte, dann setzen Sie sich bitte mit mir in Verbindung.«

Er ging durch die Halle und war fast schon draußen, als ich ihn zurückrief. Meine Arbeit bei Hardy war mir so in Fleisch und Blut übergegangen, daß ich die Frage nicht unterdrücken konnte. »Mr. Tolson!«

Er wandte sich noch mal um, ein wenig eilfertig. »Ja, Miss Roswell?«

»Erinnern Sie sich zufällig, ob unter den Bildern – haben Sie je etwas von einem Maler namens El Greco gehört?«

Seine Enttäuschung war deutlich zu merken. »El Greco? Spanier, nicht wahr?« Er schüttelte den Kopf. »Nein, soweit ich weiß, waren alle Bilder holländisch, aus verschiedenen Perioden, aber einen El Greco ... nein.«

»Es ist nicht wichtig, ich dachte bloß ...«

»Merkwürdig ... Ihre Mutter hatte die gleiche Idee, sie durchsuchte das ganze Haus ... aber sie fand nichts ...«

Er wartete einen Augenblick, vielleicht hoffte er, daß ich doch nachgeben würde, aber ich starrte ihn nur an; der Ärger hatte mein Herz verhärtet. Ich hatte ihm furchtbare Dinge, ganz unmögliche Beschuldigungen an den Kopf geworfen, aber ich war so verwirrt, wütend und verängstigt, daß ich ihm alles zutraute. Ich erkannte mich selbst nicht wieder. Das Wesen, das ihm diese Schmähungen ins Gesicht geschrien, diese grausigen Worte gebraucht hatte, war mir völlig fremd. Der Aufruhr in meinem Innern hatte die Bande der Konvention gesprengt, und ich stand einem mir unbekannten Ich gegenüber. Ich hatte in meine eigenen Tiefen geblickt,

265

und was ich dort gesehen hatte, gefiel mir nicht. Und doch konnte ich die Worte, die ich gesagt hatte, nicht zurücknehmen, ich konnte mich in diesem Augenblick nicht dazu überwinden, dem Mann, dem ich die Schuld an Vanessas Tod gab, meine Hilfe anzubieten.

Er hatte geduldig gewartet und mir wahrscheinlich den inneren Kampf und seinen Ausgang vom Gesicht abgelesen, denn er seufzte und wandte sich ab. Ich hörte, wie ihre Schritte sich auf der Gasse entfernten und wenige Minuten später das Anspringen des Motors. So wie ich Tolson kannte, würde er die Nacht durchfahren, um in der Frühe in Thirlbeck zu sein. Und dann würde er Robert Birkett seine Geschichte erzählen.

Vanessas kleine französische Uhr schlug auf dem Kaminsims Viertel vor eins. Ich dachte wieder an die verbrannten Flugzeugtrümmer auf den Berghängen und an die verstreuten, aufgeplatzten Gepäckstücke im schmutzigen Schnee. Das einzige, was ich von Vanessa hatte, war ihre Handtasche, und sie enthielt nichts, was Tolson hätte helfen können. Und was würde Robert Birkett sagen? dachte ich verzweifelt. Würde er Tolson zwingen, Vanessas Namen preiszugeben? Und wenn ja, würde er glauben, daß Vanessa mit Absicht die Bank und die Kontonummer verschwiegen hatte? Der Verdacht lag nahe, es war schließlich die letzte Reise gewesen, die sie für Tolson unternommen hatte. Und warum sollte auch Lord Askew dasselbe Vertrauen in Vanessa haben wie Tolson? Er hatte sie schließlich vor vielen Jahren nur einen Sommer lang gekannt. Wenn der Skandal an die Öffentlichkeit drang, würden bestimmt viele Leute sagen, sie hätten Vanessa nie über den Weg getraut. Und Vanessa war nicht mehr da, um sich zu rechtfertigen.

Ich saß im Sessel und weinte hemmungslos aus Müdigkeit, Schmerz und Ärger. Aber die Tränen brachten Erleichterung, wenn auch nur eine zeitweilige, ich glitt in den Schlaf. Als ich erwachte, schlug die Uhr zwei.

3

Ein junger Mann in einem Priestergewand führte mich am nächsten Morgen in einen Empfangsraum. Der Boden war glatt gebohnert, und in der Mitte des Zimmers stand ein kleiner, einfacher Tisch und um ihn herum vier gradlehnige, harte Stühle. An der Wand hing ein Kruzifix. Die Fenster gingen auf einen Innenhof, der von den Jesuiten mitbenutzt wurde, die ihr Haus in der angrenzenden Straße hatten. Es war sehr still, der Verkehrslärm klang wie ein fernes Gemurmel. Eine Kinderschwester saß auf einer Gartenbank und hütete ein einsames Kind, das Tauben jagte. Ich war hierhergekommen, weil es das einzige katholische Pfarrhaus war, das ich kannte. Gerald und ich gingen sonntags gelegentlich in die dazugehörige Kirche, weil er gerne dem Chorgesang und den Predigten der bekannteren Jesuitenpater zuhörte, obwohl er nicht Katholik war.

Ich stand auf, als ein junger Priester hereinkam. Er reichte mir die Hand. »Ich bin Vater Kavanagh, bitte nehmen Sie Platz.« Ich sagte ihm meinen Namen, und dann wußte ich nicht recht weiter.

»Kann ich Ihnen irgendwie behilflich sein?«

Ich zögerte, meine seltsame Bitte vorzubringen, und sagte etwas hilflos: »Ich bin keine Katholikin.«

Über sein ernstes Gesicht glitt ein kaum merkliches Lächeln. »Trotzdem ist es durchaus wahrscheinlich, daß Sie in den Himmel kommen.«

»Ich wollte fragen, ob ich eine Messe lesen lassen kann für jemand, der schon lange tot ist?«

»Natürlich. Ist die Person mit Ihnen verwandt oder befreundet? Wollen Sie mir irgendwelche näheren Angaben machen?« Er meinte vermutlich, ich spräche von jemand, der erst kürzlich verstorben war.

»Sie ist schon sehr lange tot, fast vierhundert Jahre.«

»Ach so.« Er schien nicht verwundert. »Kein Gebet kommt zu spät – es ist die gute Absicht, die zählt. Möchten Sie eine Messe für die Ruhe einer Seele lesen lassen?«

»Ja – ja, genau das«, sagte ich eifrig. »Aber ich möchte neun Messen lesen lassen. Können Sie das tun?«

»Ja, wir lesen eine Novene. War die Person katholisch? Aber es spielt überhaupt keine Rolle, man kann für alle Menschen beten.«

»O ja, sie war Katholikin. Wahrscheinlich starb sie, weil sie eine war.«

Er zog die Brauen hoch. »Eine Märtyrerin?«

»Nein – keine offizielle Märtyrerin. Eine junge Frau, die vor langer Zeit starb.« Ich buchstabierte den Namen für ihn, und ich war erstaunt, wie mühelos er von meinen Lippen kam, ich brauchte noch nicht mal in das Stundenbuch zu sehen. »Juana Fernández de Córdoba, Mendoza, Soto y Alvarez.«

Er schrieb es auf, dann sagte er: »Der Herr wird vermutlich schon wissen, wen ich meine, wenn ich nur den Vornamen Juana sage.«

Ich wußte nicht, wieviel Geld ich ihm anbieten sollte. »Ganz nach Ihrem Belieben«, sagte er und lächelte wieder. »Ich lese die Messen selbst. Der Seele Ihrer kleinen Spanierin wird es wohltun, daß sich jemand nach vierhundert Jahren noch an sie erinnert.«

»Ich hoffe es«, und dann fügte ich hinzu, obwohl er den Sinn meiner Bemerkung nicht verstehen konnte, »es ist alles, was ich für sie tun kann.«

Ich setzte mich eine Weile in die Kirche, die Stille tat mir nach all den Aufregungen wohl. Ich hatte sie noch nie so leer gesehen, außer mir war nur noch eine andere Frau da. Jemand spielte ganz leise Orgel, als ich eintrat, vielleicht übte er nur oder bereitete sich auf das Mittagskonzert vor, es war fast zwölf Uhr.

Der innere Friede, den ich mir durch die Bitte um die Messen erkauft hatte, war schnell vorbei. Die verwirrenden, beunruhigenden Gedanken über Vanessa und George Tolson ließen mir keine Ruhe. Sicher hatte er mittlerweile Lord Askew schon Bericht erstattet. Ob Gerald auch schon Bescheid wußte? Würde Gerald enttäuscht von mir sein, daß ich mich darum drücken wollte, Askew wiederzusehen? Würde ich aus Feigheit die Sung-Schale auf meine Kosten reparieren lassen und sie zusammen mit dem Stundenbuch der Juana Fernández de Córdoba per Post nach Thirlbeck schicken? Was würde Nat von mir denken, von meiner übereilten Abreise, die fast wie eine Flucht aussah?

Ich holte aus reiner Gewohnheit die Miniatur hervor und nahm sie in die Hand. Mehr denn je erinnerten mich die vitalen, intelligenten Züge der dritten Gräfin Askew an die Vanessas. Dann sah ich mir die Kehrseite der Miniatur an und hielt wieder das abgebrochene Stück an den Rahmen, so daß er wie ganz wirkte. Dabei fiel mir etwas anderes auf, etwas, das ich zuvor nicht bemerkt hatte. Ich fühlte, wie die Aufregung meine Kehle zuschnürte. Am liebsten hätte ich meinen Verstand ausgeschaltet, ich wollte nicht nachdenken, denn Vernunft würde wahrscheinlich sofort meine phantastische Hoffnung zerstören. Ja – doch, es war möglich. Es ergab einen Sinn. Jedenfalls war es bestimmt des Nachdenkens wert, o ja, durchaus.

Ich ging hinaus und mischte mich unter die mittägliche Menschenmasse. Ich mußte eine ganze Weile gehen, bis ich ein Taxi fand, das mich nach Hause brachte. Ich zögerte einen Moment und entschloß mich dann, Tolson nicht anzurufen. Egal, was er mir sagen würde, ich mußte nach Thirlbeck zurück. Ich packte meinen großen Koffer und legte die zerbrochene Sung-Schale und das Stundenbuch an einen möglichst sicheren Platz zwischen meine Kleider. Als ich die Haustür aufmachte, klingelte das Telefon. Ich hörte es läuten, während ich die Tür zuschloß. Es konnte Harry sein – sollte er läuten.

269

4

Ich hielt den Mini kurz vorm Birkenwäldchen an und war erstaunt, wie vertraut mir alles vorkam, so als kehre ich an einen Ort zurück, den ich seit meiner frühesten Kindheit kannte. Ich hatte das hintere Tor benützt, für das ich glücklicherweise noch den Schlüssel besaß, dann war ich durch den Lärchenwald über den Brantwick gefahren, und nun lagen die steilen, kahlen Felsen des Großen Birkeld vor mir im kalten Mondlicht. Ich betrachtete ihre sich scharf gegen den Himmel abhebenden Konturen. Dort oben hätte ich mein Leben eingebüßt, wenn die Hunde mich nicht gefunden hätten. Und doch verspürte ich keinerlei Angst bei dem Anblick. Ich hatte das Gefühl, zu etwas Bekanntem und Geliebtem zurückzukehren.

Ich fuhr langsam durch das Birkenwäldchen, halb in der Erwartung, wieder dem großen weißen Hund zu begegnen wie beim ersten Mal. Die Bäume standen jetzt in vollem Laub, und es war dunkel unter ihnen; damals hatten sie die ersten frühlingshaften Blütenkätzchen getragen. Das Tal verbreiterte sich, und das Haus kam in Sicht. Nirgends brannte ein Licht. Ich hatte inzwischen die Talsohle erreicht und konnte die dunklen Silhouetten der Kühe und die helleren weißlichen Flecken der Lämmer und Schafe ausmachen. Überall herrschte tiefe Stille, nicht die leiseste Brise strich über die Oberfläche des Sees. Eine verzauberte, schweigende Welt, im Mondlicht erstarrt, ein Ort aus fernen Zeiten, den meine Sinne wiedererkannten.

Ich fuhr um das Haus herum. Ich wußte, die Hunde würden den Wagen hören und herunterkommen. Sie mußten die grüne Tür aufgestoßen haben, denn ich hörte das Kratzen ihrer Pfoten an der Holztür, die zum Küchengang führte, und das merkwürdige Schnaufen, das sie von sich gaben, wenn sie alle zusammen waren.

Und trotzdem bellten sie nicht. Ich fühlte, wie mich eine Gänsehaut überlief wie an jenem Abend, als ich das Alarmsystem ausgelöst hatte. Ich drückte die Klingel an der Haustür, und ein schrilles Geläute ertönte im Inneren des Hauses, vermutlich im Flügel, wo Tolson wohnte. Ich hoffte, daß ich nicht Gerald oder Lord Askew aufgeweckt hatte.

Tolson kam ziemlich prompt. Er trug einen schweren, formlosen wollenen Morgenrock, und ich erriet, daß er nicht geschlafen hatte. Wahrscheinlich hatte er vor dem Herd in der Küche gesessen. Er öffnete die Tür ohne Zögern, so als wüßte er aus dem Verhalten der Hunde, wer draußen stand. Aus der Küche fiel Licht in den Korridor, als er die Tür weit offenhielt.

»Warum haben Sie sich nicht angemeldet?« fragte er ruhig. »Ich hätte etwas für Sie zu essen bereitgestellt.« Zum erstenmal sprach er freundlich und ohne den geringsten feindlichen Unterton mit mir.

»Ich wollte eigentlich zu einer zivilisierteren Zeit kommen«, antwortete ich, »aber dann war ich schon so nah, daß ich dachte, ich könnte ebensogut weiterfahren.«

Er nickte und ließ mich eintreten. Die Hunde drehten sich wie auf Kommando um und folgten mir. Ich legte die Hand auf die erwartungsvoll gehobenen Köpfe, und ein heftiges freudiges Gewedel antwortete mir.

»Ich mache Ihnen eine Tasse Tee«, sagte er, ohne daß ich ihn darum gebeten hatte. »Vermutlich möchten Sie auch ein paar Scheiben Toast, Sie müssen hungrig sein.«

»Bitte, machen Sie sich keine Mühe.«

»Es ist keine Mühe.«

Ich saß am Küchentisch, während er den Tee aufgoß und dicke Scheiben Brot toastete. Ich biß kräftig ins Brot und schlürfte den heißen Tee. Um mich herum saßen die Hunde, aufgefächert wie ein exotisches Ornament.

Endlich war mein Hunger gestillt, und der Tee hatte mich aufgewärmt. Ich fühlte, wie mein Körper sich entspannte. Ich lehnte mich im großen Stuhl zurück, und meine Hand streichelte automatisch den Kopf des mir am nächsten sitzenden Hundes. Seine rauhe Zunge leckte meine Hand wie damals auf dem Berg. Wie hatte ich bloß bisher ohne diese Hunde gelebt?

Ich richtete mich auf. Mit der nachlassenden Aufregung schien mir auch die Situation weniger dramatisch. Tolson wartete schweigend.

»Ich habe etwas, das ich Ihnen zeigen möchte. Ich hoffe . . .«

Ich zog die Miniatur aus meiner Handtasche. Tolsons mächtiger dunkler Kopf beugte sich über sie, während ich sprach. Dann richtete er seinen schweren Körper auf, so als wäre eine unerträgliche Last von ihm genommen; er atmete erleichtert auf.

»Kann sein«, sagte er.

»Haben Sie schon mit ihm gesprochen?«

»Ja – ich habe mit ihm gesprochen, er verhielt sich so, wie man es von einem Gentleman erwartet.«

»Ich werde ihn also morgen früh sehen?«

»Ja, wenn Ihnen das recht ist, wenn Sie das wollen.«

»Ja, es ist das einzig Richtige.«

Wir saßen noch eine Weile schweigend am Tisch und tranken Tee aus großen Bechern. Statt der früheren Spannung herrschte jetzt eine merkwürdige Kameradschaft zwischen uns. Die Dinge, die ich gestern nacht zu ihm gesagt hatte, und seine eigene feindliche Haltung mir gegenüber gehörten der Vergangenheit an. Die Hunde lagen an meiner Seite, was mir ganz selbstverständlich vorkam.

Schließlich sagte er: »Es ist spät, Sie brauchen Schlaf. Ich fülle Ihnen die Wärmflaschen.«

Ich widersprach nicht. Als wir durch die grüne Tür gingen, folgten uns die Hunde. Ich ging voran und trug zwei Wärmflaschen, Tolson meinen Koffer. Die Hunde liefen uns voraus, direkt zum Zimmer der Spanierin, so als hätte ich dort immer gewohnt.

»Ich habe das Bett nicht abziehen lassen«, sagte er und knipste das Licht an, »ich hatte das Gefühl, daß Sie zurückkommen würden. Sie haben erst zwei Nächte in der Bettwäsche geschlafen, wir müssen sparen. Das Bett braucht große Laken.« Er stellte den Koffer auf die Kommode, wo ich ihn leichter auspacken konnte. Ich öffnete die Schränke. Die Kleider und anderen Kleinigkeiten, die ich in der Eile zu packen vergessen hatte, lagen noch genauso da, wie ich sie zurückgelassen hatte. Tolson hatte schon ein Streichholz unter die frisch aufgeschichteten Scheite in den beiden Kaminen gehalten. »Gleich wird es etwas wärmer«, sagte er. »Schließen Sie nicht die Tür, ich hole Ihnen von unten noch ein wenig Kognak, er ist das beste Schlafmittel.«

Als ich mich ausgezogen und möglichst leise in Geralds Badezimmer gewaschen hatte, setzte ich mich aufrecht ins Bett und trank den Kognak. Die Zigaretten lagen neben mir, aber ich hatte sowieso schon zuviel geraucht, und so zündete ich mir keine mehr an. Ich saß gegen die aufgeschichteten Kissen gelehnt, spürte die wohlige Wärme der Wärmflaschen an meinen Füßen und beobachtete das Spiel der Flammen auf der Zimmerdecke. Ich war nicht weiter verwundert, daß zwei der Wolfshunde bei mir geblieben waren; sie lagen lang ausgestreckt auf den Teppichen vor den Kaminen. Ich hatte den Eindruck, daß ich sie sogar voneinander unterscheiden konnte – es waren zwei Rüden, wahrscheinlich Vater und Sohn, und die Anführer der Meute, trotzdem lebten sie friedlich zusammen. »Thor . . . Ulf . . .«, flüsterte ich. Sie legten die Ohren zurück, hoben die Köpfe und blickten mich mit fragenden, ernsten Augen an. Ihre Schwänze zitterten leicht, dann legten sie sich wieder hin. Nach einer Weile fing einer von ihnen leise zu schnarchen an. Ich stellte das Glas fort, kuschelte mich unter die Decke und schlief ein.

Siebentes Kapitel

I

Ich hätte es nicht für möglich gehalten, daß sich ein Mensch innerhalb von Tagen so verändern kann. Askew saß mir gegenüber am Schreibtisch in seinem Arbeitszimmer, Gerald ihm zur Seite. Tolson stand hinter ihm. Askew sah um Jahre gealtert oder vielleicht nur seinem Alter entsprechend aus. Die jungenhafte Lässigkeit, die weltmännische Ironie waren verschwunden. Noch vor einer Woche war es mir ganz natürlich erschienen, daß er mit einer so viel jüngeren Frau zusammenlebte, aber jetzt sah er plötzlich wie ein verbrauchter Mann aus, der sich seiner Jahre bewußt ist und wahrscheinlich zum erstenmal die ganze Schwere der Verantwortung spürt, der er sich so lange entzogen hatte.

Ich hatte ihn über die Rolle, die Vanessa beim Verkauf der Bilder gespielt hatte, aufgeklärt. Er wußte, daß sie es gewesen war, die den holländischen Bilderexperten in Thirlbeck eingeführt hatte, daß sie die Gemälde durch den Zoll geschmuggelt und daß sie für die Porzellane, Parfümflakons und Tabaksdosen die Käufer gefunden hatte. Tolson zog ein Notizbuch hervor, das die Listen der verkauften Gegenstände enthielt. Vanessa hatte sie nicht sehr ausführlich beschrieben, aber doch genau genug, um uns eine Vorstellung von den unschätzbaren Werten zu geben, die dieses Haus beherbergt hatte und die nun in aller Welt verstreut waren.

»Hat sie jemand hergebracht, um die chinesischen Sachen zu begutachten?« fragte Gerald.

»Ja, zwei Herren kamen – der eine war ein Orientale. Er hat wenig gesprochen, aber nach seinem Besuch nahm Mistress Roswell alles mit, was sich leicht einpacken ließ – und mir schienen die Preise höher als sonst.«

Gerald betrachtete wieder das Notizbuch und seufzte. »Sie würden heute noch wesentlich höher sein, aber die meisten Dinge sind natürlich schon vor ziemlich langer Zeit verkauft worden, als der Markt noch nicht so aufnahmefähig war.« Er vertiefte sich wieder in die Liste, gelegentlich stieß er mit der Bleistiftspitze auf irgendeine Eintragung. Schließlich sagte er achselzuckend: »Alles in allem, Robert, hat Vanessa recht gut für dich verkauft, besonders, wenn man bedenkt, wie schwierig es für sie gewesen sein muß, immer neue Privatkunden aufzutreiben.« Dann wandte er sich an Tolson. »Die Liste war nur für Sie bestimmt, nicht wahr? Damit Sie nicht die Übersicht verloren?«

»Nur teilweise. Mrs. Roswell hat nie vorgegeben, über alles Bescheid zu wissen, und als der orientalische Herr hier war, hat sie sich auch zu ihrer eigenen Information einiges aufgeschrieben. Es gab soviel Kleinkram – Schalen, Tassen, Fläschchen, all das Zeug, das von Major Sharpe kam.«

Ich beobachtete Gerald, der mit dem Bleistift die lange Liste hinauf- und hinunterfuhr. »Aber sie kann doch unmöglich all diese Dinge allein aus dem Land geschafft haben?«

»Das hat sie auch nicht – die meisten chinesischen Sachen wurden in England verkauft, vielleicht sind sie später ausgeführt worden, das weiß ich nicht. Die wichtigsten Stücke hat Mrs. Roswell so lange zurückgehalten, wie sie konnte, sie sagte, die Preise stiegen täglich. Die Tabakdosen hat sie alle zusammen an einen einzigen Kunden verkauft, an jemand, der im Ausland wohnt.«

Gerald sah Askew an, der dem Gespräch schweigend und ohne großes Interesse zuhörte. »Wußtest du von den Tabakdosen, Robert?«

Er schien nur mühsam seine Gedanken sammeln zu können. »Natürlich wußte ich von den Tabakdosen genauso wie von Major Sharpes chinesischer Sammlung. Wir haben aber nie geahnt, daß sie irgendeinen Wert darstellt, und andere Leute, glaube ich, auch nicht. Ich hatte den Krimskrams völlig vergessen, bis Jo mir die Schale brachte . . . wer hätte denn gedacht . . .«

»Die Tabakdosen, Robert«, insistierte Gerald.

»Wie? . . . Ach ja, die Tabakdosen, komisch, was Menschen so sammeln. Sie kamen durch Heirat in die Familie, die Frau von . . . wahrscheinlich vom dreizehnten Earl hat sie mit in die Ehe gebracht. Sie war die Tochter eines Londoner Verlegers. Ich erinnere mich nur an ihn, weil sein Porträt irgendwo in Thirlbeck hängt. Ein reichlich geckenhafter Herr, der eine Tabakdose in der Hand hält. Ich weiß nicht mehr, wie er hieß, aber ich erinnere mich an die Dosen. Sie lagen alle in einem Tisch unter Glas, so wie man es in Museen manchmal sieht. Früher stand der Tisch in der Bibliothek, aber dann habe ich das Glas zerbrochen. Es war an einem regnerischen Tag, und ich habe Kricketschläge geübt, wobei mir der verdammte Schläger aus der Hand rutschte und direkt auf die Glasplatte flog. Meine Mutter war wütend und ließ den Tisch aus der Bibliothek entfernen, bevor mein Vater den Schaden bemerken konnte. Ich glaube nicht, daß er ihn vermißt hat, jedenfalls hat er nie was darüber gesagt. Aber ich habe keine Ahnung, was aus den Dosen geworden ist.«

»Wir leider auch nicht«, sagte Gerald, »aber Vanessa hat einen guten Preis für sie bekommen, und zwar mit Recht; nach den Beschreibungen zu urteilen, waren es Golddosen aus dem achtzehnten Jahrhundert.« Sein Bleistift lief wieder die Liste entlang, seine Lippen bewegten sich lautlos. »Vierundzwanzig Stück, nicht schlecht, der Traum aller Sammler, der Kunde hat natürlich genau gewußt, daß sie nicht offiziell verkauft werden konnten . . .«

Er hielt inne, als Askews Hand plötzlich auf den Tisch niederfuhr. Er blickte ärgerlich und verwirrt erst Gerald, dann Tolson und schließlich mich an.

»Müssen wir in all diese Einzelheiten gehen?« fragte er. »Ich bin schließlich nicht bestohlen worden. Habt ihr vergessen, daß wir über jemand reden, der große Risiken auf sich genommen hat, um all diese Sachen so diskret und günstig wie möglich zu verkaufen, und das meistens noch ins Ausland? Habt ihr vergessen, daß wir über Vanessa Roswell reden?«

Gerald antwortete ihm ruhig. »Nein, Robert, das habe ich nicht vergessen. In der Tat, es fällt mir schwer, mir die ganzen Folgen ihres Tuns bis ins Detail auszumalen.« Ich beobachtete ihn scharf. Er war nach dem Krankenhausaufenthalt noch sehr gebrechlich gewesen, aber davon war jetzt nichts mehr zu merken. Seine Stimme klang energisch und fest, so als hätte ihn der Schock über Vanessas Beteiligung an Tolsons Plünderung von Thirlbeck aus seiner Apathie gerissen. Er hatte den Kampf mit dem Leben wiederaufgenommen, er kämpfte um Vanessas guten Ruf, und er kämpfte um Thirlbeck, indem er versuchte, zu retten, was zu retten war. Mit seiner plötzlichen Gesundung hatte er auch sein kühles, geschäftsmäßiges Auftreten wiedergewonnen, er war wieder der gewiegte Experte, der sich auf dem Kunstmarkt auskannte, der Mann, der eine Situation ruhig abwägt, bevor er handelt.

»O nein, Robert, ich habe nicht vergessen, daß wir über Vanessa reden. Im Gegenteil, ich kannte sie zu gut mit all ihren Fehlern und Tugenden, um sie je vergessen zu können.« Es klang nachdenklich, und Askews Zorn schien verraucht zu sein. »Ich kannte sie als eine Frau, die den Trubel der Großstadt liebte und am besten zur Geltung kam, wenn sie viele Menschen um sich hatte, sie liebte Klatsch und Gerüchte und die vielen kleinen Intrigen, die ihr Geschäft mit sich brachte. Sie war schnell in der Auffassung, aber nicht immer sicher im

277

Urteil. Sie irrte sich nie, wenn sie wirklich Qualität sah, aber sobald ein Bild oder ein Gegenstand zweifelhaft war, zweifelte sie auch, sie wurde unsicher bei allen zweitrangigen Sachen. Aber an was ich mich erst mal gewöhnen muß, ist der Gedanke, daß es eine Vanessa gab, von der ich nichts ahnte – eine Vanessa, die ein echtes Ideal genauso klar erkannte wie ein echtes Kunstwerk. Offensichtlich war sie leidenschaftlich davon überzeugt, daß Tolson das Richtige tat, und deshalb arbeitete sie mit ihm zusammen und opferte, was geopfert werden mußte.« Er schüttelte seufzend den Kopf. »Alte Männer sind eitel. Ich habe mir immer eingebildet, daß Vanessa mir alles erzählt, und nun stellt sich heraus, daß sie, ohne mir ein Wort zu sagen, unendliche Male London verlassen hat und ins Ausland gereist ist. Und jetzt muß ich versuchen festzustellen, was alles aus diesem Haus entfernt wurde.«

»Und warum?« fragte Lord Askew. »Warum willst du für alles Namen und Preise haben? Die Sachen sind verkauft, nicht wahr? Und Vanessa war der Mittelsmann. Niemand von uns wird je genau verstehen, warum sie es tat – außer Tolson vielleicht, er versteht sie sicher am besten von uns allen. Haben Sie Mrs. Roswell verstanden, Tolson? Sie tat es doch bestimmt nicht aus Gewinnsucht . . .«

Tolson stand bewegungslos da, seine dicke Brille verbarg wie eine Maske seine Gefühle, sein massiver Körper vor dem Fenster schien das Zimmer zu verdunkeln. »Ich habe sie nicht gefragt, mir genügte ihre Zusage. Sie bat mich nie, ihr die Pachthöfe zu zeigen, die durch ihre Verkäufe der Familie erhalten geblieben sind, und ich fragte sie nie, wer ihre Käufer waren, und wie sie ihre Geschäfte abwickelte.« Seine Stimme war gleichmäßig, so als spräche er nicht über einen systematischen Schmuggelhandel und eine großangelegte Fälscheraktion, sondern über ganz harmlose Dinge wie Rechnungen oder kleinere Geschäftsabschlüsse. Er hatte so lange damit gelebt, daß ihm das Ganze völlig normal vorkam.

Gerald klopfte mit dem Bleistift auf den Schreibtisch. Dann hob er den Kopf und sah Tolson scharf an. »Und dann blieb nur noch der Rembrandt übrig, nicht wahr?«

Tolson nickte. »Ich verstehe nichts von Bildern, aber Mistress Roswell sagte eines Tages, wir hätten alle wertvollen verkauft, außer natürlich den Rembrandt. Wir zögerten eine lange Zeit. Der Mann . . . der die Kopien anfertigte, wollte die Arbeit nicht übernehmen. Mrs. Roswell sagte, er traue es sich nicht zu, so ein Meisterwerk zu kopieren. Aber schließlich hat sie ihn doch überredet. Das Geld muß ihn gelockt haben. Er wurde alt und war für seine Fälschungen ins Gefängnis gekommen, und die einzige Anstellung, die er danach bekam, war als Bilderrestaurator bei einer Firma. Er wollte zu arbeiten aufhören und sich einen ruhigen Lebensabend machen. Und deshalb stimmte er zu.«

»Der Fälscher«, fragte Gerald, »hieß er van Hoyt? Er ist der einzige, der meines Wissens genug Talent hat, so eine Kopie anzufertigen.« Er wies mit einer Kopfbewegung auf das Porträt. »Er kam vor fünfzehn Jahren ins Gefängnis, ich dachte, er sei längst tot.«

Tolson schüttelte den Kopf. »Vielleicht hieß er so. Vielleicht benützte er einen anderen Namen. Mrs. Roswell vermied es immer, die Namen der Leute zu nennen, mit denen sie zu tun hatte. Miss Roswell hier hat mir schon dieselbe Frage gestellt, und ich versuche die ganze Zeit, mich auf seinen Namen zu besinnen. Es klang so ähnlich wie Last . . . vielleicht Lastman. Ich hatte das Gefühl, es sei ein ausgedachter Name. Ich weiß nur, daß Mrs. Roswell vor ungefähr zehn Jahren die Verbindung mit ihm aufnahm.«

Gerald lehnte sich im Stuhl zurück. »Wahrscheinlich war der Name erfunden, er klingt wie ein bitterer Scherz. Ich kann mir gut vorstellen, daß ein Mann, der für Fälschungen von holländischen Malern im Gefängnis gesessen hat, sich gerade so was ausdenkt. Einer der frühen Lehrer von Rembrandt hieß Lastman, und es ist natürlich eine Ironie des Schicksals, daß van ... Lastman zu guter Letzt noch einen Rembrandt fälschte ...« Er unterbrach sich plötzlich. »Ist dir nicht gut, Robert?«

Askew winkte ungeduldig ab. »Keine Angst, Gerald, mir geht es so gut, wie es jemand gehen kann, der gerade erfährt, daß andere Menschen für ihn jahrelang gefährliche Dinge getan haben.«

»Eure Lordschaft ...«, sagte Tolson.

Askew unterbrach ihn. »Tolson, tun Sie mir einen Gefallen. Würden Sie mir ein Glas Kognak bringen? Vielen Dank.«

Askew nickte mit dem Kopf, als Tolson den Raum verließ. »Es ist recht peinlich für mich«, sagte er, »nach Hause zurückzukehren und festzustellen, daß mein Verwalter meine Interessen besser wahrgenommen hat, als ich es je gekonnt hätte. Ich habe solche Treue wirklich nicht verdient. Ich bin zutiefst beschämt, daß er die ganze Verantwortung alleine tragen mußte und nicht das Vertrauen gehabt hat, mir wenigstens zu erklären, in welch schwierige Lage meine Gleichgültigkeit ihn gebracht hat. Was für eine Meinung muß er von mir haben, daß er mich für unfähig hielt, seine Ideale zu verstehen: Seltsam – seltsam, Vanessa und Tolson erweisen sich plötzlich als große Patrioten, die dieses kleine Stück England für kommende Generationen erhalten wollten. Sie haben die Verantwortung getragen für mein Erbe. Und ich, ich habe mich meines Namens unwürdig gezeigt. Tolson folgte nur seiner Intuition, als er sich entschloß – komme, was wolle –, das Land nicht zu verkaufen. Wenn ich es mir rückblickend überlege, würde ich sagen, daß er richtig gehandelt hat. Wie könnte ich ihm Vorwürfe machen? Ich habe kein Recht dazu.«

Ich fuhr mit der Zunge über meine trockenen Lippen. »Sie wollen also nicht Anklage erheben ...?«

Ich vermeinte Schweißperlen auf seiner Oberlippe zu sehen. »Anklage? Um Gottes willen, der Mann hat doch nichts gestohlen! Es ist doch alles noch da! Das Land ist da, und für die verkauften Sachen liegen Abrechnungen vor. Wieviel Mühe es ihn gekostet hat, kann ich nur erraten, aber eines ist gewiß, ich stehe tief in seiner Schuld. Und Vanessa ist tot, und wenn ich nicht so verantwortungslos gehandelt hätte, wäre sie noch am Leben.« Ich schüttelte heftig den Kopf und versuchte ihn zu unterbrechen. »Wie kann ich anders empfinden? Ich weiß, es hätte auf andere Weise passieren können, aber es passierte auf diese Weise. Meinetwegen. Direkt oder indirekt trage ich die Schuld.«

Gerald pochte wieder mit dem Bleistift auf den Tisch. »Steigere dich in nichts hinein, Robert, das hilft niemandem. Was gewesen sein könnte – wessen Fehler es war, vergiß es, man kann nur in der Gegenwart leben. Ich gebe zu, daß Vanessas Rolle mich höchst erstaunt, und nicht etwa, weil ich ihr den Mut für solch eine Unternehmung abspreche – Mut besaß sie genug –, sondern, weil ich ihre Besessenheit nicht verstehe. Warum wollte sie so unbedingt den Besitz erhalten? Es ist so merkwürdig, daß sie und Tolson aus diesem Grund Partner wurden. Sie sind ein seltsam ungleiches Paar. Ich kann mir gar nicht vorstellen, wie Tolson es über sich gebracht hat, sie um Hilfe zu bitten.«

»Wenn man verzweifelt ist, Gerald, greift man nach einem Strohhalm. Es wird Tolson große Überwindung gekostet haben, mit Vanessa so offen zu sprechen, wie er es ja getan haben muß. Aber er tat es. Es ist durchaus möglich, daß Tolson sich keine rechte Vorstellung gemacht hat, wie gefährlich es für Vanessa war, die Sachen ins Ausland zu schaffen. Mein Gott, ich kann kein Paket Zigaretten über die Grenze schmuggeln . . .«

Tolson erschien mit einem Tablett, auf dem drei Gläser und eine Flasche Kognak standen. Ich sah, daß Askews Hand zitterte, als er die Flasche über ein Glas hielt und mich fragend ansah. Ich schüttelte den Kopf, dann wandte er sich an Gerald, der auch ablehnte. Schließlich schenkte er nur sich selbst ein und trank hastig. Ich wurde wieder an meine erste Nacht in Thirlbeck erinnert, als er mich gebeten hatte, die Kognakflasche für ihn zu holen. Sein Gesicht war auch damals aschfahl gewesen. Er setzte das Glas auf den Tisch und sagte zu Tolson: »Um Himmels willen, nehmen Sie einen Stuhl und auch einen Kognak.«

Tolson zog eifrig den Drehstuhl an den großen Schreibtisch heran, dann setzte er sich. Ich sah, wie er seine dicken, schweren Hände, in denen man sich so schlecht einen Federhalter vorstellen konnte, nervös faltete; von dem Angebot, einen Kognak zu trinken, machte er keinen Gebrauch.

Askew wandte sich an mich. »Wie nicht anders zu erwarten, hat Tolson sich bei unserem gestrigen Gespräch geweigert, mir den Namen der Person zu nennen, die die ganzen Sachen verkauft und die Kopien in Auftrag gegeben hat. Warum sind Sie also gekommen, um uns diese Information zu geben? Für Gerald ist es ein schwerer Schlag, für mich ist es auch schmerzlich, und ich kann mir nicht vorstellen, daß es für Sie leicht war, uns all diese Dinge über Ihre Mutter zu erzählen.«

»Ich hatte auch nicht die Absicht, es zu tun. Nachdem Mr. Tolson und ich ... nachdem wir uns zufällig in London getroffen hatten, war ich überzeugt, daß ich nie wieder Thirlbeck betreten würde. Aber dann entdeckte ich etwas, und ich änderte meine Meinung. Ich wußte, Mr. Tolson müßte sagen, daß er das Geld für den Rembrandt nicht bekommen hat. Der Erlös ist bei irgendeiner Schweizer Bank hinterlegt worden, und zwar auf ein Nummernkonto. Aber auf welcher Bank? Wie lautet die Nummer? Mr. Tolson weiß es nicht. Ihnen stehen also mehr als eine Million Pfund zu, Lord Askew, und nur Vanessa wußte, wo das Geld ist.«

Gerald lehnte sich aufgeregt vor. Tolson hielt seine Hände immer noch krampfhaft gefaltet und wartete darauf, wie die Information, die ich ihm letzte Nacht gegeben hatte, aufgenommen würde. »Hast du etwas gefunden, Jo?« fragte Gerald.

»Ich glaube – ich hoffe es.«

Ich nahm die Miniatur aus meiner Handtasche und reichte sie Askew. Er zuckte sichtlich zusammen, als er sie sah, und zögerte, sie mir aus der Hand zu nehmen. Gerald zog seinen Stuhl näher heran und kniff die Augen zusammen, um besser sehen zu können, und dann nahm statt Askew er die Miniatur in die Hand. Sein Verstand, der wieder so gut funktionierte wie vor der Krankheit, mußte ihm sofort gesagt haben, daß die Miniatur in den Rahmen gehörte, der oben in seinem Zimmer stand. »Das ist doch . . .«, sagte er und hob die Augenbrauen.

»Sie lag in Vanessas Handtasche, die sie bei sich trug, als das Flugzeug abstürzte. Ich habe die Tasche unter den Trümmern gefunden und darin ihren Paß und andere Kleinigkeiten wiedererkannt. Die Miniatur allerdings hatte ich nie zuvor gesehen.«

Das Gespräch ging uns allen nahe. Ich hatte gewußt, wie schwierig es sein würde, aber ich war nicht darauf vorbereitet gewesen, daß ich die trostlose Szene in der Dorfschule, wo die Sachen der Opfer ausgebreitet lagen, wieder so qualvoll deutlich vor Augen haben würde. Ich sah, wie Askew seine Hand nach dem kleinen Damenporträt ausstreckte, das jetzt auf der Schreibunterlage zwischen ihm und Gerald lag. Er nahm es auf und drehte es zwischen den Fingern, so wie ich es oft getan hatte. Sein Ausdruck veränderte sich unmerklich, in seinen Zügen schien sich ein Teil meines eigenen Schmerzes zu spiegeln. Dann legte er die Miniatur wieder hin und griff zu seinem Kognak.

»Sie trug sie bei sich – sagen Sie, in ihrer Handtasche.«

»Ja, zuerst dachte ich, sie hätte die Miniatur in Zürich gekauft. Vanessa hat öfters unerwartete Funde in Privathäusern oder Trödlerläden gemacht. Und dann hing auch ein Preisschild dran, ein verhältnismäßig neues.«

Ich blickte Gerald an. »Aber plötzlich wurde mir klar, daß es gar kein Preisschild sein konnte. Schau es dir einmal genauer an, Gerald. Ich habe es nicht weiter beachtet, ich habe gedacht, es sei der Preis, den sie in Schweizer Franken gezahlt hat. Aber das ist unmöglich. Es kann nicht sein, nicht wahr?«

Gerald drehte das kleine weiße Pappschildchen um, das an einem dünnen roten Fädchen hing. »SF 13705«, las er. Er sah mich fragend an. Er erwähnte immer noch nicht die Miniatur oben in seinem Zimmer.

»In Vanessas Handschrift – ich weiß nicht, warum mir das nicht eher aufgefallen ist. Es kann nicht das Preisschild aus irgendeinem Laden sein. Und die Summe in Schweizer Franken gibt auch keinen Sinn, nicht für so eine Miniatur. Nehmen wir einmal an, sie ist von Hilliard, dann wäre der Kaufpreis umgerechnet weniger als fünfzehnhundert Pfund. Und das ist undenkbar. Sogar ein Trödler hätte allein schon für den diamantenbesetzten Rahmen mehr verlangt, abgesehen davon ist es höchst unwahrscheinlich, daß sie bei ihrem kurzen Aufenthalt gerade eine Hilliard-Miniatur gefunden hat . . .«

Askew schüttelte den Kopf. »Sie hat sie nicht gefunden, ich habe sie ihr geschenkt. Sie gehört zu einem kompletten Satz von Miniaturen . . .« Er beendete seinen Satz nicht.

Ich nickte. »Ich habe es die ganze Zeit nicht glauben können, daß Vanessa die Miniatur gestohlen hat. Und nachdem Mr. Tolson mir erzählt hat, wie oft sie nach Thirlbeck kam, wußte ich, daß es kein Zufallskauf war.« Ich griff in den kleinen Lederbeutel. »Sehen Sie, ein Stück des Rahmens ist abgebrochen, es muß bei dem Flugzeugunglück passiert sein . . .« Ich verlor den Fa-

den, als Askew das abgebrochene Stück mit der gleichen
Geste an den Rahmen hielt, wie ich es oft getan hatte,
aber Gerald rief mich zur Ordnung.

»Jo, was wolltest du sagen?«

Ich holte tief Atem. »Es war ganz untypisch für Vanessa, sich die Kontonummer nicht zu notieren, sie wußte, sie hatte kein gutes Gedächtnis. Und so habe ich die
ganze Handtasche nach der Kontonummer durchsucht –
nach irgendwelchen Ziffern, die einen Sinn ergaben. Als
ich kein Notizbuch fand, habe ich den Paß nach irgendwelchen Zahlen durchgesehen, die nicht zu einem
Stempel gehören, aber umsonst. Dann habe ich das Bil-
lett kontrolliert und sogar das Zigarettenpaket auseinandergenommen, um zu sehen, ob auf dem Papier etwas
stand. Bevor ich hierherkam, bin ich noch einmal in ihre
Wohnung gegangen und habe alle Briefe geöffnet, um
mich zu vergewissern, daß sie die Nummer nicht in ein
Kuvert gesteckt und an sich selbst adressiert hat. Ich
habe mich bei Mary Westerton im Laden erkundigt,
aber ich habe nicht den geringsten Anhaltspunkt gefunden, außer diesen Zahlen auf dem Preisschild, die in
Schweizer Franken keinen Sinn ergeben – nicht für ein
so wertvolles Stück zumindest.« Ich wies auf das winzi-
ge Porträt hin, das auf der Schreibunterlage lag.

Gerald klopfte wieder mit dem Bleistift auf den Tisch.
»Es ist möglich, Jo, es ist durchaus möglich.« Trotz der
ruhigen Stimme spürte ich seine Aufregung. »Die Banque Suisse-Française. Eine der größten Schweizer Banken. Hardy benutzte sie oft. Das wäre also die Bank,
und die Nummer des Kontos wäre dann 13705. Es ist
möglich«, sagte er, aber es klang bedrückt. »Es ist möglich – aber es genügt nicht. Welche Filiale? Es gibt Hunderte. Schweizer Banken geben keine Informationen, nur
weil jemand eine vage Idee hat.«

Ich wandte mich an Tolson. »Wissen Sie, in welchem
Hotel meine Mutter abgestiegen ist? Wohnte sie immer
im selben?«

Er schüttelte den Kopf. »Nein, sie wohnte mal hier, mal dort, aber das letzte Mal im Sankt Gotthard.«

»An der Bahnhofstraße?« fragte Gerald. »Dort befindet sich auch die Hauptfiliale der Banque Suisse-Française. Das ist zumindest ein Anhaltspunkt. Wir könnten den Totenschein und den Paß vorlegen.«

Tolson räusperte sich. »Wenn Sie wirklich glauben, daß es die Nummer ist, dann wüßte ich vielleicht einen Rat. Ohne die Banknummer konnte ich nichts machen, keine Schweizer Bank hätte mir eine Auskunft nur auf einen Totenschein hin gegeben. Aber mit der Nummer ist es was anderes.«

»Was meinen Sie, Tolson?«

»Mrs. Roswell hat bei der Bank immer meinen Namen angegeben, so daß ich jederzeit an das Konto heran konnte – natürlich mußte ich auch die Kontonummer nennen. Sie wollte mit den Überweisungen auf Lord Askews Konto nichts zu tun haben. Als mein Bruder noch lebte, hat sie auch seinen Namen angegeben, weil er zumeist die Überweisungen für Lord Askew vornahm. Nach seinem Tod mußte ich es tun. Mrs. Roswell pflegte meinen Bruder oder mich nach jedem Verkauf anzurufen, um uns die Kontonummer, den Namen der Bank und die Filiale durchzusagen. Seit dem Tod meines Bruders waren wir bei derselben Bank geblieben, aber das Rembrandt-Geschäft wollten wir bei einer anderen über ein neues Konto abwickeln. Diesmal hat jedoch die Übermittlung nicht so gut funktioniert wie sonst, weil wir uns verpaßt haben.«

»Verpaßt haben?« fragte Gerald. Ich beobachtete Askew, während die beiden Männer miteinander sprachen, er schien kaum zuzuhören. Er nahm gelegentlich einen Schluck Kognak, während er mit der anderen Hand die Miniatur hielt.

»Ich versuchte den ganzen Tag über, Mrs. Roswell zu erreichen. Ich hatte gerade das Telegramm von Lord Askew erhalten, in dem er seine Rückkehr ankündigte, und wollte versuchen, den Verkauf zu stoppen. Als ich in der Früh das Hotel anrief, sagte man mir, daß Mrs. Roswell ausgegangen sei, aber ihr Gepäck noch im Zimmer stände. Ich bat dringend um ihren Anruf, obwohl ich schon befürchtete, daß der Verkauf nicht mehr rückgängig zu machen war. Ich hatte an dem Tag alle Hände voll zu tun, um das Haus für Lord Askew herzurichten. Ich ging auf den Dachboden und sah mich um, voller Sorge, ob Lord Askew das Fehlen der vielen chinesischen Sachen bemerken würde, dann hörte ich das Telefon läuten und lief in Lord Askews Zimmer, aber Jessica hatte das Gespräch schon im Korridor neben der Küche abgenommen und gesagt, ich sei nicht im Haus. Das Kind hatte keine Ahnung, wo ich war. Mrs. Roswell gab stets nur mir persönlich die Bank und die Kontonummer an, und so hinterließ sie keine Nachricht, natürlich wußte sie auch nicht, warum ich sie so dringend sprechen wollte. Ich rief sofort wieder das Hotel an, aber man sagte mir, sie sei eben zum Flugplatz gefahren. An sich hatte sie nicht vorgehabt, noch am selben Abend zurückzufliegen, ihre plötzliche Abreise konnte also nur bedeuten, daß der Verkauf perfekt war. Alles war augenscheinlich glatter vonstatten gegangen, als sie gedacht hatte, die Einigung mit dem Käufer, das Einzahlen des Geldes und so weiter . . . und sie wollte offenbar möglichst schnell nach London zurück.« Er blickte mir voll ins Gesicht, und ich sah, daß ihm die nächsten Worte meinetwegen schwerfielen. »Denn sie nahm ein Flugzeug, das eine Zwischenlandung in Paris machte. Im Bericht über das Unglück hieß es, daß alle Plätze besetzt waren, und so nehme ich an, daß sie bis zuletzt auf der Warteliste stand.«

Lord Askew verzog schmerzlich sein Gesicht. Wir schwiegen alle. Als er wieder zur Kognakflasche griff, sah er mich schweigend an, und diesmal nickte ich zustimmend. Er füllte unsere Gläser, und einen Moment lang dachte ich, daß er nicht soviel trinken sollte, besonders nicht so früh am Tag auf fast nüchternen Magen. Andererseits, was tat ich denn? Nach ein paar Stunden Schlaf trank ich auch schon um elf Uhr morgens Kognak. In diesen wenigen Minuten des Schweigens vermied ich, ihn anzusehen, sein Gesicht verriet mir Dinge, die ich gar nicht so genau wissen wollte. Ich dachte zurück an den Trubel der letzten Tage. Wie lange war es her, daß ich an einem strahlenden Morgen Nat Birkett in der Hütte getroffen hatte? Viel war seitdem geschehen in meinem Leben. Ich hob die Augen und sah Askew an, seine Blicke ruhten auf mir. Noch vor kurzem hatte ich geglaubt, daß ich nie mehr nach Thirlbeck zurückkehren würde, und jetzt wußte ich plötzlich nicht mehr, woher ich die Kraft nehmen sollte, Thirlbeck zu verlassen. Wie konnte ich aus diesem Tal fortgehen, dem Vanessa soviel geopfert hatte, und in dem Nat Birkett zu Hause war? Als ich Lord Askew ansah, verrieten seine Augen eine Verzweiflung, die der Verzweiflung in meinem Herzen gleichkam.

Ich versuchte nicht weiter über Vanessa und das Flugzeug nachzudenken, das sie so zufällig bestiegen hatte, sondern konzentrierte mich auf ihren letzten Telefonanruf. »Wußte . . . weiß Jessica über alles Bescheid?«

Tolson wählte seine Worte sorgfältig. »Ja, sie weiß Bescheid – im großen und ganzen weiß sie Bescheid. Sie kennt nicht alle Einzelheiten, über die habe ich mit meiner Familie nie diskutiert. Jessica ist ein aufgewecktes Mädchen und kennt das Haus sehr genau . . . sie hat sofort gemerkt, wenn irgendein Stück fehlte. Die Bilder hat sie nie gesehen, ich bin der einzige, der einen Schlüssel zu dem Zimmer hat. Aber sie wußte, daß Mrs. Roswell öfters herkam, und dann hat sie durch Zufall die Rembrandt-Kopie bemerkt, als Mrs. Roswell sie brachte. Nachdem sie die Kopie gesehen hat, hat sie sich den Rest leicht zusammenreimen können.«

»Und als meine Mutter von Zürich aus hier in Thirlbeck anrief, um Ihnen den Namen der Bank und die

Nummer des Kontos bekanntzugeben, sagte Jessica, Sie seien nicht im Haus. Und meine Mutter hinterließ keine Nachricht. Und doch hatten Sie den ganzen Tag auf den Anruf gewartet . . .« Ich hielt inne, es war unrecht von mir, das zu sagen, er war verzweifelt genug. Aber Jessica schien wie ein böser Geist Tag und Nacht glitzernd unheilbringende Netze zu knüpfen. Ich dachte an Patsy, die hier allein gestorben war, und ich dachte an Vanessas letzten Telefonanruf – hätte sie Tolson erreicht, so wäre er jetzt im Besitz der Kontonummer und stände als ehrlicher Mann da. Aber Jessica hatte gelogen und behauptet, ihr Großvater sei nicht im Haus, und hatte abgehängt, bevor er den Nebenapparat erreichen konnte. Wahrscheinlich hatte sie Vanessa nicht gemocht und ihr den Einfluß, den sie in Thirlbeck ausübte, verübelt. Tolson zahlte einen hohen Preis für die Liebe zu seiner Enkelin.

Ich sah in die Gesichter der drei Männer, nur Gerald wirkte ruhig. Nur er schien fähig zu sein, aus meinen Informationen Nutzen zu ziehen.

Und wie ich gedacht hatte, nahm er die Sache jetzt in die Hand.

»Nun, das ist wenigstens etwas, woran wir uns halten können. Wenn wir mit der Kontonummer zu den verschiedenen Filialen der Banque Suisse-Française gehen, werden wir schon finden, was wir suchen. Ich kenne ein paar gute Rechtsanwälte in der Schweiz, die uns beraten können. Wir müssen natürlich sehr diskret vorgehen. Und ich muß mich soweit wie möglich im Hintergrund halten. Hardy darf in diese Geschichte keinesfalls hineingezogen werden. Aber du, Jo, mußt in die Schweiz fahren und natürlich auch Tolson. Und zwar mit allen Unterlagen, die die Bank benötigt. Ich könnte auch für ein paar Tage hinfliegen. Als Vanessas Testamentsvollstrecker habe ich genügend Vorwände . . .«

Er richtete sich im Stuhl auf, und ich dachte bei mir, daß die Krisis ihm Jahre seines Lebens zurückgegeben hatte. Er dirigierte, und wir saßen schweigend dabei und hörten zu. Und das gefiel ihm. Seine Managerqualitäten, denen er seine Position bei Hardy verdankte, kamen jetzt voll zur Geltung. Und sobald er wüßte, wo das Geld war, würde er die Situation sogar genießen.

»Und was den Rest der Bilder betrifft ... nun, ich werde dafür sorgen, daß keiner von Hardys jungen Genies ins Haus kommt, bevor wir nicht den letzten Winkel durchstöbert haben. Ich habe mir die noch vorhandenen Bilder schon angesehen. Ich kenne einen Mann, auf dessen Diskretion ich mich hundertprozentig verlassen kann, und der soll meine Ansichten überprüfen. Und danach, wenn Robert einverstanden ist, können wir wie geplant verfahren und die Leute von Hardy herbitten, damit sie eine Schätzung des Hauses machen. Über die schlechten chinesischen Kopien brauchen wir uns keine Gedanken zu machen, die gibt es in jeder anständigen Familie. Und was fehlt, fehlt eben. Niemand weiß davon. Viele Dinge sind fort, aber wie Tolson so richtig sagt, das Land bleibt. Mir scheint es kein schlechter Tausch. Nur eines müssen wir unbedingt tun, bevor irgend jemand kommt – abgesehen von meinem Freund, der schweigen wird wie sein eigenes Grab –, wir müssen die Kopien von van ... van Lastman entfernen. Sie müssen alle vernichtet werden. Sonst gibt es den Skandal des Jahrhunderts. Stellt euch die Hysterie der Sammler vor, wenn sie erfahren, daß ein genialer Fälscher existiert, der genau die Art von Bildern kopiert, die sie gekauft haben. Auf manche wäre ich fast selbst hereingefallen. Nein, in dieser Richtung möchte ich nichts riskieren, die Kopien müssen vernichtet werden. Der Rest ist unproblematischer. Wir können ...«

Ich unterbrach ihn. »Gerald, weißt du, was du sagst? Ich meine, du läßt dich da in Sachen ein ...«

»Meine liebe Jo, du brauchst mir nicht zu sagen, in was ich mich einlasse. Ich verwische wissentlich die Spuren eines Verbrechens. Wenn es je herauskommt, bin ich in keiner beneidenswerten Situation. Dies ist eine großangelegte Schmuggelaffäre, und ich trage dazu bei, sie zu vertuschen. Robert sagt, daß kein Diebstahl stattgefunden hat, trotzdem befinden wir uns alle immer noch in einer recht verzwickten Lage.« Er seufzte. »Was kann ich anderes tun? Robert ist ein in der Kunstwelt völlig unerfahrener Mann. Wenn ich jetzt meine Hände in Unschuld wasche und all die wertvollen Möbel und übrigen Sachen von einem anderen Auktionshaus versteigern lasse, dann weiß jeder, daß irgend etwas nicht stimmt. Ich habe eine Pflicht Hardy gegenüber, aber auch Vanessa, Robert und dir gegenüber, Jo. Um diese Pflichten zu erfüllen, muß ich mich gegen das Gesetz stellen. Ich habe das noch nie zuvor in meinem Leben getan. Zu meiner eigenen Beruhigung kann ich nur sagen, fort ist fort, und nichts kann das Verlorene wieder zurückbringen. Ich bin mir völlig klar darüber, daß meine Anwesenheit allein genügt, um mich mitschuldig zu machen. Und du, Jo, du warst ein unbeteiligter Zuschauer, bis du den Preiszettel anbrachtest. Warum hast du dich eingemischt? Warum?«

»Weil ... ich ... wegen Tolson ... und wegen Vanessa ...«

»Ja«, sagte Gerald kurz, »vieles, was wir tun, tun wir Vanessas wegen. Eine seltsame und faszinierende Frau. Ich hoffe nur, ich gerate nicht in allzugroße Schwierigkeiten ihretwegen. Ich bin sicher, sie hat nur das Beste gewollt. Nun, was immer aus der Sache wird, zumindest habe ich das Gefühl, sie nicht verraten zu haben.«

Dann erklärte er uns kurz, was wir in der Schweiz zu tun hätten. »Als erstes muß ich ein paar Telefongespräche führen, wir sollten die Sache so schnell wie möglich hinter uns bringen. Vielleicht ist es besser, wenn wir getrennt fliegen ...« Er griff zum Bleistift, machte sich einige Notizen und legte einen genauen Zeitplan fest. »Und wenn ich nichts unternehme, meine liebe Jo, dann ist eine Schweizer Bank um eine Million Pfund reicher, und davon hat keiner was. Und vergiß nicht, es ist gesetzlich Roberts Geld.« Dann wandte er sich an Tolson. »Ich hoffe, daß die Steuerangelegenheiten von Lord Askew geregelt sind, denn wenn nicht, wäre das eine zusätzliche Komplikation, die wir nicht brauchen können.«

»Ich glaube, ja, Mr. Stanton. Mein Bruder war sehr gewissenhaft bezüglich der Einnahmen aus den Ländereien, und die Steuern sind alle bezahlt. Über Lord Askews persönliches Einkommen weiß ich natürlich nicht Bescheid. Wir haben Buch geführt über die Pachtzinsen, die wir ihm überwiesen haben, aber die Gelder von den Schweizer Konten – das ist leider etwas zwielichtig. Mein Bruder hat sich darum gekümmert.«

Gerald runzelte die Brauen. »Jammerschade, daß er uns jetzt nicht mehr helfen kann, nun, irgendwie werden wir es . . . Robert, ist dir nicht gut?«

»O doch, doch.« Er nahm einen Schluck Kognak, bevor er wieder sprach. »Es ist alles so verdammt kompliziert. Ich habe solche Unterhaltungen immer gehaßt. Von Zeit zu Zeit bekomme ich irgendwelche Briefe von der Steuerbehörde, die mich fragt, wieviel Zeit ich in England verbringe, und wo ich letzten Dienstag abend gewesen bin. Ich habe Steuern in der Schweiz gezahlt, das weiß ich, aber nur, wenn Edward Tolson es mir gesagt hat. Seit Edwards Tod habe ich, glaube ich, keinen dieser offiziellen Briefe mehr beantwortet. Es schien mir so unwichtig . . . Komisch, wieviel einfacher das Leben in der Armee war, besonders als gemeiner Soldat. Man mußte keine Formulare ausfüllen, keine Berichte schreiben, nur Befehle befolgen, und den Rest machten die anderen. Wirklich einfach. War die beste Zeit meines Lebens vermutlich, keine Entscheidungen . . .« Seine leicht verglasten Augen schweiften in die Ferne, und plötzlich verstand ich diesen Mann etwas besser, der seine quälenden Kindheitserinnerungen und seine Verantwortung abgeschüttelt und sich bis zu dieser Stunde eine gewisse naive Jungenhaftigkeit erhalten hatte. So gesehen, waren auch seine hohen Tapferkeitsorden erklärlich. Er hatte geglaubt, fremden Befehlen zu gehorchen, und dabei hatte er einem inneren Befehl gehorcht.

Gerald sah ihn mit schlecht verhohlener Ungeduld an. »Also, Robert, machen wir das so?« Es war mehr eine Feststellung als eine Frage. »Und – nachdem wir dieses Schweizer Knäuel entwirrt haben, können wir uns überlegen, was wir mit Thirlbeck tun. Vermutlich willst du nicht für den Rest deines Lebens hier wohnen bleiben? Es ist auch gar nicht nötig.« Mir war klar, daß er Askew möglichst bald aus dem Haus haben wollte, wahrscheinlich fürchtete er, daß er sich in aller Unschuld verraten würde. Eine unvorsichtige Bemerkung, und die gewitzten jungen Männer von Hardy würden sofort spitzhaben, daß aus dem Haus vieles illegal entfernt worden war. Als Askew keine Antwort gab, fuhr Gerald fort: »Die Möbel werden eine Sensation auslösen. Und die restlichen Bilder geben wir nächstes Jahr in eine gute Auktion von alten Meistern.«

»Ja . . .«, sagte Askew, aber ich hatte den Eindruck, daß er gar nicht zuhörte.

Ich blickte Gerald fragend an. »In eine gute Auktion? Aber ich dachte, Vanessa hätte all die bedeutenden . . .«

Gerald lächelte plötzlich höchst befriedigt. »Sie hat nur die handlichen Bilder mitgenommen, Jo. Es ist nicht gut möglich, einen Cuyp, der anderthalb Meter mal drei Meter mißt, in einem Koffer zu verstecken. Du wirst entzückt sein, Jo, es ist ein herrliches Bild. Und dann gibt es noch einen Hobbema und zwei ausgezeichnete Jan Steens, einen seltenen Nicolaes Maes und einen sehr schönen Ruisdael. Die meisten signiert.«

»Und die sind alle noch hier?« Wahrscheinlich erriet er meine Gedanken. Letztes Jahr war ein Cuyp für mehr als sechshunderttausend Pfund verkauft worden. Natürlich würden diese Namen die Kunstwelt nicht so in Ekstase versetzen wie ein Rembrandt, aber für die Sammler und Museen waren sie hochinteressant und begehrenswert. »Und alle auf dem Kunstmarkt unbekannt?« Er nickte. »Sie stammen aus der Familie van Huygens. Es gibt auch noch ein paar Familienporträts der Birketts, aber die sind weniger aufregend. Die van Huygens scheinen ihre ganzen Bilder im siebzehnten Jahrhundert, wahrscheinlich direkt aus den Malerateliers, gekauft zu haben, und du weißt, das war die beste Periode für die holländische Malerei. Ich hege nicht die geringsten Zweifel, daß sich ein Traum meines Lebens erfüllt hat – eine unbekannte bedeutende Kunstsammlung zu finden.«

»Wann hast du die Bilder gesehen? Ich hätte gerne –«

»Jo, du warst nicht hier. Nachdem Tolson seine Geschichte gestern erzählt hat, bin ich in das Zimmer gegangen, wo die Bilder lagern. Tolson hat eine Liste der Kopien, sie stehen getrennt von den Originalen. Wir haben sie alle angesehen, und ich habe die Guten schon aussortiert. Es war ziemlich anstrengend. Tolson hat jedes einzelne Bild im Haus aufgehoben, Drucke, gepreßte Blumen unter Glas und einen Haufen ganz schauriger Aquarelle, wie nur Gouvernanten sie pinseln können«, fügte er bissig hinzu.

Tolson machte eine abwehrende Geste. »Bitte verstehen Sie meine Lage, Mr. Stanton. Das Haus war von der Regierung beschlagnahmt, und ich trug die Verantwortung. Ich wußte zwar von dem Rembrandt, aber von den anderen Bildern hatte ich keine Ahnung. Und ich wollte keinen Fehler machen.«

Er hob seine große, gespreizte Hand, so als wollte er sagen: »Ich habe getan, was ich tun konnte. Ich habe alles, was mir wertvoll erschien, gerettet. Jetzt ist es an Ihnen, die Spreu vom Weizen zu trennen.«

»Sie haben völlig richtig gehandelt, Mr. Tolson«, sagte Gerald beruhigend, »wir haben –«

Ich unterbrach ihn wieder. »Wir? War die Gräfin dabei? Weiß sie Bescheid?«

Da Askew anscheinend keine Lust hatte zu antworten, sagte Gerald an seiner Statt: »Vergiß nicht, Jo, die Gräfin und Robert kamen nach Thirlbeck, weil beide glaubten, daß sich hier ein Rembrandt befindet. Natürlich konnte man ihr unmöglich die Wahrheit verheimlichen. Und da sie eine kluge Frau ist, hat sie sich sofort gesagt, wo eine Kopie ist, da gibt es auch noch andere. Sie versteht die Situation vollkommen und wird uns nicht verraten. Ich bin überzeugt, wenn sie vor die Wahl gestellt worden wäre, hätte sie sich wie Tolson entschieden. Was wir ihr dagegen nicht zu erklären brauchen, ist die Rolle, die Vanessa bei der ganzen Sache gespielt hat. Je weniger Menschen davon wissen, desto besser. Aber . . .«

»Sie ist also in dieses Komplott eingeweiht«, sagte ich.

»Ja«, gab Gerald zu. »Ja, es ergab sich so.«

»Und Jessica?« fragte ich. »War sie auch dabei?« Ich sah, wie Tolson zusammenzuckte. Sobald es um Jessica ging, war er verletzbar.

»Mir war klar«, sagte er, »daß Jessica nicht zuviel erfahren durfte, die Verantwortung belastet das arme Kind bloß, deshalb habe ich sie nach Hause, ins südliche Pförtnerhaus, geschickt. Vermutlich ahnt sie, daß irgend etwas im Gange ist, aber solange sie nichts Genaues weiß, können wir, glaube ich, getrost unsere Pläne durchführen.«

Getrost . . . das klang sehr beruhigend. Ich blickte in Tolsons störrisches Gesicht, er wirkte wie die Verkörperung unerschütterlicher Loyalität, wie der Inbegriff der Pflichterfüllung. Ja, auf ihn konnte man sich verlassen. Ich war vor Müdigkeit wie benommen, meine Augen wanderten zwischen Gerald und Tolson hin und her. Beide waren fähige Männer und würden die Probleme schon lösen. Und ich war meiner Hauptsorge enthoben, nachdem ich die Miniatur zurückgegeben hatte. Ich blickte Askew an, der sie noch immer in der Hand hielt, während er weiter Kognak trank. Wieviel von der Unterhaltung hatte er mitbekommen? Er schien in Gedanken in einem Thirlbeck zu weilen, das keiner von uns kannte.

Ich versuchte, meine Gedanken zu sammeln. »Du hast dir alle Bilder angesehen, Gerald – alle?«

»Ja – alle.«

Ich wandte mich an Tolson. »Sie sagten, Sie hätten jedes einzelne Bild im Haus in dieses eine Zimmer gestellt, nicht wahr? Es gibt keine Bilder mehr in Ihrem Teil des Hauses oder irgendwo anders in einem abgelegenen Korridor?«

»Alle Bilder stehen in dem einen Zimmer, außer ein paar Aquarellen, die Jessica gemalt hat . . . sie ist recht talentiert, die besten habe ich rahmen lassen . . .«

»So . . . nun ja, es war auch nur so eine Idee . . .«

»Worüber redest du, Jo?«

»Ach, nichts, laß nur, ich hatte einen merkwürdigen Einfall, aber sicher ist er nichts wert. Ich nehme an, Gerald, du hast nicht zufällig gestern unter den Bildern ein Porträt gesehen, das an einen . . . El Greco erinnert?«

»Nein, Jo, ganz bestimmt nicht. Du kannst dir vorstellen, daß ich ihn bei meiner Aufzählung nicht vergessen hätte. Aber warum fragst du, rück schon raus mit der Sprache.«

»Verzeih, Gerald, vergiß das Ganze. Ich weiß, es klingt verrückt, aber in den letzten Tagen ist so viel passiert . . .«

Er nickte abwesend, er hatte zu viele greifbare Probleme, um sich weiter über meine Hirngespinste Gedanken zu machen. »Gib zu, Jo, ein El Greco in einer Sammlung alter holländischer Meister wäre eine Art von Kuckucksei, meinst du nicht auch?«

»Du hast völlig recht«, sagte ich und stand auf. »Brauchst du mich noch? Ich würde gerne ein wenig an die frische Luft. Ich habe das Gefühl, mein Kopf steckt voller Watte. Ich kann meinen Achtstundenschlaf schlecht missen . . .«

»Nein, ich brauche dich nicht, Jo.« Er sah Askew an. »Robert, kann ich dein Telefon benutzen? Ich will bei Hardy anrufen, um erstens zu sagen, daß ich noch lebe, und zweitens, daß ich bald gute Nachrichten für sie habe. Ich werde ihnen mitteilen, daß ich noch eine Woche oder zehn Tage hierbleibe. In der Zwischenzeit können wir in die Schweiz fliegen. Können Sie sich freimachen, Tolson, sobald ich die notwendigen Kontakte aufgenommen habe? Besitzen Sie einen gültigen Paß . . .?«

»Ja, dafür habe ich gesorgt, Mrs. Roswell hat darauf bestanden.«

»Ausgezeichnet«, sagte Gerald energisch, »dann fang' ich also mit dem Telefonieren an, Robert. Robert . . .?«

Askew richtete sich langsam auf, so als kehre er aus einer fernen Vergangenheit zurück. »Was? Ach ja, die Telefongespräche. Ja . . . ja, natürlich, Gerald. Tu, was immer du für richtig hältst. Du bist der geeignete Mann . . . ja, ja natürlich.«

Er stand auf und richtete unerwarteterweise das Wort an mich. »Ist es Ihnen recht, wenn ich Sie auf Ihrem Spaziergang begleite? Mir würde frische Luft auch guttun. In meinem Kopf schwirrt es nur so . . . also, ist es Ihnen recht?«

»Ja . . . aber ja, gerne. Ich lauf' bloß schnell nach oben und hole meine Jacke, ich bin gleich wieder da.« Ich war enttäuscht. Mir war selbst nicht klar gewesen, daß ich die Absicht gehabt hatte, Nat Birkett zu besuchen. Während der Fahrt hatte ich mir vorgenommen, nur so lange in Thirlbeck zu bleiben, bis ich die Sache mit Vanessa geklärt und meine Hypothese über das Preisschild an der Miniatur vorgebracht hatte. Danach wollte ich gleich wieder abfahren, und zwar ohne Nat Birkett zu sehen. Er sollte nicht das Gefühl haben, daß ich meine Hand nach ihm ausstreckte, ihn halten oder gar vereinnahmen wollte, wie die Tolson-Familie es getan hatte. Weder er noch ich würden den strahlenden

Morgen in der Hütte je vergessen; er würde uns ewig in Erinnerung bleiben, doch es gab keine Zukunft für uns. Aber als Askew mir seine Begleitung anbot, wußte ich plötzlich, daß ich mir die ganze Zeit über etwas vorgemacht hatte. Ich wünschte mir nichts sehnlicher, als den Hügel hinauf zu seinem Haus zu gehen. Die Erinnerungen an diesen Morgen waren stärker als Stolz und Unabhängigkeit.

Doch ein Blick in Askews Gesicht sagte mir, daß der Spaziergang durchs Tal zu Nats Haus warten mußte. Das Gesicht dieses Mannes, der über Nacht um Jahre gealtert schien, war das Gesicht eines verzweifelt einsamen Menschen. Er versuchte noch nicht einmal, es zu verbergen. Ich ahnte, daß er immer einsam gewesen war, egal, wie viele Freunde oder Geliebte ihn während dieser langen Jahre der Abwesenheit begleitet hatten, ich ahnte, daß er immer ein wenig unter Heimweh gelitten hatte. Und diese Erkenntnis war ihm in den letzten Tagen unerwartet und brutal gekommen. Ich konnte die unausgesprochene Bitte dieses einsamen Menschen nicht ablehnen.

Ich ging langsam durchs Zimmer, während Askew mir die Tür aufhielt. Tolson folgte mir. Als ich schon fast draußen war, erreichte mich Geralds Stimme.

»Lastman . . . Lastman . . .« Wir drehten uns alle um. Gerald starrte uns an mit gerunzelten Brauen. »Jetzt fällt es mir wieder ein. Ich habe den Namen erst kürzlich gehört – und zwar nicht in Verbindung mit Rembrandts Lehrer. Erinnerst du dich nicht, Jo? Nein, wahrscheinlich nicht, warum solltest du dich an die Namen der anderen verunglückten Passagiere erinnern. Nachdem du mit deinem Vater nach Mexiko abgeflogen warst, gab es noch ein paar Formalitäten zu erledigen, und so blieb ich noch einen Tag in Zürich. Die meisten Angehörigen waren schon abgefahren – sie hatten entweder ihre Toten überführen lassen oder sie dort oben begraben. Nur ein Mann schien völlig ohne Familie zu sein. Er hatte seinen Paß in der Tasche, und so wußte die Polizei seinen Namen. Sie telegrafierten den holländischen Behörden, die aber keinerlei Auskunft geben konnten. Sein Name war Lastman.«

»Vermutlich hatten weder Vanessa noch er geglaubt, daß sie dieses Flugzeug erreichen würden. Er wartete in Zürich auf sein Geld, um es gleich auf ein Schweizer Konto einzuzahlen, und erhielt es früher, als er erwartet hatte. Und daher bestiegen beide, ohne voneinander zu wissen, dasselbe Flugzeug – ja, wenn man in die Zukunft blicken könnte . . . Ist es nicht seltsam, zwei eilige Reisende und einer davon war Lastman.«

Geralds Gesicht verzog sich. Er griff wieder zum Bleistift und beugte sich über sein Notizbuch. Ich fühlte Askews Hand auf meiner Schulter, als er mich zur Tür führte. Ich hörte seine leise Stimme dicht neben mir.

»Niemand kann sich seine Todesart wählen. Aber manchmal ist es vielleicht ganz heilsam, daran erinnert zu werden, daß wir alle sterblich sind.«

Ich wusch mir mein Gesicht in Geralds Badezimmer und kühlte meine brennenden Augen mit kaltem Wasser. Mein ungeschminktes Gesicht blickte mich bleich aus dem Spiegel an. Blutleere Lippen, hellgraue Augen, blondes Haar, die Bräune von Mexiko war fast verblaßt. Das Gesicht, das ich sah, hatte sich leicht verändert, ich sah älter aus. Ich entdeckte eine Falte an den Mundwinkeln, die ich früher nicht bemerkt hatte – vielleicht war sie neu. Ich sah plötzlich keine Ähnlichkeit mehr mit Vanessa, vielleicht hatte ich ihr nie ähnlich gesehen, sondern es nur versucht. Es schien fast so, als sei ich hinter ihrem Schatten hervorgetreten und hätte mein eigenes Ich gefunden. Aber wann? Vielleicht in der Kirche auf der Bank, als ich die Miniatur betrachtet und beschlossen hatte, nach Thirlbeck zurückzufahren? Hatte ich mich in diesen wenigen Minuten, als ich mich spontan auf Vanessas Seite gestellt hatte, von ihr freigemacht und war ein unabhängiger Mensch geworden? Oder war es auf der Türschwelle meiner eigenen Wohnung geschehen, als ich dem beharrlichen Klingeln des Telefons nicht nachgegeben hatte, während ich früher sofort an den Apparat geeilt wäre, in der Hoffnung, es könnte Harry sein? Oder war meine Fahrt durch das mondbeschienene Tal in den frühen Morgenstunden und der Moment, in dem über die Schwelle von Thirlbeck trat und von den Hunden begrüßt wurde, als kennten sie mich ein Leben lang, ausschlaggebend gewesen? Ich weiß es nicht, vielleicht hatten alle diese Ereignisse zusammen zu meiner Wandlung beigetragen, aber mir schien, daß auch das Gespenst der kleinen Spanierin eine nicht unbedeutende Rolle dabei gespielt hatte.

Seltsamerweise empfand ich jetzt, als ich das Zimmer der Spanierin betrat, um meine Windjacke zu holen, eine feindliche Gegenwart. Bislang hatte mich der Raum immer willkommen geheißen, aber nun empfing mich ein kühler Luftzug, fast als wollte der Raum mich warnen. Ich blickte um mich, aber alles lag an seinem üblichen Platz. Ich hatte das Bett gemacht und meine paar Habseligkeiten, die ich vergangene Nacht im Zimmer verstreut hatte, weggeräumt. Meine Kleider hingen auf den Bügeln, der Koffer, in dem die zerbrochene Sung-Schale und das Stundenbuch lagen, war nicht berührt worden. Ich beugte mich über die getrockneten Rosenblätter, von denen der Duft des vergangenen Sommers aufstieg. Alles war unverändert. Ich ergriff die Windjakke und wandte mich auf der Schwelle noch einmal um. Fast hatte ich erwartet, sie auf ihrem Sessel beim Kamin zu sehen – oder war das ihr Schatten dort auf dem sonnenbeschienenen Boden? Aber sie war keine Feindin; doch der Fremde, der diesen Raum kürzlich betreten hatte, war kein Freund. Ich dachte an die gefährliche, zarte Fee, die an meinem ersten Morgen durchs Zimmer getänzelt war – an Jessica. Nein, es konnte nicht Jessica gewesen sein, Jessica war nach Hause geschickt worden.

Aber ihr Zuhause, das südliche Pförtnerhaus, war kaum mehr als einen Kilometer von hier entfernt. Und Jessica hatte ihr ganzes Leben in Thirlbeck verbracht. Kein Verbot ihres Großvaters konnte sie vertreiben.

Ich blickte noch einmal in den leeren Raum, auf den leeren Sessel beim Kamin, auf den leeren Stuhl am langen Tisch. Ich schüttelte den Kopf und schloß die Tür. Seit meiner Rückkehr nach Thirlbeck fiel es mir schwer, nicht an Gespenster zu glauben.

2

Askew hatte wahrscheinlich gar nicht spazierengehen wollen oder seinen Entschluß geändert. Er saß dort, wo ich ihn so oft mit der Gräfin und Gerald gesehen hatte, auf dem kleinen Vorsprung, von dem aus man den See überblickt. Vor ihm auf dem hölzernen Tisch stand ein Eiskübel mit einer Flasche Sekt. Er winkte mir mit einer jungenhaften Geste zu, fast so wie ehemals, aber ich wußte, daß es nur eine traurige Imitation seines früheren Selbst war. Und er wußte es auch.

»Ich dachte, die Sonne tut uns gut«, sagte er. »Es ist geschützt hier.« Sogar die Sätze waren verkürzt, so als hätte er nicht mehr die Kraft für unnötige Anstrengungen.

Auf dem Tablett standen drei Gläser. »Ich habe bei Carlotta angeklopft, sie ist offensichtlich noch nicht auf, aber sie wird genau im richtigen Moment erscheinen, dafür hat sie einen wunderbaren Instinkt. Wollen Sie ein Glas?« Es war eigentlich keine Frage, er hatte mir schon eingeschenkt.

Ich dachte, daß nach dem Kognak, den wir beide getrunken hatten, der Sekt ein wenig zuviel wäre, aber was machte es schon, so einen Tag wie heute würde es kaum ein zweites Mal geben.

»Ja . . . ja, vielen Dank.«

Er schenkte sich selbst ein und lehnte sich in den Liegestuhl zurück, der dicht neben meinem stand. Wir nickten uns zu und hoben beide die Gläser, ohne jedoch einen Toast auszubringen. Wie so oft in diesem Haus hatte ich das Gefühl des Déjà-vu, was sich noch verstärkte, als ich Tolson erblickte. Er näherte sich uns auf dem schmalen Weg mit bedächtigen Schritten, ohne jegliche Hast. Es mochte an meiner Müdigkeit liegen, am Kognak, an dem ersten anregenden Schluck Sekt, jedenfalls schien es mir, als käme er aus einer fernen Welt, ein Tolson aus einer langen Reihe von Tolsons und doch immer ein Tolson, der im Dienste eines Birkett steht.

Aber er wandte sich nicht an Askew, sondern an mich. »Miss Roswell, ein Anruf für Sie. Ein Herr Peers wünscht Sie zu sprechen. Ich sagte ihm, Sie seien im Garten, aber er sagte, er würde warten. Sie können das Gespräch entweder im Arbeitszimmer abnehmen, Mr. Stanton sagte, er würde Sie alleine lassen, oder wenn es Ihnen lieber ist, in Lord Askews Zimmer oder bei uns im Korridor.«

Ich setzte das Sektglas auf den Tisch und war im Begriff aufzustehen, sank aber wieder in meinen Stuhl zurück. »Vielen Dank, Mr. Tolson. Aber . . . könnten Sie, darf ich Sie bitten, Mr. Peers zu sagen, ich sei nicht zu finden, aber Sie würden mir seinen Anruf ausrichten?«

Er nickte. »Natürlich, Miss Roswell.«

Als Tolson fort war, sagte Askew: »Warum sind Sie nicht gegangen, mich hätte es nicht gestört.«

»Ich wußte nicht recht . . . nein, ich wollte auch nicht gehen. Einmal in seinem Leben muß auch Harry warten. Er wird nicht lange warten«, fügte ich hinzu, »nach kurzer Zeit wird er nicht mehr anrufen.«

»Ist es nicht eine etwas unfreundliche Art, jemand loszuwerden? Ich meine . . . ich will mich nicht einmi-

302

schen, und vielleicht denke ich auch etwas ganz Falsches.«

»Unfreundlich? Vielleicht. Oh, ich werde ihn nicht einfach wortlos verlassen, aber im Moment bin ich zu müde, um zu reden. Ich werde mit ihm sprechen, wenn ich weiß, daß ich überzeugend klinge. Harry ist an eine Jo gewöhnt, die voller Komplexe ist, an eine Jo, die darauf wartet, daß man ihr sagt, was sie zu tun hat. Ich möchte, daß er versteht, daß ich weiß, worüber ich rede, und daß ich meine, was ich sage . . .«, ich sah zu Askew hinüber. »Nein, Sie können nicht wissen, worum es sich handelt. Aber ich weiß zum erstenmal in meinem Leben genau, was ich will oder, besser, nicht will. Ich will nicht in eine Ehe hineinschlittern, bloß weil ich nicht den Mut habe, nein zu sagen. Vielleicht bereue ich es hinterher, das muß ich riskieren; abgesehen davon wäre es auch Harry gegenüber unanständig. Er hat ein Recht darauf, zu wissen, was ich fühle. Haben Sie eine Zigarette?«

Er öffnete das goldene Zigarettenetui, an das ich mich erinnerte, und zündete uns beiden eine an. Eine Zeitlang saßen wir schweigend nebeneinander. Vom See herüber blies eine leichte, sonnenwarme Brise. Bienen summten eifrig in den Blüten eines Apfelbaums, der die allgemeine Verwilderung überlebt hatte. Ich nippte an meinem Sekt, rauchte und wünschte, das Leben würde eine Zeitlang stillstehen. Alles, was ich brauchte, war Zeit. Zeit, um mich an die neue Jo zu gewöhnen, die aus dem Kokon gekrochen war, aber ihren Flügeln noch nicht so recht traute. Ich war mir völlig im klaren darüber, was ich eben getan hatte. Ich hatte Harry das goldene Tablett, auf dem er mir die Welt gereicht hatte, zurückgegeben. Gerald würde enttäuscht sein – enttäuscht und erstaunt. Das elegante Haus auf dem St.-James-Platz, Harry und meine Kinder, die Tatsache, daß ich weiter bei Hardy geblieben wäre, das alles hätte ihm sicher große Freude bereitet. Was er bestimmt nicht für mich wollte, war eine so ungeordnete und chaotische Existenz wie Vanessas, und mit Harry wäre mein Leben gesichert – gesichert und leer. Mit den Jahren würde ich die Karriere machen, die Gerald für mich erhofft und die Harry so sorgfältig geplant hatte. Ich würde zu einer bekannten Expertin werden, die gelehrte Artikel über Porzellan verfaßt. Ich würde Harry Kinder gebären und auf seine Rückkehr warten oder auf das Ende seiner langen nächtlichen Sitzungen. Und dann, eines Tages, würde ich wohl aufhören, mit dem Herzen dabeizusein, und erkennen, daß Harry mich, ein Zuhause und Kinder genauso kühl berechnend erworben hatte wie seine Grundstücke.

Es war merkwürdig, daß ich Vanessa im Moment, wo ich mich von ihr innerlich gelöst hatte, ähnlicher geworden war. Jetzt, wo ich nicht mehr in ihrem Schatten stand, konnte ich auch ihren Feinden die Stirn bieten. Dann wurde mir plötzlich klar, daß ich jedem die Stirn bieten konnte – jedem, wer immer es war.

Ich sagte zu Askew: »Was werden *Sie* jetzt tun? Werden Sie alles Gerald überlassen? Werden Sie Thirlbeck verlassen und ihn bitten, Ihre sämtlichen Sachen bei Hardy zu versteigern? Wenn wir die Million Pfund finden, werden Sie auf Reisen gehen und das Geld nach und nach ausgeben?«

»Nein, nach den letzten Ereignissen ist das nicht mehr möglich, und das wissen Sie auch.« Er strich die Asche seiner Zigarette am Aschenbecher ab, aber die Brise trug sie fort. »Zu viele Menschen haben einen zu hohen Preis gezahlt, weil ich mich vor meiner Verantwortung gedrückt habe. Ich glaube . . . ich glaube, ich werde in Thirlbeck bleiben. Der Entschluß kommt zwar ein wenig spät, aber besser spät als nie. Vielleicht kann ich Nat Birkett ein wenig das Leben erleichtern. Das Land, das Tolson erhalten hat . . . ist sehr viel wert, und die Erbschaftssteuern werden enorm hoch sein. Ich könnte Nat den Besitz überschreiben, aber auch dann wird er erst steuerfrei, wenn ich noch sieben Jahre lebe. Ich könnte versuchen, mich mit meinem Erben anzufreunden, so unwillig er auch sein mag. Es gibt eine Menge Dinge, die ich tun könnte . . . und tun muß. Schon der Menschen wegen, die das Risiko auf sich genommen haben, meinetwegen ins Gefängnis zu gehen. Vanessa ist gestorben, weil sie auf uneigennützige Weise versucht hat, Thirlbeck zu erhalten, dies alles bürdet mir eine Verantwortung auf, die zwar schon vorhanden war . . . aber die ich nie auf mich genommen habe, nicht auf mich nehmen wollte. Und deshalb werde ich wohl hier bleiben. Ist das die Antwort auf Ihre Frage?«

»Nicht ganz. Was werden sie tun? Im Freien sitzen, wenn die Sonne scheint, und in der Bibliothek, wenn es regnet? Wer wird Ihnen Gesellschaft leisten?«

»Nicht Carlotta. Wenn Sie das meinen? Nein, aber das haben Sie auch nicht gemeint. Carlotta bleibt sicher nicht hier. Das ist kein Ort für sie. Sie würde hier bald verblühen und sterben. Das werde ich natürlich auch, aber ich weiß wenigstens, warum. Ich werde – etwas verspätet – von Tolson lernen müssen, was meine Aufgabe ist, was von mir erwartet wird. Befriedigt Sie diese Antwort?«

Ich saß eine Weile schweigend da und ließ mir seine Worte durch den Kopf gehen. »Warum muß alles verkauft werden? Warum müssen die Möbel, die Bilder, die Bücher alle versteigert werden? Sie könnten das Tal dem Publikum zugänglich machen oder auch nur das Haus. Sogar wenn Sie ein paar wertvolle Sachen verkaufen, wird das Haus allein viele Besucher anlocken. Es ist architektonisch hochinteressant. Sie sind an alles hier gewöhnt – Sie sind hier geboren. Aber als ich zum erstenmal herkam, traute ich meinen Augen nicht, es war wie ein Märchen. Das Tal ist unglaublich schön. Warum verschließen Sie den Menschen dieses Tal? Wir leben auf einer übervölkerten kleinen Insel, Lord Askew. Haben Sie – und ich muß wohl Tolson einschließen – wirklich das Recht, den anderen Menschen dies alles vorzuenthalten? Die ganze Region gehört zu den wenigen Natur-schutzgebieten, die wir haben. Und einen großen Teil davon besitzen Sie. Haben Sie wirklich das Recht, dies alles für sich zu behalten?«

»Sie meinen, ich sollte das Tal und das Haus dem Publikum zugänglich machen und dafür Geld nehmen? Nein, das schlagen Sie sich aus dem Kopf, es wäre mir völlig unmöglich. Nicht etwa, weil ich besonders stolz auf den Besitz bin und mich mit ihm identifiziere. Sicher nicht. Aber es fällt mir schwer genug, hier zu bleiben und in meinem Alter etwas Neues zu lernen, und die Idee, daß ich in meinem eigenen Haus Fremde treffen, Andenken verkaufen und womöglich Eisbuden auf-stellen müßte, ist mir einfach unerträglich. Nein, so-lange ich lebe, muß alles beim alten bleiben. Wenn Nat Birketts Zeit kommt, dann kann er ja tun, was er will.«

»Bis dahin werden die besten Möbel und Bilder, die das Haus zu einer Sehenswürdigkeit machen, verkauft sein. Und der Garten noch mehr verwildern ...«

»Meine Liebe«, sagte er mit müder Geduld, »mein Entschluß ist gefaßt. Ich werde Tolson einige hundert-tausend Pfund für die notwendigsten Reparaturen ge-ben. Sie wissen ja selbst, daß das Dach erneuert werden muß. Haben Sie die Ställe und Scheunen gesehen? Sie sind völlig verfallen. Tolson und seine Söhne brauchen neue Traktoren und andere Gerätschaften – ja sogar wenn sie nur Pächter sind, steht ihnen Hilfe zu. Man könnte eine Art Genossenschaft gründen und das Land gemeinsam bearbeiten. Einige Wiesen müssen entwässert werden. Sie würden gutes Weideland abgeben. Dann die Zäune – wir brauchen kilometerlange Zäune für das Vieh. Und von irgend etwas muß das alles bezahlt wer-den. Haben Sie gesehen, wie gut Nat Birketts Gut ge-führt ist? Er hat Schulden bei der Bank, aber er hat den bestgeführten Hof in der ganzen Gegend. Wofür wird er mir dankbarer sein? Für ein paar holländische Bilder und zerbrechliche Möbelstücke oder für eine ertragreiche, gut geführte Landwirtschaft? Es wird schon noch genug übrigbleiben. Zum Beispiel die großen Möbel, die keiner kaufen will. Aber ich bezweifle stark, daß er das Haus dem Publikum zugänglich machen wird; er ist genausowenig begeistert von Kinderschaukeln und Parkplätzen und ausgetrunkenen Coca-Cola-Flaschen wie ich. Vergessen Sie nicht, unser Nat ist auch ein Birkett, zwar nur aus einer Nebenlinie, aber seine Portion Exzentrik hat er trotzdem mitbekommen. Vermutlich ist das nicht zu vermeiden bei einem zukünftigen Lord Askew. Der arme Nat, er wird an dem Titel so wenig Freude haben wie ich.«

»Haben Sie sich plötzlich zu einem Landwirt entwickelt?«

Er schüttelte den Kopf. »Nein, sehe ich so aus? Ich weiß noch nicht mal die Hälfte von dem, was ich wissen müßte. Aber wenn ich hier wohne, braucht mir Tolson wenigstens kein Geld zu schicken. Abgesehen davon findet er anscheinend, daß es irgendeinen symbolischen Wert hat, wenn ich hier bleibe. Nach meiner Meinung wird es für alle Beteiligten nur lästig sein, aber ich muß es versuchen.«

»Wann hat er das gesagt?«

»Gestern nacht führten Tolson und ich ein langes Gespräch.« Er drückte seine Zigarette aus.

»Als ich Tolson den Auftrag gab, die kleineren Höfe an die Pächter zu verkaufen, bildete ich mir ein, damit meine eigene kleine Landreform durchzuführen. Es kam mir nicht in den Sinn, daß Tolsons Plan, den Birkett-Besitz wie eine große Genossenschaft aufzuziehen, sehr viel weitsichtiger war. Für mich roch es nach Feudalismus. Aber Tolson hatte recht. Wenn ein Mann nur ein paar Hektar besitzt, wie kann er sich einen Traktor leisten? Auf seine Weise hat Tolson meinen Besitz und die Pachthöfe auf genossenschaftlicher Basis verwaltet, und er hat noch ganz andere Ideen im Kopf. Wie er sie durchführen will, habe ich leider nicht begriffen. Aber das ist auch weiter nicht wichtig. Ich brauche nur hier zu wohnen, und das genügt, um Tolson glücklich zu machen. Er weiß, daß er für alle seine Vorhaben mein schweigendes Einverständnis hat, denn ich stehe tief in seiner Schuld. Und was Vanessa betrifft, nun, sie weiß noch nicht einmal, daß ich versuche, etwas wiedergutzumachen.«

Warum tat er mir bloß so leid? Ich wünschte, mir würde etwas zu sagen einfallen, aber ich fand keine Worte des Trostes. Er war ein Fremder in seinem eigenen Land, ein Mann über Sechzig, der widerwillig ins Haus seiner Väter zurückkehrte. Ich war überzeugt, daß er versuchen würde, in Thirlbeck zu bleiben, aber ich war ebenso überzeugt, daß er oft nach London entfliehen würde, um sich dort wiederum in den Clubs zu langweilen. Ein ruheloser Mensch, der, wo immer er war, ein Fremder bliebe.

»Ich hoffe, Sie und Gerald besuchen mich gelegentlich«, sagte er. »Ich würde mich freuen.«

»Natürlich kommen wir.«

»Ich bin ehrlich froh, das zu hören. Ich weiß gar nicht recht, wo ich anfangen soll. Ich kann nicht den Faden dort wieder aufnehmen, wo ich ihn fallen gelassen habe – dazu hat sich alles zu sehr verändert. Und ich bin auch nicht mehr jung genug dafür. Es ist schlimm, wenn das Unerwartete – ja sogar die Hoffnung auf das Unerwartete aus dem Leben verschwindet. Aber es wird noch schlimmer werden, wenn Carlotta mich verläßt.«

»Wird sie das tun? Sind Sie sicher?«

Er nickte. »Ja, nach einiger Zeit wird sie fortgehen. Sie ist ein seltener und exotischer Vogel, man kann nicht von ihr erwarten, daß sie sich wie eine eierlegende Henne benimmt. Sie wird traurig sein, das weiß ich, und sie wird sagen, daß sie wiederkommen wird. Vielleicht tut sie das sogar. Aber jeder Besuch wird kürzer sein . . . und ich werde jedesmal älter sein.«

Ich stand diesmal auf und goß uns Sekt ein. »Ich werde gerne kommen, wenn Sie mich sehen wollen.« Ich gab ihm das Glas, und er lächelte mich an, aber wie verschieden war dieses Lächeln von dem ersten Begrüßungslächeln, mit dem er bei unserer Ankunft die Treppen heruntergeeilt war. War das wirklich derselbe Mann? Der Charme war noch da, aber wie verletzbar war er geworden! Es war ihm sicher nicht oft passiert, seit er Thirlbeck und seinen Vater verlassen hatte, daß er um Freundschaft betteln mußte. Aber was wußte ich schon von ihm? Wie durfte ich wagen, ihn zu beurteilen? Und doch! Mir schien, wir waren uns in diesen letzten Stunden nähergekommen, wir hatten Alter und Vorurteil überbrückt, wir verstanden einander, und manchmal wußten wir sogar, was wir dachten.

Ich war kaum erstaunt, als er die Miniatur hervorzog. Während unserer Unterhaltung hatte ich beobachtet, daß er öfters in die Tasche griff und etwas berührte, wie um sich zu beruhigen. Als er das kleine Porträt jetzt plötzlich dem vollen Sonnenlicht aussetzte, funkelten die leicht getrübten Brillanten in ihrer altmodischen Fassung in neuem Glanz. »Ich habe sie eingesteckt, Gerald hat das Schild mit der Kontonummer abgenommen, er braucht die Miniatur nicht mehr.«

»Und Sie?«

»Vielleicht.« Er betrachtete sie. »Würden Sie sie mir für eine Weile leihen? Sie gehört natürlich Ihnen, aber wäre es Ihnen recht, wenn ich sie behielte? Nur für kurze Zeit?«

Ich konnte es ihm nicht abschlagen. Ich fühlte plötzlich, daß von allen Schätzen, die Thirlbeck barg, dieses kleine Porträt vielleicht das einzige Stück war, das er wirklich liebte. »Bitte behalten Sie die Miniatur, solange Sie wollen. Ich bin sicher, Vanessa wäre nur zu froh zu wissen, daß sie zu Ihnen zurückgekommen ist. Sie muß sie besonders geliebt haben, sie lag in einem Extrafach ihrer Handtasche, sie hat sie bestimmt immer bei sich getragen. Und doch habe ich sie niemals in meinem Leben gesehen.«

»Ich wünschte, sie hätte mehr Geschenke von mir angenommen, aber sie wollte nicht.«

»Wie konnte sie. Und diese Miniatur ist wirklich ein ganz besonderes Geschenk, gemalt von Hilliard, und die Dargestellte eine Ihrer Ahninnen.«

»Das interessiert mich weniger. Aber sie sieht Vanessa ähnlich, deshalb habe ich sie ihr auch geschenkt. Und als Sie mir das Porträt heute früh zeigten, fühlte ich mich einen Augenblick lang in meine Jugend zurückversetzt. Rothaarige und schöne Vanessa! Sie war ein wenig ungezügelt, genauso wie ich mir meine Ahnin vorstelle. Ich weiß noch, als Junge habe ich mir oft ihr Gesicht angesehen und gewünscht, ich hätte sie gekannt. Und als Vanessa hier plötzlich auftauchte, hatte ich den Eindruck, als wäre das Porträt zu neuem Leben erwacht.«

Ich goß uns den Rest des Sekts ein. Die Gräfin würde wohl nicht mehr kommen. Hatten wir wirklich die ganze Flasche ausgetrunken? Das Gesumme der Bienen war anheimelnd, der Mann neben mir schien mir vertraut wie ein alter Freund, oder kam mir das nur so vor, weil ich zuviel Sekt in der Sonne getrunken hatte? Ich sah zum See hinüber, die schlanken Schilfrohre schwankten sanft im Wind.

»Erzählen Sie mir, wie war es damals? Damals, als Sie drei hier in Thirlbeck hausten?«

»Ja, wir drei. Ja, es gab nur uns drei. Wir hatten, jeder auf seine Art, den Krieg erlebt und überstanden, und das allein genügte, um uns in Hochstimmung zu versetzen. Wir hatten überlebt, weil wir zu etwas Besonderem bestimmt waren, oder zumindest kam es uns so vor. Vanessa und Jonathan haben beide auch etwas Besonderes erreicht. Nur ich habe seitdem nichts zustande gebracht . . . und deshalb, Vanessas wegen, Tolsons wegen werde ich hierbleiben. Ein wenig Zeit wird mir wohl noch vergönnt sein . . .«

»Erzählen Sie«, bat ich, »erzählen Sie mir mehr von damals.«

»Von damals? Nun, wir waren jung – oder zumindest fühlten wir uns jung. Ich war zwar schon über Dreißig, aber Vanessa muß einundzwanzig gewesen sein und Jonathan ungefähr siebenundzwanzig. Wir waren ganz auf uns selbst angewiesen in diesem einsamen Tal, und manchmal hatten wir den Eindruck, als seien wir die einzigen Menschen auf der weiten Welt. Wir waren zweifellos sehr egoistisch und verschwendeten keinen Gedanken an die hart arbeitende Familie Tolson. Wir genossen das Leben in vollen Zügen. An sonnigen Tagen veranstalteten wir Picknicks. Mrs. Tolson ist eine wunderbare Köchin, und ihre überbackenen Kaninchen waren köstlich . . . komisch, wie genau ich mich an das Essen erinnere. Die Lebensmittel waren natürlich noch rationiert, aber der Krieg war zu Ende, und gelegentlich auf dem schwarzen Markt etwas zu kaufen, erschien uns nicht als Verbrechen. Nach dem Armeefraß freute ich mich auf jede Mahlzeit. Ich holte die Eier selbst aus dem Hühnerstall und verteilte sie nur sparsam. Ich ging auf die Jagd – obwohl das um diese Jahreszeit verboten war. Aber das Tal war voller Wild, und so machte ich mir keine großen Gewissensbisse. Ich schoß Rehe, Rebhühner und Fasane. Wir aßen Rehrücken, Hasenbraten und Forellen. Gelegentlich fing ich sogar einen Salm, da ich die Flüsse der Umgebung gut kannte. Vanessa und Jonathan nahmen fast alle Mahlzeiten hier ein. Ich brauchte ihre Gesellschaft. Wir fanden immer neue Gründe, um die besten Weine aus dem Keller zu holen. Nachdem wir mit Glück den einen Krieg überstanden hatten, waren wir entschlossen, für den nächsten nichts übrigzulassen. Das Ganze war wie ein langes, nicht enden wollendes Fest, und wir gaben Jonathan keine Chance zu arbeiten. Manchmal wurde er ärgerlich und blieb dann ein oder zwei Tage weg. Aber seine Gesundheit war schwach, und es fiel ihm schwer zu arbeiten. So kam er wieder zurück, und das Fest nahm seinen Fortgang.

Dann waren wir plötzlich bei der letzten Flasche angelangt. Wir hatten die ganze Zeit über gewußt, daß es nicht ewig so weitergehen konnte. Es war Herbst, und Vanessa und Jonathan verließen Thirlbeck – von einem Tag auf den anderen. Und so verließ ich es auch. Vanessa hatte mir ihre Londoner Adresse gegeben, aber als ich an ihrer Tür klingelte, erfuhr ich, daß sie nie dort gewohnt hatte. Und ich begriff, daß sie mich nicht wiedersehen wollte.«

»Aber Sie hatten ihr doch die Miniatur geschenkt, und Vanessa hat sie angenommen. Das heißt, Sie müssen ihr etwas bedeutet haben.«

»Das hatte ich auch geglaubt, aber ich habe ihr anscheinend nicht so viel bedeutet, wie ich gehofft hatte.«

Was früher schwierig gewesen wäre, erschien plötzlich einfach. Ich stellte meine Frage ganz ohne Umschweife. »Haben Sie Vanessa geliebt, hat Vanessa Sie geliebt?«

»Ja, ich habe sie geliebt, ich glaubte es zumindest. Aber vielleicht glaubte sie es nicht, oder vielleicht hat sie mich nicht geliebt, sie hat nie gesagt, daß sie es täte. Ich weiß noch . . . nein, sie hat nie gesagt, daß sie mich liebt.«

Wir blickten uns an, wissend und liebevoll, wir verstanden Vanessa und uns selbst. »Aber jetzt zweifeln Sie nicht mehr an Vanessas Liebe, nicht wahr?« sagte ich. »Sie muß Sie geliebt haben, selbst wenn sie es nie gesagt hat. Das war der Grund, warum sie so viel für Thirlbeck getan hat, ohne je darüber zu sprechen. Ich frage mich, ob mein Vater geahnt hat, daß Vanessa Sie liebte.«

Askew seufzte. »Ich weiß es nicht. Wahrscheinlich war ich auch darin blind egoistisch. Sie und Jonathan hatten während des Krieges geheiratet. Er geriet kurz danach in Gefangenschaft und war bis zum Schluß in einem Lager. Sie hatten wenig Zeit zusammen verbracht, und dann mieteten sie das Pförtnerhäuschen. Es war ein Versuch, sich näherzukommen. Wir alle haben Jahre unseres Lebens durch diesen Krieg verloren, aber Jonathan hatte noch mehr verloren. Er hatte seine Gesundheit und den Glauben an sein Talent verloren. Und beides wollte er wiedergewinnen, und Vanessa noch dazu. Sie haben sich große Mühe gegeben – nur daß sie nie an einen Ort wie diesen hätten kommen dürfen. Die Ruhe tat Jonathan gut, aber nicht das Klima. Für Vanessa dagegen war die Einsamkeit die Hölle. Sie versuchte, es nicht zu zeigen, und brachte uns alle zum Lachen. Doch mir schien schon damals, daß sie nur lachte, um ihre innere Angst zu übertönen. Als ich dann nach London kam und erfuhr, daß sie mir die falsche Adresse gegeben hatte, beschloß ich, nicht weiter nach ihr zu forschen. Ich dachte, ohne mich hätten die beiden vielleicht eine größere Chance, sich gemeinsam ein Leben aufzubauen.«

»Nein, sie hatten nie die geringste Chance«, sagte ich. »Sie blieben bis zu meiner Geburt zusammen, und dann ging mein Vater nach Mexiko. Vanessa hätte dort nicht existieren können. Aber sie trennten sich ohne Bitterkeit. Die Ehe war hoffnungslos, und beide wußten es. Sobald er anfing, seine Bilder zu verkaufen, schickte er Geld. Vanessa wollte es zuerst nicht annehmen, aber er war so verletzt, daß sie ihm erlaubte, ihr Geld für das Geschäft zu geben. Er nannte es eine Kapitalanlage, aber beide wußten, daß es ein nicht rückzahlbares Darlehen war. Er schrieb immer wieder, wie billig das Leben in Mexiko sei, und daß er gar keine Gelegenheit habe, Geld auszugeben. (Außer für seine alten Automodelle, aber das war ein Hobby, das er sich erst später, als er viel Geld verdiente, zulegte.) Er behauptete, er wolle sein Geld arbeiten lassen, aber das war natürlich nur eine höfliche Redensart. Als ich alt genug war, zeigte mir Vanessa seine Briefe. Sie klangen nett, und als ich ihn schließlich kennenlernte, stellte sich heraus, daß er mehr als nur nett war. Aber ich konnte ihn mir nicht als Ehemann von Vanessa vorstellen. Die meisten Menschen konnten Vanessa nur in kleinen Dosen ertragen. Zum Beispiel Gerald. Er vergötterte sie auf seine Weise, aber ich glaube nicht, daß er es länger als eine Woche mit ihr ausgehalten hätte. Vielleicht wußte sie das selbst. Vielleicht ging sie deshalb fort und sah Sie nie wieder. Meinen Sie nicht, das könnte der Grund gewesen sein?«

Er seufzte. »Das mag sein, doch dann war sie für ihr Alter erstaunlich selbstkritisch. Vielleicht lag es aber auch an mir. Ich habe sie vor ihrer Abreise gedrängt, mich zu heiraten – vielleicht zu sehr. Sie sagte, sie könne nicht mit einem Gespenst konkurrieren. Sie meinte vermutlich meine verstorbene Frau . . .«

Ich antwortete ihm nicht darauf. Wer weiß, vielleicht hatte sich Vanessa wirklich nur vor dem Idealbild von Askews junger Frau gefürchtet, die kurz vor Thirlbeck verunglückt war. Vielleicht vor mehr. Das Gespenst der Spanierin, das hier im Hause umging, jagte mir keinen Schrecken ein, aber wer weiß, was Vanessa hier in Thirlbeck erlebt hatte? Wer weiß, welche Gespenster, freundliche oder feindliche, in anderen Zimmern, an anderen Orten auf sie gewartet hatten? Oder war es nur eine barmherzige Ausrede gewesen, um ihre heißerkämpfte Unabhängigkeit zu bewahren? Die Vanessa, die ich gekannt hatte, war eine Einzelgängerin gewesen, vielleicht hatte die junge, unreife Vanessa auch schon gespürt, daß sie nur allein leben konnte. Wahrscheinlich war das auch der Grund, warum sie und mein Vater sich getrennt hatten. Sie waren beide starke Persönlichkeiten, und keiner hätte sich für längere Zeit dem anderen unterworfen. Vanessa hatte Askew das Herz gebrochen, und Askew wiederum hatte vielen Frauen, die ihn liebten, das gleiche angetan. In gewisser Weise waren Vanessa, mein Vater und Askew vom selben Schlag. Askew hatte es auf seine Weise ausgedrückt, als er sagte:

». . . manchmal hatten wir den Eindruck, als seien wir die einzigen Menschen auf der weiten Welt.«

Ich stand auf und trat an die zerfallene Balustrade, die diesen Teil des Gartens von der unteren Terrasse abgrenzte, die zum See führte. Der See glänzte golden im Sonnenlicht, der grüne Morastboden am bröckeligen Landungssteg sah irreführend solide aus. Das hohe Gras, das die Steinplatte mit dem Namen der Spanierin umsäumte, wogte leise im Winde.

»Es gibt hier eine Menge Gespenster, nicht wahr? Meinen Sie, Vanessa hat an die Spanierin gedacht, als sie mir den Namen Joanna gab?«

»Wer weiß, welche Gespenster die anderen sehen? Sie sind für jeden verschieden. Joanna ist ein hübscher Name, selbst wenn Vanessa nicht an die Spanierin gedacht hat. Vanessa hatte viel Phantasie, aber war sie romantisch?«

»Romantisch? Nein, das würde ich nicht sagen.« Ich wandte mich um, und plötzlich sah ich die Hunde, die freudig die Baumallee entlangjagten. Die älteren führten die Meute an und hielten die jüngeren in Schach. Erst als sie dicht vor mir standen, fiel mir wieder auf, wie riesig sie waren; ihre langen Zungen hingen zwischen den großen Zähnen heraus, und ihre wiesen, wehmütigen Augen waren fast auf gleicher Höhe mit den meinen. Sie verteilten sich genau zwischen Askew und mir; ihre weißen, wedelnden Schwänze erinnerten mich an die schaumgekrönten Wellen auf dem See.

»Seltsam, wie die Hunde an Ihnen hängen«, sagte Askew. »Sie sind zwar immer freundlich zu Menschen, aber an sich sehr zurückhaltend. Wir hatten immer diese Art von Hunden, und ich erinnere mich aus meiner Kindheit, daß sie sich nie an Fremde anschlossen, und diese hier taten es auch nicht, bis Sie kamen. Tolson ist gar nicht glücklich darüber, er war bislang überzeugt, völlig zuverlässige Wachhunde zu haben, die sich von

Fremden weder fortlocken noch ablenken lassen. Aber ich habe den Eindruck, von Ihnen würden sie sich wie kleine Schoßhündchen alles gefallen lassen.«

»Den Eindruck hatte ich gar nicht; als ich sie zum erstenmal sah, war mir ganz übel vor Angst, und wenn Sie nicht gekommen wären, hätte ich mich niemals aus dem Wagen getraut, besonders nach dem Zwischenfall im Birkenwäldchen.«

»Im Birkenwäldchen?« Askew richtete sich auf und lehnte sich nach vorne. »Was passierte im Birkenwäldchen?«

»Nichts Besonderes, das heißt, ich komme mir jedesmal dumm vor, wenn ich wieder daran denke. Erinnern Sie sich noch, wir kamen über den Brantwick, und am Birkenwäldchen sah ich plötzlich diesen großen weißen Hund, und zwar ganz deutlich. Er lief mir direkt vor den Kühler – er schien aus dem Nichts zu kommen. Ich trat scharf auf die Bremse, und wir gerieten ins Schlittern, aber glücklicherweise bekam ich den Wagen schnell wieder in meine Gewalt. Dann drehte ich mich um, es war schon ziemlich dämmrig, aber trotzdem konnte ich noch gerade etwas Weißes zwischen den Bäumen in Richtung des Lärchenwaldes verschwinden sehen. Aber das wäre alles gar nicht so seltsam gewesen, wenn Gerald den Hund auch gesehen hätte. Bloß: Er hat ihn nicht gesehen, Lord Askew. Er verstand gar nicht, warum ich so scharf gebremst und uns in Gefahr gebracht hatte. Er gab zwar vor, eingeschlafen zu sein, aber wir beide wußten, daß es nicht stimmte. Und dann, als wir ankamen, sagten Sie, die Hunde wären alle bei Ihnen gewesen und es gäbe keine anderen Wolfshunde in der Gegend.« Ich streckte die Hand aus und streichelte eine feuchte Schnauze. »Du warst es doch nicht, Thor, nicht wahr? Vielleicht war es das Gespenst einer deiner Vorfahren? Früher jagten sie doch Rehe hier im Tal. Ich hätte nie geglaubt, daß ich romantisch bin, aber jedesmal, wenn ich einen von diesen Hunden sehe, denke ich an den Hund im Birkenwäldchen. Es war ... ich weiß nicht ... es war wie ein ferner Traum.«

Askew streckte die Hand aus und ergriff mich am Ärmel. Während des Gesprächs über Vanessa hatte sich sein Gesicht entspannt und in der Sonne sogar etwas Farbe angenommen, um so erschreckter war ich, wie grau und müde er plötzlich wieder aussah.

»Sind Sie sicher? Sind Sie absolut sicher, daß Sie einen weißen Hund dort oben im Birkenwäldchen gesehen haben?«

»Ja ... aber ich sagte Ihnen schon, Gerald hat ihn nicht gesehen. Er hat nichts gesehen, ich hätte uns in den Tod fahren können an jenem Abend ...«

Askew lehnte sich im Stuhl zurück. »Und ich habe es getan.« Seine Oberlippe war mit Schweißperlen bedeckt. Ich mußte mich näher zu ihm beugen, um seine nächsten Worte zu verstehen. »Ich habe meine Frau und meinen Sohn getötet. Dort, an der gleichen Stelle. An dem Tag, als ich aus Spanien zurückkam, um Thirlbeck zu übernehmen ... an dem Tag vor meines Vaters Begräbnis. Dieser weiße Hund ... er sprang direkt vor meinen Wagen. Ich habe ihn gesehen ... aber er existierte nicht. Nachdem das Unglück geschehen war, rannte ich nach Thirlbeck, um Hilfe zu holen. Als ich ankam, sagte man mir, daß alle Hunde im Hause seien. Niemand glaubte mir. Niemand. Ja, ich hatte mir etwas Mut angetrunken, es war nicht leicht für mich, Thirlbeck wiederzusehen. Aber ich war nicht betrunken. Ich schwöre Ihnen, ich war nicht betrunken. Doch was sollte ich machen? Ich konnte schlecht vor Gericht sagen, daß ein Phantomhund schuld an dem Unglück hatte – daß seinetwegen meine Frau und mein Sohn tot waren. Ich konnte nicht sagen, daß diese Stelle eine unheilvolle Rolle in der Geschichte der Birketts spielt und daß seltsame Dinge dort geschehen sind. Man erzählt sich, daß die Spanierin immer bis zum Birkenwäldchen ging, als sie auf Neuigkeiten aus Spanien wartete. Vielleicht hat einer der Hunde sie dorthin begleitet . . . «

Er fuhr sich über den Mund, seine Hand zitterte. »Nun, man kann bei Gericht keine Legenden zu seiner Verteidigung vorbringen; man kann über solche Dinge nicht sprechen, und schließlich hatte ich einige Whiskys getrunken. Und meine Frau? Ich weiß nicht, ob sie den Hund gesehen hat – ihr Mund war für immer verschlossen. Aber Sie – Sie haben ihn gesehen. Und das widerfährt nur den Birketts – oder ihren schlimmsten Feinden. ›Hüte sich, wer raubt.‹ Aber Sie – *Sie* kamen zum erstenmal nach Thirlbeck, und von Vanessa wußten Sie nichts.« Seine Hand umklammerte die Armlehne. »Jo – Sie sind Vanessas Tochter, sind Sie auch meine?«

Wir sahen uns lange an, forschten in unseren Gesichtern, in unseren Augen, die uns plötzlich vertraut waren, sich erkannten. Ich fühlte eine Leere im Kopf und eine langsam aufsteigende Freude.

»Wer weiß . . .«, sagte ich leise. Niemand würde es je beweisen können, aber das war nicht wichtig, solange wir beide es wußten. Dann hörte ich plötzlich von ferne das Rauschen kräftiger Flügelschläge. Ich vermeinte den Luftzug zu spüren. Die Hunde und ich blickten gleichzeitig in die Höhe, ein mächtiger Adler flog über die Sonne – einer von Nat Birketts Goldadlern zog hoch über uns seine Kreise, der Anblick seiner ungebändigten Schönheit war atemberaubend. Einen Augenblick lang schien mir, als streife uns der Schatten seiner Flügel, aber das konnte nicht sein, der Adler war zu weit von uns entfernt und ließ uns mit jeder Sekunde weiter zurück. Wie gerne hätte ich ihm zugerufen, ihn gebeten, uns nicht zu verlassen, aber der grandiose Augenblick war schon vorbei.

Ich blickte auf den Mann neben mir, er war im Stuhl zusammengesunken, ein rotes Blutrinnsal floß aus seinem Mund und hinterließ häßliche Flecken auf seinem Hemd und seiner Jacke.

Achtes Kapitel

I

Wir warteten nicht auf den Krankenwagen und auch nicht auf Dr. Murray, sondern legten Askew auf den Rücksitz von Geralds Daimler. Die Gräfin setzte sich ans Steuer, und ich stieg unaufgefordert mit ein. Jeffries gab mir noch schnell einen Packen Handtücher. Ich kniete mich auf den Sitz und hielt sie Askew vor den Mund. Aber es half wenig. Die eleganten Ledersitze waren bald mit hellem Blut befleckt, das auf den grauen Bodenbelag lief. Tolson hatte noch vor unserer Abfahrt das Krankenhaus alarmiert und gebeten, man möge Dr. Murray Bescheid sagen. Gerald blieb in Thirlbeck. »Ich kann hier vielleicht mehr von Nutzen sein. Paß auf ihn auf, Jo. O Gott, wie furchtbar . . .«

Tolson hatte auch das südliche Pförtnerhäuschen angerufen, und die Tore standen offen. Jessicas Mutter wartete am Tor und grüßte ehrerbietig und verängstigt. Die Gräfin fuhr schnell, aber äußerst geschickt, sie schien genau zu wissen, wann holprige Stellen kamen, und vermied alle Schlaglöcher. Die glatten Strecken nutzte sie aus, um das Tempo zu erhöhen. Bei jeder Kreuzung schaffte sie es, ohne anzuhalten durchzufahren, sogar in den verkehrsreichen Vororten von Kesmere. Ihr Hupen klang gebieterisch und bittend zugleich, und ihr Gesicht hatte einen so verzweifelten Ausdruck, daß sogar Lastwagen und die üblichen egoistischen Fahrer an die Seite fuhren, um sie vorbeizulassen. Dann blieben wir in einer engen Gasse von Kesmere stecken, ich sprang aus dem Wagen, lief an den Kopf der Autoschlange und winkte die Gräfin mit dem Mut der Ver-

319

zweiflung gegen den ankommenden Verkehr durch. Vor einem Rotlicht mußten wir endlos lange warten. Ich kniete auf dem Vordersitz und beugte mich über Askew, plötzlich sah ich, wie sein Körper sich aufbäumte und ein neuer Blutstrom sich ergoß.

»Was . . .«, flüsterte ich der Gräfin zu, »was ist los mit ihm?«

Ihre Antwort klang fast brutal. »Sie haben es doch schon einmal miterlebt. Bloß war es damals nicht so schlimm. Die Ärzte haben ihn oft genug gewarnt. Er hat ein Magengeschwür. Zuviel Alkohol, zu viele Zigaretten – das falsche Essen und davon zu wenig. Und dazu noch die Aufregung der letzten Tage . . . dieser verdammte Tolson . . . ich könnte ihn umbringen! Warum mußte er sich einmischen, warum hat er Robertos Befehle nicht ausgeführt! Beten Sie zu Gott, daß er nicht zuviel Blut verliert, bevor wir das Krankenhaus erreichen . . .«

Wir fuhren bei der Unfallstation vor, wo man uns schon erwartete. Ich wußte, es ärgerte die Gräfin, daß er die Demütigung hinnehmen mußte, auf eine Trage gehoben zu werden, aber sie sagte kein Wort. Sie ergriff stumm seine Hand, als man ihn hineinrollte. Ich blieb zurück, faltete die Handtücher zusammen und legte sie in den Kofferraum. Dann fuhr ich den Wagen auf den Parkplatz.

Man führte mich denselben langen Korridor entlang wie in der Nacht, als man Gerald hergebracht hatte. Er endete in einem glasgedeckten Gang, der einen Seitenflügel des Krankenhauses mit dem Hauptgebäude verband. Hier saß auf einer langen Bank die Gräfin. Irgend jemand, vielleicht Jeffries, hatte ihren Stickrahmen in den Wagen gelegt. Sie zog ungeduldig an den Fäden, dann griff sie tief in die Tasche und suchte nach Zigaretten, aber sie fand sie nicht. Ich bot ihr eine aus meinem Paket an, die sie, ohne zu danken, annahm. Ich übergab ihr die Schlüssel des Daimlers.

»Was machen sie jetzt mit ihm?«

»Er hat viel Blut verloren. Sie müssen eine Transfusion vornehmen.« Ihr Ton war scharf, fast bösartig. Sie blickte mit haßerfüllten Augen auf die hellgrünen Wände. »Er ist in einem sehr schlechten Zustand, sagen die Ärzte. Er hat einen schweren Schock erlitten . . . mein Gott, warum tun sie denn nicht etwas? Er liegt dort in dem Zimmer.« Plötzlich schien sie meiner Gegenwart gewahr zu werden und übertrug ihren Ärger und ihre Furcht auf mich. »Sie brauchen nicht hierzubleiben. Es ist sinnlos, wenn wir beide hier warten.« Sie sprach plötzlich mit einem harten, spanischen Akzent, sogar ihr Gesicht schien verändert, die olivenfarbene Haut war gelblichfahl, die vornehme Kühle verschwunden, sie wirkte irgendwie primitiver, so als hätte das Drama des Lebens und des Todes ihr wahres Wesen zum Vorschein gebracht. Und dann sah ich, daß ihre Hände zitterten, als könnte sie die scheinbare Untätigkeit hinter den geschlossenen Türen nicht mehr ertragen.

»Bitte, lassen Sie mich noch ein wenig warten, damit ich Gerald Bescheid sagen kann. Ich würde gerne wissen . . .«

»Wissen!« Sie warf ihre Arme in die Höhe. »Ärzte sagen einem nie die Wahrheit. Er ist dort eingeschlossen, und ich kann ihn nicht sehen.«

»Haben Sie ein wenig Geduld. Alle sind beschäftigt . . .« Eine Krankenschwester in einer gestärkten Schürze lief den Korridor entlang, aber sie warf uns nur einen flüchtigen Blick zu, bevor sie in Askews Zimmer verschwand. Die Gräfin sah ihr zornig nach. »Oh, diese Engländer! Roberto kämpft um sein Leben, und keiner sagt mir etwas. Sie laufen nur sinnlos hin und her.«

Noch während sie sprach, kam ein junger Mann in einem weißen Kittel – vermutlich ein Arzt – mit einer Nierenschüssel aus Askews Zimmer. Die Gräfin sprang auf. »Bitte, sagen Sie mir . . .«

»Nicht jetzt – ich komme zu Ihnen, sobald ich Zeit habe.« Er verschwand schnellen Schrittes im Korridor.

Dann kam eine Schwester aus Askews Zimmer, und eine Sekunde lang sah ich durch den Türspalt den Rücken einer anderen Schwester. Sie verdeckte Askew, aber ich sah das Pulsmeßgerät neben dem Bett. Schließlich erschien jemand mit Askews Kleidern über dem Arm.

Die Gräfin sprang zum zweitenmal auf. »Geben Sie mir die Kleider!« Ihre Stimme klang brüchig. Sie entriß der Schwester das blutbefleckte Kleiderbündel, als ob es eine Kostbarkeit sei und zu intim, um von fremden Händen berührt zu werden. Wir warteten wieder eine ganze Weile. Dann kam der junge Arzt zurück, aber er ging, ohne Notiz von uns zu nehmen, schnurstracks in Askews Zimmer. Doch nur einen Moment lang. An der Tür prallte er mit einem älteren Arzt zusammen, der mit fliegendem Mantel den Korridor entlanggeeilt kam. Die Angst würgte mir in der Kehle, dann hörte ich den jungen Mann sagen: »Sieht verdammt schlecht aus.« Er warf einen Blick auf die Gräfin und senkte die Stimme, und die nächsten Worte waren nur noch ein undeutliches Gemurmel. Der ältere Arzt verschwand in Askews Zimmer, der jüngere Mann ging in ein Zimmer, das unserer Bank fast gegenüberlag, ließ aber die Tür offen. Es war eine Art Büro mit einem Schreibtisch, Aktenschränken und einem Telefon. Die Gräfin und ich lauschten angestrengt. Der Anruf galt einem Krankenhaus in Penrith.

»... ich habe die Blutgruppe überprüft ... nein, ich irre mich nicht ... ja, ich weiß, es ist wie verhext. Aber Sie haben doch die Liste von Blutspendern, gut ... ich warte. Aber, um Gottes willen, beeilen Sie sich.« Dann folgten ein paar endlose Minuten, ich sah, wie die Gräfin verzweifelt am Henkel ihrer Tasche zerrte. Der Doktor klopfte nervös mit dem Bleistift auf die Schreibunterlage. Er schien unsere Anwesenheit völlig vergessen zu haben. Dann sprach er wieder. »Niemand? Überhaupt niemand? Verdammt noch mal. Aber das habe ich schon befürchtet. Ich versuche Carlisle. Vielen Dank.«

Er wählte eine andere Nummer. Die ersten Sätze waren nicht zu verstehen, dann wurde seine Stimme vor Ungeduld lauter. »Ja ... das habe ich schon gesagt. ABRHDe. Ja ... ABRHDe. Ja, ich weiß, daß es eine seltene Blutgruppe ist. Aber haben Sie einen Spender? Wir haben einen Patienten hier, der das Blut ausspeit, als ob er es nicht schnell genug loswerden könnte. Ja, sehen Sie nach, ja, ich warte.« Ich blickte auf meine Hände und sah, daß sie nicht weniger zitterten als die der Gräfin. Dann hörten wir die Stimme des Arztes wieder. »Haben Sie jemand, ein Glück, hoffentlich ist er nicht in den Ferien oder in einer Kneipe oder sonstwo. Wie lange wird es dauern? Ich fürchte, wir haben nicht mehr viel Zeit, wenn Sie wollen, mache ich noch einen Test, aber ich bin ganz sicher, ich habe schon zweimal die Probe gemacht, es ist ABRHDe. Beeilen Sie sich, rufen Sie die Polizei an, daß sie Ihnen einen Streifenwagen schicken ... ja, aber nur ein Teil ist Autobahn, dann kommen die verdammten Bergstraßen ... also, versuchen Sie Ihr Bestes ... danke.«

Er legte den Hörer auf, einen Moment lang sackte sein junger Körper in dem steifen weißen Kittel in sich zusammen. Dann klopfte er erneut und fast zornig mit dem Bleistift auf die Schreibunterlage. »Verflucht ...«

Es war, als hätte dieser Kraftausdruck mich aus meiner Betäubung gerissen. Die einzelnen Buchstaben, die er genannt hatte, reihten sich plötzlich zu einer getippten Zeile aneinander, und diese Zeile stand auf der Karte, die ich immer bei mir trug. »Sie sagten ABRHDe, nicht wahr?«

Er sah mich ungeduldig an. »Hören Sie, wir haben jetzt wirklich genug zu tun, ich erkläre es Ihnen später ...«

»Sie brauchen einen Spender für diese Blutgruppe« – ich kramte in der Tasche meiner Windbluse nach meinem Portemonnaie –, »hier ist meine Blutspenderkarte, ich bin beim Saint-Giles-Krankenhaus in London eingetragen.« Er sprang auf und riß mir die Karte aus der Hand: »Gott der Allmächtige!« Dann sah er mich prüfend an. »Sind Sie eine Verwandte von diesem . . . von Lord Askew?«

Ich sah ihm voll ins Gesicht und schüttelte den Kopf. »Nein . . . ich bin nur zufällig hier.«

»Gott der Allmächtige . . .«, sagte er wieder, aber diesmal im Flüsterton. »Ist das wirklich Ihre Blutgruppe, irren Sie sich auch nicht?« Ich wurde ärgerlich. »Ich irre mich sowenig wie das Saint-Giles-Krankenhaus. Man hat mich schon dreimal in Notfällen geholt, und ich spende regelmäßig einige Male im Jahr Blut, wenn Sie Saint-Giles nicht glauben . . .«

Er stieß eine Art Pfiff aus. »Ja, natürlich, entschuldigen Sie. Moment, ich nehme Ihnen nur ein wenig Blut ab und mache die Kreuzprobe. Es geht ganz schnell. Ich darf nichts riskieren. Sie wissen ja, was auf dem Spiel steht, wenn falsches Blut infundiert wird.«

»Ja, ich weiß, es gibt einen Schock.«

»Das empfangene Blut wird zersetzt, und das hat tödliche Folgen. Also gut, probieren wir's.«

Er nahm mir das Blut ab in einem entfernten Zimmer.

»Gut, gehen Sie zurück auf Ihren alten Platz, und ich mach' schnell den Test. Ich komme gleich. Verlassen Sie nicht das Krankenhaus . . . Verzeihen Sie, aber man ist so daran gewöhnt, daß Leute irgendwelchen Blödsinn anstellen. Ihr Allgemeinzustand ist in Ordnung? Nichts, was ich wissen müßte? Ich habe keine Zeit, einen Wassermann machen zu lassen. Wie lange ist es her, daß Sie in Saint-Giles Blut gespendet haben?«

»Ein paar Wochen.«

»Gut, ich will's Ihnen glauben.«

Als ich mich wieder neben die Gräfin setzte, faßte sie mich ärgerlich und hart am Arm. »Was ist los? Was haben *Sie* mit ihm zu tun?«

Ich erklärte ihr alles, so gut ich konnte. Aber sie wollte oder konnte mich nicht verstehen. »Warum kann ich

324

ihm nicht mein Blut geben, ich würde ihm all mein Blut geben bis auf den letzten Tropfen.«

»Er würde Ihr Blut nicht vertragen, Gräfin, er hat eine sehr seltene Blutgruppe. Es nützt ihm nichts, sein Körper würde Ihr Blut zerstören . . .«

»Zerstören . . .!« Sie gab einen langgezogenen Klagelaut von sich, einen Laut, so alt wie die trauernde Menschheit. Sie senkte den Kopf, aber sie weinte nicht.

Der junge Arzt kam zurück, dann vergingen noch einige Minuten, während er mit dem älteren Arzt in Askews Zimmer sprach. Schließlich kam er zur Tür und winkte mich herein.

Askews Bett war durch Paravents verstellt, aber ich konnte die Sauerstoffflaschen sehen, die Maske lag auf seinem Gesicht. Es war ein kleines Zimmer für zwei Patienten, das andere Bett war leer. Der ältere Arzt nickte mir zu.

»Sie kennen ja den Vorgang, ich höre, Sie spenden regelmäßig Blut.«

Ich nickte, zog die Windbluse aus, rollte meine Ärmel hoch, zog die Schuhe aus und legte mich auf das freie Bett. Ich ballte automatisch meine Hand zur Faust, damit sie meine Vene leichter finden könnten, dann fühlte ich den Einstich der Nadel. Der Schlauch der Kanüle war an die Flasche angeschlossen, und der Saugapparat wurde eingeschaltet. Nun blieb mir nichts anderes übrig, als zu warten, zu versuchen, mich möglichst zu entspannen und nicht bewußt zu lauschen, was im Nebenbett vor sich ging. Die Stimmen waren leise: »Morphium . . . Kochsalz . . . Tropf . . . venöse Stauung.« Eine Halbliterflasche wurde mir abgenommen. Sie brachten eine neue. Es schien alles so viel Zeit zu brauchen.

Man hatte mir bislang nie mehr als einen halben Liter abgenommen, aber mir war alles gleichgültig. Die Geräusche vom Nebenbett verrieten mir, daß Askew immer noch Blut spuckte. Die Flasche mit meinem Blut wurde

325

nun über ihm aufgehängt. Ich pumpte weiter Blut in die zweite Flasche, die neben mir stand. Die Stimmen am anderen Bett schienen leiser zu werden. »Einhundertundvierzig . . .« War das der Puls? Ich drehte den Kopf zur Seite und sah, daß der Blutdruck ständig überprüft wurde. »Sechzig«, sagte die Schwester.

Leute kamen und gingen. Sekundenlang hörte ich die ärgerliche, verzweifelte Stimme der Gräfin. Sie schlossen die Tür. Ich verlor jegliches Gefühl für Zeit, mein Kopf war leer, und eine eisige Kälte kroch mir durch die Glieder. Die zweite Halbliterflasche wurde fortgenommen. Jemand kam und maß meinen Blutdruck, meine Temperatur und zählte meinen Puls.

»Wie fühlen Sie sich?« Ich erkannte die Stimme, doch mir war schwindlig, und ich konnte sein Gesicht nur undeutlich sehen. Ich versuchte mich an den Namen zu erinnern, aber es gelang mir nicht. Es war der Mann, der sich in jener Nacht um Gerald gekümmert hatte, während ich auf dem Korridor wartete. »Um Himmels willen, machen Sie weiter, mir geht's gut.« Ich sah, wie sich die dritte Flasche langsam mit meinem Blut füllte. Die Gestalten verschwammen vor meinen Augen. Ich hörte vage Stimmen und Geräusche vom Nebenbett. Die Flasche war fast voll, und sie nahmen sie fort, um sie über dem anderen Bett aufzuhängen. Ich rang nach Atem, mir war jetzt sehr kalt. Die Kanüle und der Schlauch wurden von der Flasche abgenommen. Jemand warf eine Decke über mich und zog an meinem Bein, ich wehrte mich und spürte einen scharfen Schmerz. Die Nadel stach tief in mein Fleisch. Ich versuchte zu schreien, zu bitten, aber ich war so schwach, daß ich nur ein Flüstern zustande brachte. »Weiter, um Gottes willen, macht weiter, ich hab' noch mehr Blut . . .«

Die Stimme, die ich wiedererkannt hatte, sagte freundlich in mein Ohr: »Nein, nun ist es genug. Wenn wir Ihnen noch mehr abzapfen, sterben Sie. Schlafen Sie jetzt, Sie haben Ihr Bestes getan.«

Ich fand die Kraft, meine Hand auszustrecken und ihn am Ärmel zu ziehen. »Aber wenn er nicht mehr bekommt, wird er sterben . . .«

Das Gesicht bewegte sich fort. Das Schlafmittel fing an zu wirken. Vom Nebenbett hörte ich eine leise, unbeteiligte Stimme: »Blutdruck fünfzig, Herr Doktor.«

Er würde sterben. Hatte er trotz Schock und Schwäche meine Gegenwart im Raum gespürt? Ich würde es wohl nie erfahren. Wann hatten wir uns erkannt? Wahrscheinlich in dem Augenblick, als ich ihm von dem weißen Hund erzählte. Von diesem Phantomhund, der mir bei meiner Ankunft in Thirlbeck und ihm vor vielen Jahren erschienen war. Ich begriff plötzlich, daß ich ihm eine große Last von der Seele genommen hatte. Durch mich hatte er erfahren, daß er schuldlos am Tod seiner Frau und seines Sohnes gewesen war. Ein schöneres Geschenk hätte ich ihm nicht machen können. Aber der Schock war zuviel gewesen und hatte die tödliche Blutung hervorgerufen. Ich blickte auf die Flasche über seinem Bett. Daß wir beide derselben seltenen Blutgruppe angehörten, war ein schlüssiger Beweis, daß ich seine Tochter war. Ob er wohl weiß, dachte ich benebelt, daß ich versucht habe, ihm sein Blut zurückzugeben?

Sie schienen mich vergessen zu haben. Der Paravent war fortgerückt worden, damit sie mehr Bewegungsfreiheit hatten. Ich sah sein Gesicht zwischen den weißen Mänteln, es war blutleer und starr, so als reagiere er nicht mehr auf die fiebrige Tätigkeit um ihn herum. Die Kälte seines Körpers hatte auf seinen Geist übergegriffen. Die Kälte des Todes. »Blutdruck siebenundvierzig.« Die Zeit verrann, und ich versuchte, mich gegen das Schlafmittel zu wehren, als könnte ich, solange ich bei Bewußtsein war, ihm das Leben erhalten. Dann schien die Tätigkeit am Bett nachzulassen. Die Ärzte zogen sich zurück, und die Schwestern traten in Aktion. Sie bemerkten, daß ich noch nicht schlief, und schoben den Paravent wieder vor. Als letztes sah ich, wie sie die leere Flasche entfernten.

Er war tot. Mein Vater, Robert Birkett, der achtzehnte Earl of Askew, war tot. Und alles Blut, das mein Körper ihm geben konnte, hatte nicht genügt, ihn am Leben zu erhalten. Ich schloß die Augen.

2

Ich erwachte in einem Einzelzimmer, das Fenster ging auf den Parkplatz. Eine Schwester erschien und maß meine Temperatur, Blutdruck und Puls und schrieb etwas auf eine Tabelle. Draußen wurden die Schatten länger. Es mußte Spätnachmittag sein. Die Schwester verschwand, und die Oberschwester kam.

»Wie fühlen Sie sich?« Es war mehr als eine höfliche Frage.

»Recht gut, kann ich jetzt nach Hause?«

»Auf keinen Fall. Sie scheinen nicht zu wissen, daß Sie soviel Blut gespendet haben, wie ein Mensch überhaupt nur kann, ohne zu sterben. Sie brauchen Ruhe, das Blut muß sich regenerieren. Sie können wahrscheinlich morgen früh nach Hause, aber es wird Wochen dauern, bis Sie sich wieder ganz frisch fühlen. Wir haben versucht, den Spender in Carlisle ausfindig zu machen, aber er ist ein Handelsvertreter, und seine Frau weiß nicht genau, in welcher Stadt er heute ist. Eigentlich sollten Sie gleich eine Transfusion bekommen, aber das ist mit Ihrer Blutgruppe nicht so einfach, wie Sie wissen.«

Ich drehte den Kopf auf dem Kissen. »Aber es hat ihn nicht gerettet, nicht wahr? Er ist tot.«

»Es tut mir leid – ja. Er erbrach das Blut so schnell, wie wir es ihm gaben. Sie dürfen sich nicht aufregen – Sie taten mehr, als man von einem Menschen erwarten kann.«

»Ich möchte nach Hause.«

»Das ist unmöglich. Sie haben einen schweren Schock erlitten, und wir müssen Ihnen noch Sauerstoff, eine Dextran-Infusion und Hydrocortison geben. Wenn Sie jetzt versuchen, aufzustehen, fallen Sie wahrscheinlich um. Warten Sie noch vierundzwanzig Stunden, Miss Roswell. Und dann können wir sehen, wie Sie sich fühlen. Vielleicht haben wir bis dahin den Blutspender verfügbar . . .«

Ich antwortete ihr nicht, ich lag im Bett und dachte an meinen Vater, an den Mann, der erst in den letzten Stunden seines Lebens erfahren hatte, daß er eine Tochter besaß. Aber ich dachte auch an den anderen Mann, der zu meinem Vater geworden war, in den Tagen und Wochen nach Vanessas Tod . . . ich dachte an Jonathan Roswell im fernen Mexiko, der mir das unschätzbare Geschenk seiner Freundschaft gemacht hatte, wohl wissend, daß ich nicht seine Tochter war. Er hatte mich in sein Herz geschlossen, so wie er die große mexikanische Familie in sein Herz geschlossen hatte, weil er begriff, daß ich ihn brauchte. Beide Männer hatten Vanessa geliebt, aber Jonathan Roswell hatte gewußt, wessen Kind ich war. Ich bewunderte Vanessas Mut und Unabhängigkeit, aber ich bewunderte ebenfalls die Großzügigkeit von Jonathan Roswell, der mich erst offiziell und dann tatsächlich als Kind anerkannt hatte. Vanessa hatte gewußt, daß es sinnlos gewesen wäre, Askew zu heiraten, und hatte deshalb den steinigeren, aber besseren Weg gewählt, und Jonathan Roswell hatte sie dabei so weit unterstützt, wie er konnte. Ich verstand plötzlich Dinge, die ich vorher nicht verstanden hatte – seine liebevolle Fürsorge, die vorsichtige Bemerkung, daß er hoffte, wir könnten Freunde werden – und wir waren Freunde geworden.

Und so hatte ich innerhalb weniger Wochen zwei Väter erhalten. Und bevor ich die Augen wieder schloß, dachte ich, daß wenige Töchter das Glück haben, zwei Väter als Freunde zu haben.

Ein schwaches Licht wurde im dämmerigen Zimmer eingeschaltet. Die Stimme der Schwester sagte: »Lord Askew möchte Sie gerne sehen.«

Ich richtete mich mühsam auf dem Ellbogen hoch. »Lord Askew? Lord Askew ist tot.«

Und dann die Stimme von Nat. »Ruhig, Jo, das Leben geht weiter. Alle scheinen darauf zu bestehen, mich mit meinem Titel anzureden ...« Die Schwester war fort, und er beugte sich über mich. »Wie fühlst du dich, Jo? Ich wollte schon früher kommen, aber man hat es mir nicht erlaubt.«

Ich sah ihn an, er wirkte anders als sonst, und einen Augenblick lang wußte ich nicht, wieso. Dann fiel mir ein, daß ich ihn noch nie in einem Anzug gesehen hatte. »Nat, du weißt Bescheid?«

Er zog den Stuhl näher heran. »Ich habe mit Gerald Stanton gesprochen. Ich weiß von der Bluttransfusion – von der seltenen Blutgruppe. Kein Zufall, nicht wahr, Jo? Stanton erzählte mir von dem Aufenthalt deiner Mutter in Thirlbeck. Du gehörst jetzt zur Familie, Jo. Du und ich, wir sind Vetter und Cousine, allerdings sehr weit entfernte. Nur daß ich nicht das richtige Blut habe, um es dir zu geben. Blutgruppen vererben sich, aber nur unter nächsten Verwandten, wie ich höre. Meine liebste Jo, ich würde dir gerne mein Blut geben – so wie du versucht hast, es ihm zu geben –, aber es ist nicht von der richtigen Sorte.« Seine rauhe Hand lag auf der meinen. »Jo, du siehst so blaß aus, geht es dir gut?«

»Ja, mir geht es gut, aber ich bin traurig – traurig seinetwegen. Ich habe mir so gewünscht, er würde am Leben bleiben, und ich glaube, auch er wollte leben. Er wollte so vieles tun ... wir sprachen darüber ... für Thirlbeck und ... für dich. Er sagte, er müsse noch sieben Jahre leben, um dir Thirlbeck ohne Erbschaftssteuern zu übergeben, aber dann lebte er keine sieben Stunden mehr. Er ahnte, daß ich seine Tochter bin –

bevor die Blutgruppe überhaupt zur Sprache kam. Ja, er wußte es – und ich glaube, er war froh. Ich hätte ihm helfen können – zu wissen, daß er ein Kind hat, hätte ihm geholfen. Er wirkte so einsam. Und ich war im Zimmer, als er starb.«

»Ruhig, Jo . . . du bist müde.«

»Es gab so viel zu tun. Er wäre in Thirlbeck geblieben, und ich hätte ihm helfen können, und nun ist alles vorbei.«

Ich fühlte den Druck seiner Hände. »Du sprichst zuviel. Wir werden den Blutspender finden, Jo, und du wirst eine Transfusion bekommen. Es muß doch irgendeine Blutbank geben – in London. Sie könnten eine Blutkonserve schicken.«

»Ich bin nicht in Gefahr. Das Blut ergänzt sich von selbst mit der Zeit, man muß Blutkonserven für Notfälle aufbewahren. Ich brauche keine. Es wäre eine Verschwendung.« Meine Finger glitten über den dunklen Stoff seiner Jacke. »Warum trägst du einen Anzug, Nat, du siehst so fremd aus.«

Er schüttelte den Kopf. »Ich habe Anzüge nie gemocht. Aber . . . nun, es gibt Momente, wo man sie tragen muß. Jo, sie überführen heute abend seine Leiche von hier in die Kirche. Die Tolsons werden dasein. Es ist schwer für sie. Sein Tod wurde in den Sechs-Uhr-Nachrichten bekanntgegeben. Seine Kriegsverdienste wurden erwähnt. Natürlich wird die Presse auch all die anderen alten Geschichten wieder aufwärmen. Armer Kerl! Er braucht sie ja nicht mehr zu hören.«

»Nein – er braucht sie nicht mehr zu hören. Aber ich glaube, er fing gerade wieder an, das Leben zu genießen. O Nat, es ist alles so traurig.«

»Jo, reg dich nicht auf. Er hat sein Leben lang keinen wirklichen Frieden, keine eigentliche Befriedigung gefunden. Er war zu alt, um neu anzufangen, besonders so, wie er zu Thirlbeck stand. Es wäre für ihn nur eine weitere Scharade gewesen.«

»Er wollte es versuchen. Er wollte versuchen, die Dinge für dich zu ordnen, dir zu helfen. Irgendwann einmal – irgendwo werde ich dir alles erzählen.«

Er lächelte. »Ja, Jo, tu das, ich möchte gerne hören, worüber ihr gesprochen habt. Ich fürchte, ich werde noch mit vielen unangenehmen Überraschungen rechnen müssen. Ich habe übrigens lange mit Mr. Stanton gesprochen, und er hat mir die ganze Geschichte von Tolson und deiner Mutter erzählt. Sie traf mich wie ein Blitz aus heiterem Himmel, aber das merkwürdigste dabei ist, daß Askew während der ganzen Zeit, die er hier wohnte, nicht herausgefunden hat, daß das Land noch ihm gehörte. Wenn er ein normaler Mensch gewesen wäre – ein Mann, der ein wenig herumgeht und mit den Leuten spricht –, dann hätte er schnell bemerkt, daß er ein reicher Landbesitzer ist. Aber kaum kam er zurück, schloß er sich in Thirlbeck ein, genau wie sein Vater. Für Tolson muß es eine Tortur gewesen sein. Sicher hat er täglich erwartet, daß Askew ihm auf die Schliche kommt.« Er zuckte die Achseln. »Nun, plötzlich bin ich der reiche Landbesitzer und muß irgendwie die Erbschaftssteuern auftreiben. Und der junge Thomas ist der Viscount Birkett. Verrückt, nicht wahr? Dieses ganze Erbschaftssystem. Das einzige, was mich Thomas gefragt hat, war: Müssen wir in Thirlbeck leben? Und ich habe gesagt: Nein, das müssen wir nicht. Er war sichtlich erleichtert. Aber Tolson wird keine Ruhe geben. Jung Thomas ist der Erbe von Thirlbeck. Und du, Jo – bist natürlich für Tolson etwas ganz Besonderes. Du bist Robert Birketts einziges Kind, selbst wenn es niemand anderer weiß. Würde es in der Welt gerecht zugehen – was es nicht tut –, wärst du Miterbin . . .«

Er schwieg und starrte in die sinkende Dämmerung. Die Kirchenglocken von Kesmere läuteten in der Stille. Nat stand auf. »Ich muß gehen, Jo. Wir wollen die Feier möglichst einfach und würdig gestalten. Niemand außer Tolson und mir weiß, daß er in die Kirche überführt wird. Der Pfarrer war sehr entgegenkommend. Er wußte, daß Askew alles Aufsehen haßte. Ein Privatmann soll privat begraben werden, sagte er. Natürlich werden wir Askew in der Familiengruft in Thirlbeck beisetzen, aber der Gottesdienst muß morgen in Kesmere stattfinden. Es wird schwer sein, die Leute fernzuhalten, schließlich ist es eine Gemeindekirche . . .« Er kritzelte etwas auf ein Stück Papier. »Hier, das ist die neue Telefonnummer von Thirlbeck. Tolson hat sie angefordert, weil wir uns sonst vor Reportern nicht retten könnten, und das Telefonamt hat ausnahmsweise einmal prompt reagiert. Nun habe ich natürlich die Zeitungsleute auf dem Hals. Mehrere haben schon zu Hause angerufen und lauter Fragen über La Española gestellt. Du wirst morgen ein paar haarsträubende Geschichten lesen können, alles über den verdammten Fluch. Selbst wenn ein Mann eines natürlichen Todes stirbt, machen sie irgendeinen Skandal daraus. Hoffentlich findet niemand heraus, wer der Blutspender war, sonst hätten die Reporter ihren großen Tag. Oh, verdammt – nur nicht gerade jetzt!«

»Und warum nicht?«

»Weil wir keine Chance hatten. Ich dachte, als du plötzlich nach London abfuhrst, daß du von mir fortgerannt wärst. Stanton hat mir von der chinesischen Schale erzählt. Nun . . . dies ist nicht der richtige Ort, um zu reden. Ich muß nach Thirlbeck zurück und die Jungen abholen. Stanton hat versprochen, dich nach der Trauerfeier zu besuchen, später am Abend.«

»Nein – er soll nicht kommen. Laß es nicht zu, Nat, er darf sich nicht übernehmen. Kümmere dich um ihn, Nat, ich brauche ihn. Ich – ich habe genug verloren.«

Als er an der Tür stand, rief ich ihm nach: »Nat, bitte, nimm mich mit, fahr mich nach Hause, fahr mich nach Thirlbeck zurück. Ich will hier nicht bleiben.«

»Morgen, Jo. Morgen, wenn du dich besser fühlst. Morgen, nachdem sie den Blutspender gefunden haben.«

333

Er war fort. Die Kirchturmuhr schlug die nächste Viertelstunde. Tränen des Ärgers und der Erschöpfung traten mir in die Augen.

3

Sie brachten mir eine Bouillon, Toast und ein weichgekochtes Ei. Ich aß ein wenig davon, und dann stand ich auf. Meine Knie fühlten sich zwar etwas steif an, und mich schwindelte leicht, aber es ging. Ich fand meine Kleider im Schrank und zog mich an. Dann ging ich zur Tür und öffnete sie. Ich war in einem Teil des Krankenhauses, den ich nicht kannte. Eine junge Krankenschwester stand an einem Klapptisch und schrieb. Sie sah mich erstaunt an.

»Ach, Sie sind auf, ich dachte . . .«

»Bitte, ich möchte gehen, ich fühle mich ganz erholt. Wo, meinen Sie, könnte ich ein Taxi bekommen, das mich nach Thirlbeck bringt? Ich möchte nach Hause.«

»Es tut mir leid, Miss Roswell, aber ich glaube nicht, daß es richtig wäre, wenn Sie jetzt nach Hause gingen, abgesehen davon darf ich Sie nicht entlassen, ohne den Arzt zu fragen.«

»Ich gehe auf eigene Verantwortung, und dazu brauche ich keinen Arzt.«

»Die Schwester vom Dienst kommt gleich zurück . . . können Sie nicht einen Moment warten . . .«

Aber ich ließ nicht locker, auch dann nicht, als eine andere Schwester kam, die ebenfalls versuchte, mich zum Bleiben zu überreden. Schließlich brachte sie den Entlassungsschein, und ich unterschrieb. Ich wiederholte meine Frage: »Gibt es einen Taxistand, den ich anrufen kann? Ich möchte nach Thirlbeck gefahren werden.«

Die jüngere Schwester sah die andere fragend an, dann sagte sie: »Mein Dienst ist in zehn Minuten zu Ende. Ich wohne in Ihrer Richtung, ich bringe Sie gerne nach Hause, ich habe einen Wagen.«

Ich dankte ihr und wartete, während ich ungeduldig mit den Schlüsseln des nördlichen und südlichen Pförtnerhauses spielte, die immer noch in meiner Windjackentasche steckten. Irgend etwas drängte mich, möglichst schnell hinter diese Tore zu gelangen, ich sehnte mich nach Ruhe, dort würde ich vor allen Fragen geschützt sein.

Die junge Schwester kam. Fast hätte ich sie ohne Uniform nicht wiedererkannt, ihr Haar fiel lose über den Rücken. Sie hatte denselben Wagen wie ich, nur ein wenig älter. »Es ist furchtbar nett von Ihnen«, sagte ich, »hoffentlich bekommen Sie keinen Ärger.«

»O nein, das glaube ich nicht, nachdem Sie unbedingt nach Hause wollten, ist es am besten, daß Sie so schnell wie möglich wieder in ein Bett kommen. Sind Sie sicher, daß sich jemand um Sie kümmert? Ist jemand da, der Ihnen gleich einen heißen Tee und Wärmflaschen machen kann?«

Das war alles, was sie sagte, bis wir das südliche Pförtnerhäuschen erreichten. »Was mach' ich jetzt? Soll ich laut hupen?«

Ich gab ihr den Schlüssel. »Ich glaube nicht, daß irgend jemand da ist. Sie werden alle in der Kirche sein.«

Sie öffnete das Tor und schloß es vorsichtig wieder hinter sich, aber ohne den Schlüssel umzudrehen. »Ich hätte schreckliche Angst, wenn ich plötzlich nicht mehr heraus könnte«, sagte sie, als sie langsam den Weg entlangfuhr. »Aber andererseits muß ich Ihnen gestehen, daß ich schon immer neugierig auf Thirlbeck war. Sie wissen doch, wie es ist; wenn man vor hohen Mauern steht, will man sehen, was dahinter ist. Mein Vater und ich sind vor Jahren zusammen auf den Großen Birkeld geklettert, es war das einzige Mal, daß ich das Tal gesehen habe, und durch das Fernglas konnten wir sogar das Haus erkennen. Es wirkte wie eine Art Märchenschloß. Aber dann wurden wir vom Nebel überrascht, und der Abstieg war alles andere als angenehm, seitdem haben wir uns nie mehr so nah herangewagt!« Dann fügte sie nachdenklich hinzu: »Das merkwürdige ist, daß wir Lord Askew, obwohl er unser Grundeigentümer war, nie zu Gesicht bekommen haben.« Wir fuhren jetzt durch den Park, es war schon zu dunkel, um die Kühe zu sehen, es sei denn, sie wurden von den Scheinwerfern direkt angeleuchtet. Die Schafe unter den Bäumen verschwammen in der tiefen Dämmerung zu grauen Klumpen. Wir näherten uns jetzt den großen Rhododendronbüschen, die ganz in der Nähe des Hauses wuchsen. Die Krankenschwester verminderte ihr Tempo, und meine Ungeduld wuchs.

»Sind Sie sicher«, fragte sie, »daß jemand zu Hause ist?«

»Es macht nichts, wenn niemand da ist.«

»Fürchten Sie sich denn nicht so ganz allein in dem großen Haus? Was ist mit den Hunden, ich habe gehört, sie sollen gefährlich sein?«

Ich unterdrückte meine erste spontane Antwort, sie sprach schließlich nur das aus, was auch ich gefühlt hatte – das erstemal, als ich nach Thirlbeck kam. »Machen Sie sich keine Sorgen«, sagte ich. »Wenn im Moment niemand da ist, wird bald jemand kommen, und die Hunde kennen mich.«

Über dem Haupteingang brannte eine einzige Lampe. Ich wollte das Mädchen gerade bitten, zum Haupteingang zu fahren, als mir einfiel, daß ich keinen Schlüssel zum Haus hatte. Ich überlegte fieberhaft, was ich jetzt tun sollte. Sie würde mir bestimmt nicht erlauben, alleine auf der Treppe zu sitzen und zu warten, bis jemand käme, abgesehen davon sehnte ich mich nach einer Tasse heißen Tees.

Unerwarteterweise öffnete sich die Eingangstür. Ich hätte mir denken können, daß Tolson das Haus nicht allein lassen würde. Die Hunde liefen die Treppen herunter und wedelten zur Begrüßung mit den Schwänzen. Ich spürte, wie das Mädchen neben mir erschreckt zusammenzuckte. »Mein Gott, das sind ja wahre Ungeheuer!« Und dann: »Wer ist denn das?«

Für einen Augenblick sah sie genauso aus wie das erstemal, als ich sie erblickt hatte – ihre zarte Gestalt hob sich scharf gegen die beleuchtete Halle ab, ihr Gesicht wurde von dem dichten glänzenden Haar beschattet. Aber sie trug Hosen und eine Jacke, und ihre Haltung war eher gespannt als lässig.

»Sie – sie ist eine Bekannte von Lord Askew – von dem, der starb«, fügte ich schnell hinzu. »Sie ist hier zu Besuch.« Die Hunde umringten den Wagen, und das Mädchen hatte Angst, sich zu bewegen. Ich versuchte aufzustehen, aber ich sank kraftlos auf den Sitz zurück. Das Mädchen kurbelte das Fenster herunter und rief: »Können Sie uns bitte helfen!«

Die Gräfin trat an den Wagen. »Mein Gott, ich ahnte nicht, daß Sie es sind, sonst wäre ich gleich gekommen, aber Tolson hat mich extra zur Vorsicht gemahnt.« Sie half mir aus dem Wagen, ich war erstaunt, wie behutsam sie mich behandelte nach dem Auftritt von heute morgen. Sie wirkte unnatürlich ruhig, so als zwänge sie sich mit aller Kraft, die Fassung zu bewahren. Das Mädchen verlor ihre Angst, als sie sah, wie still und friedlich die Hunde sich verhielten. Sie stieg aus und ging um den Wagen herum, um mir zu helfen. Ich war dankbar, von zwei Seiten gestützt zu werden, ich stand sehr viel wackliger auf den Beinen, als ich vermutet hatte. Das Mädchen sagte zur Gräfin: »Sie wollte keinen Augenblick länger im Krankenhaus bleiben. Sie muß gleich ins Bett. Geben Sie ihr heißen Tee und viele Wärmflaschen . . .« Wir hatten jetzt die Halle erreicht, das Mädchen brach ab, ich fühlte, wie ihr der Atem

337

stockte beim Anblick der großen Halle und der geschwungenen Treppe, sie war offensichtlich genauso überwältigt wie ich an meinem ersten Abend. Endlich fand sie die Sprache wieder. »Kann ich . . . kann ich Ihnen irgendwie helfen? Ich bin Krankenschwester, ich arbeite in Kesmere . . . ich könnte Miss Roswell zu Bett bringen oder den Tee machen oder . . .«

Ich hatte erwartet, daß die Gräfin das Angebot annehmen würde. Ich konnte sie mir schlecht in der Rolle einer mich umsorgenden Krankenschwester vorstellen. Doch sie schüttelte den Kopf. »Das ist sehr freundlich von Ihnen, vielen Dank, aber es macht mir wirklich keine Mühe, und die anderen werden bald zurück sein. Ich bin nicht mitgegangen«, sagte sie an mich gewandt, »die Idee war mir zu schrecklich.«

Ich fühlte mich beschämt. Über meinem eigenen Kummer hatte ich den ihren fast vergessen. »Nun, dann . . . auf Wiedersehen«, sagte das Mädchen stockend. Ihre Enttäuschung war unverkennbar, sie wäre sicher gerne geblieben, um mehr von dem Haus zu sehen. »Könnten Sie achtgeben, daß die Hunde . . .«

»Natürlich«, sagte ich. Ich saß in einem Stuhl, und die Meute umlagerte mich. »Die Hunde hängen wohl sehr an Ihnen«, sagte das Mädchen, dann blickte sie sich noch einmal neugierig in der Halle um. »Nun, dann . . . auf Wiedersehen«, wiederholte sie und ging langsam zur Tür. Die Gräfin war schon vor ihr dort und hielt die Tür auf, als ob sie ungeduldig auf ihr Gehen wartete. »Darf sie etwas Kognak haben?« fragte sie das Mädchen.

»Ich bin nicht ganz sicher«, antwortete das Mädchen. »Das Schlimmste hat sie natürlich schon überstanden – aber Alkohol ist immer etwas gefährlich. Lieber nicht. Wenn Sie ihr etwas zu essen geben. . . sie ist sehr schwach.« Sie blieb am Eingang stehen und sah sich um. »Nun, ich hoffe, Sie erholen sich schnell, gute Nacht.«

Ich hob die Hand. »Vielen Dank – vielen herzlichen Dank.« Sie war noch nicht die Stufen hinunter, als die

Gräfin die Tür schloß und die großen Riegel vorschob. Ich fand, sie hätte wenigstens warten können, bis das Mädchen im Wagen saß. Ich wünschte plötzlich, ich hätte sie nicht fortgeschickt, wußte aber nicht, warum. Die Kühle der Gräfin war beunruhigend, ich wollte nicht, daß sie mir half. Das Haus schien auf einmal totenstill, als das Motorengeräusch in der Ferne verklang. Der einzige Trost waren die Hunde, ich legte meine Hand auf einen der rauhen Köpfe.

Die Gräfin durchquerte mit energischen Schritten die Halle. »Kommen Sie, ich helfe Ihnen die Treppe hinauf, und dann bringe ich Ihnen etwas Kognak –«, sie unterbrach mich, als ich zu protestieren versuchte.

»Ach, was wissen die Leute schon im Krankenhaus, sie sind allesamt Narren, legen Sie sich ins Bett, und Sie werden sich gleich besser fühlen . . .«

Ich spürte, wie sportlich durchtrainiert ihr Körper war, als sie mir aus dem Stuhl half. Warum hatte ich bloß ihre Grazilität mit Schwäche verwechselt, wo ich doch wußte, daß sie jedes Pferd bändigen, mit Gewehren umgehen und schwere Wagen mit Leichtigkeit chauffieren konnte? Als wir die Treppe hinaufstiegen, kam mir ein anderer Gedanke. Ich hatte ihre Handtasche auf dem Sessel in der Halle gesehen, und die Jacke, die sie trug, war aus Leder. Hieß es, daß sie abreisen wollte? Ich roch ihr starkes Parfüm, und plötzlich wurde mir klar, wie einsam sie war.

Ich fragte: »Werden Sie bleiben. . . ich meine zur Beerdigung?« Vielleicht war es keine sehr taktvolle Bemerkung, aber sie wirkte so reisefertig.

»Roberto ist tot«, sagte sie tonlos. »Was soll ich noch auf seiner Beerdigung? Für mich ist er tot, und ich habe nicht länger teil an seiner Welt.«

»Ich habe alles versucht . . .«, sagte ich.

Sie unterbrach mich. »Ich weiß, daß Sie alles versucht haben. Mein Kummer ist, daß ich es nicht tun konnte.« Dann verlor sie ihre Selbstbeherrschung. »Wenn es woanders – wenn es in London oder Rom oder Paris passiert wäre, dann hätte Roberto überlebt. Ich weiß es! Wir hätten die besten Ärzte zugezogen – er wäre fachmännisch behandelt worden . . .«

»Das glaube ich nicht«, sagte ich. »Auch die besten Ärzte hätten ihm nicht helfen können, die hiesigen haben alles getan, was in ihrer Macht stand; er konnte das Blut, das man ihm übertrug, einfach nicht bei sich behalten – er erbrach es so schnell, wie man es ihm verabreichte. Zum Schluß muß sein Herz versagt haben . . .«

»Wenn sie diesen anderen Spender gefunden hätten. Diese Idioten – sie haben sich nicht genug Mühe gegeben.« Dann stieß sie unerwartet einen Wutschrei aus, als einer der Hunde ihr zu nahe kam. »Oh, diese verdammten Köter! Ich habe sie nur Robertos wegen ertragen, aber ich hasse sie. Diese greulichen Biester . . . warum müssen sie einem immer im Weg stehen? Es ist, als hielte man sich Pferde im Haus. Ich wollte vorhin im Arbeitszimmer telefonieren, um mir ein Flugticket zu bestellen, aber sie haben sich vor die Tür gestellt und mich nicht hineingelassen. Scheusale seid ihr – ja, Scheusale!«

Sie tat mir plötzlich leid, eine neue Erfahrung für mich, gleichzeitig spürte ich, daß ihre frühere Gleichgültigkeit mir gegenüber jetzt etwas mit Eifersucht untermischt war. Ob sie wohl ahnte, daß meine gleiche Blutgruppe mit Askew kein schierer Zufall war? Sie war sehr viel einsamer als ich. Ich hätte nie gedacht, daß ich für dieses seidenglatte Geschöpf, für diese Aristokratin je Mitleid empfinden könnte.

»Ich glaube . . .«, ich zögerte, weil ich nicht zugeben wollte, wie gut ich im Haus Bescheid wußte. »Ich glaube, daß in Lord Askews Zimmer ein Nebenapparat steht . . .«

»Ja . . . ich weiß.« Ihre Stimme klang merkwürdig tonlos, als sei dies nicht die Information, die sie brauchte. »Aber die Hunde folgen mir überallhin. Warum tun sie das?«

Ich wandte mich auf der Treppe um und sagte freundlich zu den Hunden: »Bleibt dort ... Thor ... Ulf ... Odin, bleibt dort!« Sie blieben stehen, und ihr freudiges Gewedel hörte auf. Ich war traurig, daß ich ihnen diesen Befehl geben mußte, ihre Anwesenheit war mir ein Trost gewesen. Aber die Gräfin versuchte, auf ihre Art nett zu mir zu sein, und die Hunde irritierten sie. »Ich hoffe, sie bleiben dort«, sagte ich, »und belästigen Sie nicht weiter.«

»Das hoffe ich auch.«

Wir erreichten das Zimmer der Spanierin. Ich sank in den Stuhl neben dem Kamin. Mein Gott, war es möglich, daß nach meiner Rückkehr und meinem nächtlichen Gespräch mit Tolson erst ein paar Stunden vergangen waren? Dann bemerkte ich, daß jemand den Kamin gesäubert und neue Scheite aufgeschichtet hatte. Man hätte nur ein Streichholz dagegen zu halten brauchen, aber auf die Idee schien die Gräfin nicht zu kommen. Wahrscheinlich hatten ihr Leben lang andere Menschen solche Dienste für sie verrichtet. Ich hätte es ja auch selbst tun können, aber es schien mir eine enorme Anstrengung, ich war keiner Bewegung fähig.

»Wie fühlen Sie sich?« fragte sie. »Haben Sie ein Nachthemd und einen Morgenrock? Am besten, Sie ziehen sich aus und legen sich ins Bett, ich bringe Ihnen etwas Kognak.« Aber sie bot mir nicht an, die Sachen zu holen. Sie war es nicht gewöhnt, die Kleidungsstücke anderer Leute in die Hand zu nehmen – doch dann fiel mir wieder ein, wie sie Askews Sachen aus dem Arm der Krankenschwester gerissen hatte. Ich hatte nicht die Energie, zu fragen, ob sie die Miniatur in seiner Jackentasche gefunden hatte, und ihr zu erklären, daß sie mir gehörte; ich würde warten, bis sie mit dem Kognak kam.

»Ja ... vielen Dank, ich lege mich gleich hin.«

Sie ließ mich allein, und ich wünschte wiederum, daß ich die Schwester gebeten hätte, dazubleiben. Es war einfacher für die Gräfin, einen Kognak zu holen, als Tee und Wärmflaschen zu machen. Wann würde Tolson zurückkommen? Ich sehnte mich nach einer Zigarette, nach der Wärme eines Kaminfeuers. Ich sah Streichhölzer auf dem Teller des Kerzenhalters liegen, aber es war zu anstrengend, sich vorzubeugen und das Feuer anzuzünden. Ich stand mit Mühe auf und ging zum Schrank, wo meine Kleider hingen. Ich zog den Anorak aus und zitterte sogleich vor Kälte. Ich hängte ihn sorgfältig auf einen Bügel – jede Bewegung verlangte äußerste Konzentration. Ich war wie ein Betrunkener, der jede Handlung mit größter Exaktheit ausführt, um nicht ins Schwanken zu geraten. Ich griff nach meinem Nachthemd, das an einem Eichenhaken an der hinteren Schrankwand hing, und plötzlich verschwamm alles vor meinen Augen. Ich schwankte und hielt mich krampfhaft an dem Eichenhaken fest, verzweifelt gegen eine Ohnmacht ankämpfend. Die Erde drehte sich um mich, ich glitt seitlich ab, und mein Arm gab nach; ich fühlte, wie ich zu Boden rutschte, der Eichenhaken, ja die ganze Schrankwand schienen plötzlich verschwunden, ich fand nirgends mehr Halt und sank in totale Finsternis, auf einen Kleiderhaufen, den ich mitgerissen hatte. Eine Staubwolke hüllte mich ein.

Ich wußte nicht, wie lange ich bewußtlos dort gelegen hatte, vielleicht Minuten, vielleicht Sekunden, jedenfalls kam ich wieder zu mir und fing an, mich aus meinem Kleiderwust zu befreien. Das schwache Licht der Nachttischlampe reichte nicht bis zu mir, aber ich fühlte, daß der Raum um mich größer war als der ursprüngliche Schrank. Ich kroch auf Händen und Füßen herum und tastete mit den Fingern seitwärts und nach vorn, bis ich Backsteine und abfallenden Mörtel berührte. Der Boden war mit einer dicken muffigen Staubschicht bedeckt, der Modergeruch von Jahrhunderten schlug mir entgegen. Ich krabbelte aus der Wandvertiefung und zog mich an den Schranktüren hoch.

Dann torkelte ich, nach Luft ringend, zum Kamin, hielt mich mit beiden Händen am Sims fest und wartete, bis ich mich halbwegs erholt hatte. Schließlich gelang es mir mit zitternden Händen, die Kerze anzuzünden. Ich ging wieder in den Schrank und stieß meine Kleider beiseite. Die Kerze brannte, ohne zu flackern, in der zugfreien Nische, und ich sah, was von der Spanierin nach fast vierhundert Jahren übriggeblieben war.

Die kleine Gestalt, jetzt nur mehr ein Skelett, war ehrerbietig in einen geschnitzten Eichensarg gelegt worden. Sie trug ein gelblich seidenes Kleid mit einer Halskrause und eine Spitzenhaube um den schmalen Schädel. Die Seide und die Spitzen waren sicher einmal weiß gewesen und erst mit der Zeit vergilbt. Ihr Haar, das unter der Haube hervorschaute, war schwarz. Die behandschuhten Finger hielten ein juwelengeschmücktes Kreuz, auf einem steckte ein schwerer Siegelring. Die Handschuhe wie die Pantoffeln waren mit Seide und unregelmäßig geformten kleinen Perlen bestickt. Ich berührte nur zögernd den Handschuh aus Angst, daß er zu Staub zerfallen könnte, aber er blieb unversehrt, dann zog ich vorsichtig mit dem Finger die Initialen auf dem Ring nach: J. F. C. – Juana Fernández de Córdoba.

Ihr Anblick flößte mir kein Grauen ein. Das Gesicht mochte einmal schön gewesen sein, aber jetzt war nur ein kleiner Schädel mit guterhaltenen Zähnen davon übriggeblieben. Die Leute erzählten sich, sie sei siebzehn gewesen, als sie starb, und irgend jemand – keiner würde je erfahren, wer – hätte ihre Leiche gefunden und heimlich nach Thirlbeck gebracht; er hatte ihr das Brautkleid angezogen, ihre Hände über dem Kruzifix gefaltet und sie hier aufgebahrt. Ich zweifelte nicht, daß derselbe Unbekannte auch ein paar ihrer Habseligkeiten, die sie von Spanien mitgebracht hatte, vielleicht ein paar Kleider oder die gestickte Babywäsche für das ungeborene Kind, mit in den Eichensarg gelegt hatte. Ich blickte auf sie hinunter und fragte mich, warum er sie gerade hierher gebracht hatte. Hatte es mehr katholische Sympathisanten im Tal gegeben, als man damals ahnte? Menschen, die sich fürchteten, mit der verwitweten zweiten Gräfin von Askew gesehen zu werden, die aber Mitleid mit der unbegrabenen Leiche hatten? Vielleicht hatte man sie hier nur kurz verstecken wollen, bis man sie offiziell begraben konnte, und dann war es nie dazu gekommen? Wer mochte der Unbekannte sein, der sie mit solch zärtlicher Fürsorge hier aufgebahrt hatte?

Mir fiel plötzlich ein, daß heute die erste Messe für sie gelesen wurde; wenn Juanas Stundenbuch nicht versehentlich hinter die Bücher gerutscht, sondern ihr in den Sarg gelegt worden wäre, hätte ich nie von ihrer letzten, rührenden Bitte erfahren: »Wenn ich sterbe, laßt durch Eure Güte neun Messen für das Heil meiner Seele lesen.«

Ich hob die Kerze und blickte mich in der Nische um. Die Backsteine, die meine tastende Hand gefunden hatte, mußten zu dem Abzug des großen Kamins unten in der Halle gehören, an den auch dieser Kamin angeschlossen war; deshalb war die Nische so trocken, was wiederum den guterhaltenen Zustand des Kleides der Spanierin erklärte. Die aufsteigende Wärme hatte die Feuchtigkeit ferngehalten, so daß die Seide nicht verfault war.

Die Aufregung schien mir neue Kräfte zu verleihen. Ich hielt die Kerze höher und entdeckte noch etwas anderes. An der Backsteinwand hinter dem Sarg lehnte ein kleiner viereckiger Gegenstand, der aber zu breit war, um in den Sarg zu passen. Trotz der dicken Staubschicht konnte ich das reiche Schnitzwerk eines alten Rahmens erkennen. Ich stellte die Kerze auf den Boden und beugte mich über das kleine Skelett, um ihn genauer zu betrachten. Als ich ihn etwas anhob, merkte ich, daß er ziemlich schwer war, und so lehnte ich ihn wieder an die Wand, wobei ein Teil der Staubschicht herunterrieselte. Das Licht der Kerze wurde schwach reflektiert, und nun wußte ich, daß es ein Spiegel war, vermutlich in einem

344

silbervergoldeten Rahmen. Spiegel waren zur Zeit der Spanierin eine seltene Kostbarkeit. Ich stellte die Kerze auf den Boden und streckte beide Hände aus, um meinen Fund über den Sarg zu heben.

Es überstieg meine Kräfte. Als ich den Spiegel vorsichtig auf den Boden setzen wollte, glitt er mir aus der Hand, das alte venezianische Glas zersplitterte, und zwei große Scherben fielen heraus. Ich stöhnte entsetzt auf. Warum hatte ich nicht gewartet, bis mir jemand half? Warum war ich, nachdem ich schon diese Entdeckung gemacht hatte, nicht ein wenig geduldiger gewesen? Warum hatte ich bloß das Ding nicht stehen lassen? Es war das zweite Mal, daß ich etwas Unersetzbares in Thirlbeck zerbrochen hatte. Dann fuhr ich wie elektrisiert hoch. Was hatte ich noch in dem Brief von Philipp II. gelesen? »... unser Porträt ... einen Spiegel unseres Gewissens ...« Die Aufregung prickelte in meinen Adern wie warmer Wein, oder spielte mir meine Müdigkeit einen Streich? Dort, wo die beiden großen Scherben herausgefallen waren, sah ich statt des zu erwartenden Holzbrettes eine Leinwand. Mit klopfendem Herzen entfernte ich vorsichtig die restlichen Spiegelstücke, voller Angst, daß ich die Leinwand beschädigen könnte. Die Vernunft gebot mir zu warten, aber mein Jagdinstinkt und meine Neugierde waren stärker. Stück für Stück zog ich die Scherben heraus, manche fielen von selbst aus dem Rahmen. Ich starrte auf die Leinwand. Sie hatte fast vierhundert Jahre, geschützt durch den Spiegel, unter idealen Temperaturbedingungen hier gestanden. Ich kniete mich auf den Boden und hob die Kerze, ihr Schein fiel auf ein Porträt. Ich erkannte das Gesicht Philipps II. von Spanien, gemalt, wie er selbst geschrieben hatte, von Domenico Theotokopoulos. Darüber bestanden keine Zweifel. Niemand in der Welt hatte einen so persönlichen Pinselstrich. Ich starrte das Bild ehrfürchtig an. El Greco. Begehrt von allen Museen der Welt, unmöglich aus Spanien auszuführen, der

Traum aller Sammler, unschätzbar wertvoll, die größte Kostbarkeit, die Thirlbeck beherbergte. Ein bisher unbekanntes Porträt von El Greco.

Mein ganzer Körper pulsierte vor Freude über die Entdeckung, doch dann merkte ich, wie mir kalt und schwindlig wurde. Zuerst verstand ich nicht, was warm an meiner Hand herunterlief, doch dann sah ich, daß es Blut war. Ich hatte mir die Handfläche aufgeschnitten, als ich die Glassplitter herauszog. Das Blut quoll langsam aus der Wunde.

Ich versuchte aufzustehen, griff nach einer Bluse, die auf dem Boden lag, und wickelte sie fest um meine Hand. Ich lehnte mich gegen die Wand und versuchte, Kräfte zu sammeln und aufzustehen, aber sie reichten nicht aus. Dann fiel mir ein, daß die Gräfin in wenigen Augenblicken mit Kognak kommen würde. Der Gedanke war tröstlich, und ich legte mich beruhigt neben das Skelett der Spanierin.

Wahrscheinlich war ich sekundenlang bewußtlos, jedenfalls hatte ich jeglichen Begriff für Zeit verloren, doch dann hörte ich Fußtritte, schnelle Fußtritte im Raum, so als ob mich jemand suchte. Sogar in die dunkle Nische fiel ein Schatten. Ich fühlte wieder, wie schon öfters zuvor in Thirlbeck, eine starke, feindliche Ausstrahlung und dachte einen Augenblick lang, Jessica sei gekommen. Aber nein, sie war es nicht, dieses Mal nicht. Ich roch Parfüm, bevor sie sprach.

»Was . . .?« Ein langes Schweigen folgte. Ich hatte erwartet, daß sie mich anfassen würde, aber keine Hand berührte mich, keine Hand versuchte, meinen Kopf zu heben. Sie hielt die Kerze hoch, der Schein kam näher. »So . . . so«, ein höhnischer Triumph schwang in ihrer sonst so kühlen Stimme, eine Art von wilder Erregung, wie auch ich sie bei der Entdeckung des Bildes gespürt hatte. »So, Sie haben es also gefunden! Und ich habe wochenlang das ganze Haus durchsucht. Ich habe sogar Tolson die Schlüssel entwendet und mir jedes Bild in dem abgeschlossenen Zimmer angesehen, als sie dachten, ich hielte meine Siesta.«

»Bitte«, flüsterte ich. Warum half sie mir nicht? Ich spürte, wie das Blut durch meine behelfsmäßige Bandage sickerte.

Ich hob die Hand, um sie ihr zu zeigen. Ich versuchte auch, den Kopf zu heben, aber es gelang mir nicht. Ich sah nichts als die verschwommene Flamme der Kerze.

»Das Bild gehört uns.« Ihre Stimme klang jetzt nachdenklich, so als spräche sie zu sich selbst. »Alles, was die Spanierin besaß, gehört uns. Seit Generationen wissen wir in der Familie von der Existenz dieses Bildes – und des Diamanten. Die Spanierin ist meine Ahnin, sie wurde von Philipp nach England geschickt. Der El Greco ist unser Familiengeheimnis. Und ich wußte, wenn das Bild noch existierte, dann mußte es in Thirlbeck sein. Und Sie haben es gefunden, und ich hatte schon geglaubt, es sei vernichtet worden.«

Ich drehte den Kopf, aber alles, was ich sehen konnte, war der untere Rand ihrer Hose. »Helfen Sie mir«, flüsterte ich, »um Gottes willen, helfen Sie mir. Ich blute wieder, ich darf nicht mehr Blut verlieren, bitte . . .«

Aber sie schien mich nicht zu hören, oder vielleicht war es ihr auch gleichgültig, was ich sagte. Der Schmerz und die Angst, die sie über Robert Birketts Tod empfunden hatte, wurden jetzt ausgelöscht durch ihren Triumph, endlich das gefunden zu haben, was sie in Thirlbeck gesucht hatte. Sie war plötzlich nicht mehr die einsame Frau, die an einem Tag alles verloren hatte.

»So . . . und jetzt nehme ich das Bild, es gehört nicht den Birketts, sondern uns. Ich bin die letzte meiner Familie, aber ich werde es nicht mit nach Spanien nehmen, nein, der Höchstbietende soll es erhalten. Irgendein Privatmann – für sehr viel Geld.«

»Bitte . . .«, es sollte ein Schrei sein, aber es war nur ein heiseres Flüstern – ich weiß nicht, ob sie mich hörte,

347

und so weiß ich auch nicht, ob sie mich kaltblütig meinem Schicksal überließ, oder ob sie glaubte, ich würde mich von selbst wieder erholen. Doch das tödliche Grauen über das, was sie tat, ergriff mich erst, als sie das Bild, das neben mir stand, aus dem Rahmen nahm und die Kerze löschte. Ich wollte schreien, als ich den scharfen Geruch des noch schwelenden Dochtes wahrnahm. Ich machte einen letzten schwachen Versuch, sie zurückzuhalten, aber umsonst; dann vernahm ich ein scharrendes Geräusch und erriet, daß sie die Schrankwand wieder an den alten Platz rückte, um die kleine Nische und ihr Geheimnis vor fremden Augen zu verbergen. Ich mußte meine Hand schnell zurückziehen, damit sie nicht vom Paneel gequetscht wurde. Zum Schluß hörte ich noch, wie sie die Schranktüren zumachte. Tränen der Angst und Verzweiflung brannten in meinen Augen, aber ich hatte keine Kraft mehr zu weinen. Von unten hörte ich die Vibration von Fußtritten, und dann herrschte Totenstille. Ich fühlte, wie meine Lippen das Wort »bitte« formten, aber kein Ton kam heraus.

Ich zog in der Dunkelheit die behelfsmäßige Bandage stärker an, ballte meine Hand zur Faust und preßte sie gegen den Stoff. Aber die Wunde hörte nicht auf zu bluten, und ich zitterte vor Kälte. Der dumpfe Raum war plötzlich so eisig wie der Tod. Vierhundert Jahre lang war diese staubige Nische das Grab der Spanierin gewesen. Sollte es auch das meinige werden?

4

Die Laute kamen aus weiter Ferne – kündigt sich so der Tod an? Hörte man, wenn die tödliche Kälte nach einem griff, noch einmal die Laute des Lebens? Es waren keine Stimmen, sondern ein fremdes, gespenstisches Heulen, ein Heulen, das mir schon einmal Mut gegeben hatte an jenem Tag im dichten Nebel, als ich mich verirrt hatte. Ich dachte an Worte, Sätze, Freunde, an mein mit menschlichen Stimmen angefülltes Leben, es wäre seltsam, wenn ich mit dem Heulen der großen Hunde im Ohr sterben würde.

Schließlich merkte ich, daß die Laute nicht meiner Einbildung entsprangen, sondern durchaus real waren und ganz aus der Nähe kamen. Saßen die Hunde vor der Zimmertür und bellten im Chor, um die Aufmerksamkeit auf sich zu ziehen? Sie bellten ohrenbetäubend und stießen lange jaulende Töne aus. Würde irgend jemand im Haus sie verstehen, oder würde man sie vertreiben, weil alle dachten, ich sei noch im Krankenhaus? Furcht und Hoffnung mischten sich. »O Gott . . .«, betete ich. Es war ein stummes Gebet, ein Hilfeschrei aus dem Grab der Spanierin, das ich entdeckt hatte. Und ich fror – man sagt, das Grab ist ein kalter und einsamer Ort. Hör auf zu denken, konzentriere dich auf die Hunde, zwing sie mit deinem Willen, nicht aufzugeben, zwing sie, so lange zu bellen und zu randalieren, bis jemand begreift, was sie wollen.

Mir wurde schwarz vor den Augen; als ich wieder zu mir kam, waren die Hunde ganz in der Nähe, sie mußten im Zimmer sein und fordernd vor der Schranktür stehen. »Schnell . . . schnell«, flüsterte ich in die Dunkelheit. Die Tür des Schrankes öffnete sich. Die Hunde machten einen derartigen Lärm, daß es unsinnig gewesen wäre zu schreien, selbst wenn ich noch die Kraft dazu gehabt hätte. Ich konnte nur noch Gott bitten, mich nicht sterben zu lassen. Ich wollte leben, leben . . . leben . . .

Als wäre es eine Antwort auf meine Bitte, hörte ich ein rasendes Gescharre und Gekratze von Klauen auf der anderen Seite der Schrankwand. Wer immer im Zimmer war, verstand und respektierte die Hunde, wußte von ihrer eigenartigen Anhänglichkeit an die Birketts.

Wer immer draußen stand, verlor keine Zeit damit, nach dem geheimen Trick zu suchen, mit dem das Paneel, hinter dem ich lag, zu öffnen war. Ich hörte Stimmen, keine eingebildeten, sondern wirkliche Stimmen und das erlösende Geräusch von zersplitterndem Holz. Jemand schlug mit einem harten Gegenstand – einem Feuerhaken oder vielleicht mit einer Axt – auf die Schrankwand ein, um mich zu befreien. Ich preßte mich so nahe wie möglich an den Eichensarg, in dem die Spanierin lag. Wir würden beide aus der Dunkelheit befreit werden.

Einer der Hunde war zuerst bei mir, er streckte seine lange Schnauze durch das Loch und leckte mich hingebungsvoll, so als wollte er mich ins Leben zurückrufen. Er wurde energisch fortgezogen, und die Schläge begannen von neuem, jetzt aber sehr viel vorsichtiger. Ein starker Lichtstrahl fiel auf mich.

Ich fühlte, wie mich jemand vorsichtig aus der Nische hob. Die Hunde hatten aufgehört zu bellen. Ich lag in Armen, die mir vertraut waren. Nats Stimme flüsterte in mein Ohr:

»Du wirst eine schlechte Landwirtin abgeben, das weißt du hoffentlich?«

Auf der Fahrt ins Krankenhaus lag ich in Nats Armen. »Nur Mut, Jo. Der Arzt hat den Blutspender aus Carlisle erreicht, er ist schon auf dem Weg ins Krankenhaus, wo du hättest bleiben sollen . . .«

Tolson fuhr, und ich wußte, daß Gerald auf dem Rücksitz saß, obwohl ich die meiste Zeit nicht bei Bewußtsein war. In meinen wachen Momenten spürte ich etwas Festes um meinen Arm. Sie hatten mir eine Aderpresse angelegt, und mein Arm fühlte sich völlig gefühllos an; ich versuchte zu sprechen, brachte aber nur wenige Worte heraus.

»Gerald – die Gräfin . . .«, es war nur ein heiseres Flüstern, aber Nat hatte es gehört.

»Ja, Jo, wir wissen ... wir wissen, daß sie verschwunden ist, sprich jetzt nicht, spar, um Gottes willen, deine Kräfte.«

Ich setzte noch einmal zum Sprechen an, aber es ging nicht, ich wachte erst wieder auf, als wir das Krankenhaus erreichten. Sie rollten mich auf einer Bahre die Korridore entlang, und es war ein merkwürdiges Gefühl, im Liegen auf die Deckenbeleuchtung zu starren. Die Wunde wurde schnell vernäht und verbunden und die Aderpresse abgenommen. Ich fühlte einen stechenden Schmerz, als das Blut wieder in den Arm schoß. Dann warteten wir einige Zeit – ich erinnere mich nicht, wie lange, weil ich immer wieder ohnmächtig wurde –, dann begann die Bluttransfusion. Den Spender sah ich nicht, ich lernte ihn erst später kennen. Sie gaben mir das Blut dieses Unbekannten und legten mich in ein Einzelzimmer. Ich raffte meine letzte Energie zusammen und bat, daß man Nat und Gerald holen möge. Die Krankenschwester hielt mich ganz offensichtlich für eine höchst schwierige Patientin – und für eine undankbare überdies.

Als Nat und Gerald hereingeführt wurden, versuchte ich zu sprechen, aber ich hatte meine Kräfte überschätzt und brachte nur mühsam ein paar Worte heraus.

»Die Gräfin ... sie hat ...«

Gerald hielt seinen Finger an die Lippen. »Bitte, liebste Jo, sprich jetzt nicht. Wir wissen, was passiert ist, die Gräfin ist fortgefahren und hat La Española mitgenommen. Alles Notwendige ist schon in die Wege geleitet. Bitte, schlaf jetzt. Du wärst fast gestorben, weißt du das?«

»Und zwar zum zweitenmal am heutigen Tag«, hörte ich Nats Stimme. »Du siehst aus wie ein Gespenst ...«

»La Española ...«, flüsterte ich.

»Jo, sei ruhig! Warum regt dich das auf? Tolson hat schon die Polizei benachrichtigt. Alle Häfen und Flugplätze werden überwacht. Ich persönlich hoffe, daß sie nicht erwischt wird, soll sie den verdammten Stein schneiden lassen, dann sind wir ihn wenigstens ein für allemal los. Ich wäre nur zu froh, wenn man ihr den Diebstahl nicht nachweisen könnte.« Er seufzte. »Aber vermutlich werden wir nicht soviel Glück haben. Ich fürchte, der verfluchte Klumpen kommt zurück, er ist immer zurückgekommen und hat nichts als Tod und Verderben gebracht . . .«

»Nat, bitte . . .«, sagte Gerald warnend. »Jo soll sich darüber jetzt keine Sorgen machen, alles ist in besten Hände. Du mußt jetzt schlafen, Jo . . .«

Ich fuhr mit der Zunge über meine trockenen Lippen. »Der El Greco . . .«, aber keiner verstand mein undeutliches Gemurmel. Ich spürte eine panische Angst in mir hochsteigen, mir schwirrte der Kopf, ich konnte keinen Gedanken fassen und verlor ständig den Faden, dabei mußte ich doch Gerald irgendwie warnen – obwohl er gesagt hatte, es sei schon zu spät. Aber er wußte ja nicht, daß die Gräfin nicht nur La Española, sondern auch den El Greco gestohlen hatte. Weder er noch Nat waren sich im klaren darüber, wie gefährlich es für uns alle war, daß die Polizei Bescheid wußte. Falls man die Gräfin mit La Española und dem El Greco erwischte, würde sie einfach behaupten, sie wäre eine der vielen Mittelsleute und hätte sich nach dem Tod von Lord Askew erboten, auch dieses wertvolle Bild aus Thirlbeck herauszuschmuggeln. Und dann würde sie alles erzählen, was sie wußte, und damit Vanessas und Tolsons sorgfältig gehütetes Geheimnis ans Tageslicht zerren. Sie würde Gerald bloßstellen und vielleicht auch Nat. Tränen der Verzweiflung rollten mir über die Wangen bei diesem Gedanken. Aber selbst wenn ich meine Ängste jetzt in Worte fassen könnte, wäre es zu spät. Sie hatten die Polizei schon benachrichtigt. Falls die Gräfin geschnappt würde, könnte nichts mehr den unvermeidlichen Lauf der Ereignisse aufhalten. Erst wenn sie aus dem Land war und den Diamanten und das Gemälde verkauft hatte, könnten wir aufatmen. Ich sank erschöpft in meine Kissen zurück, es war zu schwierig, dies alles zu formulieren – und nutzlos.

Ich fühlte den Einstich der Nadel. In den letzten Sekunden, bevor ich das Bewußtsein verlor, griff ich nach Nats Hand. Er beugte sich über mich, und ich flüsterte mit letzter Kraft: »Du mußt mich früh abholen . . . ich muß dabeisein . . . Nat! Ich muß dabeisein, wenn sie ihn begraben . . . versprich mir . . .« Er hatte mich gehört und verstanden. »Ja, ich verspreche es dir. Aber schlaf jetzt, Jo.«

Ich wußte, was er dachte. La Española würde nach Thirlbeck zurückkommen. Was der Spanierin gehört hatte, würde bei ihr bleiben. Und wenn sie weiteres Unglück brächte, so mußten wir es ertragen. Aber seltsamerweise verspürte ich keine Angst. Für mich war die kleine Spanierin ein guter Geist.

Neuntes Kapitel

1

Er kam ziemlich früh, aber ich war schon angezogen und wartete auf ihn. Ich hatte eine der Schwestern gebeten, ihn anzurufen, um mich zu vergewissern, daß er auch wirklich kommen würde. Er betrat das Zimmer mit einer Falte zwischen den Brauen, die dort eingegraben schien.

»Jo, es ist der schiere Wahnsinn, daß du mitkommen willst. Du müßtest mindestens noch einen Tag im Bett bleiben. Sei doch vernünftig. Du hast nur einen halben Liter Blut von dem Mann bekommen, die Ärzte wollten nicht riskieren, daß er auch zusammenbricht. Du hast Ruhe bitter nötig, du mußt dich erholen – und das braucht Zeit.«

Ich schüttelte den Kopf. »Es ist besser für mich, wenn ich dabei bin, Nat. Ich ruhe mich nachher aus, ich verspreche es dir. Aber ich muß dabeisein.«

Er nahm das Unvermeidliche achselzuckend zur Kenntnis, aber er bestand darauf, mich in einem Rollstuhl zum Wagen zu fahren. Er hatte sich Geralds Daimler ausgeliehen. »Da wirst du nicht so durchgeschüttelt wie in meinem alten Wagen«, sagte er. »Und er ist so stabil, daß du bei einem kleinen Zusammenstoß nichts abbekommst.« Trotzdem fuhr er mit übertriebener Vorsicht; er hielt an jeder Kreuzung und ging bei jeder Kurve auf zwanzig herunter. »Hauptsache, ich bring' dich wieder unbeschädigt in dein Bett zurück«, sagte er. »Mir ist egal, wie lange wir bis Thirlbeck brauchen.«

Wir fuhren an der Kirche von Kesmere vorbei. Trotz der frühen Morgenstunden gingen schon einige Leute auf dem Kirchhof auf und ab oder standen vor dem Eingang. »Zumeist Journalisten«, sagte er. »Man kann ihnen schlecht den Zutritt verbieten, es ist schließlich eine Gemeindekirche; aber bei der Bestattung in Thirlbeck werden wir ganz unter uns sein.«

Während der langen Fahrt vermied ich, über das zu reden, was mich bedrückte, aber auch er sprach nicht von der Gräfin. Ich hatte die Frühnachrichten im Radio gehört, aber ihr Name war nicht erwähnt worden. Wie lange würde es wohl dauern, bevor wir etwas Genaueres erfuhren? Ich nahm mir vor, gleich nach dem Begräbnis mit Nat, Gerald und Tolson zu sprechen. Ich mußte ihnen unbedingt die ganze Geschichte mit dem El Greco erzählen und sie vor den Schwierigkeiten warnen, in die die Gräfin uns alle bringen könnte. Aber im Moment war es völlig sinnlos, Nat noch mehr zu beunruhigen, er konnte nichts tun, um den Gang der Ereignisse aufzuhalten.

Wir erreichten das südliche Pförtnerhäuschen, und Jessicas Mutter öffnete uns das Tor. Sie sah mich neugierig, aber gleichzeitig besorgt an, und ich fühlte, daß sie mich in Gedanken schon unter ihre Fittiche genommen hatte. Mir waren diese Besitzerinstinkte der Familie Tolson für alles, was Thirlbeck betraf, genauso lästig wie Nat, aber ich wußte auch, daß sie uns in Zukunft von großem Nutzen sein würden.

Als wir weiterfuhren, sagte er: »Weißt du, daß Jessica dir wahrscheinlich das Leben gerettet hat?«

»Jessica! Wieso das?«

»Sie sah dich im Wagen, als du gestern abend nach Thirlbeck zurückkamst. Sie hatte nicht zum Gottesdienst in die Kirche gehen wollen, und so sah sie dich am Pförtnerhäuschen vorbeifahren. Als der fremde Wagen dann nach kurzer Zeit ohne dich zurückkam, fing sie an, sich Sorgen zu machen. Sie fürchtete, die Gräfin, von der sie wußte, daß sie im Haus war, würde sich nicht genügend um dich kümmern. Deshalb ging sie zu

355

Fuß nach Thirlbeck und sah noch gerade die Gräfin in Askews Wagen in Richtung des Brantwick davonfahren. Trotz der Dunkelheit war sie sicher, daß die Gräfin alleine war. Und als sie das Haus betrat, führten die Hunde einen Höllenspektakel vor dem Zimmer der Spanierin auf. Die Tür war abgesperrt, aber kein Schlüssel steckte im Schloß, zumindest nicht von außen. Sie rief deinen Namen, bekam aber keine Antwort. Daraufhin telefonierte sie das Pfarrhaus an, um dort die Nachricht zu hinterlassen, daß wir sofort kommen sollen. Zum Glück war die kirchliche Feier schon vorbei, und Tolson und ich saßen im Pfarrhaus, um den heutigen Gottesdienst und die Überführung der Leiche nach Thirlbeck zu besprechen, so daß ihr Anruf uns gleich erreichte. Sie sagte, sie hätte Angst, du seist im Zimmer der Spanierin eingeschlossen, und daß sie nicht hinein könnte und du auf ihre Rufe hin nicht geantwortet hättest, dann berichtete sie noch kurz von der Abfahrt der Gräfin. Ich bin noch nie in meinem Leben so schnell gefahren. Natürlich wußten wir nichts von der Schnittwunde, aber irgend etwas in Jessicas Stimme trieb uns zur äußersten Eile an. Zum Schluß hatte sie noch hinzugefügt, daß die Hunde sich wie wahnsinnig gebärdeten . . .«

Ich schwieg, die Ereignisse der vergangenen Nacht standen mir wieder deutlich vor Augen. Ich verdankte also Jessica mein Leben. Es war eine Idee, an die ich mich erst einmal gewöhnen mußte. Der hohe heraldische Fries von Thirlbeck war schon in voller Sicht, als ich endlich sprach. »Das heißt, sie verhielt sich genau umgekehrt wie bei Patsy. Damals hätte sie nur den Mund aufzumachen brauchen, aber sie schwieg. Während sie für mich sehr viel mehr tat, als ihre Pflicht gewesen wäre. O Nat – ist es sehr schlimm für dich? Sie hätte Patsy retten können – aber sie rettete mich. Vermutlich war sie damals wirklich krank, aber was für eine bittere Ironie des Schicksals. Wenn sie vor drei Jahren . . .«

Seine Hand berührte meine, sie war rauh, und gerade das wirkte beruhigend. »Ich kann dich und Patsy nicht gegeneinander abwägen, Jo – schlag' dir das aus dem Kopf, Patsy war anmutig und reizend, und ich habe sie sehr geliebt. Jetzt aber liebe ich dich. Ich muß vergessen, was Jess in der Vergangenheit getan oder nicht getan hat. Letzte Nacht rettete sie dir das Leben. Und nun stehe ich für immer in ihrer Schuld. Als Tolson gestern nacht begriff, daß wir deine Rettung Jessica verdanken, wirkte er plötzlich wie ein Mann, von dessen Seele eine große Last genommen wurde. Und weiß Gott, das ist ihm zu gönnen. Er hat noch genug Probleme am Hals – ja, er hat mir alles erzählt über sich und deine Mutter – alles. Aber von nun an braucht er sich keine Sorgen mehr zu machen um das Wesen, das er am meisten auf der Welt liebt. Und das gibt ihm die Kraft, mit allen anderen Schwierigkeiten fertig zu werden. Und dabei muß ich ihm helfen, und du auch.«

Ich hatte nur wenig Zeit, mich an diese neue Situation zu gewöhnen. Als wir nach Thirlbeck kamen, wartete Jessica schon an der Tür. Sie stand auf den Stufen und kam uns mit den Hunden entgegen. Ich zuckte unwillkürlich bei ihrem Anblick zusammen. Nats Stimme sagte sanft: »Sei nett zu ihr, Jo . . .«

Die ersten Begrüßungsworte gingen im freudigen Gejaule der Hunde unter, die mir ihre Schnauzen entgegenstreckten und aufgeregt mit den Schwänzen wedelten. Jessica hatte, noch bevor Nat ausgestiegen war, die Wagentür auf meiner Seite geöffnet und ihre Hand ausgestreckt, um mir beim Aufstehen zu helfen. Am liebsten hätte ich ihre Geste ignoriert, aber ich wußte, das war unmöglich. »Ich habe mit dem Frühstück auf Sie gewartet, der Kaffee ist fertig.«

Sie nahm mich auf der einen Seite beim Arm, und Nat stützte mich auf der anderen. Wir stiegen langsam die Treppe hinauf und betraten die Halle; die Hunde folgten uns. Im Eßzimmer brannte ein helles Feuer im Kamin,

357

und davor stand ein Sofa mit vielen Kissen. »Großvater
und ich haben es für Sie hier hereingestellt«, sagte Jessica mit einer einladenden Handbewegung. »Dr. Murray
ist außer sich, daß Sie nicht länger im Krankenhaus
geblieben sind – und so habe ich versucht, es Ihnen so
bequem wie möglich zu machen.« Ich legte mich, ohne
zu protestieren, hin und ließ es gerne zu, daß Nat mir
die Beine auf den Sitz hob, Kissen in den Rücken legte
und eine Decke über mich breitete. Jessica brachte einen
kleinen Tisch, den sie neben mich stellte. Ich beobachtete sie, wie sie zur Anrichte ging und den Kaffee ein-
schenkte. Mir war schon bei der Begrüßung aufgefallen,
daß sie irgendwie erwachsener wirkte. Sie hatte ihren
tänzelnden Gang und ihre verspielte Art aufgegeben und
versuchte weder mit einem Lächeln noch mit einem
koketten Zurückwerfen ihres Haars Nats Aufmerksamkeit auf sich zu ziehen. Als sie eine Tasse auf den Tisch
neben mich und die andere vor Nat auf den Eßtisch
gesetzt hatte, trat sie einen Schritt zurück und sagte:
»Ich habe eine Neuigkeit für Sie, Lord Askew.«

Nat sagte schnell: »Laß den Unsinn, Jess, mein Name
ist immer noch Nat.«

Sie schüttelte den Kopf. »O nein, jetzt nicht mehr.
Alles ist anders geworden. Alle Dinge ringsherum haben
sich verändert, ob es uns nun gefällt oder nicht.«

Er seufzte und rührte seinen Kaffee um. »Und was ist
deine Neuigkeit, Jess?«

»Heute morgen in aller Herrgottsfrühe bin ich zur
Hütte gegangen, weil ich wußte, daß Sie keine Zeit haben würden, auf die Goldadler aufzupassen. Als es heller wurde, beobachtete ich die Adler durchs Fernglas . . .
ich verfolge gerne ihren Flug, und es ist weniger anstrengend für die Augen, als immer wieder auf das Nest
zu starren. Zufällig fiel mein Blick auch aufs Birkenwäldchen, und ich wußte sofort, daß etwas nicht stimmte. Ich lief so schnell wie möglich hin, und dann sah ich
Lord Askews Wagen, er lag zertrümmert zwischen den

Bäumen; wahrscheinlich ist er in voller Fahrt ins Schleu-
dern gekommen. Die Gräfin – ich konnte nichts mehr
für sie tun. Dr. Murray meint, sie sei gleich tot gewesen.
Soweit er nach einer flüchtigen Untersuchung beurteilen
kann, hat sie sich das Genick gebrochen.«

»Mein Gott. . .« Nat sah von Jessica zu mir, dann faßte er sich mit beiden Händen an den Kopf, so als wollte
er eine quälende Erinnerung abschütteln. »Tot . . . sie ist
tot.«

»Es war . . . es war schrecklich«, sagte Jessica leise,
»überall lag zerbrochenes Glas herum. Einer der
Scheinwerfer brannte noch. Wenn die Böschung an
dieser Stelle nicht so steil wäre, hätten wir den Schein
schon gestern nacht gesehen. Sie hatte den Schlüssel
für das nördliche Tor in der Tasche – und La Española . . .«

Nat starrte zu Boden, auch er schien wie Jessica
plötzlich älter geworden zu sein. Die Ereignisse der letzten Stunden hatten uns alle im Innersten getroffen, und
jeder von uns reagierte auf seine Weise, aber spurlos
würden sie an keinem von uns vorübergehen. Die Vertrautheit zwischen Nat und mir gab uns die Kraft, auch
Jessica in unser Leben mit einzubeziehen, und sie ihrerseits wirkte viel offenherziger, nicht mehr so eingespon-
nen in ihre Traumwelt. Wir alle hatten einen Teil der
Verantwortung übernommen, die Robert Birketts Tod
uns auferlegt hatte.

»Dieser verfluchte Diamant – und ich hatte so gehofft, daß ihr die Flucht gelingen würde! Nun braucht
man La Española noch nicht einmal zurückzubringen,
sie hat den Besitz der Birketts nie verlassen.«

Ich preßte meine Hände an die Kaffeetasse, um nicht
zu zittern.

»Haben Sie noch etwas gefunden, Jessica?«

Sie sah mich prüfend an. »Ja . . . ja, ich habe noch
etwas anderes gefunden. Also das war der Grund . . .
deshalb hat die Gräfin Sie eingesperrt. Sie haben es ne-

ben dem Sarg der Spanierin gefunden, nicht wahr? Und sie hat es genommen.«

»Über was, zum Teufel, redet ihr?«

Jessica wandte sich an Nat. »Im Fond des Wagens fand ich Miss Roswells großen Koffer.« Es war ihr gar nicht peinlich, meine Sachen so genau zu kennen. »Als ich sah, daß sie tot war – die Gräfin –, dachte ich, es sei besser, ihre Handtasche und ihren Koffer in Sicherheit zu bringen. Ich muß sagen, ich war erstaunt, daß sie einen von Miss Roswells Koffern genommen hatte statt ihren eigenen . . .«

»Meiner ist sehr stabil, er ist zwar ein billiger Fiberkoffer, aber er hält was aus. War das Bild im Koffer, Jessica?«

Sie nickte. »Es war in Ihre Kleider eingewickelt – vielleicht, um den Verdacht auf Sie zu lenken, falls die Gräfin erwischt würde. Mein Großvater hat das Bild nie gesehen. Er weckte Mr. Stanton, und ich hatte den Eindruck, daß er über die Rückkehr des Bildes sehr viel erfreuter war als über die Rückkehr von La Española.«

Nat unterbrach sie. »Willst du mir endlich erklären, worum es eigentlich geht?«

Ich sank in die Kissen zurück, vielleicht war ich schwächer, als ich gedacht hatte – oder aufgeregter.

»Es geht schon alles mit rechten Dingen zu, Nat. Wir reden von einem El Greco.« Und dann erzählte ich ihm mit etwas müder Stimme all die Dinge, die mich letzte Nacht so bedrückt hatten. Als ich geendet hatte, seufzte ich erleichtert auf.

»Sie kam aus derselben Familie wie die Spanierin, Nat, verstehst du jetzt alles?«

Jessica unterbrach mich. »Ja, das stimmt. Ihr voller Name im Paß lautet Carlotta de Avila, Fernández de Córdoba, Mendoza, Soto Alvarez y Alonzo. Und so hieß auch die Spanierin.«

Von der Tür her kam Geralds Stimme. Er war leise eingetreten und hinter uns gestanden und hatte alles mit angehört. »Fernández de Córdoba, eine der größten Familien Spaniens – und die de Avila sind genauso vornehm. Wie geht es dir, Jo?« Er ging ums Sofa herum, sah mich an und strich mir mit der Hand die Haare aus der Stirn. »Du solltest eigentlich noch im Krankenhaus sein, aber ich bin froh, dich zu sehen, Jo, Liebste. Du siehst aus wie ein Gespenst – fast wärst du dort neben der Spanierin gestorben.«

Ich setzte meinen Bericht fort und versuchte, mich an die genauen Worte zu erinnern, die die Gräfin gestern abend gebraucht hatte. »Sie war sicher, das Bild müßte in Thirlbeck sein, falls es überhaupt noch existierte. Wart einen Moment, was sagte sie noch? Ach ja, sie hätte das Haus vom Keller bis zum Boden durchsucht. Sie war sogar in dem Zimmer, wo die Bilder stehen. Und keiner von uns hat etwas davon geahnt! Aber . . . ihre Suche blieb erfolglos, genauso wie Vanessas.« Ich erzählte ihnen von dem Pergamentblatt mit Philipps Unterschrift und von der Übersetzung, die sich Vanessa aufgeschrieben hatte.

»Sie war schon reisefertig, als ich nach Thirlbeck zurückkam. Sie wollte nur La Española mit sich nehmen – und dann machte ich ihr sozusagen den El Greco zum Geschenk. Ich half ihr sogar, La Española zu stehlen. Bis ich kam, konnte sie nicht ins Arbeitszimmer, weil die Hunde sich nicht von der Tür rührten, und als ich dann erschien, klebten sie an meinen Fersen. Ich befahl ihnen, auf der Treppe zu bleiben. . . und dadurch war der Weg für sie frei, sie brauchte nur noch das Alarmsystem auszuschalten. Es ist alles so leicht, wenn man das Haus gut kennt und die Hunde aus dem Weg sind.«

»Die Hunde haben dir das Leben gerettet, Jo«, sagte Gerald, »die Hunde und Jessica. Wir mußten das Türschloß aufbrechen, um hineinzukommen, aber ohne die Hunde hätten wir die Geheimnische, wo die Spanierin aufgebahrt lag, nie gefunden. Ich kenne mich nicht gut mit Tieren aus, aber diese Hunde sind nur für die Familie Birkett gezüchtet.« Er blickte von einem zum andern. »Wir alle, die hier anwesend sind, wissen das, auch wenn wir es nicht verstehen. Aber vielleicht sollten wir außerhalb der Familie darüber nicht sprechen, und am besten vergessen wir es, wenn es uns gelingt.« Sein Ton war ernst und nachdenklich. »Vielen Dank, meine Liebe«, fügte er hinzu, als Jessica ihm eine Tasse Kaffee reichte.

»Was ist mit dem Bild jetzt geschehen?« fragte ich.

»Großvater hat den Koffer und das Bild hierbehalten. Die Handtasche und La Española haben wir in den Wagen zurückgelegt, sonst hätte die Polizei uns vielleicht noch verdächtigt, Beweismaterial entfernt zu haben. Und wenn je das Bild zur Sprache kommen sollte, dann sagen wir einfach, daß wir es zufällig hinter der Schrankwand entdeckt hätten – nichts mehr. Die Gräfin brauchen wir gar nicht zu erwähnen . . .«

Gerald trank seinen Kaffee genüßlich. Er setzte sich ans Fußende des Sofas. »Es war einer der aufregendsten Momente meines Lebens, Jo«, sagte er, »als Tolson mir das Bild zeigte. Ich habe natürlich sofort gesehen, daß es ein El Greco war. Und dann erinnerte ich mich, daß du es erwähnt hast. Verzeih mir, daß ich dir nicht geglaubt habe.«

»Es ist ein Porträt von Philipp II., nicht wahr?«

»Ja, gewiß. El Greco hat ihm einen edleren Ausdruck verliehen als die anderen Porträtisten. Es ist mir unverständlich, daß Philipp einen Künstler verachtet hat, der den Geist, der damals in Spanien herrschte, so tief empfunden hat, obwohl er ein Fremder war. Es ist ein einzigartiges Porträt, fast so ergreifend wie das ›Bildnis eines Unbekannten‹ im Prado. Er hat aus dem mächtigsten Mann der Welt fast einen Asketen gemacht. Der Verkauf des Bildes wird eine Sensation hervorrufen!«

»Wird es reichen, um die Erbschaftssteuern zu zahlen?« fragte Nat. »Entschuldigen Sie, wenn ich Ihre Begeisterung nicht ganz teilen kann, aber ich muß mich mit den praktischen Fragen herumschlagen.«

Gerald zog die Brauen zusammen. »So ein Bild bietet einem viele Möglichkeiten. Sie könnten es zum Beispiel dem Staat geben und den Preis gegen die Steuern aufrechnen.« Aber dann brach seine Begeisterung wieder durch. »Dieses Bild muß England erhalten werden, ich sehe jetzt schon die Schlangen vor der National Gallery . . . und wenn die ganze Geschichte des Fundes erst einmal in die Zeitungen kommt – was für eine Reklame! Sie werden eine Riesengeschichte daraus machen – La Española, die Spanierin und nun noch der EL Greco!«

Dann wurde sein Gesicht plötzlich ernst. »Die arme Gräfin. Ich frage mich, ob sie sich Robert nur angeschlossen hat, um nach Thirlbeck eingeladen zu werden? Hatte sie von vornherein nur den Plan, nach dem Bild zu suchen? Wie enttäuscht muß sie gewesen sein, es nirgends zu finden. Aber vielleicht war der Diebstahl auch nur ein Einfall in letzter Minute. Mit Roberts Tod zerbrach ihre Welt. Arme Frau . . . sie muß außer sich gewesen sein. Ich bin überzeugt, sie wollte dich nicht töten, Jo . . . Sie wußte sicher nicht, daß es lebensgefährlich für dich war, Blut zu verlieren. Armer Robert! Ich hoffe, sie hat ihn ein wenig geliebt. Ich bin froh, daß er nie die Wahrheit über sie herausfand . . .« Seine Stimme wurde leiser, als er sich direkt an mich wandte. »Aber ich bin froh, daß er die Wahrheit über dich erfuhr, Jo. Zu wissen, daß er eine Tochter hat, war ein großes Geschenk in der letzten Stunde . . .«

Er räusperte sich und ging an die Anrichte und goß sich eine zweite Tasse Kaffee ein. »In der ›Times‹ und im ›Telegraph‹ sind zwei sehr gute Nachrufe über Robert erschienen. Sie erwähnen seine Tapferkeitsorden. Die anderen Zeitungen behandeln seinen Tod als reine Sensationsnachricht – sie graben alle alten Geschichten über La Española wieder aus und über Roberts Gefängnisstrafe. Lies sie nicht, Jo, es hat keinen Zweck . . .«

»Was mich ärgert«, sagte Jessica, »ist, daß sie Nat – ich meine Lord Askew – keine Ruhe gönnen. Er hat schon genug Sorgen, warum erschweren sie ihm noch das Leben? Und es wird noch viel schlimmer werden, wenn sie herausfinden, daß die Gräfin hier starb mit La Española in der Hand.« Sie sprach ausschließlich zu Gerald, so als ob nur er eine Lösung finden könnte. »Gibt es denn keine Möglichkeit, das Ganze zu vertuschen? Könnte man nicht die Polizei bitten, La Española unter den Tisch fallenzulassen? Es muß doch . . .«

Gerald schüttelte den Kopf. »Nachdem wir gestern abend bei der Polizei Anzeige erstattet haben, kann man nichts mehr geheimhalten. Das ist die Kehrseite der Pressefreiheit, Jessica. Die Reporter holen sich ihre Informationen, wo und wann immer sie können, und eine ihrer Quellen ist die Polizei. Manchmal braucht die Polizei die Unterstützung der Presse, und eine Hand wäscht die andere.«

Jessica ging zur Anrichte und schnitt stirnrunzelnd das Toastbrot. »Ich finde es trotzdem nicht richtig. Man muß doch Menschen die Möglichkeit geben, ungestört einen neuen Anfang zu machen.« Dann zuckte sie die Achseln. »Andererseits kann vielleicht ein wenig Reklame nicht schaden.«

Nat sagte langsam: »Was meinst du damit, Jessica?«

»Nun, irgendwann, Nat – Lord Askew, werden Sie Thirlbeck dem Publikum zugänglich machen müssen. Es ist die einzige Möglichkeit, das Haus zu erhalten. Großvater hat genug Ärger gehabt, es ist schließlich kein Geheimnis, daß Häuser wie Thirlbeck nur Geld verschlingen. Aber die Leute wollen solche Häuser sehen und sind bereit, dafür zu zahlen! Ich weiß, es geht Ihnen gegen den Strich, Lord Askew, aber Ihnen wird nichts anderes übrigbleiben. Sie brauchen das Tal ja nur vom Haupteingang bis zum Haus freizugeben, und den restlichen Teil könnten Sie einzäunen und als Naturschutzgebiet erklären. Und im Haus selbst gibt es genug Bilder und Möbel, um die Leute anzulocken . . .« Sie warf Gerald und mir einen ängstlichen Blick zu. »Ich meine,

Sie müssen doch nicht alles verkaufen? Sie werden uns doch sicher auch helfen, Mr. Stanton? Und was mich anbelangt, so tu' ich gerne alles, was ich kann. Ich kenne mich recht gut in der Familiengeschichte aus, und was ich nicht weiß, lern' ich dazu. Miss Roswell könnte einen kleinen Führer schreiben, und die Ställe würden sich für ein Restaurant gut eignen. Und vielleicht wäre ein kleiner Kunstgewerbeladen nicht schlecht, Urlauber kaufen gerne Andenken . . .«

Sie hielt inne, als wir ostentativ schwiegen. »Na ja«, sagte sie, »es ist nur eine Idee, aber etwas muß geschehen . . .«

Die Scheiben sprangen aus dem Toaster, und sie steckte neue hinein. »Ich geh' jetzt in die Küche und koch' die Eier. Dr. Murray möchte Sie gerne sehen, Miss Roswell, wenn er oben fertig ist . . . der Krankenwagen und die Polizei sind schon da. Ich mache noch etwas mehr Kaffee . . .«

Sie blickte zu Nat hinüber. »Vermutlich wird die Polizei sich mit der Familie der Gräfin in Verbindung setzen, aber meinen Sie nicht, Sie sollten von sich aus auch eine Nachricht schicken? Wahrscheinlich wollen die Angehörigen ihre Leiche nach Spanien überführen. Soll ich die spanische Botschaft in London anrufen? Im Paß steht nur irgendeine italienische Adresse, aber wenn sie einen so berühmten Namen trägt, kann es für die Botschaft nicht allzu schwierig sein, ihre Familie zu ermitteln . . . Nun, das können Sie mir ja später sagen. Ich setz' jetzt die Eier auf und bring' noch etwas Kaffee.«

Sie blieb an der Türe stehen. »Wir müssen jetzt alle zusammenhalten, und wenn die Reporter kommen, dann wissen wir einfach von nichts. Ich habe den Kindern schon gesagt, sie sollen den Mund halten. Sie gehen alle zum Gottesdienst nach Kesmere. Großvater fand, das gehöre sich so. Ich persönlich möchte lieber nicht gehen – ich wollte schon gestern abend nicht. Ich bleibe hier bei Miss Roswell und komme später nur zur Beisetzung.« Die Tür schloß sich hinter ihr.

365

Nachdem sie gegangen war, tauschten wir Blicke aus, und plötzlich fing Nat zu grinsen an. Es wirkte so ansteckend, daß wir alle in Lachen ausbrachen. »So, da habt ihr's«, sagte Nat. »Jessica hat alles aufs beste organisiert, und nun weiß jeder, was er zu tun hat.«

»Und das Komische daran ist«, sagte Gerald, »daß die Kleine vermutlich recht hat.« Er stand auf und schenkte sich Kaffee ein, dann kam er zurück und legte weitere Scheite aufs Feuer. Als er uns sein Gesicht wieder zuwandte, fiel mir auf, wie müde er aussah. Robert Birketts Tod hatte uns allen eine schwere Verantwortung aufgebürdet. »Ich bin nur froh«, sagte er, »daß wir mit heiler Haut davongekommen sind, aber noch mal möchte ich mit dem Gesetz nicht in Konflikt geraten. Die Gräfin hätte vielleicht über die Bilder den Mund gehalten, wenn sie nur mit La Española erwischt worden wäre, besonders wenn Tolson und ich ausgesagt hätten, daß Robert ihr den Diamanten geschenkt hat, und da sie zu derselben Familie wie die Spanierin gehörte, hätte dies durchaus glaubhaft geklungen. Aber als ich den El Greco sah, wußte ich, daß wir alle einer Gefängnisstrafe nur knapp entgangen sind. Nun, zu unserem Glück ist die Sache anders gelaufen. Obwohl mir dieser Unfall im Birkenwäldchen ein ewiges Rätsel bleiben wird ...« Er zuckte die Achseln. »Es ist zwecklos, sich über solche Dinge den Kopf zu zerbrechen, es führt zu nichts.«

Ich fröstelte, und Nat war sogleich an meiner Seite. »Ist dir kalt, Jo?« Er zog die Decke höher. Ich schüttelte den Kopf. »Nein, Nat, mir geht es gut.« Ich war die einzige, die ahnte, was die Gräfin im Birkenwäldchen gesehen hatte, aber ich würde es niemandem sagen, nicht jetzt und nicht später. Der Fluch der sterbenden Spanierin hatte sich wiederum erfüllt; La Española war nach Thirlbeck zurückgekehrt, die blutige Legende war um eine Tragödie reicher.

Gerald nahm meine leere Tasse und schenkte mir frischen Kaffee ein. Nat setzte sich statt seiner ans Ende des Sofas und sagte mit dem Anflug eines Lächelns: »Wenn ich nicht so verdammt unglücklich und durcheinander wäre, würde ich am liebsten laut lachen. Diese Tolsons sind wirklich unschlagbar. Ich wette mit dir, daß sie alle zusammen in der Küche hocken und Zukunftspläne für Thirlbeck schmieden. Sicher rechnet sich der Alte schon aus, wie man möglichst wenig Erbschaftssteuern zahlt, während unsere reumütige Jessica sich in die Arbeit stürzen wird, um vergangene Fehler wiedergutzumachen. Sie wird Thirlbeck zu ihrer Lebensaufgabe machen, und wenn ihr Großvater nicht mehr kann, seinen Platz einnehmen. Und wenn sie einmal heiratet, dann bestimmt nur einen Mann, der nützlich für Thirlbeck ist. Bist du dir klar darüber, Jo, daß wir uns nicht nur Thirlbeck aufladen, sondern auch Jessica und die ganze Familie Tolson? Wirst du das aushalten?« Er schüttelte ungeduldig den Kopf. »Natürlich wirst du, du wirst es aushalten müssen, weil ich dich liebe, und weil du seine Tochter bist. Meine Liebe – und dein Erbgut, Jo, das ist eine einzigartige Kombination.«

Er stand auf und trat ans Fenster, ganz in der Ferne schimmerte das Weiß des Krankenwagens durch die Stämme. »Ich habe dir schon gesagt, Jo, daß du für einen Landwirt nicht die richtige Frau bist, aber für Thirlbeck bist du goldrichtig.«

Er blickte erst mich, dann Gerald an, vielleicht war es ihm sogar angenehm, einen Zeugen bei diesem Gespräch zu haben.

»Ich bitte dich um nichts, Jo. Ich sage dir einfach, wie die Dinge liegen. Ich muß die Leitung des Ganzen hier übernehmen, und das kann ich nicht ohne dich. Du darfst mich nicht im Stich lassen. Ich brauche dich, ich würde dich sogar brauchen, wenn du ein hilfloses Geschöpf wärst. Dein Fortgehen würde das Ende von Thirlbeck bedeuten, egal, was die Tolsons tun oder sagen.«

Gerald rührte sich nicht, aus Angst, ihn aus dem Konzept zu bringen. Als Nat wieder zu sprechen anfing,

367

wählte er seine Worte sorgfältig, so als wollte er die Dinge nicht nur für mich, sondern auch für sich selbst klären. »Jo, wenn du nicht bei mir bleibst, verkaufe ich alles, was nicht niet- und nagelfest ist, und wenn niemand das Haus will, werde ich es abreißen lassen. Im übrigen würde ich auch den Grafentitel ablehnen, und das wäre das Ende des Hauses Askew. Ich habe weder das Herz noch den Mut, das Ganze auf mich zu nehmen – ohne dich.«

Ich blickte Gerald an und sah, wie er leicht, vielleicht unbewußt, mit dem Kopf nickte. Ich war unbeschreiblich erschöpft. »Nat«, sagte ich, »du wirst Thirlbeck ebensowenig aufgeben wie deine Goldadler. Der Tod von Robert Birkett hat unser aller Leben verändert. Seine Titel und seine Verantwortung sind auf dich übergegangen. Mach aus deiner Erbschaft das Beste, was du kannst, aber wirf sie nicht fort. Ich weiß, daß ich die falsche Frau für einen Landwirt bin, aber vielleicht bin ich die richtige Frau für den Besitzer von Thirlbeck.«

Ich blickte auf meine verbundene Hand. »Dies ist erst der Beginn, Nat, Gerald übersieht wahrscheinlich besser als wir, was für Probleme auf uns zukommen, aber jetzt geh erst mal nach Hause und zieh dich um. Du mußt bald in die Kirche und dich den Reportern und Filmkameras stellen. Und bitte verlier nicht die Geduld. Ich weiß, es ist schwierig, wir haben beide viel zu lernen, also fangen wir am besten gleich damit an.«

2

Ich stand neben Nat Birkett, als die Überreste von Robert Birkett, dem achtzehnten Earl of Askew, in Thirlbeck eintrafen, um in der Familiengruft beigesetzt zu werden. Nats Söhne und die Tolson-Familie brachten Blumen, die

sie in den Gärten der Pachthöfe und am Wegrand gepflückt hatten. Die Zeit der Narzissen war schon vorbei,
aber dafür blühten die rotflammenden Tulpen und der
duftende Goldlack; die Kinder trugen Sträußchen von
Stiefmütterchen, gelben Primeln und schon halb ver-
welkten Glockenblumen. Einige Pächter hatten die roten
und weißen Blüten ihrer Azaleen geopfert, um das Grab
mit den Blumen des englischen Frühlings zu schmücken,
für den Robert Birkett zurückgekommen war.

Ich blickte in die Runde – Jeffries stand einen Schritt
hinter Gerald, daneben Tolson mit seinen Söhnen (sie
sahen sich erstaunlich ähnlich), dann folgte die elfenar-
tige Jessica, die über Nacht erwachsen geworden war,
und schließlich die lange Reihe der Tolson-Enkel. Sie
alle waren gekommen, um das Ende einer Epoche und
den Beginn einer neuen zu sehen.

Und dann merkte ich zu meinem größten Erstaunen,
daß trotz des hellen, regenlosen Frühlingstages mein
Gesicht feucht war. Ich schaute zu Tolson hinüber, er
hielt den Kopf gesenkt, so als wüßte er nicht, wie er
seinen Kummer verbergen sollte, und dann sah ich Tränen über Jessicas Wangen rollen, und die Tränen machten sie menschlich und erwachsen. Und plötzlich wurde
mir klar, daß Nat und ich die volle Verantwortung für
diese ergebenen Menschen übernehmen mußten. Es war
keine leichte Aufgabe. Ich weinte über Robert Birkett,
meinen Vater, und ein wenig aus Selbstmitleid.

3

Am selben Tag kam der Priester von der katholischen
Kirche in Kesmere und sprach mit Nat und mir. »Ich
habe nicht die geringsten Bedenken«, sagte er. »Jede
christliche Seele hat ein Recht auf ein christliches Be-

gräbnis – und sie hat eine lange Zeit warten müssen.«
Er sah sich den Familienfriedhof der Birketts an und
las das Datum auf dem Bogen der dachlosen Kapelle.
»Ich glaube nicht, daß sie je säkularisiert wurde«,
sagte er. »Natürlich werde ich den Bischof anrufen,
aber ich bin überzeugt, daß wir sie benützen können.
Schließlich haben wir nicht immer Kathedralen gehabt. Wie oft sind die Messen unter freiem Himmel
abgehalten worden – besonders zu Lebzeiten der
Spanierin. Haben Sie ihre Identität zweifelsfrei festge-
stellt?«

»Wir haben den Ring mit dem Monogramm, den sie
trug, aufs genaueste geprüft. Ich glaube, es bestehen
nicht die geringsten Zweifel, daß sie es ist.«

Er nickte. »Gut, dann werde ich alles in die Wege lei-
ten. Hoffentlich regnet es nicht.«

Den restlichen Tag stellten wir die Tolson-Kinder an,
um den Boden der Kapelle zu säubern und die Ranken
von den Innenwänden zu entfernen, aber den jungen
Birkenbaum neben den geborstenen Marmorsteinen des
ehemaligen Altars ließen wir stehen. Mrs. Tolson lieh
uns einen Tisch, über den wir ein weißes Tischtuch legten. Jessica brachte riesige Blumensträuße, die sie in
hohe Vasen stellte und über den grasbewachsenen Boden
verteilte. Gegen Abend erschien der junge Thomas, Nats
Sohn, mit weißen Veilchen, die er in feuchtes Papier
eingewickelt hatte. »Das ist für die Spanierin«, sagte er.
»Pa will nicht, daß wir kommen. Er sagt, ich sollte nicht
zuviel an sie denken – aber sie will mir nicht aus dem
Kopf. Meine Mutter hat mir ihre Geschichte erzählt.
Wie schrecklich, daß sie all diese Jahre da oben ganz
allein in der Nische gelegen ist. Es muß traurig sein, so
vergessen zu werden. Aber nun wird sie nicht mehr einsam sein. Es ist schade, daß sie nicht neben ihrem Mann
liegen kann, aber er wurde im Tower von London geköpft, und niemand hat seine Leiche nach Thirlbeck
zurückgebracht.«

Ich nickte. »Ja, sein Bruder, der dritte Graf Askew, hat sicher Angst gehabt, um die Herausgabe der Leiche eines Verräters zu bitten.«

»Es ist interessant, einen Verräter in der Familie zu haben«, sagte er mit der ruhigen Sachlichkeit eines Kindes, dann ging er fort. Die Tatsache, daß vierhundert Jahre seit diesem Ereignis verstrichen waren, schien den zukünftigen Lord Askew genausowenig zu beunruhigen wie die Tatsache, daß er eines Tages den Titel erben würde.

Nat saß noch bis spätabends bei mir, während ich mich auf dem Bett der Spanierin ausruhte. Die acht Hunde lagen vor den zwei Kaminen, sie folgten jetzt Nat, so wie sie erst Robert Birkett und dann mir gefolgt waren. Nat hatte sich schon fast daran gewöhnt, immer von ihnen umringt zu sein, er blickte sie jetzt nachdenklich an. »Sie haben sich genau zwischen uns beiden aufgeteilt, Jo. Wir müssen uns ein paar mehr von ihnen und ein paar eigene Kinder zulegen.«

»Ja . . .«

Er saß in demselben großen Sessel, in dem ich so oft geglaubt hatte, den Schatten der kleinen Spanierin zu sehen. Seine mächtige Gestalt füllte ihn fast aus. Eine Kerze brannte auf dem Kaminsims über ihm. Er hatte sich trotz seiner Müdigkeit ein paar Sachen aufgeschrieben, die dringend erledigt werden mußten. Er rauchte. Neben ihm auf einem Silbertablett stand eine Flasche Kognak, und wir hatten beide ein volles Glas vor uns stehen. Ein zufälliger Lauscher hätte meinen können, wir seien schon jahrelang verheiratet.

Er hatte sich noch nicht ganz mit der Idee abgefunden, Thirlbeck dem Publikum zu öffnen. »Was, zum Teufel, sollen wir machen, Jo? Können wir nicht La Española irgendwie loswerden? Selbst wenn wir die Verkäufe von Tolson und deiner Mutter verheimlichen können, werden uns die verdammten Erbschaftssteuern an den Bettelstab bringen. Du wirst sehen, zum Schluß bleibt nichts übrig.«

371

»Natürlich werden die Steuerbehörden hinter dir her sein, Nat, aber sie kommen nicht gleich morgen früh. Die Kunstwerke, die im Haus sind, müssen wir natürlich angeben – vielleicht kommen wir zu irgendeiner Einigung mit den Behörden. Und über den Rest halten wir den Mund. Die persönlichen Steuern von Lord Askew – von Robert – sind bezahlt. Die Erlöse der illegalen Verkäufe gingen immer auf sein Schweizer Konto. Und vergiß nicht die Million Pfund, sie kommt Thirlbeck zugute. Natürlich ist das Ganze etwas heikel, aber ein Gutes hat es. Sobald wir die Million ordnungsgemäß versteuert haben, können wir den Rest für Reparaturen ausgeben. Wie wir alles im einzelnen arrangieren, kann ich im Moment auch nicht übersehen, ich weiß nur, daß wir unter allen Umständen Thirlbeck halten müssen. Ich weiß, Nat, du wirst vor Wut mit den Zähnen knirschen, wenn das Haus von Touristen wimmelt, aber das ist leider nicht zu ändern.«

Er lächelte müde. »Ich habe gute und kräftige Zähne.«

»Um so besser. Du wirst sie brauchen. Ich fürchte, du wirst in den nächsten Jahren noch recht oft mit den Zähnen knirschen, wenn du herausfindest, wie schlecht Lord Askew für seinen Erben vorgesorgt hat. Vielleicht müssen wir wirklich Geralds Rat befolgen und den El Greco an die National Gallery verkaufen . . .«

Ich konnte sein Gesicht nicht deutlich sehen, aber mir schien, er grinste bei den nächsten Worten. »Ja, Jo, und was noch?«

»Ich glaube, wir sollten den größten Teil der französischen Möbel verkaufen. Sie sind zwar sehr kostbar, aber sie passen nicht zum Stil des Hauses. Sie wirken wie eine Haarschleife auf dem Kopf einer älteren Frau. Die Bilder dagegen möchte ich gerne behalten. Sie werden zusätzliche Besucher anlocken. Ja, und dann haben wir als besondere Attraktion natürlich noch La Española.«

»Was hast du denn mit La Española vor? Verdammt noch mal, Jo, ich bin nur ein einfacher Bauer, ich brauche Zeit, bis alles in meinen Dickschädel eindringt.«

»Das werde ich dir gleich erklären, Nat. Die Zeitungen sind voll von Geschichten über La Española, aber keiner hat sie gesehen. Sie ist ein einzigartiges Juwel, mindestens eine Million – und doch nichts wert. Weil sie unverkäuflich ist.«

»Jo – Jo! Ich muß Erbschaftssteuern auf La Española zahlen. Kann ich den Stein nicht einfach der Steuerbehörde geben? Sollen die doch das Risiko übernehmen. Laß sie ruhig sterben bei dem Versuch, das Ding zu verkaufen.«

Ich sah mich im Zimmer um, meine Blicke fielen auf die geschnitzten Paneele, die vor dem Feuer schlafenden Hunde, auf Nats Gesicht, das von der Kerze seitlich erhellt wurde, und auf den Schrank, hinter dem die Spanierin jahrhundertelang gelegen hatte.

Ich sagte leise: »La Española muß in Thirlbeck bleiben. Du wärst der erste, der sich lebenslänglich Vorwürfe machen würde, wenn irgend jemand des Steins wegen ein Unglück zustieße. Nein, der Stein bleibt hier und wird endlich das sein, was er immer hätte sein sollen: ein von allen bewundertes Schmuckstück. Und wenn die Leute glauben, daß ein Fluch auf ihm liegt – um so besser, dann werden sie herbeiströmen, um ihn mit eigenen Augen zu sehen. Leg ihn in einen diebessicheren Glaskasten, bau eine anständige Alarmvorrichtung ein – es ist sowieso höchste Zeit, daß wir Tolson diese höllische Verantwortung abnehmen –, und dann laß die Leute kommen. Erzähl ihnen die ganze herzzerreißende Geschichte, Nat, bis ihnen die Tränen kommen. Sie sollen ruhig ein paar sentimentale Tränen über die kleine vernachlässigte Spanierin vergießen.«

»Jo, bist du dir klar darüber, was du auf dich nimmst? Sollen wir unser ganzes Leben jeden Heller umdrehen, nur um das Haus aufrechtzuerhalten. Lohnt sich das?«

»Haben wir die Wahl? Ich glaube, deine Frage beantwortet sich von selbst, Nat.«

Er stellte sein Glas hin und drückte die Zigarette aus,
dann kam er und setzte sich auf mein Bett. »Also gut,
wenn du findest, daß es sein muß, dann muß es sein.
Mein Gott, was für eine Tochter hat Robert Birkett mir
da hinterlassen. Du bist noch so schwach wie ein neuge-
borenes Kätzchen, und schon fängst du zu kämpfen an.
Du wirst um jeden Stein in diesem Haus kämpfen, nicht
wahr? Du wirst so tun, als ob du nachgibst, und dann
so lange diskutieren, bis du deinen Kopf durchgesetzt
hast. Als ich dich kennenlernte, warst du ein ruhiges,
wohlerzogenes kleines Mädchen. Und jetzt bist du plötzlich hart wie Stahl. Du gehörst zu einer Sorte von Birketts, die ich nicht verstehe. Er wollte nicht kämpfen –
außer im Krieg.«

»Ich bin auch Vanessas Tochter«, sagte ich. »Hör auf,
dir Sorgen zu machen, Nat. Die Birketts kämpfen, wenn
sich der Einsatz lohnt, und er lohnt sich . . .«

Er seufzte, zog die Schuhe aus und lehnte sich an den
Kissenberg, den er hinter meinem Rücken aufgebaut
hatte. »Gott, ist das alles ermüdend, allein schon, wenn
ich an die Zeitungen denke. Wenn wir beide nur . . . du
und ich, Jo . . . auf meinem kleinen Gut leben könnten.
Ich scheue keine Schwierigkeiten, jeder Bauer hat mit
Schwierigkeiten zu kämpfen, das Wetter, die Ernte, die
Tiere – aber was du von mir verlangst . . . Nun, wahrscheinlich hat jeder seine Sorgen . . .« Die letzten Worte
waren nur noch gemurmelt. Er schloß die Augen und
rückte näher an mich heran, so als suche er Wärme und
Geborgenheit. Ich zog die Decke über ihn.

»Nun, der Anfang ist gemacht«, sagte ich, aber er
antwortete nicht. Einige Minuten später hörte ich ihn
tief atmen, er war so schnell eingeschlafen wie ein mü-
des Kind. Nach einer Weile fing er leise zu schnarchen
an, es erinnerte mich ein wenig an das zufriedene
Schnaufen der Hunde. In diesem Augenblick waren wir

374

nicht wie zwei Liebende, sondern wie zwei Menschen, die sich schon lange kennen, zwei Menschen, die gemeinsam eine Bürde tragen, die eine unerwartete und mit Blut befleckte Erbschaft ihnen auferlegt hatte.

Nat sagte schlaftrunken, mit geschlossenen Augen: »Hab' ich dir schon erzählt – die letzte große Neuigkeit? Ein kleiner Goldadler ist heute aus dem Ei geschlüpft – und ich habe den Bentley für immer in einen Schuppen gestellt.«

Gleich darauf schlief er wieder.

4

Am nächsten Morgen waren wir früh auf den Beinen. Tolson wartete schon in der Bibliothek, wo der Eichensarg aufgebahrt stand – der Sarg, der die Überreste der Spanierin enthielt –, es war ihre letzte Nacht in Thirlbeck gewesen.

Nat, George Tolson und seine Söhne nahmen ihn auf die Schultern. Der Morgennebel hing noch in weißen Schwaden über dem See, aber über der Dunstschicht sah man schon die kahlen Felsengipfel des Brantwick und Großen Birkeld im strahlenden Licht der ersten Morgensonne herausragen. Der Sarg stand jetzt auf einem Gestell in der gesäuberten Kapelle. Mrs. Tolsons Tisch war mit einem gestärkten weißen Tischtuch bedeckt. Der Priester wartete schon mit einem rotbackigen Meßknaben. Ihre Meßgewänder waren weiß – die Farbe der Freude. Ich hatte sie gebeten, die Messe auf lateinisch zu lesen. »Sie verstand kein Englisch«, hatte ich gesagt.

Dann begruben wir sie neben den Birketts. Ich legte Thomas' weiße Veilchen auf ihr Grab. Wer konnte an diesem hellen Morgen an die Existenz von Gespenstern glauben? Aber was die kleine Spanierin mitgebracht hatte, würde für immer in Thirlbeck bleiben. Ein Gefühl des Friedens und des Glücks erfüllte mich. Vielleicht würde sich jetzt, nachdem sie endlich Ruhe gefunden und den gebührenden Platz eingenommen hatte, auch das Schicksal der Birketts wenden, und ihr Geist würde für alle ein freundlicher Geist sein, so wie er es für mich schon immer gewesen war. Sie war jetzt wirklich eine von uns. Über ihrem Grab stand ein hoher, rohbehauener Obelisk, den Ted Tolson und Nat gestern hier aufgestellt hatten, auf ihm war mit unsicherer Hand eingraviert:

JUANA
DIE SPANIERIN

Der Priester hatte geendet, er sprengte Weihwasser über das Grab. »Requiescat in pace.« Für Nat und für mich war es wie ein spezieller Segen, vielleicht würden wir unter dem besonderen Schutz der Spanierin stehen, die jetzt endlich zur Ruhe gekommen war. »Und möget ihr in Frieden leben.«

«Die Bredow zu lesen macht einfach Vergnügen.»
Brigitte

«Es ist selten,
daß jemand derart
taufrisch schreibt,
daß Erinnerungen so
lebendig werden...»
Die Welt

Leinen / 256 Seiten

«Ihr bisher
bester Roman.»
WamS

Leinen / 256 Seiten

Das schöne Buch
zum Schenken.

Schmuckeinband mit
Leinenrücken / 220 Seiten

Unterhaltungs-
lektüre im besten
Sinne.

Leinen / 194 Seiten

Lillian Beckwith im dtv

»Wenn eine unerschrockene Britin sich in die Hebriden
verliebt, kann sie bücherweise davon berichten. Wie
Lillian Beckwith, die damit der urigen Inselwelt ein
herrliches Denkmal setzt.«
Hörzu

In der Einsamkeit der Hügel
Roman · dtv 12178

Eigentlich wollte »Becky« sich auf einer Farm in Kent erholen. Doch in letzter Minute kommt ein Brief von den Hebriden, der schon durch seine sprachliche Eigenart das Interesse
der Lehrerin weckt. Aus der Erholungsreise wird ein Aufenthalt von vielen Jahren auf der »unglaublichen Insel«.

»Nur wer die Landschaft und die Bewohner der Inseln so intensiv kennengelernt hat, kann ein solches Buch schreiben.
Die Marotten der Bewohner, deren Gastfreundlichkeit werden so liebevoll geschildert, daß es ein reines Lesevergnügen
ist, ihren Wegen zu folgen.« *Hannoversche Allgemeine Zeitung*

Die See zum Frühstück
Roman · dtv 11820

Ein frischer Wind
vom Meer
Roman · dtv 12029

Auf den Inseln auch
anders
Roman · dtv 11891

Der Lachs im Pullover
Roman · dtv 12196

Alle Romane wurden ins Deutsche übertragen von
Isabella Nadolny.

Erich Kästner im dtv

»Erich Kästner ist ein Humorist in Versen, ein gereimter Satiriker, ein spiegelnder, figurenreicher, mit allen Dimensionen spielender Ironiker ... ein Schelm und Schalk voller Melancholien.«

Hermann Kesten

Doktor Erich Kästners Lyrische Hausapotheke
dtv 11001

Bei Durchsicht meiner Bücher
Gedichte · dtv 11002

Herz auf Taille
Gedichte · dtv 11003

Lärm im Spiegel
Gedichte · dtv 11004

Ein Mann gibt Auskunft
dtv 11005

Fabian
Die Geschichte eines Moralisten
dtv 11006

Gesang zwischen den Stühlen
Gedichte · dtv 11007

Drei Männer im Schnee
dtv 11008 und
dtv großdruck 25048
»Märchen für Erwachsene«, das durch seine Verfilmung weltberühmt wurde.

Die verschwundene Miniatur
dtv 11009 und
dtv großdruck 25034

Der kleine Grenzverkehr
dtv 11010
Die Salzburger Festspiele lieferten den Stoff für diese heitere Liebesgeschichte.

Die kleine Freiheit
Chansons und Prosa
1949 – 1952
dtv 11012

Kurz und bündig
Epigramme · dtv 11013

Die 13 Monate
Gedichte · dtv 11014

Die Schule der Diktatoren
Eine Komödie
dtv 11015

Notabene 45
Ein Tagebuch
dtv 11016

Penelope Lively im dtv

»Penelope Lively ist Expertin darin, Dinge von
zeitloser Gültigkeit in Worte zu fassen.«
New York Times Book Review

Moon Tiger
Roman · dtv 11795
Das Leben der Claudia
Hampton wird bestimmt
von der Rivalität mit
ihrem Bruder, von der ei-
genartigen Beziehung zum
Vater ihrer Tochter und
jenem tragischen Zwi-
schenfall in der Wüste, der
schon mehr als vierzig
Jahre zurückliegt.
»Ein nobles, intelligentes
Buch, eins von denen,
deren Aura noch lange
zurückbleibt, wenn man
sie längst aus der Hand
gelegt hat.« (Anne Tyler)

Kleopatras Schwester
Roman · dtv 11918
Eine Gruppe von Reisen-
den gerät in die Gewalt
eines größenwahnsinnigen
Machthabers. Unter ihnen
sind der Paläontologe Ho-
ward und die Journalistin
Lucy. Vor der grotesken
Situation und der Bedro-
hung, der sie ausgesetzt
sind, entwickelt sich eine
ganz besondere Liebesge-
schichte ...

London im Kopf
dtv 11981
Der Architekt Matthew
Halland, Vater einer Tochter, geschieden, arbeitet an
einem ehrgeizigen Bau-
projekt in den Londoner
Docklands. Während der
Komplex aus Glas und
Stahl in die Höhe wächst,
wird die Vergangenheit
der Stadt für ihn lebendig.
Sein eigenes Leben ist eine
ständige Suche, nicht nur
nach der jungen Frau in
Rot ...

Ein Schritt vom Wege
Roman · dtv 12156
Annes Leben verläuft in
ruhigen, geordneten Bah-
nen: Sie liebt ihren Mann
und ihre Kinder, führt
eine sorgenfreie Existenz.
Als ihr Vater langsam sein
Gedächtnis verliert und
sie seine Papiere ordnet,
erfährt sie Dinge über sein
Leben, die auch ihres in
Frage stellen. Doch dann
lernt sie einen Mann ken-
nen, dem sie sich ganz nah
fühlt ...

Julien Green im dtv

»Julien Green zählt zu den großen klassischen
Erzählern unseres Jahrhunderts.«
Hamburger Abendblatt

Junge Jahre
Autobiographie
dtv 10940

Paris
dtv 10997
Mit den Augen des Dichters: kein Reiseführer.

Jugend
Autobiographie
1919–1930
dtv 11068

Leviathan
Roman · dtv 11131
Guéret, Hauslehrer in der Provinz, entflammt in Leidenschaft zu der hübschen Angèle.

Meine Städte
Ein Reisetagebuch
1920–1984
dtv 11209

Der andere Schlaf
Roman · dtv 11217

Träume und Schwindelgefühle
Erzählungen
dtv 11563

Die Sterne des Südens
Roman
dtv 11723
Liebesroman und Kriegsepos im Sezessionskrieg der amerikanischen Südstaaten.

Treibgut
Roman
dtv 11799

Moira
Roman · dtv 11884
Eine Studentenwette: Die unwiderstehliche Moira soll den frommen Provinzler Joseph Day verführen. Ein frivoles und zugleich ein gefährliches Spiel...

Jeder Mensch in seiner Nacht
Roman
dtv 12045

Der Geisterseher
Roman
dtv 12137

Englische Suite
Literarische Porträts
dtv 19016

Eveline Hasler im dtv

»Eveline Haslers Figuren sind so prall voll Leben, so anschaulich und differenziert gezeichnet, als handle es sich samt und sonders um gute Bekannte.«

Klara Obermüller

Anna Göldin
Letzte Hexe
Roman · dtv 10457
Die erschütternde
Geschichte des letzten
Hexenprozesses in der
Schweiz im Jahre 1782.

Novemberinsel
Erzählung · dtv 10667
Eine junge Frau zieht sich
mit ihrem jüngsten Kind
im November auf eine
Mittelmeerinsel zurück in
der Hoffnung, aus einer
psychischen Krise heraus-
zufinden.

Ibicaba
Das Paradies in den
Köpfen
Roman · dtv 10891
Im 19. Jahrhundert sind
Hunger und Elend in eini-
gen Kantonen der Schweiz
so groß, daß es zu einer
riesigen Auswanderungs-
welle ins »gelobte Land«
Brasilien kommt. Doch
das vermeintliche Paradies
entpuppt sich für die meisten als finstere Hölle.

Der Riese im Baum
Roman

dtv 11555
Die Geschichte Melchior
Thuts (1736–1784), des
größten Schweizers aller
Zeiten. Ein historischer
Roman, der das 18. Jahr-
hundert in seiner ganzen
Gegensätzlichkeit zeigt:
als Epoche, in der die
Wurzeln unseres moder-
nen Denkens, aber auch
der modernen Fehlent-
wicklungen liegen.

Die Wachsflügelfrau
Roman
dtv 12087
1899 bewirbt sich Emily
Kempin-Spyri, die erste
Juristin im deutschspra-
chigen Raum, um eine
Stelle als Magd bei einem
Pfarrer. Vorausgegangen
ist ihr einzigartiger Auf-
stieg als Kämpferin für die
Frauenrechte in der
Schweiz und in New York,
ihre Ehe mit dem Pfarrer
Walter Kempin, Geldnöte,
Auseinandersetzungen,
schließlich der Ruin.

Graham Greene im dtv

»Bei Graham Greene ist Schuld die menschliche
Unzulänglichkeit vor dem Schicksal, und Sühne ist
nicht die absolute Verdammnis.«

Eberhard Thieme

**Ein Mann mit vielen
Namen**
Roman
dtv 11429

Orient-Expreß
Roman
dtv 11530

Ein Sohn Englands
Roman
dtv 11576

Zwiespalt der Seele
Roman
dtv 11595

**Das Schlachtfeld des
Lebens**
Roman
dtv 11629

Das Attentat
Roman · dtv 11717

**Die Kraft und die
Herrlichkeit**
Roman · dtv 11760

Der dritte Mann
Roman
dtv 11894

Das Herz aller Dinge
Roman
dtv 11917

Jagd im Nebel
Roman
dtv 11977

**Unser Mann in
Havanna**
Roman
dtv 12034

Der stille Amerikaner
Roman
dtv 12063

**Der Mann, der den
Eiffelturm stahl und
andere Erzählungen**
dtv 12129

Der Honorarkonsul
Roman
dtv 12187

**Die Stunde der
Komödianten**
Roman
dtv 12199